法藏知津

三編：佛教文學與藝術研究專輯

杜潔祥 主編

第 7 冊

世出世間
——元代詩僧文跡初探

王君莉 著

花木蘭文化出版社

國家圖書館出版品預行編目資料

世出世間——元代詩僧文跡初探／王君莉 著 — 初版 — 新北
市：花木蘭文化出版社，2015〔民 104〕
目 4+256 面；19×26 公分
（法藏知津三編：佛教文學與藝術研究專輯　第 7 冊）
ISBN 978-986-322-919-3（精裝）
1.中國詩　2.僧侶文學　3.詩評　4.元代
820.8　　　　　　　　　　　　　　　　103014152

法藏知津三編：佛教文學與藝術研究專輯
第 七 冊　　　　　　　ISBN：978-986-322-919-3

世出世間——元代詩僧文跡初探

作　　者　王君莉
主　　編　杜潔祥
副總編輯　楊嘉樂
編　　輯　許郁翎
出　　版　花木蘭文化出版社
社　　長　高小娟
聯絡地址　235 新北市中和區中安街七二號十三樓
　　　　　電話：02-2923-1455／傳真：02-2923-1452
網　　址　http://www.huamulan.tw 信箱 hml 810518@gmail.com
印　　刷　普羅文化出版廣告事業
初　　版　2015 年 5 月
定　　價　三編 15 冊（精裝）新台幣 25,000 元

世出世間
——元代詩僧文跡初探

王君莉　著

作者簡介

王君莉，陝西大荔人，父諱英武，母王瑞霞大人。北京師範大學古籍與傳統文化研究院文獻學專業，師從李軍教授。現爲西安翻譯學院教師。

提　要

　　一位位詩僧在生死間這樣那樣地生活過了，——爲了斷生死而修行，在修行中生活，在生活中了斷生死。詩僧的生活不外出世間，活動不外佛事和文事，以文事做佛事。本文力圖從浩瀚的文獻中梳攏出一個元代詩僧的大致生活面貌，包括：一、出處。劉秉忠和釋大訢皆爲積極入世的仕進典範，然而他們身居官場，志在山林，故一生以不能退隱爲缺憾，所謂得意而失志。二、德行。孝爲德之本，元代以孝治國，詩僧們則提倡把佛事和孝行結合起來，出家而踐履孝道。三、情感與交往。詩僧和文士的交往、詩僧之間的友誼、師徒之間的父子情，是出世間的一點世間溫暖或者說人間烟火。四、詩生活。釋英與劉秉忠和釋大訢正相反，他捨棄了世俗功名富貴，得到了山林大功名大富貴。《白雲集》中，詩人的物質資用極其匱乏，生活卻彌漫著濃厚的詩意，可謂「冷淡生涯足」。五、遊戲翰墨。詩僧出入雅集文會，即寺雅集，參與唱和、詠物、題畫等，汲汲於文事。六、老病。人生諸苦之最要屬老病。老來怕病，怕孤窮，怕時事艱難，怕飄零在外……，凡此數事，文珦《潛山集》無一遺漏。下篇兩章係我所認同的得救之路。清珙的禪定是在置身物外這條寥無人迹的古路上磨出來的，「磨練功夫到，難同知解禪」。佛經開示了淨土法門，梵琦是修淨土法門得力而成功者，這是西齋淨土詩深入人心的最重要原因。其次，作爲詩歌，它達到了傳達義理和形式工巧優美的統一。

上　篇⋯⋯⋯⋯⋯⋯⋯⋯⋯⋯⋯⋯⋯⋯⋯⋯⋯⋯⋯⋯⋯⋯⋯1

第一章　綜　述⋯⋯⋯⋯⋯⋯⋯⋯⋯⋯⋯⋯⋯⋯⋯⋯3

第一節　選題緣由⋯⋯⋯⋯⋯⋯⋯⋯⋯⋯⋯⋯⋯3

一、今人貪求物利，生活毫無詩意⋯⋯⋯3

二、僧人的詩意⋯⋯⋯⋯⋯⋯⋯⋯⋯⋯⋯5

三、僧詩可算一時代人心力精華之精華⋯⋯⋯8

四、元代詩僧輩出，期待深入研究⋯⋯⋯10

第二節　研究綜述⋯⋯⋯⋯⋯⋯⋯⋯⋯⋯⋯12

一、關於詩僧的評價⋯⋯⋯⋯⋯⋯⋯⋯12

二、近現代研究成果⋯⋯⋯⋯⋯⋯⋯⋯20

第二章　元代詩僧輩出、僧詩繁榮的大背景⋯⋯⋯23

第一節　元代佛教之盛⋯⋯⋯⋯⋯⋯⋯⋯23

一、佛教大顯於世
　　──「祕密之法日麗乎中天」⋯⋯⋯25

二、重教扶教⋯⋯⋯⋯⋯⋯⋯⋯⋯⋯⋯28

三、淨土法門融入各宗⋯⋯⋯⋯⋯⋯⋯29

四、禪宗勢力最盛⋯⋯⋯⋯⋯⋯⋯⋯⋯31

第二節　教界的弊端⋯⋯⋯⋯⋯⋯⋯⋯⋯35

一、過度尊崇，弊害不淺⋯⋯⋯⋯⋯⋯35

二、十羊九牧，僧官跋扈⋯⋯⋯⋯⋯⋯36

三、僧服俗事，占財娶妻⋯⋯⋯⋯⋯⋯37

四、爭名奪利，風習庸鄙⋯⋯⋯⋯⋯⋯38

第三節　儒釋關係的變化⋯⋯⋯⋯⋯⋯⋯40

一、儒士境遇一落千丈⋯⋯⋯⋯⋯⋯⋯40

二、儒釋互相滲透融合⋯⋯⋯⋯⋯⋯⋯43

中　篇⋯⋯⋯⋯⋯⋯⋯⋯⋯⋯⋯⋯⋯⋯⋯⋯⋯⋯⋯47

第三章　元代詩僧總體考察⋯⋯⋯⋯⋯⋯⋯49

第一節　詩僧的類型與分佈⋯⋯⋯⋯⋯⋯51

一、元代詩僧的類型⋯⋯⋯⋯⋯⋯⋯⋯51

二、元代詩僧的時期、地域、宗派分佈⋯⋯⋯53

第二節　詩僧的德行──以孝為例⋯⋯⋯56

一、孝與佛教以及孝在元代⋯⋯⋯⋯⋯56

目

次

二、元代詩僧之孝 ·· 58

第三節　詩僧的出處：得意而失志
　　　　——以釋大訢和劉秉忠爲例 ··············· 60

一、劉秉忠——有力安天下，無計臥煙霞 ······ 60

二、釋大訢——「乞退悔苦晚，誰無鉢飯供」
·· 67

第四節　詩僧的詩生活：以釋英爲例
　　　　——極度匱乏中的極度詩意 ··············· 73

一、冷淡光景 ··· 74

二、隱趣足恃 ··· 77

第五節　詩僧的情感與交往 ································ 80

一、和尚之間的友誼 ··· 80

二、詩僧與文士的交往 ······································· 82

三、師徒之間的父子情 ······································· 83

第六節　詩僧的人生難題：老病 ····················· 84

一、衰病不可避免 ··· 84

二、文珦《潛山集》的老病詩 ··························· 87

第四章　元代詩僧之遊戲翰墨 ······················· 91

第一節　文與道 ·· 91

一、道隱文顯 ··· 91

二、詩僧需要作詩 ··· 92

三、處理文道關係的個體差異 ··························· 94

第二節　詩僧汲汲於文事 ································· 97

一、雅集 ··· 97

二、題詠 ··· 102

三、唱和 ··· 105

四、詠物 ··· 108

五、題畫 ··· 110

第三節　書法繪畫 ·· 115

一、詩書畫俱佳者 ··· 115

二、善書詩僧 ··· 118

三、善畫詩僧 ··· 119

第五章　詩僧著述 ··· 121

第一節　著述及其版本 ……………………………… 121
第二節　詩歌留存情況 ……………………………… 131
　　一、集部文獻系統 ……………………………… 133
　　二、佛教典籍系統 ……………………………… 147

下　篇 ……………………………………………………… 151
第六章　石屋清珙的物外生涯 ………………………… 153
第一節　置身物外是解脫之路 ……………………… 155
　　一、警世
　　　　——浮漚微軀　榮華富貴　一死即休　唯業
　　　　隨身　三途報苦 ……………………………… 156
　　二、誡僧——戒律鬆弛　不務正業　虛受供養
　　　　人身一失　萬劫不復 ………………………… 158
　　三、自身出處選擇——二次出家 ……………… 160
第二節　清珙的物外生涯 …………………………… 163
　　一、山居生活還原 …………………………… 163
　　二、中國式頭陀 ……………………………… 171
第七章　楚石梵琦的西齋淨土詩 ……………………… 177
第一節　淨土概論 …………………………………… 177
　　一、從淨土法門到淨土宗 …………………… 177
　　二、淨土詩 …………………………………… 181
第二節　西齋淨土詩 ………………………………… 184
　　一、楚石梵琦的生平和著述 ………………… 184
　　二、《西齋淨土詩》淺析 …………………… 186

結　語 …………………………………………………… 203

參考文獻 ………………………………………………… 205

附錄：元代部分詩僧小傳 ……………………………… 217

表　次
　僧詩別集 ……………………………………………… 133
　總集 …………………………………………………… 137
　語錄中的僧詩 ………………………………………… 147

上　篇

第一章 綜 述

第一節 選題緣由

　　當今唯財富是求，生活毫無詩意。而「世間神情境物與詩合者莫過於僧」[註1]，僧人形象、作爲本身即富詩意。僧人心力廣大堅固，僧詩可算一時代人心力精華之精華。元代詩僧輩出，值得深入探索。

一、今人貪求物利，生活毫無詩意

　　自私是人的本性，現時代把自私張揚到了空前的地步，從個人自我中心主義到民族利己主義到人類中心主義，只顧私利主宰著人的思想和行爲。人只相信自己的頭腦，美其名曰理性；只在乎物質金錢，美其名曰財富。

　　「人，天地之盜也。天地善生，盜之者無禁，惟聖人爲能知盜，執其權，用其力，攘其功，而歸諸己，非徒發其藏，取其物而已也。庶人不知爲，不能執其權，用其力；而遏其機，逆其氣，暴殄其生息，使天地無所施其功。則其出也匱，而盜斯窮矣。」[註2] 現代人偏知而無畏，各以其所欲發藏取物，使今日「天地」遠不再是從前的「詩意棲居地」。技術的迅速應用、產品的不斷升級同資金的無厭增值願望相纏繞，工商社會、技術社會「無論就其複雜性還是危機性都已到了無以復加的地步，甚至可以說，現在的人都發瘋了，現在的人都著了魔，一個摩羅的時代已經到來。」[註3] 人一方面建立起強大

〔註1〕　《全閩詩話》卷十一「僧可仕」，《文淵閣四庫全書》本。
〔註2〕　劉基《郁離子・天地之盜》，中華書局1991年，第53頁。
〔註3〕　法雅《佛與魔》，《人間世》，蘇州戒幢佛學研究所2003年，第97頁。

的物質力量，一方面又淪爲無情的物質工具運轉的配合者，配合汽車的奔跑，配合網絡的不眠……。在這樣一個號稱文明而強盛的星度，有多少人活得幸福呢？假如把阻礙人幸福的外在力量稱作外魔，人內心的貪婪自私仇恨愚昧稱作內魔，則外魔是內魔的顯現外化，又成爲內魔的翅膀。內魔外魔交互作用，人間世呈現出前所未有的瘋狂與怪誕：表面上人行使統治，實際上人服從金錢、知識等的邏輯；人生眞成了一場交易，一切都必須拿出來買，人們相對彼此的意義即在於消費對方的產品，連教育、醫衛都以牟取暴利爲目標；地域被各類營銷商佔領，人群亦以性別、群體、嗜好被商家瓜分，「各種工業宦官不惜挑起你最下流的念頭以使你乖乖地從口袋裏掏錢」〔註4〕；爲了應用知識、安排勞動力，人似乎發起了一場向自然界的奪權運動，把一些自然環節獨立出來由人執行，在解決問題的同時製造更多的問題。

在這個過程中，人性與物性互相滲透，人異化嚴重，喪盡天眞。如海子所說，失去土地的都市漂泊者只剩下欲望作爲唯一的替代品。拜金主義彌漫，消費主義盛行，流行文化充斥，媒體大煽其淫風，廣告畫可說是人離道背德的生動寫照了，兩個世紀的潛移默化，如今人們終於可以包容它的任何荒唐和有傷風化。欲望和技術打破了一切季節的、地域的、文化的、物種的界限，資本主義世界呈現出紊亂病態的繁榮。田園消逝，城市的光影將人們吞沒。知識之樹不是生命之樹，當人陶醉於自己覆地翻天的威力，也不免因同時製造的科技恐怖、環境災難、疾病爆炸而惶惑。惶惑時有多少人祈禱懺悔呢？那似乎只成了宗教職業者需要做的事情。不祭天、不祀地、不拜祖先，今日是也！

熊春錦從人類的飲食、體溫衣著、色欲三方面進行分析，發現人與自然共存狀態是從和諧到不和諧逐漸退化的，而我們今天已經到了一個食欲上的腥素顛倒期、體溫上的空調造溫期、色欲上的色欲商化期的嚴峻時刻〔註5〕。所以我們要呼喚一種叛逆精神，這種叛逆絕不再是對所謂封建文化的叛逆，而是對現代後現代物質主義的叛逆，以回歸民族傳統文化的精神與詩意。「小者逆謠俗，大者逆運會，所逆愈甚，則所復愈大，大則復於古，古則復於本。」〔註6〕

〔註4〕馬克思《1844年經濟學哲學手稿》，人民出版社2000年。
〔註5〕《老子人法地思想揭秘》，團結出版社2009年。
〔註6〕魏源《定庵文錄序》，霍松林《中國近代文論名篇詳注》貴州人民出版社1986年。

二、僧人的詩意

（一）聖徒身份的詩意

僧人的詩意首先來自其獨特的佛教徒身份，僧伽是佛陀的追隨者，他們誦佛經修禪定。

《普曜經》載，悉達多太子好幾次欲往園林遊戲，都因為路上看到的不幸景象而情思不樂，嚴駕還宮。他見到犁者執役，烏鳥啄蟲的苦相以及諸根衰退的老相、羸瘦痿黃的病相、如同木石的死相。他思考如何擺脫這些痛苦，而要擺脫這些痛苦，必須找到痛苦的根源。於是便有成佛講道垂教等事。佛陀孜孜不倦地帶領群弟子到處講法四十餘年。他所探得的道徑包含大量內證法，與我們黃帝文化氣功內視慧觀的路子非常一致，所以佛法一經傳入中國，便開始贏得世世代代虔誠的追隨者。

內典是僧人的修習教材。中峰明本說佛經語與世俗語言不同，世之語言「動乎其心而達於其口，即情想之昭著，未有無意義者也」，而佛經語是無意義語，「夫無意者，超乎喜怒哀樂之外，脫乎情識意象之表，又豈容以經書文字聖凡名相而和會哉」〔註7〕！——百千萬億那由他世界，無量無數無邊眾生，恒河沙數諸佛，無量無邊不可思議阿僧祇劫的時間，十萬億佛土的距離……，佛經所說之事遠離塵寰、所講之理遠超日用、所涉之佛菩薩遠非凡俗輩可比。日復一日的誦讀可以將僧徒的思惟和心境開闊到極高、極大、極深、極遠，僧人通過信受奉行而開佛知見，慢慢地和世俗之人拉開距離。

出家人和俗人由人生目的的出發點不同而分道揚鑣。出家人以有幸得到人身，當快修一場，好出欲界。俗人無此理想，嚮往追求欲界快樂，黏著田財、眷屬，按世間法則，是非、利害、薄厚絲毫不爽，在各類關係上完全忠於自己所扮演的角色。僧人基本相反，採取旁觀、超拔的心態，盡最大可能斷欲，身無長物，無分別計較，慈悲喜捨，苦行僧甚至僅日中一食，樹下一宿。

「天地以萬物為芻狗」，和風雨露，春華秋實，成就一番生長大業，轉眼間又秋氣肅殺，無情地任其衰朽、壞滅。佛弟子不甘心與大化遷流，不匯入春的熱鬧中去，也不作秋的戰利品。「汝今欲逆生死欲流，返窮流根，至不生

〔註7〕　《天目中峰和尚廣錄》卷十九，北京圖書館古籍珍本叢刊本（據元統三年釋
　　　　　明瑞募刻本影印）。

滅」〔註8〕。他要了斷生死，永出輪迴。僧徒的一生因高懸這一目標而充滿為理想奮鬥的詩意。

（二）僧人形象本身的詩意

所謂詩意的生存，就是主人公欲念淺，功利心淡薄，且時時跳出圈外對人對事事物物作審美的觀照。僧人形象本身即富詩意，一種冷色調的詩意。

1、孤獨

不偶是僧人最特殊最違逆尋常人情的地方，「頓捨世間深重恩愛」〔註9〕，無配偶、無子嗣、無家庭，形成莫大的孤獨——內心的或外觀的。居寺廟處僧團，雖亦有法嗣、法侶、法眷之稱，原則上只屬同修，無親疏薄厚之分，完全不同血緣關係；更甚者獨自入於山林，思惟佛道，修深禪定。

他們為什麼要選擇一條曠世孤獨的路呢？

佛經昭示，生命本來惶惑、痛苦、孤獨無依。我們平常人僅熟悉從生到死一段生命形態，對生前死後及肉身形成之事懵懂無知。而佛眼觀察到這些，他告訴人們，中陰身入胎之時，不管是有大福德的還是無福德的，均感自己「值遇風寒陰雨，大眾憒鬧，眾威來逼，便生恐怖」，而急於尋找藏身之地，「隨其所見便入母胎」。住胎三十八個七日，受盡諸苦，故名「胎獄」。呱呱落地，即使非常小心的迎接，它也難以消受，比喻之一是「如有人而為蚊〔虻〕諸蟲唼食，復加杖捶而鞭撻之」〔註10〕。接下來開始生老病死的歷程，殼壞復覓新殼……像車輪一樣周而復始。「心常獨行，無二無伴。」〔註11〕主人公獨生獨死，孤身在旅途跋涉之中，無固定處所，漂泊不定，像一滴歷經多劫的飄零孤露，只有成佛才能出三界；或者先去佛國、淨邦、蓮邦候補，故淨土詩中，常將西方極樂世界比作家，勸修行者一氣跑回家，別在路上耽誤。

眷屬一般會成為修行的障礙。眷屬前所冠之「癡」字，點出了眷屬之愛互相貪著佔有的餓鬼愛性質。根據佛經，修道者常常遭到摩羅的惱亂，而摩

〔註8〕《楞嚴經》卷四，河北省佛教協會虛雲印經功德藏。
〔註9〕《楞嚴經》卷一。
〔註10〕《大寶積經》卷五十五《佛為阿難說人處胎會第十三》，《大正新脩大藏經》第11冊。
〔註11〕《寶積經‧勝鬘經‧無量壽經‧心經》，李淼、郭俊峰主編《佛經精華》，時代文藝出版社2001年，第13頁。

羅過去劫中實爲道人眷屬，修道者的清淨離欲讓他們感到寂寞，故百般阻撓。這種說法包含著對眷屬關係的深刻認識：眷屬之間愛著情癡，互相牽扯，情濕下墜，一同沉淪生死愛欲之中。

所謂「世間神情境物與詩合者莫過於僧」〔註 12〕，這神情首先就是孤獨的神情。

2、閒靜

再下來與詩和者就是指閒靜的神情。

斷欲去愛，無須爲利欲奔忙，莫大的孤獨換來無邊的自由。靜則其神有燭照、鏡鑒的良好功用，閒則僧人遂獲得充分的空暇捕捉詩意，錘鍊詩句。杜牧「閒愛孤雲靜愛僧」，陳垣說，「欲表示閒適，把僧來做詩料，就覺得有幾分閒適。」〔註 13〕

3、簡束

遠在幾千年前，當人群和物流遠未達到現代大都市之擁堵時，古聖就先知先覺地提出不以物累。反覆讀誦《楞嚴經》四種清淨明誨，佛諄諄教誨信徒們的也許可以說正是如何解開物質的疙瘩。僧人持戒，身語意業悉清淨，起心動念不隨便，行住坐臥遵照一定的儀軌，藉此將身心從物質的糾結中擷摘出來。戒律是身語意的提煉，而詩的精神正在錘鍊，「如礦出金，如鉛出銀。超心冶煉，絕愛緇磷」〔註 14〕。與普通人身語意的放逸相比，僧人簡束而獨行高蹈，此爲其神情之又一與詩合者。

依漢地戒律，出家人吃長素，過午不食，修到一定程度還要進行辟穀、斷食，這使得舌頭對食物的紋理和滋味特別敏感，每天甘脆肥醲進口的人覺得完全索然無味的東西，在僧人嘴可能是十足的美味。同樣的道理，出家人對感情：人與人的相互陪伴，相互慰藉；對其他生命：它們的靈性、美和點綴；對景物：四季流轉，風物變遷；對物用：微微增加時帶來的享受，等等，比起相對講處於滿足的麻木中的凡人尤其富人，都懷著超常的敏感。

不少詩僧的物質需求維持極低限度，生活裝備至簡，幾乎不作任何世間

〔註 12〕《全閩詩話》卷十一「僧可仕」，《文淵閣四庫全書》本。
〔註 13〕《佛教能傳至中國之幾點原因》，黃夏年主編《陳垣集》，中國社會科學出版社 1995 年，第 6 頁。
〔註 14〕司空圖《詩品》，郭紹虞主編《歷代文論選》，上海古籍出版社 2001 年，第 2 冊，第 204 頁。

享受，一藤一衲，飄然來去。元詩僧允恭（與恭）遊蘇州定惠寺偶逝，人們查看他的行李袋子，只有一片破紙，上面是《回雁峰》詩：「官路迢迢野店稀，薄寒催客早添衣。南分五嶺雲天外，雁到衡陽亦倦飛。」存誠的《絕句》「別後多遊滄海東，忽攜詩卷到山中。立談數語飄然去，滿徑松花落午風。」〔註15〕輕鬆灑脫，給人感覺不是一個沉重的肉身，而是毫無牽絆、無羈無縛的影子；沒有事件，只有意味；沒有景色，只有畫面。釋英《白雲集》、文珦《潛山集》也都給人這樣的強烈印象：極端的物質匱乏產生了極度的詩意。

4、異境

對人而言，世界不小，但適宜居住的區域並不算多，人們往往群居在祖祖輩輩住熟住慣了的城市鄉村，另外一些高山大川森林沙漠則杳無人煙，那裡極壯美或奇異之景自生自滅著。然而在這些異境中卻往往有零星避世求道之人出沒。如「（吳）郡之北有芙蓉峰，高千仞，插雲霄，萬古礙日月，橫亙萬里，仙佛之所廬，虎狼之所穴，奇花異卉，四時芬芳」。〔註16〕在如此人跡罕至的地方，忽見一廬，忽逢一僧，忽覯一燈，會多麼驚喜。「千巖萬壑玉層層，夜半山腰見佛燈。竹影掃窗塵不到，滿牀風雪定中僧。」〔註17〕靜夜冰雪覆蓋的深山、僧舍燈、定中僧……，由詩人的眼睛凝固在詩的琥珀中，成為一個具有無窮寓意的奇境，「清逸逼人」。

三、僧詩可算一時代人心力精華之精華

依英國詩人安諾德，一時代最完美確切之解釋，須向其時之詩中求之，因詩之為物，乃人類心力之精華所構成也。則僧詩可以說是一時代人心力精華之精華；自有僧詩起，缺少僧詩必不能完成對一時代的完美確切解釋。為什麼呢？理論上講，僧侶的追求更高，精神更淳，最少世故，其心力較普通人廣大、堅固、有力。

佛教重視願力，欲得何果，在因地發願，然後乘著堅強的願力，去實現自己的目標。地藏王菩薩本願、藥師琉璃光如來本願、普賢菩薩本願……無不顯示著諸佛菩薩們無上的心願、廣大的心力。

〔註15〕陳衍《元詩紀事》卷三十四，上海古籍出版社1987年，第774頁。

〔註16〕《樵雲獨唱原序》，文淵閣四庫補遺，第四冊。

〔註17〕豐坊《豐道生雪夜過西湖南屏山》，《徐氏筆精》卷四，臺灣影印《文淵閣四庫全書》本。

世路役役，人們於奔營逐利的過程中，漸失其眞，勢利世故不良習氣集於一身。心不可視，外形卻很直觀，看看一個人外形的變化就知道內心所受的塵染了。而學佛者始終向著本初心或彼岸而生，隨作隨掃，心少塵覆，如同努力保持良好外形一樣。在世俗社會，隨波逐流者多，恒心守一者少，所以蘇武、郝經十幾年心繫故國便是英雄了。對僧侶而言，一旦發菩提心求道，必須一生保持北海牧羊式的操守。僧人發心做某事往往意志堅定、百折不撓。佛教史上許多取經、刻經、苦修、參學的事跡令人敬仰讚歎。

東晉釋法顯，慨經律多闕，誓志尋求。與同學慧景從長安西渡流沙，越蔥嶺，過小雪山，慧景凍死，遂一人前行。經歷三十餘國，至南天竺得《摩訶僧伽律》、《大般泥洹經》等經。後數年返回〔註18〕。

「北齊時，南嶽慧思大師，慮東土藏教有毀滅時，發願刻石，悶封巖壑中」〔註19〕。這一願帶動了從隋代到清康熙歷時千年之久的刻經活動。

唐代，「義淨 37 歲得同志十人，由廣東乘船出發。行至途中，同志皆陸續折回。遂一人獨往印度。周遊全印，經二十五年，歷三十餘國，始返中土。」〔註20〕

明代詩僧憨山認爲江南習氣軟暖，不適宜修行，應該去春冰夏雪苦寒不可耐之地痛自磨礪。於是北上，終於在萬山冰雪中徹悟〔註21〕。

貢師泰感慨：「予嘗過會稽雲門、天台雁蕩、天童育王諸山，徘徊瞻眺，見浮圖大剎往往猶多。晉宋梁唐以來顯志，而故家巨室不數百年，彫謝銷落，殆無存者，天於彼此豈故有厚薄哉！蓋浮圖氏立志堅勇，有不爲則已，爲則務於必成，亦有嗣法者行同心一，故能立大功、成大事，雖歷盛衰萬變，愈昌熾而愈無窮也。」〔註22〕

「佛教講兩個問題，一個是生死，一個是生活，……生和死實際上貫穿在我們生活的每一念當中，所謂念念生死。當下一念既有生活問題，也有生死問題，把當下這一念處理好了，生活問題解決了，生死問題也就解決了。……用什麼方法解決？就是時時覺照，念念覺照。」〔註23〕眞正的沙門，醒夢如

〔註18〕《佛教歷史・爲法遠求》，江蘇廣陵古籍刻印社，1996 年。

〔註19〕蔣維喬《中國佛教史》。上海古籍出版社 2004 年，第 117 頁。

〔註20〕蔣維喬《中國佛教史》，第 123 頁。

〔註21〕錢謙益《列朝詩集小傳》，世界書局 1985 年，第 699 頁。

〔註22〕《送元舜宗堯二師歸浙東序》，《玩齋集》卷六，《文淵閣四庫全書》本。

〔註23〕淨慧《生活與生死》，吳言生主編《中國禪學》第四卷，中華書局 2006 年，第 1 頁。

一，一念都不放鬆、不馬虎，看得很緊，其心好像一磚一瓦一石認認真真築起的一個堅固的紫禁城。行住坐臥皆在定中，心念像微塵，在太陽光柱中清晰可辨，於靜室中一點點飄落沉寂，毫不喧雜鼓舞。山河大地，咸是妙明真心中物，向內觀是心，向外看還是心。僧詩與普通詩歌相比，似乎「能見度」要高得多。如文珦晚年的詩歌，完全沒有是非利害紛爭的掩覆，只剩下一個人和自然界，展示出一顆清白的心和赤裸裸的生命歷程。

　　一般講，出家就意味著對世俗的否定，認為活著不值得那樣過。修出世間法從根本上改變了僧人的心理、行為，而言為心聲，較普通詩歌創作，僧詩起碼在三項上程度弱化：感情；內心世界和社會內容的豐富；文辭的追求。「佛者，覺也；法者，正也；僧者，淨也。」〔註24〕僧人修離染、修清靜，繁華落盡，一塵不染，故其詩往往出現普通詩歌不可企及的淨境、靜境、遠大境界。「予惟天地間光嶽之氣，融而為清淑，鍾而為仁賢，至發乎聲聞，著之事業，皆其秀也。為釋為道，往往又得其秀而最清者。胸次悠然，飄飄物外，不為世尚俗累牽引，風朝月夕，吟嘯嘲詠，出人意表，有非經生學子所能及者」。〔註25〕

　　僧人心念堅固，心力巨大，如果將其念力用於寫詩，往往會直至高遠無塵之地。元代善住、道惠，入明的睿略，其詩都已經達到酷肖唐制的水平，若如四庫館臣言未出宋詩窠臼，實在是對不住詩人的一番苦意和畢生傾注的心力。

四、元代詩僧輩出，期待深入研究

　　元代詩壇饒有生氣，詩人眾多，作品繁富，其中僧詩佔有相當大的比例。僧人在元代佛化政治〔註26〕中並不邊緣，據筆者粗略統計，元僧留存詩歌至少在7000首以上，詩僧約300多人。

　　（一）金宋相繼淪亡，兵荒馬亂，儒學的治化作用喪失殆半，所幸此時手握戰刀的天汗還懷有一份對超自然力量的敬畏而容納一切宗教。這期間許多宗教人士奔走濟世，對挽救生命財產的損失做出了巨大貢獻，其中包括不少詩僧。

〔註24〕《六祖壇經‧懺悔品第六》，河北禪學研究所2007年，第60頁。
〔註25〕朱右《西閣集序》，《白雲稿》卷五，《文淵閣四庫全書》本。
〔註26〕指佛教政治化，成為國家政權組成部分、政治上層建築、官方意識形態，國家用佛教教育國民，化行天下。

（二）特殊統治（蒙古族統治）下特殊的宗教政策（尊崇佛教）使詩僧的成份、生活都較以往有大的變化。世俗化繼續加重，儒釋道進一步融合，僧人在社會生活各方面相當活躍，成就顯著。如果砍去詩僧，元代文學藝術將缺少極精彩的畫面。

（三）儒士地位的下降和僧侶地位的上昇使詩僧能夠較平等的交往文士；再加上朝廷文化政策寬鬆，文壇的包容性增強，詩僧們得以坦然進入文壇。

1、宋南渡後，大夫無文章，文章在浮屠圓至，之後七、八年又出現了一位克新，論道觀點和語言風格很像圓至。〔註27〕

2、詩僧匯入元代宗唐、宗晉等風氣，善住、弘道、圓至、大訢、釋英等皆宗唐，梵琦、文珦曾和陶、仿陶，元代陶詩學、唐詩學詩僧占一席之地。

3、一些寺廟成為文會場所，詩僧參與或主持文會、編輯詩集比較普遍，有的規模影響非常之大。

（1）元初，大都文人在釋普仁居室「雪堂」聚會，結集為《雪堂雅集》。天如惟則師子林作為中吳文人聚會之所，從至正持續到明初，詩文結集為《師子林別錄》九卷。戰亂期間，來復住持的四明慈谿定水寺和克新住持的嘉興水西寺是文人的庇護地，來復結集友朋投贈之作為《澹游集》，克新結集為《金玉編》。此外，還有僧如阜在雪秘山自營精舍，治園亭，結文酒之社。釋壽寧發起「靜安八詠」之會，廣求題詠，由楊維楨評點、錢鼎作序，編為《靜安八詠》詩集一卷。參加靜安八詠的詩僧有如蘭、守仁。

（2）參加顧英草堂雅集的僧詩有餘澤、那希顏、寶月、祖柏、良琦、文信、子賢、來復、自恢等。至正二十年庚子（1360）嘉興南湖文會，釋克新作為詩僧參加。同年，劉仁本結續蘭亭會，甌越來會之士共四十二人，有詩僧天台自悅、四明如阜、東山福報。王賓曾錄《虎邱詩集》一卷，詩僧寧居中在和者之列。

（3）良震輯本朝詩僧元叟端等的詩，請楊維楨作序〔註28〕。

（四）「元季詞人輩出」〔註29〕，詩僧亦爾。楊維楨說他的鐵雅詩派已經形成了一個方外別派，包括雷隱震上人（良震）、復元報上人（福報）、祁川行己上人、祈上人等。〔註30〕在《一漚集序》中又說：「為人膾炙者，元叟派

〔註27〕楊維楨《雪廬集序》，《東維子集》卷十，《文淵閣四庫全書》本。
〔註28〕《高僧詩集序》，《東維子集》卷十。
〔註29〕《徐氏筆精・黃秋聲》，《文淵閣四庫全書》本。
〔註30〕楊維楨《冷齋詩集序》，《東維子集》卷十。

外，有吾鐵雅派焉。」〔註31〕則詩僧於元末詩壇形成了自己的派別，與儒士的詩派相頡頏。「禪門五燈，自有宋南渡以後，石門、妙喜至高峰、斷崖、中峰為一盛。由元以迄我國初，元叟、寂照、笑隱，至楚石、蒲庵、季潭為再盛。」〔註32〕明初這幾位繁盛禪壇的高僧皆為由元入明的詩僧。

第二節　研究綜述

一、關於詩僧的評價

今天的研究必須建立在古人研究的基礎之上，民國以前，評價元代僧詩的主要是元人序跋、錢謙益《列朝詩集》、顧嗣立《元詩選》和《四庫全書》的元人別集提要，以及散見於詩話、筆記中的一些評論。

僧詩集的元人序跋可算是最早的研究文章，作為後人評價的參考而常常被引用。序跋作者一般比較瞭解詩人或仔細誦讀了作品，在文中作出評價鑒賞。這些文章有的簡單含蓄些，如戴表元《吳僧窓古師詩序》，有的則鋪陳渲染極盡褒美之能事，如徐一夔《全室外集原序》。區別由詩人的名望地位、作者的性格文筆及對其人其詩的喜愛程度等原因決定。但共同點是，多誇像古人：晉唐詩人，較少說像宋人。如俞貞木《松月集序》評釋睿略詩：「甚肖唐人體制」〔註33〕，宋濂《靈隱大師復公文集序》：「其清朗橫逸，絕無流俗塵土之思，至諸古人篇章中，幾不可辨」〔註34〕，程鉅夫《李雪庵詩序》：「有寒山、雲頂之高，無齊己、無本之靡」〔註35〕，朱右《全室集序》：「豈居徹、休輩下？」〔註36〕《列朝詩集·子梗》：「張蛻庵嘗跋夢堂噩公及公吳中唱和卷，以唐皎宋潛為比」〔註37〕，《列朝詩集·清濬》：「宋景濂極稱其詩文，以為才不下於秘演、浩初，其隱伏東海之濱未能大顯者，以世無柳儀曹與歐陽少師也」〔註38〕。

〔註31〕《東維子集》卷十。

〔註32〕錢謙益《紫柏尊者別集序》，《牧齋有學集》卷二十一，四部叢刊景清康熙本。

〔註33〕釋睿略《松月集》，《四庫存目叢書》，集部第27冊，第520頁。

〔註34〕宋濂《文憲集》，臺灣影印文淵閣四庫全書，第1223冊，第427頁。

〔註35〕李修生主編《全元文》江蘇古籍出版社1997～2004年，第16冊，第1頁。

〔註36〕《全元文》第50冊，第553頁。

〔註37〕錢謙益《列朝詩集·閏集二》，順治九年（1652）版。

〔註38〕錢謙益《列朝詩集·閏集二》，順治九年（1652）版。

　　詩話、筆記中亦不乏此類讚賞。《南濠詩話》舉圓至詩句，言「其造語之妙，當不減於惠勤、參寥輩也」〔註39〕；《國雅品》舉宗泐詩句，言「都從陶、韋乘中來」〔註40〕；舉姚廣孝詩句，言「此例已到彼岸，惠休、法振不得專譽禪藻矣」〔註41〕。至正間劉仁本續蘭亭會，參加者42人，有詩僧3人，《靜志居詩話》評價「詩皆淳雅，絕類晉人。」〔註42〕朱彝尊又說梵琦筆有慧刃，「讀其《北遊》一集，風土物候，畢寫無遺，志在新奇，初無定則。假令唐代緇流見之，猶當瞠乎退舍，矧顚可、瘦權輩乎？」〔註43〕

　　比較起來，四庫館臣的評價普遍偏低。一方面，館臣明顯偏好外墨內儒，為朝廷所用，功業卓著，見聞廣博，交遊廣泛的詩僧。如大圭《夢觀集》：「氣骨磊落，無元代纖穠之習，亦無宋末江湖蔬筍之氣」〔註44〕，雖為方外，卻存石湖（范成大）、劍南（陸游）餘風；宗泐《全室外集》：「雖託迹緇流，而篤好儒術，故其詩風骨高騫，可抗行於作者之間。徐一夔作是集序，稱其如霜晨老鶴，聲聞九皋；清廟朱弦，曲終三歎，彷彿近之。皎然、齊己固未易言，要不在契嵩、惠洪下，與句曲外史張羽（雨），均元明之際方外之秀出者也」〔註45〕；妙聲《九皋錄》：「與袁桷、張翥、危素等俱相友善，故所作頗有士風，當元季擾攘之時，感事抒懷，往往激昂可誦。雜文體裁清整，四六儷語亦具有南宋遺風，在緇流之內雖未能語帶煙霞，固猶非氣含蔬筍者也」〔註46〕；大訢《蒲室集》：「其五言古詩實足揖讓於士大夫間，餘體亦不含蔬筍之氣，在僧詩中猶屬雅音」〔註47〕。以上受青睞的詩僧，我們注意到，在提要中高也沒高過宋人。另一方面，館臣看輕生活圈子窄，經歷單純的詩僧，評價往往過低。如善住，顧嗣立《元詩選》摘其詩句「句妙唐風在，心空漢月明」，認為「即此可以評價其詩」〔註48〕；館臣也摘善住論詩句「典雅始成唐

〔註39〕　丁福保《歷代詩話續編》（上中下），中華書局1983年，下冊，第1361頁。

〔註40〕　《歷代詩話續編》下冊，第1129頁。

〔註41〕　《歷代詩話續編》下冊，第1095頁。

〔註42〕　陳衍《元詩紀事》，上海古籍出版社，1987年，第682頁。

〔註43〕　朱彝尊《靜志居詩話》，人民文學出版社，1990年，下冊，第733頁。

〔註44〕　《夢觀集提要》，釋大圭《夢觀集》，文淵閣四庫全書，第1215冊，第227頁。

〔註45〕　《全室外集提要》，釋宗泐《全室外集》，文淵閣四庫全書，第1234冊，第785頁。

〔註46〕　《九皋錄提要》，釋妙聲《九皋錄》，文淵閣四庫全書，第1227冊，第564頁。

〔註47〕　《蒲室集提要》，釋大訢《蒲室集》，文淵閣四庫全書，第1204冊，第525頁。

〔註48〕　顧嗣立《元詩選・初集》，中華書局，1987年，第三冊第2461頁。

句法，粗豪終有宋人風」，卻說「所言未免涉於過高」，「終不脫宋人窠臼」〔註49〕。顧嗣立的評價當更符合實際，他搜集元詩，手自抄撮，且作了精深獨到的研究。如德祥，錢謙益說「其詩刻苦，高逼賈島」〔註50〕，朱彝尊說「止菴詩，原出東野，意主崛奇，而能斂才就格，足與楚石、季潭，巾鉶塵拂，鼎立桑門，蒲庵以下，要非其敵」〔註51〕，都穆亦摘妙句，以爲「泐、復不能道也」〔註52〕。而館臣特意批駁都穆所摘詩句：「今案，《送僧》一聯乃四靈之末，《詠蟬》一聯尤落滯相，穆之所品殊屬乖方。」又云：「朱彝尊《明詩綜》於此集雖多所採錄，然氣格薄弱，終不能與泐等並驅也。」〔註53〕對清珙山居詩，袾宏高贊「發明心性，響振千古」〔註54〕，館臣言「其詩不脫釋家語錄之氣，不足以接迹吟壇」〔註55〕。睿略的《松月集》，俞貞木評其「甚肖唐人體制」〔註56〕，姚廣孝見解略同，「其詩格高趣遠，絕肖唐人製作，無一點塵俗氣，不下於靈、晝、越、徹，故一時聞人爭羨其高哉。」〔註57〕館臣則冷冷道：「今觀其集，大致亦承九僧四靈之派，而陶冶之力則不及古人，故邊幅淺狹，意言並盡，五首以外，規格略同，廣孝之言未爲篤論也」〔註58〕。

　　嘗試探討一下評價懸殊的原因。

　　1、在佛教徒眼裏，眾生經受著世間八苦，應該提升自己以獲得眞樂，而他們正是這樣的提升者。世俗社會卻並不都這樣看，一般情況下，認同佛法的人會非常尊敬僧侶，以之爲精神嚮導；反對者則另懷別見，比如認爲修行者的性格、思想等有極端、偏拗傾向甚或八字不好，命中注定離群索居，等等。

　　序跋、詩話、筆記的作者們以個人身份發表意見，他們有的與詩僧爲神交、文字友，有的則遺情佛教而具備一定的佛學造詣，是故用上面所講前一

〔註49〕《谷響集提要》，釋善住《谷響集》，文淵閣四庫全書，第1195冊，第659頁。

〔註50〕錢謙益《列朝詩集》，順治九年（1652）版，閏集二。

〔註51〕朱彝尊《靜志居詩話》，人民文學出版社，1990年，下冊，第739頁。

〔註52〕《歷代詩話續編》下冊，第1352頁。

〔註53〕《四庫全書總目提要‧桐嶼集提要》，河北人民出版社，2000年，第四冊，第4618頁。

〔註54〕袾宏《竹窗合筆》，予亭譯注《禪林四書》，崇文書局2004年，第461頁。

〔註55〕《石屋禪師山居詩提要》，釋清珙《石屋禪師山居詩》，續修四庫全書，別集第1324冊，第380頁。

〔註56〕釋睿略《松月集》，四庫存目叢書，集部第27冊，第520頁。

〔註57〕釋睿略《松月集》，四庫存目叢書，集部第27冊，第547頁。

〔註58〕釋睿略《松月集》，四庫存目叢書，集部第27冊，第549頁。

種眼光看待詩僧，且主要憑藝術直覺。館臣代表朝廷和整個儒學陣營發言，以佛教爲異端，努力維護儒家正統，故多以第二種眼光看待詩僧，觀念判斷當先。

2、《石屋禪師引》中，潘是仁作了「詩僧」和「禪僧」的區分，「詩僧不解禪，總於道業無裨；禪僧不解詩，亦是慧心未徹。故傳燈諸祖不廢偈言，授缽高緇仍參秘語。」〔註 59〕這大致相當於筆者對成名成家的詩僧所列的兩類，一類寫詩爲主，一類修道爲主。「詩僧」風雲月露，與士夫相似，館臣評價還比較公允；而「禪僧」的詩滿紙佛語佛典，館臣不見得明白，也沒有興趣，一看這樣的，「不出宗門語錄」，一句批死，所以這一類詩的妙處不可能得到館臣公正的評價。

3、當時人的評價普遍偏高，試分析至少有兩條原因：首先元代宗教信仰自由，蒙古皇室對幾乎任何信仰和修持都基本抱著接受敬重的態度。所以雖然藏傳佛教極受尊崇，但漢傳佛教的地位也遠高於兩宋。僧人身份特殊優越，而尊者往往咳唾成珠。其次與後人僅見死的文本不同，當時人得與活生生的作者遊處，而序跋作者對詩僧的談吐、作派氣象乃至性情的熟悉瞭解無疑會增強對詩歌作品的理解喜愛，再加上創作時的背景氣氛、同時代人所心照不宣的一些歷史細節，等等，都會使作品接受比後世豐富生動得多。

這裡想特別強調指出，當時人的評價非常珍貴，西方某文學家說，沒有什麼抽象的詩歌，只有一個個具體的詩人。當時人有幸面對詩歌與詩人的整體，後人則完全失去了這個條件。再者，現代詩人顧城說，語言就像鈔票，在流通的過程中慢慢地變皺，變髒，發臭。不光語言，詩歌的其他要素比喻、用典等也存在同樣的問題。「詩無僧字格還卑」〔註 60〕會變成「……作詩多用禪典，最俗而可厭憎。」〔註 61〕對元代僧詩，元人、明人、清人感受的差異絕不在小，而當代讀者「人生若只如初見」的新鮮感後代是不可能體會的。葛立方《韻語陽秋》說祖可詩多佳句，然亦不過煙雲、草樹、山水、鷗鳥而已，師川何以那麼拔高他，「不知何故愛其詩如是也」。〔註 62〕想必館臣對元僧詩序跋的「過譽」亦多發同感同惑。這其中原因雖多，但有一點不可小看，那就是當時人的感覺，後人難以捉摸。

〔註 59〕釋清珙《石屋禪師山居詩》，續修四庫全書，別集第 1324 冊，第 381 頁。
〔註 60〕胡震亨《唐音癸籤》，上海古籍出版社 1981 年，第 79 頁。
〔註 61〕方東樹《昭昧詹言》，人民文學 1961 年，第 48 頁。
〔註 62〕何文煥《歷代詩話》（上下），中華書局 1981 年，下冊，第 514～515 頁。

　　蔬筍氣議論自蘇東坡一發，立刻成了一條僧詩乃至整個詩歌的評價標準，但不久亦有反對聲音出現，支持維護蔬筍氣，如蔡絛、元好問、謝肇淛和錢謙益等。四庫館臣主流論壇屬無疑是以蔬筍氣爲貶的，在提要中，好僧詩一定不帶蔬筍氣，如善住《谷響集》：「造語新秀，絕無疏筍之氣」〔註63〕，大訢《蒲室集》：「不含疏筍之氣，在僧詩中猶屬雅音」〔註64〕，大圭《夢觀集》：「無宋末江湖疏筍之氣」〔註65〕，等等。

　　筆者卻比較贊同元好問、錢謙益等的看法。關於蔬筍氣學者論述頗多，僅在此稍作補充。

　　綜合前人的意思，僧詩大致可分爲三個等級：腥膻氣、蔬筍氣、煙霞氣，蔬筍氣相對腥膻氣爲出塵，而煙霞氣相對蔬筍氣程度更甚。吃什麼東西，過什麼樣的日子，決定一個人的精神氣質，而精神氣質又限定了發言吐詞。「逐名利，耽嗜欲，鬥花葉，拾膏馥，聚塵俗，而發清淨柔軟之音聲，天下無有」〔註66〕。物質享受、世俗喧鬧帶給人昏懣氣、腥膻氣，這樣的僧詩就無足稱道了。「使有一毫昏懣眩惑之氣干之，則百骸九竅，將皆不爲吾用，而何清言之有乎？今夫世俗膏粱聲色富貴豪華豢養之物，固昏懣眩惑之所由出也」。〔註67〕僧詩應散發蔬筍氣，「吾謂世之爲僧者，知所以爲僧，而後知所以爲詩。爲詩僧者，知所以爲詩之僧，而後之所以爲僧之詩」。〔註68〕「詩僧之詩，所以自別於詩人者，正在疏筍氣耳」〔註69〕。「疏筍之味」來自「芯蒻之德」，「余自己丑讀江上詩，歎其孤高清切，不失疏筍氣味，庶幾道人本色……古人以芯蒻喻僧。芯蒻，香草也，蔬筍亦香草之屬也。爲僧不具芯蒻之德不可以爲僧，僧之爲詩者不諳蔬筍之味不可以爲詩。且公具芯蒻之德而諳蔬筍之味者也，其爲詩也安得而不香！」〔註70〕一方面，僧人的全部家當往往一缽一藤

〔註63〕《谷響集提要》，釋善住《谷響集》，文淵閣四庫全書，第1195冊，第659頁。

〔註64〕《蒲室集提要》，釋大訢《蒲室集》，文淵閣四庫全書，第1204冊，第525頁。

〔註65〕《夢觀集提要》，釋大圭《夢觀集》，文淵閣四庫全書，第1215冊，第227頁。

〔註66〕錢謙益《空一齋詩序》，《錢牧齋全集》上海古籍出版社1996年，第五冊，第842頁。

〔註67〕戴表元《吳僧宏古師詩序》，李軍、辛夢霞點校《戴表元集》，吉林文史出版社2008年，第124頁。

〔註68〕錢謙益《普福昌上人詩序》，《錢牧齋全集》上海古籍出版社1996年，第五冊，第888頁。

〔註69〕元好問《木齋詩集序》，《全元文》第1冊，第317頁。

〔註70〕錢謙益《後香觀說書介立旦公詩卷》，《錢牧齋全集》上海古籍出版社1996年，第六冊，第1569頁。

一衲，「一缽即生涯，隨緣度歲華。是山皆有寺，何處不爲家」〔註71〕。又無如花美眷、孝子賢孫，道具匱乏，場景單調，情節少波折，反映到詩歌上，就是麼弦孤韻，就是蔬筍氣，這是眞僧之眞詩。另一方面，僧人的枯槁生活固不能與文人士夫特別是達官貴人的繁華熱鬧相抗衡，而優勝處唯在其出世間理想下的身心探索。依據《楞嚴經》，眾生情與想的比例決定其在輪迴中的趣向：想越多越往上昇，情越多越往下墜，情想均等的「不飛不墜，生於人間」〔註72〕。出家人選擇向上一路，絕情去欲。「因諸渴仰，發明虛想，想積不休，能生勝氣。是故眾生，心持禁戒，舉身輕清，心持咒印，顧盼雄毅」。〔註73〕所以「往往皆英偉魁傑之才，自重不屈，卓然有立，而使王公卿大夫嚮慕崇信，奔走之不暇」。〔註74〕這也是煙霞氣的由來之一。煙霞有兩個顯著的特點，一是若有若無，忽聚忽散，無有定質，正符合佛學對世界的看法——和合而成，無自性，不眞實，故不當執著；二是在天上，眼睛盯著大地上的利益的人不可能有煙霞氣，語帶煙霞者必是向上看的。

對詩僧的評價，除詩歌而外，人品、僧品四庫館臣更爲看重。一個人出家本出於看破紅塵而欲了斷生死，故當力修出世間法，此爲僧家本分。所以對持戒嚴格、品行淨潔的高僧大德，館臣必定讚歎推崇，但對於「半僧半俗」者也並非一概否定，而是很自然地按世理加以評判。好詩書畫等雅事，有士風士氣的受到讚賞支持，而奔走權利、沉湎酒色的嚴加指責。總體來說，元代，包括宋元、元明之際詩僧，沒有「浪子和尚」、「花怪」一類出格的角色，評價不低，《潛山集提要》還不惜筆墨爲文珦作與賈似道無干係的澄清和辯護〔註75〕。

特別值得注意的是館臣對劉秉忠和姚廣孝截然相反的評價。

他們二人頗多相似之處：都處於朝代更替之時，詩歌成就都較高；「起自緇流，身參佐命」〔註76〕，輔佐帝王，辦成了經國緯業的大事；功成弗居，雖被強令還俗而僧行不改；皇帝賜名，一忠一孝。

〔註71〕鄭方坤《全閩詩話》，文淵閣四庫全書，第1486冊，第421頁。

〔註72〕唐天竺沙門般剌蜜帝譯《大佛頂首楞嚴經》河北省佛教協會虛雲印經功德藏，第206頁。

〔註73〕夏樹芳《法喜志》，四庫存目叢書，子部第255冊，第4頁。

〔註74〕李桓《釋氏稽古略原序》，釋覺岸《釋氏稽古略》，文淵閣四庫全書，第1054冊，第2頁。

〔註75〕《潛山集提要》，釋文珦《潛山集》，文淵閣四庫全書，第1186冊，第294頁。

〔註76〕《藏春集提要》，劉秉忠《藏春集》，文淵閣四庫全書，第1191冊，第633頁。

　　但他們被判為「人品懸絕」，一位「以典章禮樂為先務，卒開一代治平」，「故所作大都平正通達，無噍殺之音」〔註77〕；一位「首構逆謀，獲罪名教」，詩雖「清新婉約，頗存古調」，卻落得與嚴嵩《鈐山堂集》同一下場，「為儒者所羞稱」〔註78〕。

　　總覽提要對詩僧的評價，發現館臣最忌諱兩點，一是與儒者爭，二是參與謀反等違背君臣之義的事情。姚廣孝之所以落得惡名，用現在的話講，是因為政治立場和學術導向都錯了。館臣也正是從政治和學術兩方面批評他的。

　　對姚廣孝政治上的批判可參照乾隆皇帝對金堡、屈大均等的態度來理解。「……金堡、屈大均則又遁迹緇流，均以不能死節，靦顏苟活，乃託名勝國，妄肆狂狺，其人實不足齒，其書豈可復存？自應逐細查明，概行毀棄，以勵臣節，而正人心」。〔註79〕皇帝的意思，要麼死節，要麼安心做和尚，要麼忠於新主，甚至要麼好好造反。既然不殉勝朝而出家，就該棄卻塵事，專一事佛，卻又不能死心，暗地從事為害新朝的活動，行為全無準則，出爾反爾，實可厭惡。這是皇帝的意思，也必須是館臣的意思。聖諭的原則，僧有僧道，臣有臣道，姚廣孝既沒有遵守僧道，也違背了臣道。因為不牽涉清朝切身利益，館臣對姚廣孝及其著作還算寬容。

　　誠然，由於姚、劉所促成的政治事件在整體事件因果鎖鏈中的位置不同，二人所扮演的角色不同：一為政權的建立，人物是正方；一為政權建立後的動盪，人物屬反方，所以各成其事而歷史臉譜迥異，盡在情理中。但是我們是否可以這樣想，如果燕王必然起兵，年輕的明王朝注定遭受這次創痛，則在姚廣孝的規劃協助下，以最快的速度，最小的損失，乾淨利索地完成了這次易位，難道不是國家百姓的萬幸嗎？兵者不祥，只要動了武，且不說個人一敗而赤族，天下局勢極有可能迅速失控而禍國殃民，成為歷史罪人。姚廣孝回答燕王遲疑起兵說：「臣知天道，何論民心。」也許他看到的天道，正是歷史的絕對理性。倘若換一個無能的「軍師」，國家很可能會陷入長期的分裂和動亂。「少師位極三公，衣僅一衲，不改僧相，以終其身，豈常情所易窺測乎？」〔註80〕「且公以慧智翊贊靖難，功極公階，乃蕭然緇衣以終。其身了

〔註77〕《藏春集提要》，劉秉忠《藏春集》，文淵閣四庫全書，第1191冊，第633頁。

〔註78〕《逃虛子集提要》，姚廣孝《逃虛子集》，四庫存目叢書，集部第28冊，第181頁。

〔註79〕《四庫全書總目‧聖諭》，河北人民出版社，2000年，第一冊，第9頁。

〔註80〕祩宏《竹窗合筆》，予亭譯注《禪林四書》，崇文書局2004年，第444頁。

無慢憧，不賢於悻悻功名之士乎？」〔註81〕姚廣孝的功勞又豈是一二認死理的百姓，如其姊、王賓等所能撼動的？如此一來，他便可以和劉秉忠一起站在歷史功臣的領獎臺上了。

學術方面：館臣指斥《道餘錄》專詆程朱，持論無忌憚，稱「其書之妄謬，雖親昵者不能曲諱」〔註82〕。

古代社會自漢來以儒立國，視佛教爲異端。從「教理」上講，儒釋對世界人生的看法大相徑庭，正所謂「道不同」。二教各有各的陣地，雖儒可用禪，禪可用儒，但門戶問題從不馬虎，一以護法，一以正學脈。但從爲國爲家爲現實人生的角度，佛法助化，儒家外護，缺一不可。「儒釋盛衰，實相倚伏」〔註83〕。「彼世之言治道者，必徵於三代，三代之所無，則黜以爲異。獨不察夫三代之地，不過數千里，其俗簡易，先王因其時而教之《詩》、《書》、《易》、《禮》；後世地廣數倍，俗益偷薄，而禮樂刑政不足以盡其術矣。然後西竺聖人之教出焉」。〔註84〕儒釋各應其運而生。而另一方面，宗教活動必然要依靠整個世俗社會的大力支持。「顧其所以得久行而不廢，則又賴儒教之立也。有如土苴人倫，秕糠事物，胥而入於虛無寂滅之教，竊恐世道人心且蕩然靡所主持，彼禪者流，即欲雲臥霞飡，雍容塵拂，以課其所謂向上第一諦，將焉能之？」〔註85〕而且大乘佛學之所以一傳入中國便深契士心，正是得力於古代孔孟思想的土壤。

雖然如此，儒釋之間有些針鋒相對的鬥爭又是一定和必要的。事物之間的界限絕不能抹殺，這是維護事物自身面目和保證世界正常秩序的重要條件。若去除界限，等待人們的將會是紊亂和消亡。從歷史上看，儒釋相融的同時都盡量保持自身的獨立性，釋教內部，教和禪，禪門各宗之間，互相協調之際更注重自身的衣缽傳承。

由以上論述可知，館臣所謂姚廣孝的人品實際上只是政治立場和學術導向的問題。他的個人品行並沒有問題，而戒行之嚴完全可以和劉秉忠相比儗。其實在當時，以他「魁磊高岸，意度偉然」的外形及所學兵家、機事之學，

〔註81〕顧起綸《國雅品・士品》，《歷代詩話續編》下冊，第 1195～1096 頁。
〔註82〕《逃虛子集提要》，姚廣孝《逃虛子集》，《四庫存目叢書，集部第 28 冊，第 181 頁。
〔註83〕楊維楨《送蘭仁二上人歸三竺序》，《全元文》第 41 冊，第 299 頁。
〔註84〕釋大訢《道法師實錄序》，《蒲室集》卷七，文淵閣四庫全書，第 1204 冊，第 561 頁。
〔註85〕顧憲成《法喜志序》，夏樹芳《法喜志》，《四庫存目叢書・子部》第 255 冊，第 4 頁。

袁珙便預言其必為劉秉忠一類。而姚廣孝初侍燕邸時，每天晚上夢見與劉談話，現身佐命而又恪守僧律，豈非劉秉忠「宿乘願輪，再世現者與」〔註86〕！

最後，劉秉忠和姚廣孝的身世經歷牽涉到佛教戒律問題。

欲界眾生要脫離此界，必須斷欲去愛，但成道之後身旁身後尚掙扎無邊苦海眾人，不忍心丟棄，故不惜自己染污其中，化種種身以濟度之，推而廣之，不但人，「所有一切眾生之類，若卵生，若胎生，若濕生，若化生，若有色，若無色，若有想，若無想，若非有想非無想，我皆令入無餘涅槃而滅度之」〔註87〕。

人們常常慨歎佛家戒律逐世鬆弛，「佛制有居阿蘭若者，有露地而處者，有乞食者，有衣糞掃衣者，皆苦其形體，勞其心智，以求其道。今世去佛殊遠，比丘之擬於古者鮮有其人焉」。〔註88〕戒律是修成正果的必要條件，也是佛法為世尊仰的紀律保證，戒律鬆弛誠然為佛門不幸，但是後世和尚對持戒的開明態度又不能不說包含另外的深刻意蘊。

依據佛理，世界遲早毀滅，風氣一定敗壞，在這樣毀壞的過程中，慈悲的菩薩們與其俯仰沉浮，隨順眾生。住持名山大寺，聚門徒，受賜披紫，交往王公貴族、文人士夫，非戀慕名利地位，而以其勢增重佛法，使人能信也；刊語錄、留行業，非貪名後世，為來者立榜樣也；琴棋書畫，偶擅所長，古人真迹，時有所藏，非執物成累，善巧方便，接引學者也……，等等。《華嚴經》說，菩提屬於眾生，若無眾生，一切菩薩終不能成無上正覺。古德們沒有漏盡的煩惱都是眾生的福音，「譬如諸大城市所充糞穢，若置甘蔗、蒲桃園中，則有利益。菩薩結使亦復如是，所有遺餘，皆是利益，薩婆若因緣故」。〔註89〕

二、近現代研究成果

近現代以來，張長弓、鄧紹基、楊鐮、陳得芝、鮑翔麟等學者都很關注元代詩僧，成果斐然。

張長弓《中國僧伽之詩生活》是一部中國詩僧簡史，自南北朝迄清代民

〔註86〕錢謙益《列朝詩集》，順治九年（1652）版，閏集一。

〔註87〕《四十二章經・金剛經・維摩詰所說經》，李淼、郭俊峰主編《佛經精華》，時代文藝出版社2001年，第57頁。

〔註88〕姚廣孝《七寶泉慧順禪師塔銘》，《逃虛子集》，《四庫存目叢書・集部》第28冊，第83頁。

〔註89〕《寶積經・勝鬘經・無量壽經・心經》，李淼、郭俊峰主編《佛經精華》，時代文藝出版社2001年，第13頁。

國，博採四庫提要、小傳、序記、筆記等各方面資料，自由揮灑，泛泛而簡要。談及元代詩僧三隱（笑隱大訢、天隱圓至、覺隱本誠）、釋英、明本、清珙、克清、允恭、維則、大圭、法堅、善住、魁天紀、釋溥光以及元末明初三大師僧宗泐、來復、守仁。

　　楊鐮《元詩史》設詩僧兩章，分前後期，前期以子溫、文珦、釋英、圓至、明本、道惠爲代表；後期包括清珙、善住、惟則、魯山、大訢、本誠、宗衍、至仁。對這 14 位詩人的生平、作品做了較爲詳細的考證、梳理和評價鑒賞。結語中還提到元明之際影響最大的詩僧來復。《元代文學編年史》更收集了大量詩僧的資料。《元佚詩研究》參照明人潘是仁《宋元六十一家集》、清人顧嗣立《元詩選》和《四庫全書》考察了元詩佚存情況，其中包括釋英的《白雲集》、宗泐《碧山堂集》、釋道惠《廬山外集》及魯山的詩。有關結論是，釋英《白雲集》原 150 首（現存 101 首）隱藏在張習的僞書張羽《靜居集》六卷中；宗衍《碧山堂集》原佚實存：《詩淵》中的「本釋道原」即釋宗衍，而「本釋道原」詩會和《元詩選》的《碧山堂集》詩，基本可恢復成《碧山堂集》三卷；《廬山外集》四卷國內僅北大圖書館存一孤本，兩卷元延祐刻本，卷三卷四抄配，當補於清末，抄配所據元刊原本已流於日本；《永樂大典》和《詩淵》中的魯山，儒姓，儒字記音，又作岳或月，岳魯山，高昌人，由此輯得魯山佚詩數十首。《元僧詩與詩僧文獻研究》一文介紹了元僧詩概況，對作爲元僧詩重要組成部分的釋文珦、釋英、釋道惠、釋清珙、釋惟則、釋魯山、光雪窗、釋宗衍作品的散失、輯佚、考釋進行了專題研究。楊鐮特別指出，從總體上來說，宋元之際與元明之際不同，士人出家主要與科舉斷絕、政府優待宗教人士有關，往往出於實際生活出路的考慮和選擇。元僧詩是南宋江湖派在元代的延續。

　　鄧紹基所撰《元代僧詩現象平議》一文，也是元代詩僧評價的奠基性作品。他將元代詩僧的活動置於整個文學史中，與宋進行對比，敏銳的發現，元朝廷扶持宗教政策促進了儒釋道的混融及其人員的交流，北宋後期較明顯出現的「文人禪學化」和「釋道文人化」現象在元代大大發展。所以，與唐宋文學大家堅守儒家門戶、力排佛老不同，元代著名文士與詩僧們普遍交往。善住、釋英、圓至、道惠等詩僧自覺介入宗唐德古的風氣和潮流中，月泉吟社、西湖竹枝詞、玉山雅集等唱和活動也都不乏詩僧。

　　天如惟則、楚石梵琦、笑隱大訢、溫日觀、李溥光等有單篇文章專門論

及。栯堂益、了堂惟一、石屋清珙的山居詩在祁偉的博士論文《佛教山居詩研究》中有獨章分析。

另外，禪詩研究一直較熱，然內容多集中在唐宋清末，偶而涉及元代。如洪修平、張勇《禪偈百則》對梵琦「崇天門外鼓騰騰」做了分析鑑賞。李淼譯注《禪詩三百首》有白雲英上人《宿睦州祖師庵》，善住《送僧還山》、《山中》，行端「落日照江村」偈，大訢《次韻薩天錫臺郎賦三益堂芙蓉》，清珙《閒詠》（之一、之二），至仁《次韻竺和尚山居四首》（選一），惟則《獅子林即景六首》（選一），梵琦《曉過西湖》。

宗教研究方面，近年出了兩種介紹中峰明本的專著。紀華傳《江南古佛》全面完整地考述了中峰明本的生平行履、著述思想、流脈傳承、交遊往來等，末附年譜簡編。通過對這位代表人物的研究，揭示出元代江南禪宗的一些特點。作者認為明本的著作濃縮了元代禪宗的各個方面，堪稱一部元代禪宗史，具有重要的史料價值。他詳細介紹了明本的主要著述，梳理考察了《中峰和尚廣錄》的版本與流傳。作者特別讚賞明本以堅守力行之高德贏得了朝廷的外護力量，對其中與趙孟頫、馮子振等士大夫的交往做了詳細考證。釋印旭《元代高僧中峰明本禪師》寫了釋明本的生平及著述、傳承與影響、禪法，對其藝術成就，主要是對詩歌和書法，作了獨到的分析。

第二章 元代詩僧輩出、僧詩繁榮的大背景

　　從古代正統視角，元代是一個極特殊的朝代：一是非漢族大一統政權，一是佛化政治。蒙元統治的建立對民間衝擊相對較小，老百姓種地打鐵，各承先業。而對文化界影響較大。漢族儒者失去了「一等公民」的地位，其出處、事業面臨新的選擇和考驗。儒士子承父業非徒混生計，還為光宗耀祖。科舉一廢幾十年，科舉恢復聊勝於無，很多儒士都轉了業，出家居其一。「學而優則仕」，在元代，儒士把這話說給了和尚。和尚做得好，官運可以亨通，身價可以等爵。從科舉中脫身的儒士盡情嘔詩，從世俗中遁逃的和尚也不改舊習，詩壇是他們共同的樂園。再者，保存民族文化也是他們攜手的重要原因。

第一節　元代佛教之盛

　　佛法在世流傳分正法、像法、末法三個時期，三時斷限一般取正法五百年，像法一千年，末法一萬年之說。有教有行有證謂正法，有教有行無證謂像法，有教無行無證謂末法，離佛漸遠，教法漸轉微末。三時之後，佛法滅盡。「佛者之盛，莫盛於元，道則微矣」〔註1〕，「佛法下衰，無甚於今」〔註2〕，衰指行證之衰，而元代佛教之盛主要指教（教化）盛。

〔註 1〕烏斯道《天台空室愠禪師行業記》，《瑞巖恕中和尚語錄》，卍新纂續藏經本。
〔註 2〕釋文琇《增集續傳燈錄》卷四「靈隱竹泉法林禪師」，《卍新纂續藏經》本。

元代崇尚宗教，諸教中佛教至尊。帝國疆域廣闊，把一些信仰佛教的民族納入大帝國，如藏族和西域各族；同時把佛教帶給屬元而前未信仰的民族，如蒙古族的固有信仰和社會習尚薩滿教，在元朝建立後受到藏傳佛教的衝擊而削弱，又習禪的丁鶴年是回回，向天如問禪的河南行省平章圖嚕、行宣政院使岳叔木、肅政使布達實哩都是高昌維吾爾族。〔註3〕元代興地廣，佛化溥。釋大訢在妙國師堂下聽法，座中「皆五竺四方諸國殊音異俗者，不啻數十種族」，大開眼界，歎「江南巖穴中寒酸野衲有目未見，有耳未聞，甚為希有」〔註4〕。

統治者的尊信作為強大的法外護，大和尚極受禮遇，「百年之間，朝廷所以敬禮而尊信之者，無所不用其至。」「曠古以來佛事之盛未之有也！」〔註5〕

由於外族蒙古、色目人是上等公民，佛教之舶來便不像過去那麼是種缺憾，而似乎反倒還因其源自異域增添了一絲尊貴。

「唐世士大夫重浮屠，見之碑銘，多自稱弟子，此已可笑。柳子厚《道州文宣廟記》云：『春秋師晉陵蔣堅易師沙門凝安。』有先聖之宮而可使桑門橫經於講筵哉！此又可笑者。然《樊川集》亦有燉煌郡僧正除州學博士，僧慧苑除臨壇大德制，則知當時此事不以為異也。」〔註6〕宋人笑唐朝緇衣講經拜官、士大夫俯首稱弟子，而不知其後元代和尚更受人尊禮，僧官更多而炙手可熱，不僅士大夫、達官貴人稱弟子，如洪興祖對高峰，趙孟頫、高麗王王璋對明本，袁桷對如珙；更有「帝師」之制，皇帝亦受戒於西藏喇嘛，接受帝師的灌頂。「蓋佛之說行乎中國，而尊崇護衛莫盛於本朝。」〔註7〕藏傳一派地位最高，漢傳之地位也遠高於兩宋。建大龍翔集慶寺，工部尚書親自督役，以致儒者不滿。「元崇禮剌嘛為帝者師，禪剎相望，鐘鼓之聲不絕」〔註8〕，二者並舉，說明崇禮番教不僅不妨礙禪宗發展，反而為禪興創造了的條件，帝師制和遍地禪寺同為元代佛教隆盛的景象。對普通人來講，出家成為明智的生活出路；真正的修行者亦可謂生逢其時。

〔註3〕 歐陽玄《師子林菩提正宗寺記》，《師子林天如和尚語錄》卷九，卍新纂續藏經本。

〔註4〕 釋大訢《與妙國師書》，《全元文》第35冊，第363頁。

〔註5〕 釋大訢《與妙國師書》，《全元文》第35冊，第363頁。

〔註6〕 周密《癸辛雜識》前集，《文淵閣四庫全書》本。

〔註7〕 危素《揚州正勝寺記》，《危太僕文集》卷五。

〔註8〕 烏斯道《天台空室慍禪師行業記》，《恕中和尚語錄》，《卍新纂續藏經》本。

　　統治者的好尚起了決定性作用，硬性的政策和軟性的風氣使天下風靡，上行下效，眾心安之。元朝統治帶有濃厚的佛化政治色彩。整個社會形成篤信的氣氛。篤信的結果，上至朝廷下至百姓人家，往往產生瑞應。《山居新語》記載「余家藏石子一塊，色青而質粗，大如鵝彈，形差區。上天然有兜羅觀音在焉，雖畫者亦莫能及。或加以磨洗，則精神愈出，誠瑞應也」。〔註9〕「文宗好食蛤蜊，中有碎破不裂者，上焚香祝之，俄頃自開。中有螺髻瓔珞衣履菡萏，謂之菩薩。上置之金粟檀香合，賜與善寺，令致敬焉。余於杭城故家，見蚌殼二扇內，有十八尊大阿羅像，纖粟悉備，後歸之達爾瑪實迪左丞。欲求其理，又不可強言曲解也」。〔註10〕佛光星雲說：「元朝佛教與朝廷的關係密切，其能以一蒙古民族而統治華夏一百多年，可說多得力於佛化政治。」〔註11〕

一、佛教大顯於世──「祕密之法日麗乎中天」

　　「佛法流於中國久矣，三乘之教風靡九州，其道至焉。唐宋間始聞有祕密之法，典籍雖存，猶未顯行於世。國初，其道始盛西鄙。統元中，天子以大薩思迦法師有聖人之道，尊為帝師。於是，祕密之法日麗乎中天，波漸於四海。精其法者，皆致重於天朝，敬慕於殊俗，故佛氏之舊一變於齊魯。」〔註12〕佛法分顯密二宗，唐代，在應身佛釋迦牟尼佛所說經典（顯教）之外，傳入法身佛毗盧遮那佛直接所說的秘奧大法，是為唐密。元初，忽必烈從西藏帶回八思巴，後尊為「帝師」，定喇嘛教為國教，自此藏密如日中天。

　　從這段話我們也可以看到藏密大興的兩個重要條件：強有力的外護──忽必烈和出色的領袖人物──八思巴。

（一）元之崇佛自忽必烈始

　　元之崇佛始於忽必烈，大訴《王可毅尚書還朝序》云，文宗為世祖曾孫，走的正是世祖的路子〔註13〕，此世祖的路子即指崇佛。起初蒙古統治者信仰薩滿教，包容其他一切宗教，「元有天下，懷柔百神，凡前代所以為民事者，

〔註 9〕　《山居新語》卷一，《文淵閣四庫全書》本。
〔註10〕　《山居新語》卷四。
〔註11〕　《佛教歷史》，上海辭書出版社，2008年。
〔註12〕　《佛祖歷代通載》卷二十二，《文淵閣四庫全書》本。
〔註13〕　《蒲室集》卷七。

有舉無廢。」〔註14〕成吉思汗定下諸教平等的規矩，到忽必烈爲什麼會打破，尊崇佛教，特別是喇嘛教？

1、「國朝崇信之篤，度越古昔。蓋以薄海內外萬方畢臣，其習俗各異十已八九，而鮮有不事佛，遵其化以善者。」〔註15〕疆域遼闊，民族眾多，風習各異，除了武力、權力，還有什麼可以把天下攢在一起，那就是佛教，特別是西鄙地廣險遠，人民粗獷好鬥，更需要「因其俗而柔其人」，「乃郡縣土番之地，設官分職，而領之於帝師。乃立宣政院，其爲使位居第二者，必以僧爲之，出帝師所辟舉，而總其政於內外者，帥臣以下，亦必僧俗並用，而軍民通攝。於是帝師之命，與詔勅並行於西土」。〔註16〕那麼在武力、權力之外，佛教是一股自然的黏合力。

2、忽必烈皇位的取得和鞏固離不開僧人的幫助，這期間他感受到佛教的神秘力量，需要並相信番僧的陰相，佩服和依賴漢僧的未卜先知。

太子忽必烈出征西國曾迷路，遇到僧人指路而受記。「由是光宅天下，統御萬邦。大弘密乘，尊隆三寶。」〔註17〕

子聰（劉秉忠）輔佐忽必烈，顯示出超人的預測能力。如「帝潛龍時，命忠書記叩六丁之靈，求治國之道。出征江南，書記奏云：飛龍之時已至，可速回轅。上然之，猶是富有天下。」〔註18〕

忽必烈南征北戰中，藏傳佛教大師多次祭神做法，輔助戰事。如「帝禦北征。護神現身陣前。怨敵自退。」〔註19〕「天兵飛渡長江，竟成一統」時，八斯巴正好從西藏還京，「雖主聖臣賢所致，亦師陰相之力也。」〔註20〕

八思巴祖父七世恭謹事神，隨禱而應。元軍南下滅宋之時，八思巴命膽巴祭祀祭摩訶葛剌，助祐國家軍事行動，有奇驗：「初天兵南下。襄城居民禱真武。降筆云：『有大黑神，領兵西北方來，吾亦當避。』於是列城望風歘附，兵不血刃。至於破常州，多見黑神出入其家，民罔知故。實乃摩訶葛剌神也，此云大黑。」〔註21〕

〔註14〕劉岳申《壽聖觀記》，《永樂大典》卷6697《九江府》。
〔註15〕《王可毅尚書還朝序》，《蒲室集》卷七。
〔註16〕《元史》卷二百二「釋老」，中華書局1976年，第15冊，第4520頁。
〔註17〕《佛祖歷代通載》卷二十二。
〔註18〕《佛祖歷代通載》卷二十二。
〔註19〕《佛祖歷代通載》卷二十二。
〔註20〕《佛祖歷代通載》卷二十二。
〔註21〕《佛祖歷代通載》卷二十二。

3、對忽必烈來說，藏密重事功，可操作性強，更能滿足他用權力和財富求勝、求福報和功德的願望，而漢地盛傳的禪宗太過玄虛。

「帝嘗問帝師云：『修寺建塔有何功德？』帝師云：『福蔭大千。』由是建仁王護國寺，以鎮國焉。」〔註22〕對比當年達摩回答梁武帝所造成的「不契」，可以想見帝師的回答多麼允稱聖心。〔註23〕

忽必烈篤信之表現：

宮中居處環境的布置有肅穆的佛教氛圍：「帝大內皆以眞言梵字爲嚴飾，表行住坐臥不離捨佛法也」；忽必烈自己修持：「帝萬幾之暇，自奉施食，持數珠而課誦」；眷屬也要參與佛事：「帝命皇后娘娘鎮國寺行香」；視佛經爲重寶：「元一以西天貝多葉經獻帝，帝貯以七寶函，嚴加信仰」〔註24〕；優待僧人：「帝詔僧大內念經行香。侍臣奏云：『僧多有不識字。』帝乃云：『但教舒展，拭去塵埃，亦有功德。』」「帝命僧念《無量壽王陀羅尼經》，能念者，賜疋帛稱賞」，「帝見僧有過，不加王法，止令閱教懺悔」〔註25〕。

從忽必烈開始，藏密在宮廷扎根。秘密戒盛行，「累朝皇帝先受佛戒，九次方正大寶，而近侍陪位者必九人或七人，譯語謂之囊達實，此國俗然也」。〔註26〕

有元一代自然災害頻繁，盛行修佛事攘災。如泰定帝時，帝師命僧修佛事於塩官州，仍造浮屠二百十六所，以厭海溢。——《元史》〔註27〕

（二）八思巴——世俗的權力交織著聖僧的光輝

法在人弘，人以法重，密教的勢力與八思巴之絕世才智密不可分。

八思巴（1235～1280）出身於顯貴佛教家庭。1247 年與弟弟隨導師薩班遠赴涼州，參與了藏地歸附元朝這一重大事件。由此便長期生活在蒙古王宮，

〔註22〕《佛祖歷代通載》卷二十二。

〔註23〕《祖堂集》卷二記載，爾時（梁）武帝問：「如何是聖諦第一義？」師曰：「廓然無聖。」帝曰：「對朕者誰？」師曰：「不識。」又問：「朕自登九五以來，度人造寺，寫經造像，有何功德？」師曰：：「無功德。」帝曰：何以無功德？「師曰：「此是人天小果，有漏之因，如影隨形。雖有善因，非是實相。」武帝問：「如何是眞功德？」師曰：「淨智妙圓，體自空寂。如是功德，不以世求。」武帝不了達摩所言，變容不言。

〔註24〕《佛祖歷代通載》卷二十二。

〔註25〕《佛祖歷代通載》卷二十二。

〔註26〕陶宗儀《南村輟耕錄》卷二，中華書局 1959 年，第 20 頁。

〔註27〕明·釋心泰《佛法金湯編》卷十六，明萬曆二十八年釋如惺刻本。

研習佛法。後來得到忽必烈的賞識，1253 年，先後爲皇后和皇帝授薩迦派吉祥喜金剛灌頂，使他們成爲虔誠的佛教弟子，實質上使這個國家的統治帶上佛化政治色彩。1258 年，釋道辯論，八思巴剖析是非，使道方無言以對。1260，世祖登極建元中統，尊爲國師，授以玉印，八思巴成爲中原法主，統天下教門。西歸旋還。1264 年受賜《珍珠詔書》，忽必烈在書中向藏族僧俗說明自己已向八思巴請授灌頂，封其爲國師，任命其爲所有僧眾的統領，表達了對八思巴的絕對信賴，並賦予他在西藏地區至高無上的權力。1270 年，創八思巴文字，升號帝師大寶法王，受賜王印，統領諸國釋教。西歸。1274 年還京時，京師舉行盛大歡迎儀式，萬眾瞻禮，若一佛出世。爲眞金皇太子說器世界等《彰所知論》。西歸。1280 年，四十六歲示寂。

泰定帝受佛戒於第十任帝師，繪帝師八思巴像，頒行各省，詔令塑祀。〔註 28〕

藏傳佛教在漢地的活動主要局限於宮廷。佛光星雲《佛教歷史》言，「藏傳佛教雖受元朝帝室的崇信，然終究不合民情，故僅能在宮廷中流行。」

二、重教扶教

由於元初教弱和教與藏傳佛教關係較禪密切等原因，國家重教扶教，實施辦法主要是向江南禪宗興盛地派遣講經僧。茲介紹各教派簡況。

（一）慈恩宗（又稱法相宗）唐玄奘法師取經律論回國授徒，窺基爲箋疏釋之，世傳爲慈恩宗。慈恩宗印度思維特徵突出，義理名相繁富細密，自智周大師後眞義即失，但學術秉承歷代不斷。元初，慈恩宗主要在北方，江南幾乎無傳。至元二十五年戊子（1288），朝廷詔江淮諸路立三十六處御講，徵選經明行修者住持，廣訓徒眾，慈恩宗才開始在南方盛行。第一位中選者爲志德，蒙世祖召見賜衣食，奉旨住建康天禧、旌忠二寺，日講法華楞嚴金剛華嚴大藏等經，至元三十一年賜號佛光大師。〔註 29〕

其他研習慈恩宗的學者有普喜（吉祥禪師）、英辨（普覺）、棲嚴益、慧印等。

（二）天台宗　宋代北峰宗印法道極盛，其門下三大弟子剡源覺先、桐

〔註 28〕明·釋心泰《佛法金湯編》卷十六，明萬曆二十八年釋如惺刻本。

〔註 29〕釋大訢《金陵天禧講寺佛光大師德公塔銘》，《蒲室集》卷十二，《文淵閣四庫全書》本。

州懷坦、佛光法照在元代法流不斷。元時天台祖庭國清寺已易教爲禪，天台宗活動主要集中在杭州，以上、下天竺爲主。

覺先系　主要有允澤法師、湛堂性澄〔註 30〕及其弟子天岸弘濟、季衡允若、絕宗善繼、我庵本無。袁桷云，「天台之學，獨盛於四明。其教以體用爲宗，吾儒言理，深有取焉」。〔註 31〕「四明法智大師以天台教旨經緯導達學者，謂爲中興。南湖寶講貫舊址，踵主其席，稍不厭眾議，訾病交集。歷代承接，皆有足稱道。至師居南湖，千口無異辭。」〔註 32〕

元末富陽詩僧古蘭、守仁初跟楊維楨學《春秋》，後入天台教。

懷坦系　主要法師有古源永清、潛山文珦、玉崗蒙潤、大用必才、松壑正壽、英巖普曜、印海子實。

法照系代表人物是入明的「白眉法師」東溟慧日。

（三）賢首宗（華嚴宗）

唐代法藏集華嚴宗之大成，被尊爲華嚴三祖，法藏字賢首，故華嚴宗又稱賢首宗。四祖澄觀國師，五祖宗密大師，宗密之後，名人較少，法統傳承不甚分明。

元代賢首宗，北方，大都有妙文德謙。五臺山有仲華文才，以白馬寺住持「釋源宗主」兼領五臺山大萬聖祐國寺第一代住持；了性，五臺山大普寧寺第一代住持；寶嚴，繼主五臺山祐國寺，後遷玉山普安寺；善柔，晚年住持法雲寺；定演，建大都崇國寺。南方有麗水盤古、一雲大同、古庭善學。

（四）律宗

佛涅槃時叮囑「以戒爲師」，律宗實際上是律學，各宗僧人都有研習律學的。元代傳承四分律的著名律師有性澄、妙文、法聞、德謙、惠汶、弘濟、大節、瑞仙。其中性澄、弘濟屬天台教，德謙、妙文是賢首宗，慧印是慈恩宗，瑞仙二十出家，精習大小律藏，後又探太教，投學禪師。專門研習律教的只有《律苑清規》作者省悟大師一人。

三、淨土法門融入各宗

元代弘修淨土者，《淨土往生錄》中有妙文、善住、旨公、性澄、可授、

〔註 30〕從膽巴上師稟受密戒，從哈尊上師研喇嘛教。見《大明高僧傳·湛堂性澄傳》。
〔註 31〕袁桷《釋道攷》，《延祐四明志》卷十六，《文淵閣四庫全書》本。
〔註 32〕《延慶入法師塔銘》，《清容居士集》卷三十一，《文淵閣四庫全書》本。

慧日、夢潤、明本、宏濟、必才、悅可、善繼。《淨土聖賢錄》中有妙文、善住、旨公、性澄、蒙潤、明本、優曇、宏濟、必才、悅可、惟則、善繼、子文、盤谷、梵琦、慧日。《諸上善人詠》中有優曇宗主、寂堂師元禪師、天目中峯和尚、玉岡蒙潤法師、雲屋善住和尚、天如惟則禪師、旨觀主、西齋梵琦禪師。《西舫彙徵》收元代中峰和尚、善住、天如惟則、普度、妙文、盤谷、楚石梵琦。

元代淨土宗主要作為一個法門存在，除普度專弘淨土外，餘皆他宗兼弘。

湛堂性澄（天台宗）晚年篤志淨業，晨朝繫念，雖病不廢。嘗屏絕左右，修一心不亂觀門者七晝夜，屢感瑞應。〔註33〕

無隱法師　釋妙聲《東皋錄》卷中《懷淨土詩序》云：「吳之東宏其教者曰無隱法師，天台氏之學者也。」

普度　自晉廬山慧遠結社，淨土宗問世，到元初，法流成弊，白蓮宗盛行，「邪道混淆，微旨曖昧」。為使百姓正確地信仰及修行，也為使朝廷瞭解淨土宗、解除禁令，普度撰《蓮宗寶鑑》十卷，發明念佛三昧，奉旨板行，為淨土中興。又有淨土詩若干首。

中峰　密修淨土，著《三時繫念》、《幻住庵清規》創立念佛修行儀軌。另有約128首淨土詩。

天如惟則　著《淨土或問》，婆心苦口，指示禪淨雙修，既是淨土指南，亦為參禪金針。

善住是吳中修淨土人中最虔誠用力的，掩關不出，晝夜六時稱念阿彌陀佛萬聲，讀誦大乘，禮拜懺悔，坐臥向西，久病不易，臨終異香滿室。有《安養傳》行世。其友人德清有詩「高僧雖古有，結社少如君。」則善住曾結社念佛。〔註34〕別集《谷響集》卷二有《懷安養詩》。

無慍《恕中和尚語錄》卷六有《十念示法姪淨覺源》：「定起懷安養，添膏助佛燈。剎那圓十念，迢遞出三乘。天樂時時奏，蓮臺步步登。遠公雖已矣，斯道要人弘。」《山庵雜錄》卷下舉周婆往生事例，言確如佛經所說，末法中南閻浮提女人獲生淨土者多如雨點。又痛斥冒名蓮社，假求衣食；贊優曇《蓮宗寶鑑》闡揚正教，排斥異說之功。

獨庵自朋（1316～1370）示寂前十日囑徒：「最後剎那，諸根悉皆散壞，

〔註33〕黃溍《上天竺湛堂法師塔銘》，《全元文》第30冊，第249頁。
〔註34〕《次雲屋見寄》，《山林清氣集》，四庫全書存目叢書本。

惟此願王不相捨離，汝其記諸。」臨終偈云：「平生出處只隨緣，夢幻空華任變遷。廓示融通三觀理，夕陽依舊在西天。」

其他還有來復，如《念佛三昧記》；文珦，如《懷安養》四首〔註35〕；大訢，如《題中峰和尚懷淨土詩後》〔註36〕。

四、禪宗勢力最盛

袾宏《竹窗合筆》「先輩語『習俗移人，賢智者不免。』今一衣一帽、一器一物、一字一語，種種所作所爲，凡唱自一人，群起而隨之，謂之時尙。」〔註37〕時尙是當時習俗之所好尙，它推動人們群起而作一些事情。禪宗是帶強烈的時尙性的，故雖朝廷重教抑禪，禪宗勢力仍然最盛。先教後禪是常事，而先禪後教只極個別。我庵本無爲元叟侍者，由舅舅的原因，參見演福湛堂性澄，改研教部，元叟作偈寄之云：「從教入禪今古有，從禪入教古今無」。〔註38〕

達摩被奉爲禪宗初祖，五祖弘忍以下，分南禪和北禪。六祖慧能以後的禪與之前旨趣大異，所謂禪宗，「似爲六祖以後之禪」。六祖以後，五家分燈。宋代，臨濟、雲門最盛；法眼、溈仰數傳而湮滅不明；曹洞宗盛衰介於溈仰、法眼和臨濟、雲門之間，正系脈絕，唯存雲居道膺一脈，芙蓉道楷下丹霞子淳和鹿門自覺二法系最有影響，至元代末葉意外繁盛。元代臨濟宗最盛，雲門宗嗣法莫考〔註39〕。

（一）曹洞宗

1、北方，鹿門下五世出萬松行秀

行秀於「孔老莊周百家之學無不精通」〔註40〕，「數遷巨刹，大振洞上之宗，道化稱極盛焉。」〔註41〕元好問云，「余往在南都，侍開閒趙公、禮部楊公、屛山李先生燕談，每及青州以來諸禪老，皆以萬松老人號稱辨才無礙，當世無有能當之者。承平時已有染衣學士之目，故凡出其門者，望而知其爲

〔註35〕《潛山集》卷六。
〔註36〕《笑隱訢禪師語錄》卷三。
〔註37〕袾宏《竹窗合筆》，予亭譯注《禪林四書》，崇文書局 2004 年。
〔註38〕《寄無維那七首》，《徑山元叟端禪師語錄》卷五。恕中無慍《山庵雜錄》卷上。
〔註39〕蔣維喬《中國佛教史》上海古籍出版社 2004 年，第 236～244 頁。
〔註40〕《五燈全書》卷六十一，《卍新纂續藏經》本。
〔註41〕《續燈正統》卷三十五，《卍新纂續藏經》本。

名父之子」。〔註42〕從行秀得法者達一百二十人，其中林泉從倫是至元十八年（1281年）十月二十日在大都憫忠寺焚燒化胡等經的點火人。全一至溫，忽必烈賜「佛國普安大禪師」號，命總攝關西五路、河南南京等路、太原府路、邢洛磁懷孟等州僧尼之事。〔註43〕雪庭福裕，「元世祖大集沙門，惟雪庭裕祖高賢鱗附，如黃鍾爲八十四調之首，如車轂爲三十六輻所歸，洵至盛矣，誰與京焉。」〔註44〕少林福裕一脈一直綿延至明清以後。行秀的俗家弟子耶律楚材、李純甫等也起了重要的弘法護法作用。

2、南方，丹霞下四世出東明慧日和雲外雲岫

東明慧日至大元年（1308）赴日，歷住名剎，開創日本禪宗24派中的「東明派」。雲外岫弟子四人，其中無印大證有傳人；東陵東嶼於至正十一年（1351）赴日，開創了「東陵派」。

（二）臨濟宗

1、北方：臨濟中興

臨濟中興主要繫於海雲印簡、劉秉忠、西雲安三人。

海雲印簡歷住興州任智寺、淶陽興國寺、興安永慶寺、燕京大慶壽寺。太祖從其受菩薩戒，並封爲寂照英悟大師，定宗命統天下僧眾，憲宗命掌釋教事，世祖曾從其受菩薩戒。「師住臨濟院。能系祖傳以正道統。佛法蓋至此而中興焉」。

海雲印簡將亂世奇才劉秉忠帶給忽必烈，「開文明之治，立太平之基，光守成之業」〔註45〕。

西雲安，成宗元貞元年，奉詔住天都大慶壽寺。至仁宗，賜臨濟正宗之印，加封榮祿大夫、大司空，領臨濟一宗事。〔註46〕

2、南方：名師輩出

之善系的元叟行端門下夢堂曇噩、楚石梵琦、愚庵智及、行中至仁、古鼎祖銘等。

居簡系晦機元熙門下寶舟覺岸、梅屋念常、笑隱大訢

〔註42〕元好問《屬和尚頌序》，《遺山集》卷三十七，《文淵閣四庫全書》本。
〔註43〕《佛祖歷代通載》卷二十一。
〔註44〕《五燈會元續略》，《卍新纂續藏經》本。
〔註45〕《歷代佛祖通載》卷二十一。
〔註46〕趙孟頫《臨濟正宗之碑》，《佛祖歷代通載》卷二十二。

松源系石林行鞏傳東嶼德海，東嶼德海的弟子中悅堂希顏、雪窗悟光；橫川如珙的弟子古林清茂，古林清茂的弟子了庵清欲；虛堂智愚的弟子天眞惟則；虛舟普度的再傳月江正印、明極楚俊等。

祖先系

「達摩西來，至曹溪祖而別爲五；臨濟正傳，至無準範而別爲二」，禪宗到六祖慧能分爲雲門、法眼、潙仰、曹洞、臨濟，而臨濟到無準師範傳斷橋妙倫和雪巖祖欽二脈，宋季二公唱道東南。斷橋妙論禪法經方山寶公傳無見先睹，雪巖祖欽經高峰原妙傳中峰明本。雪巖祖欽世稱「法窟第一」，門下高峰原妙、及庵宗信、虛谷希陵等。宗信門下石屋清珙、平山處林。高峰傳中峰、斷崖、鐵牛，鐵牛傳世誠，中峰傳千巖元長和天如惟則。千巖元長傳萬峰時蔚。「入國朝以來，能使臨濟之法復大振於東南者，本公（中峰明本）及禪師（無見先睹）而已」〔註47〕。二家法脈一直延續到明末。

臨濟宗一山一寧、明極楚俊、靈山道隱、清拙正澄、竺仙梵仙等東渡日本傳法，分別開創了日本古代禪宗24派中的一山派、明極派、佛慧派、大鑒派、竺仙派。

禪宗之盛除禪刹相望，鐘鼓不絕之外，主要在人氣旺，話語稠，事情多，這是禪師們有主（道）有副（藝），主副兼顧的結果，其表現如下：

1、真修實悟，有傳有承，道俗景仰，遠道參叩

每每天下大亂之後，寺廟兵毀，典籍散佚，比丘懈怠、不守毗尼，往往此時即出現一批眞道人逆流修頭陀行，急急自救。馮達庵說，入元後，崇尚西藏佛教前傳數派中的薩迦派，此派因忽視戒律，流弊茲多〔註48〕。這也必然促使禪師們嚴以律己，保持本色以與之拉開距離。

元代許多高僧遠離塵囂，眞參實究，下舉數例：

高峰死關　高峰原妙以苦行著稱。在龍鬚九年，「縛柴爲龕，風穿日炙，冬夏一衲，不扇不爐，日搗松和糜，延息而已。嘗積雪沒龕，旬餘路梗絕煙火，咸謂死矣。及霽可入，師正宴坐那伽。」在師子巖築死關，「小室如舟，從以丈，衡半之。」「上溜下淖，風雨飄搖。絕給侍，屏服用，不澡身，不薙髮。截甕爲鐺，併日一食，晏如也。洞非梯莫登，撤梯斷緣，雖弟子罕得瞻視」。以致天下人「皆合手加額曰：『高峰古佛，天下大善知識也』」〔註49〕。

〔註47〕黃溍《無見先睹禪師語錄序》《無見覩禪師語錄》，《卍新纂續藏經》本。
〔註48〕馮達庵《佛法要論》宗教文化出版社2006，第121頁。
〔註49〕洪喬祖《高峰和尚行狀》，《趙孟頫墨跡精品選》，吉林文史出版社2008年。

中峰幻居　明本禪師堅持其師高峰隱遁苦修作風，雲遊行腳，所到之處往往有信徒布施建庵。如德雲庵就是居士李誠爲中峰和尙遊息而創立，「宋末元初，戎事始定，西天目山中峰祖師舉棹江湖，船居十載。南抵錢塘，北遊蘇秀，乘此光風霽月，鑑水平波，優游涵泳而樂道也。因泊船唐棲鎭下，鄉耆李誠從師慕道，乃於隴右平區修築幽居，以爲祖師祁寒盛暑燕息之所。子昂趙公相與往還論道，匾曰「德雲菴」，有『舟停蘆月渚，僧憩德雲菴』之句〔註50〕。」也有讓位甘爲弟子的，如能仁庵之建，「方師之逃於潛至乎皖也，有祖震者，先隱此山，願爲役終身。從遊匡廬、金陵，旋至天目，擇其勞者躬爲之。如庚桑之於老聃，薛勤之於郭林，宗明、大禪之於妙善，必有厭服其心者也。」〔註51〕

天眞參無極源　天眞惟則禪師得法經歷極富傳奇色彩。天眞歷見十八位老師具不契。千巖元長賞識他，推薦參叩隱居江西匡廬將近六十年的無極源。無極源臘高百歲，因不肯不輕許學人，仍未有嗣。千巖說：「子宜見之，或緣在彼，亦不孤負子行腳苦心也。」天眞遂往。他見到的無極源「枯坐木龕，常達旦不臥。霜眉如戟，威德逼人。惟三五白髮侍僧同」，大不近人情。依棲三個多月，不蒙一言啓發。天眞也不敢問，因同侍者先提醒過，住下可以，莫問佛法。終於一天，幸運地在廁所碰到無極源，這是一個難得的比較放鬆比較人之常情的時候。天眞抓住機會提問，且有省。然後又服勤久之，源公才告訴他：「當時雪巖先師言，我福薄，不宜出世，只可山邊水邊覓一箇半箇足矣。今住此山，不意子來，然子緣十倍於我，時至矣，宜東行。」〔註52〕天眞遂出世，無極源老人一段威德後亦遂得躍然紙上，使人知道澆漓之俗外尚有一生不爲高明所買者，使人更從天眞身上看到無極源的影子。

2、蒙受朝廷封賜及重用

對元王廷，儒釋道皆爲教，三者在實用原則下都比較充分地發揮了各自的社會功效。釋教內部亦然，藏密的戒咒祝禱國家重視，禪宗的治心化民也未被忽略。雖然番教最尊，雖然重教抑禪，而禪宗高僧們基本上都得到了應有的尊重和社會地位──爲官、住持名山大寺、修藏經、出使異域並蒙各種封賜。即使那些不願與政府合作的，朝廷也要派人追進深山予以表彰。前者

〔註50〕《武林梵志》卷四，《文淵閣四庫全書》本。
〔註51〕祖瑛《能仁庵記》，吳永年《吳都法乘·壇宇篇》，影印舊鈔本。
〔註52〕《南宋元明禪林僧寶傳》，《四庫全書存目叢書》本，卷十三。

如福裕，出主少林，任最高僧官都司省都總統，總領全國佛教，領袖禪宗。後者如明本，拒絕住持名剎，固辭仁宗皇帝召請，朝廷仍賜號「佛慈圓照廣慧禪師」及金襴袈裟，賜師子正宗禪寺額，並追賜其師、已故的高峰原妙「佛日普明廣濟禪師」。如天如，承其師風，前後三十年行腳江湖居無定所。朝廷賜「佛心普濟文慧大辨禪師」號及金襴衣。

3、語錄盛行，禪詩豐富

《山庵雜錄》揭露「近世有一種剃頭外道，掇拾佛祖遺言，鬬釘成帙，目之曰語錄，輒化檀信刊行」，可知當時流行刊印語錄。而禪師寫詩非常普遍，一詩僧見另一詩僧，大文士居然期以詩道有昌而自慶——慈恩隆師將拜謁依止青原山雲林定公，劉楚云，定公文辭清麗，眾弟子中沒有能登堂入室的，而隆師詩律有清致，此去又得山水奇絕景觀，二人必相契合，「是行也，詩道其有昌乎？吾將以二子之會遇自慶也」。〔註53〕

第二節　教界的弊端

虛雲老和尚說所謂末法，究非法末，實是人末。末法時期，真道人少，故物初大觀見到晦機元熙歎「澆漓末世，而有斯人也」；竊形服者多，栢子庭作《可憎詩》：「世間何物最堪憎，蚤虱蚊蠅鼠賊僧。」教門的問題，從根本上說都是人的問題，而人的問題，又出在戒律上。

一、過度尊崇，弊害不淺

從至元年元世祖迎請八思巴入京開始，世代國師由薩迦派僧侶擔任，藏傳佛教成為元代國教，元代可謂喇嘛教時代。然保護太甚，弊害不淺，「終元一世創立功德使司，所謂帝師、國師者，僭越無度。累朝錢粟之耗費，綱紀之廢弛，莫不由此」。〔註54〕「自至元三十年間，醮祠佛事之日僅百有二，大德七年，再立功德司，遂增至五百有餘。僧徒貪利無已，交結近侍欺昧奏請，布施葬齋，所需非一，歲費千萬，較之大德，不知幾倍。又每歲必因好事奏釋輕重囚徒，以為福利，……至或取空名宣敕以為布施而任其人，可謂濫矣」。而禪、教、律「則固各守其業，惟所謂白雲宗、白蓮宗者，亦或頗

〔註53〕劉楚《送隆師之青原序》，《全元文》第57冊，第426頁。
〔註54〕邵遠平《元史類編凡例》，掃葉山房本，第四冊，第6頁。

通姦利云」。〔註55〕各種元史所針對的佛教之崇主要就是因崇信藏傳佛教而驕縱番僧。高僧尚具人性的弱點，更何況大量俗僧。論者有元之亡實亡於僧之說。

（一）楊璉真珈肆惡於前

江南釋教總統楊璉眞珈與桑哥專政相與表裏，怙恩橫肆，發杭州天長寺魏憲靖王冢，多得金玉；發理宗陵，多得寶器，倒懸屍首樹間，瀝取水銀，截頭爲飲器；發徽欽高孝光五帝並孟韋吳謝四後，焚骴雜置牛馬枯骼中；發錢塘紹興大臣家墓一百一所……蔑視漢地禮俗，傷害漢人感情。其他戕殺平民、受獻美女、占田盜財，不可具陳。

（二）伽璘真導淫於後

伽璘眞迷惑順帝受秘密大喜樂禪定，得爲大元國師。順帝荒樂不理朝政，群盜並起。

二、十羊九牧，僧官跋扈

世祖忽必烈一統中國後，考慮到納僧於俗制有失崇敬，故設各級僧官，掌教護法。然日久生弊，僧官鑽營奔走，濫用職權，不顧戒行，貪愛無明，與俗無異，不但自己失去出家人的面目，還妨害其他出家人修行，僧官不僅起不到應有的管理作用，反倒成爲難以去除的疽癰，「稗販之流，好爵縻賢，恃其所貴而貴之，奔走伺候，處污不羞。以敲樸喧囂，牒訴悾傯爲得志，不奪不厭。致有囊加巴僧錄往取栲栳山僧錢，罔咈律行，可謂師子身蟲也。仁宗皇帝居儲宮日，目擊其弊，降旨：除宣政院外，一例革之。……於戲！朝廷尚行於爵秩，釋子乃競於官階。」「時僧司雖盛，風紀浸弊。所在官吏既不能干城遺法，抗禦外侮，反爲諸僧之害。桂蠹乘癰，雖欲去之，莫能盡也」。江南尤受其害，朝廷不得已選賢僧整治，如沙囉巴觀照，被授江浙等處釋教總統，「既至，削去煩苛，務從寬大。其人安之。」但不久即因其氣正爲同僚不容而改授福建。沙囉巴觀照遁隱之前說：「蓋吾人之庸自擾之耳。夫設官愈多，則事愈煩，今諸僧之苦，蓋事煩而官多也。十羊九牧，其爲苛擾可勝言哉。」〔註56〕

〔註55〕陳邦瞻《元史記事本末》卷三，中華書局 1979 年，第 149 頁。
〔註56〕《佛祖歷代通載》卷二十二第 760 頁。

三、僧服俗事，占財娶妻

　　元末明初高僧廷俊云，法道澆漓，蘩社衰落，出家人不能以律自檢，膠乎利欲，不去想施主為什麼割田給你建寺，不去想自己為什麼圓頂方袍異於常人。惟貨是殖，公府也就和對待其他平民一樣編之在冊，徵收徭役賦稅。〔註57〕（元代僧道免稅，但多占的地不能免）

　　《山庵雜錄》記載了這樣一件事情，揚州奕休菴，客居明州天童時，穿壞衲，日一餐，夜不寢，儼有古德作風。後來被請去住持奉化上雪竇。不到一年的時間，完全變了一個人：「嚮之壞衲，今已輕裘；嚮之一餐，今已列鼎」；左右稍稍冒犯，必瞋怒，衝上去把對方撲倒在地，拳打腳踢，出完氣才肯罷休。再後來拿著到手的錢財在鄞城買了民房「菴居」。「日以資生為事」。他最後的下場是，和竹林寺僧爭屋，訟官理虧，死在牢中。恕中無慍痛斥，「今之緇門中，假善要榮，貽辱大教，豈止一休菴而已」。〔註58〕當時以廟產為己產，僧服流俗是相當普遍的現象。

　　寺廟也是一小小社會，上層和下層，有職務的和沒職務的，不同的職務，操心不同，心術便異。自宋真定宗賾《禪苑清規》出，禪林開始建立東西序，西序表率眾僧，東序管理眾務，涉及錢財出納。開始兩序還交職其事，到六百年後的元代已是各行其道，「志高潔者不適於俗，狃於俗者近乎污」，東序的崗位就出問題了。東序僧交接官府，阿附權貴，「必漁厚賄，餙輿馬，至自民其衣，僕園廄養佯鉅室，務滋黨以脅其主。飫酒啖蔵貪吏，使不問己，甚者有業產萬計」，以致被稱作「來役僧」〔註59〕。

　　又，從唐懷海《百丈清規》制定後，僧寢睡於僧堂「大通鋪」（教律院仍依古制，僧會食僧堂，寢處別室），床頭置木函乘三衣一缽，不能蓄養財物，坐臥起居也便於管理和互相監督。到元代規矩廢壞，僧寺內外散住，「甚者一己占屋數十間，積產業以萬計，輿馬僕從儗巨室，冒刑法、污宗教，有不可勝言者矣！」〔註60〕

　　東序問題和僧堂的問題從以下兩個特例可反襯出普遍的情況：在疊芳守忠禪師復興金陵蔣山禪院的過程中，楊霞之認為僧堂是禪林元氣，遂出巨資

〔註57〕釋廷俊《崇明寺藏經院記》，嚴觀《江寧金石記》卷七，1927年年石印本。
〔註58〕恕中無慍《山庵雜錄》《卍新纂續藏經》本。
〔註59〕釋大訢《道場寺雲峯閣詩序》，《蒲室集》卷七。
〔註60〕釋大訢《楊雲嚴居士作蔣山僧堂偈序》，《蒲室集》卷七。

建造採光通風好的僧堂，並與諸公歌頌其落成。雪道塲渭公曾任東職，然以廉儉聞。當寺裏經濟困難時，他能損己紓公，並闢方丈作鉅閣以居其主，落成後，吳越一帶耆師碩德與湖海勝流咸賦詩歌頌〔註61〕。

人之常情，置屋舍易生娶妻念，有田財易蒙養子念，僧人資生的結果，娶妻成風。「近來林下人，多學塵中客。養婦兼養兒，買田復買宅。」〔註62〕

顧淵白過訪僧勝福，閒遊市井。看見婦女皆濃粧艷飾，一打聽得知，少艾者是僧寵，稍次則為道人所有。顧遂於壁間戲題一絕：「紅紅白白好花枝，盡被山僧折取歸。祇有野薔顏色淺，也來鈎惹道人衣。」〔註63〕僧道娶妻屢經參奏，才稍稍利住。

四、爭名奪利，風習庸鄙

清末鄭觀應《盛世危言》講到僧徒的發端時說：「佛自漢明帝時始由天竺入中國，於時九重敬禮，公卿膜拜，流俗見而榮之，乃有求奉佛教者。明帝准其披剃，給度牒為沙門，女僧亦同名曰尼。」〔註64〕雖然這樣說帶著些儒者的偏見，但後來有的出家者的確是越來越摻雜塵下的目的：為求生活出路，出人頭地等等。元代叢林全盛，一即盛在做和尚出路好，有陞官發財、光宗耀祖的機會。眾人翕翕求進，儒家「學而優則仕」也成了叢林的公理和信條，「然浮屠之住持，猶吾儒之仕也。學優則不可不仕，仕優則不可不學」。〔註65〕古德住山「或堅不肯出，或勉強應世如甚不得已者」〔註66〕，對住持一職能推則推，恐為身累，而元代和尚出任住持與文士出仕一樣光榮，出現了爭當住持的現象，「攘臂爭席者相望」。不唯住持，連書記等職都爭，「內則歲時伏臘之會，外與縉紳四鄰交，凡文詞之事皆屬焉，亦良難矣。道既降而文益勝，人尤以是為美名而樂趨之，求無愧於斯者亦或寡矣」。〔註67〕在元朝顯於釋的人很多，絕不排除有人抱著在佛門博取從科舉博取不到的功名光宗耀祖的期望。

〔註61〕《楊雲巖居士作蔣山僧堂偈序》，《蒲室集》卷七。
〔註62〕元叟行端《擬寒山詩》，《元叟禪師語錄》卷六。
〔註63〕蔣一葵《堯山堂外紀》卷七十六，明刻本。
〔註64〕《盛世危言》卷十四，上海古籍出版社2008年。
〔註65〕烏斯道《送闓上人住香山序》，《春草齋集‧文集》卷三，《文淵閣四庫全書》本。
〔註66〕虞集《送吉上人序》，《道園學古錄》卷四十五，《文淵閣四庫全書》本。
〔註67〕《送煥書記序》，《東臯錄》卷中，《文淵閣四庫全書》本。

　　師友關係上有看重私利的趨勢，背叛朋友和恩師的事情不勝枚舉。大訢《送瑞少曇歸江西序》大力稱頌瑞當和師父元熙和自己落難時同門瑞少曇伸手相助，不離不棄，以法爲重，以義爲轉移。「無汩乎欲，無競於利，其庶乎有終矣。嗚呼！孰謂俗之變能移於吾徒者乎？若少曇者可以敦俗者乎！」從這一例外的楷模襯托出當時世俗之「汩乎欲，競於利」〔註68〕。利重則人輕薄，「至大中，予主餘英山寺。三年，寇至，剽掠俱盡，僅脫身免。常所雅厚，咸相聚匿笑，莫有顧予者」。〔註69〕「竭來苕上寺，遭時蹈危機。秋風走淮甸，晏歲東海涯。交情無厚親，面諾心已非」〔註70〕。「佛智（晦機原熙）遷徑山，三月禍作，其徒多背去」〔註71〕。恕中無慍在《山庵雜錄》中批評時風，「予觀今之叢林中爲朋友者，爭一語之隙、一絲之利。至於造謗、讒相擠陷，恨不即斷其命，以快於心也。求如獨孤之寬厚，東州之自訟，幾希矣」。

　　有的徒弟背信棄義，得了人家的法卻出於種種目的改嗣他人。古林居虎丘隆祖塔院時，無言承宣與莒上人服勤咨扣，洎請增續雪竇舉古，師爲重拈一百則。承宣集之行世，序中聲稱自己啓於心。而他後來出世改嗣他人。古林沒有象雪竇對暹道者那樣唾罵宣上人，僅作《懷宣莒二藏主》「雲返故山應有約，鶴離松頂竟無聲。不知海上橫行後，較得暹公幾日程」以譏。但湖海清譏不饒人，承宣法道不振，非常轍軻。〔註72〕

　　傳法付法等神聖的事情上弄虛作假。有的師父不夠格，欺世盜名，「今之學者不能自誠以盡性妙，徒玩其跡。相與師授徒受，日，某若爲而高而峻，某而平實，勿學也。隳其關鐍，鑿其穿穴，取其語之近似者模儗之，以爲古用。是遂以躡清序，屍鉅刹，傲然以名於世，世亦恬不爲異，而孰得夫僞眞也」。〔註73〕有的輕言證道，「第近秊以來，傳者失眞，瀾倒波隨，所趨日下。司法柄之士，復輕加印可，致使魚目混珍。揚眉瞬目之頃，輒日彼已悟矣，何其易悟哉！人遂誚之爲瓠子之印」。有的把活潑潑的佛法變成僵死的文字，「五家宗要，歷抄而熟記之日，此爲臨濟，此爲曹洞、法眼，此爲溈仰、雲

〔註68〕元代逐利之風甚盛，《南村輟耕錄》記當時人諷刺世風的元曲《哨遍》，中華書局59年版，第210頁。
〔註69〕《送瑞少曇歸江西序》，《蒲室集》卷七。
〔註70〕《送暉東陽往江西省佛智師》《蒲室集》卷一。
〔註71〕《送瑞曇歸江西序》，《蒲室集》卷七。
〔註72〕《古林清茂禪師語錄》，《卍新纂續藏經》本。
〔註73〕《悼中天竺布衲雍公偈序》，《蒲室集》卷七。

門。不問傳之絕續，設爲活機，如此問者，即如此答，多至十餘轉語，以取辦于口，名之曰傳公案」。〔註74〕有的用以佛法做人情，收買學人做弟子，「今之主法者。自家眼既不明。務以甜糖蜜水取悅於人。冀其感做法嗣。」。《山庵雜錄》斥責徒弟對師父假孝順，「凡弟子之於其師也，掩惡而揚善，順是而背非，是謂之孝；掩善而揚惡，背是而順非，謂之不孝。苟師無善可揚，嘿之可也，強以善加之，使之竊議，反訐其不善；無是可順，諍之可也，強以是從之，使人竊議，反訐其非，亦不孝也。切觀近來大方尊宿遷化，其弟子爲具狀，求名公銘其塔，必書生時父母得異夢，死時火後牙齒、數珠等不壞，設利無數，無此數端，不成尊宿矣。是皆不肖子，不明正理，妄立僞言，玷辱其師」。〔註75〕

　　凡此種種，無愠有詩：「友不友兮師不師，浩浩成群習庸鄙。」〔註76〕言下之意，風氣平庸鄙陋，友、師、徒都未盡到其角色應盡到的責任。

第三節　儒釋關係的變化

一、儒士境遇一落千丈

　　在論述之前，首先要對元朝統治有一個清醒的認識。蒙古人最初是劫掠式的戰爭，每當北方草肥馬壯時南下進行洗劫，後受到建立大帝國觀念的影響，才改爲攻城略地。但其根本目的沒變，只是爲了更合法更長期穩定的掠奪。「他們處於這樣的壓力之下：一定要保持自己在中國的軍事和政治優勢，以便剝削和利用這個世界上最大最富有的國家資源」。〔註77〕元朝採取了很多漢化政策，基本上無一不是爲著統治剝削的需要。比如忽必烈繼承了金朝的吏制，但卻堅持不實行科舉，「實行科舉或採用吏員出職制度，其實質不在於選官取士制度的不同，而在於吏或儒對於元朝統治者的需要與否」。〔註78〕漢化不是爲了把自己納入偉大的漢文明的一統，而是爲了把漢人納入自己輝煌的一統。考慮到蒙古人對它們所征服的各地域各文明「都能靈活地適應，漢

〔註74〕宋濂《楚石禪師六會語錄序》，《楚石禪師語錄》，《卍新纂續藏經》本。
〔註75〕恕中無愠《山庵雜錄》，《卍新纂續藏經》本。
〔註76〕恕中無愠《示惟寂》，《石倉歷代詩選》第480頁，《文淵閣四庫全書》本。
〔註77〕《劍橋西夏遼金元史》，第628頁。
〔註78〕許凡《元代吏制研究》，勞動人事出版社1987年，第134頁。

人所觀察到的對他們大一統文化的尊敬，事實上是蒙古人奉行的不論何時何地都要最大限度地爲蒙古利益服務的實用主義決策」〔註79〕爲什麼一個國家實行那樣荒唐的包稅制度，從這個角度理解就絲毫不奇怪了。「蒙古一切政治，並不沿襲中國舊傳統」〔註80〕，由於今天讀到的元史多爲後世儒者所修，故其儒治的色彩比實際加重了。

（一）民族歧視政策

元朝實行四等人制度：蒙古人爲第一等，其下按照征服的順序依次是色目、漢人、南人。

可以說，此乃漢人第一次經歷異族種姓歧視。政策只是條文、規定，眞正的威力在其引動的風氣。元朝人與人交往，漢人無論士庶，先在種上低了一等，這對自視可謂不凡的文士，特別是南儒，簡直是大辱。只此一點便足以形成南方文人的退隱心態了。「如同那些嚴格的等級規定導致了漢人精英的漠不關心，在這一環境下的公眾生活也是冷漠的。一方面，從傳統的觀點來看，它扭曲了官場的組成；另一方面，它使那些自認爲是儒士的人改變了對職業的選擇」。〔註81〕

（二）儒戶制度

元初對儒士幾次進行考試分揀，列入儒戶。國家設儒戶「原是爲救濟在兵燹中流離失所的儒士。一方面使他們與僧、道相等，取得優免賦役的地位；另一方面，也有爲國儲存人才之意，並不是有意壓抑儒士」。儒戶大致 11 萬戶〔註82〕，享有三項優待，一是免除主要賦稅和兵役，二是領取廩給，三是讀書以參加考試補吏。士人之所以仍覺得非常失望，是與前朝儒學獨尊科舉入仕相比，補吏大多沉淪下僚，而且，他們與同樣免除賦役的宗教戶是平等的，「在國家看來，他們與和尚、陰陽先生們是差不多的，被認爲是一個有組織的宗教派別的教士，這種聯繫使他們感到身份被降低了」。〔註83〕

（三）吏制

《元代吏制研究》指出，由吏入官是元朝的主要入仕途徑。從官員主要

〔註79〕《劍橋中國遼西夏金元史》，第 628 頁。
〔註80〕錢穆《國史新論》三聯出版社 2001 年，第 29 頁。
〔註81〕《劍橋中國遼西夏金元史》，第 724 頁。
〔註82〕蕭啓慶《元代的儒戶：儒士地位演進史上的一章》新文豐出版公司，1983 年。
〔註83〕《劍橋中國遼西夏金元史》，中國社會科學出版社，1998 年，第 727 頁。

來源於吏員的意義上，元代的吏制也是官制。元一反前朝儒治而變爲吏治，從前朝極端崇儒走向極端重吏。儒士僅與職官、見習吏員並列組成元代的吏。在此制度下，補吏是儒士最主要的入仕之途（即使在恢復科舉之後）。以推選爲主要手段的補吏比起科舉之考試是非常不公平的。「今中外百官，悉出於吏。觀其進身之初，不辨賢愚，不問齒德，夤緣勢援，互相梯引。有力者趨前，無力者居後。口方脫乳，已入公門。目不識丁，即親案牘。區區簿書期會之末，尚不通習，其視內聖外王之學爲何物！治國平天下之道爲何事！苟圖倖考，爭先品級，以致臨政，懵無所知」〔註84〕。「其職雖卑，非有勢位之援，貨賄之挾，莫由以自達。窮經懷藝，困乏無助者，咸不得進用」〔註85〕。吏員出職又對南人作種種限制，有的職務，如廉訪司書吏，南人不得擔任〔註86〕，江南三省吏員僅限本省內使用等等〔註87〕。元朝的「公卿士夫喜尚吏能，不樂儒士」〔註88〕，上行下效，風氣變化，「世俗嘗以吾儒者迂闊，甚而相與目笑之曰，是腐也，常敗乃公事」〔註89〕。

（四）科舉

「元氏有國，肇興朔方，祖蒙古氏，中外官僚署置國族，名位世臣，專掌印章，漢人南人無筮仕之途，惟以科目取士。科目外有豐家鉅室可以納粟補官，不過倉庫雜識，無民社之寄。然科目額狹，三歲僅取百人，應科目者不下數千。故老成宿學之士命與時違，咸在黜落甲第之餘，置乙榜，止於學校，冷卒老不轉授，惜哉！」〔註90〕據《元代吏制研究》考證，元朝科舉從1260年至1368年，109年只實行了一半時間：1315～1366，而1336～1342還一度中斷六年，總計四十五年。三年一科，共開16科，取士1139人。至正十一年（1351）最多，有101人。而元朝官員總數至少26690。通過科舉入仕的文人微乎其微。「科舉取士，三年止得百人。今吏屬出身一日不知其幾！」

〔註84〕鄭介夫《治道》，楊士奇等編《歷代名臣奏議》卷六十七，《文淵閣四庫全書》本。

〔註85〕陶安《送張生序》，《陶學士集》卷十一，《文淵閣四庫全書》本。

〔註86〕《保舉官員書吏》，佚名撰《元典章》卷十一，元刻本。

〔註87〕貢師泰《有元故禮部尚書秘書郎龔公神道碑銘》，《玩齋集》，《文淵閣四庫全書》本。

〔註88〕蘇天爵《李遵道墓誌銘》，《滋溪文稿》卷十九，中華書局1997年，第314頁。

〔註89〕劉鶚《送府推鄭君仁化令尹序》，《惟實集》卷二，《文淵閣四庫全書》本。

〔註90〕《故處士周石初先生墓誌銘》《四庫補遺》第五冊，第805頁。

〔註91〕「殆不過粉飾太平之具」〔註92〕。科舉還存在欺詐作弊現象。「元代的科舉被作弊和欺詐行為嚴重敗壞，以致那些自尊的學者有迴避的傾向」，科舉「沒有在實質上改變儒家學者沮喪的前途，……所以毫不奇怪，許多在文學上和學術上有天才的人到別的地方去尋找他們的事業，常常追求某些在其他時代最不正常的生活方式」〔註93〕。元朝科舉的意義，在於了卻了從元初即試圖恢復科舉人士的心願；成就了楊載、黃溍、歐陽玄這樣幸運者的傳奇；為明清科舉提供了可以繼承的模式。

二、儒釋互相滲透融合

　　「自大教東漸，天下化成，古今搢紳先生學士大夫類多知其說者，匪徒知之，亦久蹈之，匪久蹈之，亦能言之。」〔註94〕到了元代，佛教是政權的重要組成部分，極少數進入統治上層在朝廷任職，伴天子左右的的儒士，在這種佛化政治中必須學習佛學，以應付有關寫作任務。如至大二年趙孟頫奉敕撰臨濟正宗之碑，虞集奉敕撰賜佛國普安溫禪師塔銘（至溫塔銘）黃溍等也創作了大量高僧塔記碑銘。這樣一方面有助於增進文士對僧人的瞭解和認同，另一方面也造就出像宋代蘇黃那樣的大居士。楊曾文《宋元禪宗史》說：「宋元時期，在著名士大夫中有不少人信奉佛教，有的特別愛好禪宗，與禪僧密切交往，甚至參禪，撰寫禪偈、文章。」〔註95〕趙孟頫自感為僧後身，除奉敕抄經外，公餘還勤抄不輟。《楞嚴》、《金剛》、《般若》、《圓覺》等大乘經，「皆勵精書寫，鋟梓流佈」〔註96〕。「虞集以文獻宗時，兼遊諸禪宿之門，自稱微笑居士」，他對高峰原妙、元叟行端提唱的評價顯示出頗精禪法〔註97〕，他「固然有家法儼然的古文家文章，卻也有禪學味頗濃的碑版傳記，後者最有代表性的是《鐵牛禪師塔銘》。」〔註98〕袁桷被列入育王橫川珙禪師法嗣為大鑒下第二十二世。虞集每見袁桷辯博奇奧，問其學何所得。袁桷告訴

〔註91〕《災異見白十事》，《滋溪文稿》卷三十六。
〔註92〕《雜俎篇》，葉子奇《草木子》卷四，《文淵閣四庫全書》本。
〔註93〕《劍橋中國遼西夏金元史》，第728頁。
〔註94〕釋妙聲《恩上人遊方詩後序》，《東皋錄》卷中。
〔註95〕中國社會科學出版社2006，第6頁。
〔註96〕愚庵智及《趙魏公書楞嚴長偈》，《徑山和尚愚庵禪師四會語錄》。
〔註97〕《南宋元明禪林僧寶傳・元叟端禪師》四庫存目叢書本。
〔註98〕鄧紹基《元代文學史》，人民文學出版社1991年，第451頁。

他，橫川如珙在吳郡說法時他曾與古林清茂同參。虞集從此更加相信佛學。〔註99〕元承宋風，儒士亦參與教門事務。趙孟頫親筆作疏請大訢住大報國寺。袁桷以翰林身份修書請舉薦古林清茂主持天童〔註100〕

就私人關係來說，儒釋之間由三個紐帶相連，彼此求同存異，其樂融融。

1、學行的紐帶

和尚認同儒學，尋求指點。在儒士眼裏，許多和尚墨名儒行。傅與礪《送純上人序》言：「清江興化釋德中，讀書能文辭，日以孔氏之言教授於其宇，郡之賢士大夫多與之遊。今其志汲汲若不足，將行四方，求名人鉅公而訪之，以廓其高明，而恢其所未大，豈余所謂孔氏之徒而托焉以混其迹者歟？何其樂聞吾徒言而急其求也！」〔註101〕蔣易《送孟上人序》中的可傳上人遵西竺教，讀東魯書，雲遊中一路順訪儒師，拜謁禪師。〔註102〕

儒士喜歡佛學，參叩高僧，如耶律楚材參萬松行秀，袁桷參橫川如珙、趙孟頫參中峰明本，等等。

2、文字的紐帶

大和尚常受喜佛文士參叩，大文士亦每爲和尚中的詩文愛好者所追逐。和尚喜歡詩文，需要學習與交流。

貢師泰至正壬寅（1362）夏，自三山被召還京師，道出四明，「凡方外之士以詩文名者，莫不來謁」。〔註103〕

另外，除了上文說到的奉詔撰碑銘，士夫還常常應朋友包括佛徒之請寫作。貢師泰《送元舜宗堯二師歸浙東序》載，天寧慧禪師的二位徒弟一路追隨索要塔銘，他只好帶病寫作。

3、性情的紐帶

貢師泰《送泉上人還福州序》云，儒嗜幽遠而樂閒曠，佛徒則來相從，釋不爲事物羈束，儒樂與遊。他休居福建鳳凰山南，與和尚們「窮高極深，探奇搜隱，望雲鳥之往還，俯淵魚之游泳。或蔭樹酌泉，或掃花坐石，箕踞笑傲，盡日迺去」。其中有一位泉上人，其詩「音節幽遠，志意閒曠，超然自

〔註99〕《增集續傳燈錄》卷五，卍新纂續藏經本。
〔註100〕《山庵雜錄》卷上，卍新纂續藏經本。
〔註101〕傅若金《傅與礪文集》卷五，《文淵閣四庫全書》本。
〔註102〕《全元文》第48冊，第87頁。
〔註103〕貢師泰《送元舜宗堯二師歸浙東序》，《全元文》第45冊，第164頁。

得，若有契余心者，故於諸浮屠中尤深愛之」；而泉上人只要貢師泰寫詩，「輒出片紙錄去，居歲餘，其勤如一日」。貢師泰三年後北歸，泉上人慷慨重義氣，執杯酒走數里爲別。〔註104〕

三、儒士分流入釋教

元代儒士可以當官、從吏、執教和進演藝圈創作雜劇，選擇後兩條路的儒生被《劍橋中國遼西夏金元史》稱爲「這兩類地位大不如前的元代文人精英」。而向釋道分流不失爲退中求進的辦法。詩僧眾多即有分流的影響。

唐宋相當一部分儒士嚮往佛教，卻放不下功名，權且當個居士。而元代儒士博取功名實難，功名這個牽引變得微乎其微。文僧封官加爵、出人頭地的可能性似乎還大些。

大訢家族世儒，入元後有學佛的，有入道的，均不廢儒，將詩書禮樂帶進釋道。「吾族昔多儒，自奇中叔祖以後，始有學佛者數人。十餘年來，聞賢弟與復心偕侄九萬爲老氏學，又聞不廢儒業，能琴詩以自怡，皆道門之秀，亦見吾族有人」。〔註105〕枯木和尚「原是儒家，棄而爲僧」，並不戒酒，酒後失足溺水。〔註106〕心泉，長樂儒家子，高祖曧爲宋進士，官至太常卿，曾祖一翁，累官知誥，兄弟五人，三人學佛。〔註107〕秋宇，幼習儒書，剃髮前在塾中任童子師多年，出家後還常講論孝悌仁義，弦誦之聲里巷皆聞，而其師父鷲峰和尚也是出入內典，儒釋並舉。〔註108〕

中原文化有特定的社會規範和社會習尚，外來文化進入，其所包含的不同內容會對它發生一定的消解破壞作用。當社會規範特別是作人的基本規矩有所變動，社會習尚發生變遷時，一批有識之士就會自覺地去挽救「頹風」。蒙元統治下，蒙古文化、藏文化及其他各族文化對漢文化產生了強烈的衝擊，共同的危機使漢族和尚尤其南方禪僧中的文士與儒士達到了空前的團結，以捍衛保存民族文化。和尚教四書、寫詩、作騷賦，儒釋進一步融合，這也是非常重要的一個原因。

〔註104〕《玩齋集》卷六，《文淵閣四庫全書》本。
〔註105〕釋大訢《答陳宗南道士書》，《全元文》第 35 冊。
〔註106〕劉壎《爲枯木和尚下火》。
〔註107〕貢師泰《送心泉上人還福州序》，《全元文》第 45 冊，第 163 頁。
〔註108〕蔣易《送旻上人歸省序》，《全元文》第 48 冊。

中　篇

第三章　元代詩僧總體考察

　　「元時豪傑不樂進取者，率託情於詩酒」〔註1〕。不樂進取的豪傑中包括不少出家人。出家人寫好詩一般需要具備幾個要素：1、詩才、學問。詩有別才，也得多讀書窮理。「詩本情性，而發於天才，成於學問」〔註2〕。2、遊歷。歷覽山川古跡等，增長見識見聞。3、交遊。與王公大臣、名卿士夫遊，熟悉並領先當代的詩壇。4、道行。悟道高僧視世間筆墨如同兒戲，可以任意揮灑。元代詩歌很盛，根據以上四要素，聯繫元代具體情況，可知元代是出好詩僧的時代。首先，南北統一，疆域廣闊，東西南北任僧行腳；政治又有佛治色彩，重用、厚封高僧，增長其勝氣，同時增加創作素材。如梵琦二十八九歲時赴京繕寫金字佛經，遂寫下流傳至今的《北遊詩》。道衍「上穹窿，觀洞庭，過天目，往來浙西東，凡十餘年，歷覽山川之雄秀，固以資其賦詠，而詩與境俱化矣」。〔註3〕芳上人的詩「爽然皆奇語」，他「遊名山大川如東西家。凡江風淮月、吳山楚水之清麗雄鉅，可悟可愕，所以涵養其性靈，恢宏其盛觀者，宜有異於人矣」〔註4〕。其次，如前文所述，元代崇尚佛教，僧人地位尊崇，尤其名僧住持可以交往朝廷大官、儒家名士。如道衍交往名卿才大夫，「所以得於討論何如哉！」〔註5〕另一方面優厚待遇及顯

〔註1〕　《西湖遊覽志餘》卷二十一，《文淵閣四庫全書》本。
〔註2〕　劉楚《芳上人詩序》，《全元文》第57冊，第441頁。
〔註3〕　貝瓊《送衍上人序》，《全元文》第44冊，第237頁。
〔註4〕　劉楚《芳上人詩序》，《全元文》第57冊，第441頁。
〔註5〕　貝瓊《送衍上人序》，《全元文》第44冊，第237頁。

赫的機遇也吸引更多學問有淵源、富於詩才的人隱入浮屠。最後，和平環境，和尚能夠安心修行，真修實證者多。《普濟尊者謚禪覺塔銘》「師……平生未嘗習世俗文字，有請題詠，操筆立書，若不經意，理趣深遠。晚好墨戲，山水逼道權。嗚呼！道既通多能也，宜哉！」〔註6〕雪竇常藏主相貌寒陋，眼不識丁，惟習禪定。所作偈頌事理混融，音律調暢，大有啓迪人處。時人稱達摩。恕中無慍在山庵雜錄中特錄其少年記憶的四首偈頌。〔註7〕萬峰時蔚「平生未嘗讀書，惟以深悟自得，其形諸語默者，俱能刊落繁華，而一踐乎其寔」〔註8〕。

　　嚴格地講，有作品的不能都稱作詩僧，必須是愛好讀詩、作詩且擅長以傳統詩歌說理、抒懷、交往等。一位詩僧兼從事詩事和佛事，用詩來做佛事，佛事又是詩事的素材。但是大量語錄、筆記、文集顯示，元代文僧在許多場合都離不開詩偈，諸如與人交往：道謝、送別、追悼、遊賞、會晤、聯絡、答問；弘法：開堂臨眾、釋惑解紛、拈香祝禱、傳法（師付偈，徒呈偈）示寂（不說偈不讓走），以及自處抒懷，等等。文僧、雅僧、高僧不會作詩，不作詩的極少，無文而稱高僧的，亦極少數，禪宗尤其如此。而即使這極少數，如祖雍，很少寫作詩文；高峰，「未嘗握管」，……都被《元詩選》收入，則元代文僧、高僧、名僧何往而非詩僧。所以從一定程度上說，元代詩僧研究就是元代文僧、高僧、名僧研究，只是側重用其詩文方面的材料而已。所以本文所取詩僧相當寬泛，有詩偈別集，語錄中有詩偈或者總集選詩，甚至只要文獻載其能詩等等，都籠統地算作詩僧，在關注之列。時間上，研究元代詩僧勢必不能排除元初和元末的，凡從金（1234年亡）或宋（1279年亡）入元生活了十年以上；元亡成人，在元代有創作的詩僧也都在論之列。半路出家或還俗的情況，需據詩人信教程度、所現之身等作綜合判斷。比如兩入翰林的陳孚，曾於元初削髮爲僧，目的主要在躲避世變；玉山主人顧瑛，因喪母和政治原因，中年在家出家，究其實質，當爲居士。故此二人不算詩僧；劉秉忠、姚廣孝深涉世務，又都奉旨還俗，但始終以道人自處，不改僧行，特以詩僧論。

〔註6〕　李稽《普濟尊者謚禪覺塔銘》，《全元文》第56冊，第622頁。
〔註7〕　《山庵雜錄》卷上，《卍新纂續藏經》本。
〔註8〕　《補續高僧傳》卷十五。《卍新纂續藏經》本。

第一節　詩僧的類型與分佈

一、元代詩僧的類型

（一）同為和尚，出處不同，遭遇各異，有的和尚高居人上，有的則落魄如乞。元代詩僧大體可分四類：

1、一代高僧

按照慧皎《高僧傳》所錄僧人的標準，高僧就是在譯經、誦經、義解、習禪、明律等十科有突出業績的人。「若實行潛光，則高而不名；寡德適時，則名而不高」。〔註9〕高僧未必有名，而名僧幾乎沒有不被尊為高僧的。元代高僧有與政府合不合作、住不住名山大寺之分，但往往都受到朝廷恩賜或委任，結交王公貴族、士大夫，門徒眾多，著述流傳。如大訢、至仁、宗泐、明本、梵琦、智及、廷俊等。

2、社會名流，一方人物

一般出任地方僧官或住地方寺廟，與文士們往來唱和。如釋英、善住、良琦、廣宣等。

廣宣（一名至訥）。字無言，吳僧，住福嚴寺。工詞翰，結交皆一代名人，趙孟頫、馮子振、柯九思、鄭元祐、陳旅、錢惟善等都有詩文相贈。王逢為作《題訥無言長老如幻稿有後序》。曾行腳杭泉覓詩，方回《走筆送僧宣無言歸泉南》云「此僧胷中有詩腸，……一欲追還李太白，二欲中興杜子美。三欲扶起黃魯直，四欲再作陳無己。若島若可若貫休，直下視之眇糠粃。」存詩僅1首。

3、隱於浮屠的文士

宋末元初，蒙元「馬蹄所過，廬舍為墟。文物典章，闇然無覩，一旦撫有中土，中土之士目覩國事不堪回首，頹然入於山林，自是理想中事。因之詩僧仍不絕於世。」〔註10〕為什麼隱於浮屠而不隱於其他，往往因平日本嚮往空門，故才會當世事無望或其他方面嚴重受挫時脫身去實現這另一理想。他們並非只表面上薙髮異服，實質上大都在過去所學基礎上又努力參佛。這種情況易代之際居多。如文珦、正則。正則早先師從謝枋，後來事變，謝公流落異鄉，他沒能追隨，時間長了便在當地出家，跟明本大師的高足鐵牛禪

〔註9〕慧皎《高僧傳序錄》，《高僧傳》，湯用彤校注，中華書局，1992年。
〔註10〕張長弓《中國僧伽之詩生活》，著者出版社1933年，第128頁。

師習禪定去了。元明易代之際亦然。如蘭、守仁，曾在富春山跟楊維楨學《春秋》經史學，都是用世之才。「兵變，潛於釋」，瞭解到天台教的傳承，哀歎此次元末兵火，佛教遭受的厄難將超過武昌滅佛，決心「參承故老，由二竺始」。〔註11〕陳師《禪寄筆談》說守仁和德祥，「皆有志事業，遭時不遇，遂髡首而肆力於詩」。〔註12〕元朝由於它的四種人制度、吏制等，其興盛期也有不少文士隱於浮屠，如曇噩。

曇噩（1285～1373）字無夢，又字夢堂，慈谿王氏。先師雪庭傳公習教，復參元叟行端禪師。出世浙東三名剎，國師賜號佛真文懿禪師。洪武二年召至京師，奏對，以老放還。少從胡長孺學文，為袁桷、張翥等推服，久稱詞家夙老。袁桷嘗謂：「觀其為文，駸駸逼古作者。渡江以來，諸賢蹈襲蘇李，以雄快直致為誇，相帥成風，積弊幾二百年，不意山林枯槁之士，乃能自奮至於斯也。」張翥說：「噩師儀觀偉而重，戒行嚴而潔，文章簡而古，禪海尊宿，今一人耳！通縣烏斯道得其文法心印，以文名家。」黃溍有《送噩夢堂住開壽司》。存詩約 6 首。

4、其他自甘寂寞者

有的和尚雲遊行腳，漂泊無蹤。如東南行腳僧釋明。恭都寺，四明人。廉介自持，精修梵行，誦法華。坐逝後，湖海人聲偈追悼，至明初還有人能誦其偈。曾經夜讀有偈，鐵鏡和尚特為升堂稱賞。祖柏（1282～1354 或 1284～1346）號子庭，四明人，故宋史魏王之後。宋末元初僧。寓居嘉定，乞食村落。嘗講太教於赤城。行腳江湖，經過顧瑛玉山草堂多所留詠。釋餘澤《次韻屬子庭首座》「誰傳西祖意，庭柏著徽稱。吳下無尊宿，鄞東有此僧。遇緣隨所住，與道最相應。翰墨人爭玩，年來氣益增。」柏子庭晚歸故鄉多寶寺，天如惟則有《子庭柏首座別浙西朋舊歸四明多寶寺疏》。存詩約 17 首。有的和尚結庵於鳥獸出沒之地，如衣和（或作依和）庵主，崑山人。隱居雪竇，蓄二虎，恒跨之。終二靈山。

（二）同為詩僧，修道與作詩重心有別，又可分為兩類

1、「雖入空門，而深與文士同臭味也」〔註13〕，愛吟、苦吟，以吟詩為

〔註11〕楊維楨《送蘭仁二上人歸三竺序》，《東維子集》卷十。

〔註12〕卷六，明萬曆二十一年自刻本。

〔註13〕《四庫全書總目提要‧谷響集提要》，《文淵閣四庫全書》本。

務，吟諷成癖的，如釋英、善住、文珦、魁天紀、圓至等。釋英出家的部分原因即是傾慕貫休、齊己這樣的詩僧；文珦爲避世；魁天紀和圓至是詩友；善住是元代首屈一指的詩僧。相比較而言，佛事和詩事大體各行其道，此一類僧之詩多見人情。

2、修行爲主，詩作副業，因富詩技、詩才，而「如微風過極樂之寶樹，自然成聲」，如清珙、栴堂等，用詩來作佛事，佛事又是詩事的素材，此一類僧之詩道情居多。

二、元代詩僧的時期、地域、宗派分佈

元代詩僧大致分三期：前期詩僧有文珦、覺恩、古林、合尊、雲岫、海雲、福裕、至溫、劉秉忠、李溥光、無見先睹、虛舟普度、鐵牛、恢大山、淨伏、圓至、釋英、善住、大訢、高峰、明本、道惠、祖柏、祖欽、希陵、子溫、元熙、炳同等。

幾乎與元王朝相始終的有智寬、清珙、天如、元叟、祖銘、栴堂益、餘澤、魯山、本誠、宗衍、必才、大圭、善學、宏濟、清欲、善繼、千巖元長、大同、梵琦、曇噩、湛堂、允若、念常、文謙、古梅、悟光、普明、行魁等。

後期元明之交詩僧有：至仁、機先、自恢、萬峰時蔚、克新、清濬、來復、宗泐、妙聲、懷渭、萬金、守仁、如蘭、良琦、德祥、子梗、法住、清滰、智及、睿略、廷俊、淨明、無慍、如玘、大杼、道衍、普仁、無念、心覺原、渭湜庵、木庵司聰等。

從地域和宗派分佈上講，南北皆出詩僧，南多。宗教皆有詩僧，禪多。

元代江南禪宗四系詩僧群星燦爛，特別突出的是：

破庵系雪巖祖欽一脈：雪巖祖欽的弟子有虛谷希陵、高峰原妙、及庵宗信、天隱圓至等。虛谷希陵座下出了覺隱本誠；及庵座下有石屋清珙；高峰雖不大作詩，而其弟子中峰明本詩以千計；明本下天如惟則、千巖元長皆能詩。

松源系天目文禮一脈：石林行鞏及弟子悅堂希顏、雪窗悟光子原自厚；虎巖淨伏及弟子月江正印、明極楚俊；橫川如珙、古林清茂、了庵清欲三代皆能詩。

居簡系晦機元熙一脈：晦機元熙及其弟子大訢、念常能詩。笑隱大訢與上天隱圓至、覺隱本城皆以詩自豪相頡頏，時號「三隱」〔註14〕。

〔註14〕《元詩紀事》卷三十四。

晦機元熙（1238～1319）諱元熙，字晦幾，號南山遺老，賜號佛智，嗣法物初大觀。豫章人，俗姓唐氏。西山明覺院明公為元熙族從父，聚宗族子弟教世典，元熙與胞兄元齡俱司進士業。元齡登第，元熙遂從明公祝髮。後元齡從文天祥死國，元熙奉母至孝。至元間，釋教總統楊璉眞珈奉旨取育王舍利，親詣元熙求記舍利始末，因招以俱，元熙辭以老母而歸江西。元貞二年（1295）出世百丈，居十二年，遷淨慈，七載，遷雙徑，為徑山第 46 代住持。袁桷《仰山熙禪師眞贊》言，元熙「有詩名，鳴咸淳間，試嘉慶圖詩，禁中定為第一」。〔註15〕

念常（1282～1341），號梅屋，華庭（上海松江）人，俗姓黃。12 歲出家，14 歲受具。先學律，後參禪，嗣法晦機元熙。1315 年主淨慈，1316 年改祥符。念常精研藏典，博究群書，集《佛祖歷代通載》二十卷，增補前代基礎上，錄宋元佛教史實，揀擇精詳，議論正確，盛行於世。存詩約 2 首。

之善系元叟行端一脈：元叟行端及弟子楚石梵琦、夢堂曇噩、古鼎祖銘、愚庵智及、行中至仁有詩名。噩夢堂與楚石琦同籍明州，同出元叟之門，同赴明初洪武之詔。

智及，字以中，吳縣顧氏子。至順二年辛未（1331）出遊，往依龍翔訢公。訢公以文章道德名重當世，交往張夢臣侍御、王繼學侍御、張翥、危素等搢紳先生，每天參問禪要，倡酬文字為樂。某天，王侍御賦《金陵雜詠》十首，徵訢公座下能詩者來和。智及次韻，呈給訢公過目，訢公極力稱道。於是名儒鉅卿都樂與智及交友，名聲遂起。夏后辭訢公歸吳，同舟雲心嶼首座對他說，你資性高爽、才氣英邁，他日必有成就，廣大佛祖之道，怎麼能光從事吟詠呢？智及聽了不覺臉紅汗下。後謁元叟行端並嗣其法。出世住兩浙大剎。

澹居禪師至仁。（1309～1382）字行中，別號澹居子、熙怡叟，鄱陽人。五歲學佛，七歲薙髮。印度指空和尚受朝廷召請赴大都經過報恩寺時專門為其授戒傳咒，後嗣法徑山元叟端和尚。先後住持湖北蘄春德章禪寺、浙江雲頂寺和崇報寺、江蘇虎邱靈巖寺等。明洪武六年（1373）住持蘇州萬壽山報恩光效禪寺。至仁旁通外典，尤精易學。《元詩選》說貢師泰、黃溍皆服其說，曾為蘇長公祠堂記，虞集稱其文醇正雄簡有史筆，比作宗門子長。其《澹居稿》刊行於至正中，克新作序。存詩約 102 首。

〔註15〕《清容居士集》卷十七，《文淵閣四庫全書》本。

雖說臨濟曹洞半分天下，「臨濟正宗」卻在北方。海雲印簡及再傳弟子劉秉忠有詩名。

曹洞宗北方行秀和福裕善詩，南方有雲岫能詩。

福裕（1203～1275）字好問，號雪庭，太原文水人，俗姓張。幼年強記，鄉閭曰聖小兒。出家遊燕，在行秀座下十年。乙巳（1246）主持少林。福裕復興了少林寺，使之成為曹洞宗祖庭。他是少林寺被封為國公的惟一人。王惲《雪庭裕公和尚詩集序》言：「今觀其詩，有以見當機應物，信手拈來吹花作霧，生於憂時，第眾登壇懸判，往往出言意之表者，可謂混儒墨為一家，擅叢林之手段，企慕高風，追攀遠韻，有山堂惠休之趣者矣。」

雲岫（1242～1324）字雲外，號方巖，昌國（浙江舟山）南海安期（安期煉丹地，故名）鄉人，俗姓李。歷住慈谿石門、象山智門、明州天寧，升住天童。雲岫短小精悍，究明曹洞宗旨，四方參叩，遠至三韓日本，交遊皆當世名卿碩儒，為宗門所賴。陳晟《雲外和尚語錄序》評：「其為詩有盛唐渾厚之風，其為序跋疏論則文采璨然。至於偈頌拈贊之類，余雖不能盡通其義，以意觀之，皆非苟作也。」〔註 16〕有語錄一卷收入《續藏經》，其中偈頌 93 首。

就現有資料看，禪宗詩僧確實集中在江蘇、浙江、江西、福建地區，特別是吳中、四明，堪稱詩僧窟。廣大北方地區除了貢嘎堅贊、八思巴、海雲、劉秉忠、李溥光外寥寥無幾。

教派的情況也差不多，天台宗湛堂性澄及其弟子天岸弘濟、浮休允若、絕宗善繼、我庵本無，玉岡蒙潤及其弟子大用必才、印海子實、啟宗大祐等有詩名者幾乎無一例外是浙江人。慈恩宗英辨、志德、普喜、棲巖益、慧印皆北方漢，無一詩僧。賢首宗北方的文才、了性、善柔、定演、妙文、德謙，也都無甚詩，而南方的麗水盤谷「足跡半天下，詩名滿世間」，大同、善學亦善詩。南北差別不可抹殺，江南地區生活富庶，風氣香軟，青山綠水，使詩人們詩思活躍，詩壇活動頻繁，故而創作豐富，這是北方無法匹敵的。但在古代傳統詩歌文化氛圍中不至於如此懸殊。是否和文獻留存情況有關？江南的文獻似乎佔有優勢，一部《吳中法乘》、《檇李詩繫》，多少江南詩僧收錄在冊。

〔註16〕　《雲外雲岫和尚語錄》，《卍新纂續藏經》本。

第二節　詩僧的德行——以孝為例

一、孝與佛教以及孝在元代

孝和僧表面予矛盾，孝順莫出家，出家難盡孝。其實當然沒這麼簡單。

佛經中有很多孝的內容，上報四恩，父母恩居首〔註17〕；不孝或至殺害父母是五無間罪之首，又「若遇悖逆父母者，說天地災殺報」。〔註18〕還有大報恩七篇、《父母恩難報經》等。明袁中道曾經欲採貝葉中言孝者，輯為釋氏孝經。〔註19〕佛經孝義包含三層：一是佛的本意；二為中國語言所涵，佛經翻譯成中國話，中國話當然不僅僅只是話，中國的道，包括孝道，必在其中；三是譯者潤色添加。後世大德也就孝作過詳密論證，如契嵩孝論二十篇、明本《警孝》等。

而且，隨著所謂世俗化，佛教有越來越重孝道的趨勢。

1、這世間最大的法則之一就是人情，而人情莫大於親親，這是孝越來越被強調的根本原因。

出家必須經得父母同意〔註20〕，具體情況複雜多樣。

德嚴乂上人，其母迫於姑威聽兒子出家，但從此悶悶不樂。留居沔陽十幾年不肯回家，必待子而同歸。母子相思，乂上人自誓一定要親自前往勸請母親還家，其師不許。輿論於是譴責其師（一如白蛇傳中譴責法海），「嗟乎！夫人莫不有父母之愛，聖人作經，孝先百行。雖釋氏書，亦有所謂大報恩者七篇。近世其徒多誦其書不由其道，視上人所為，亦可少有啟發矣。夫不能親其親，而又禁人之親其親者，彼獨何心哉！」〔註21〕

曾有人出於維護佛教的考慮，講佛教亦事親，亦治民，亦修身，與儒家一致。這樣說起初未免牽強，而後來佛教確實越來越努力兼顧之。

順世法人情有兩個辦法：（1）從理上澄清出家不違孝，甚至為大孝。經云「大孝釋迦尊，累劫報親恩，積因成正覺」。（2）把佛事與行孝結合起來。有條件者對父母行孝，從生前奉養、死後衰絰哭泣到修冥福，才算完整，算

〔註17〕《大乘本生心地觀經》，《大正新脩大藏經》本。
〔註18〕《地藏王菩薩本願經》，蘇州報國寺弘化社，第42頁。
〔註19〕袁中道《三和上人養母堂詩序》，《珂雪齋集》，上海古籍出版社1989年，中冊，第490頁。
〔註20〕另方面，佛經又說父母若不聽子出家得貧窮困苦報，見《佛說老女人經》。
〔註21〕《傅與礪》，《全元文》第49冊，第281頁。

盡到孝心。修冥福一般指祈禱超生淨域，方法有抄經、做法事等。例如琳西玉，至正末出遊會稽。後歸家，父親兄嫂皆亡故，唯母在，琳乞食以養。母卒，血書《華嚴經》以薦。江陰王逢有《贈孝僧琳詩》。〔註22〕又如，陳世榮血書《金剛經》，「以報亡母，祈於悟上乘、超淨域」。〔註23〕還有善繼刺血書《法華經》等。合佛事與孝親爲一，儒釋皆贊成，最得人心。

　　2、世道人心是方內方外共同關注的，方外有識之士自感有責任維護世間善法。

　　佛教剛傳入，是以極端違反綱常的姿態。那時候綱常還穩固，後來世風日下，綱常鬆動，連出家人也要出來維護綱常。如太倉未設學校時，海寧寺僧善定講《四書》，人稱「定四書」，弟子多從之遊。臣忠子孝，在善定屬決不可壞的人生大題目。〔註24〕淮雲寺僧惟寅亦能講儒書，他說最好學有跡之藝如書畫詩文以傳後。〔註25〕大圭有詩：「不讀東魯書，不知西來意。」

　　世界將經歷成住壞空四個階段，善法亦然。叢林以其半游離於世間而似乎蒙著一層保護的鎧甲，世間漸行漸遠的禮樂道德反而在佛教界留存著，宋伊川先生見僧出堂歎曰：「三代禮樂，盡在此矣！」〔註26〕孝也不例外，當「道降俗薄，或因是（出仕四方）以流連沉湎，蕩厥良心，而日遠日忘其親者，有之」。〔註27〕「蓋季世孝道崩壞，至有服衰絰而佚樂自若，外託不敢毀傷之戒，罷精神於聲色，而不卹茲，惑之甚者也」。〔註28〕出家人反倒保持孝德不渝。

　　這兩點又都說明了大環境的重要，「聖皇孝治嚴宗禋，祠官秩秩皆大臣」〔註29〕，元代以孝治國，孝子多，孝僧遂水漲船高。廓上人乃大圭好友，大圭病時曾拿著藥、荼探望〔註30〕。他爲盡孝而死於非命：「廓初闢亂山谷間，久之以侍親歸。尋往奔其姑喪，至則爲人所殺。」〔註31〕大圭有《廓上人事

〔註22〕　《姑蘇志》卷五十八，《文淵閣四庫全書》本。
〔註23〕　《題陳世榮血書金剛經後》，《蒲室集》卷十四。
〔註24〕　陸容《菽園雜記》卷二，清《文淵閣四庫全書》本。
〔註25〕　同上。
〔註26〕　《永覺和尚廣錄》，《卍新纂續藏經本》。
〔註27〕　《瞻雲亭詩有序》，《蒲室集》卷一。
〔註28〕　釋妙聲《麋孝子刺血書經序》，《東皋錄》卷中。
〔註29〕　大訢《寄龍翔使司張司丞》，《蒲室集》卷二。
〔註30〕　《病甚廓上人能來》，《夢觀集》卷三，《文淵閣四庫全書》本。
〔註31〕　《哀惠廓上人》，《夢觀集》卷一。

母疾愈》和《哀惠廓上人》詩，後一首言：「之子在溪上，奔竄如驚麞。負母入巖谷，承顏無賤貧。辛苦復來歸，亦日問嚴親。流離不忘孝，如此端可人。老姑實父黨，赴救寧無因。奈何嬰奇禍，清血遂灑塵。」廓上人作爲和尙不能不說爲塵緣所累，而大圭的詩無半句非議，可見當時風氣，出家不棄倫常。祖燈（1292～1369），字無盡，天性孝謹，迎母童氏養山中，年九十四而終。眾以非沙門行讓之。祖燈反駁道：「世尊尙升忉利天爲母說經，我何人斯，敢忘所自哉！」〔註32〕吳江西鄙於安生子六人，其季爲僧於妙智寺，名益光。光在烏程矯字圩得田二十畝，築菴其上，以修祀事。益光寂後就瘞骨在那裡。至正間兵興，田被奪，菴毀壞，僅存其竈。益光的宗子德桂房有孫僧致遠，致遠與從弟僧思義在於氏家族居地附近重建了於氏祠堂，立木主祀五世府君而下。「佛之教以孝爲至道，其慈仁所覃，自吾親至於途人之親，自吾世極於既往之世，視之一也。視之一宜無所不愛，況一氣之禪續者哉！此吾徒所當盡心焉」。〔註33〕釋妙聲對此事的議論就是孟子之推己及人的道理，從慈仁己親而慈仁途人之親，從慈仁近親而慈仁以往一切之親。在這個事例中，宗嗣和禪續攪在一起不可分割，其原動力則在人情。僧致遠字復元，業天台氏之學。致遠非俗僧，有文行世，嘗主天竺之永壽寺。

孝順與否，甚至成爲人們判斷好僧的標準之一。謝應芳《送祖心上人省親序》說：「學佛氏而不忘師父之恩，知君命之重而弗敢渝，是爲良浮屠，吾當與之遊。」這類標準實際上已經把作人列爲做和尙的先決條件了。

二、元代詩僧之孝

元代詩僧提倡孝道或以孝聞者有明本、大訢、來復、與恭、明首座、良琦、金西白、天如等。

明本《警孝》一文寫到，同參之僧離鄉數千里，二親垂老，十二年不奉音容，問如何報答其勤苦鞠養之恩。明本說，孝即傚仿，傚仿父母之養我愛我而養他愛他，也就是對父母養愛的回報。養有色身之養和法性之養的區別，二者不能兼得，出家人要盡法性之養——「律以清禁，修以福善」，否則便爲不孝；愛有有形之愛和無形之愛兩種，二者不可兼得，出家人要盡到無形之愛——「行而參，坐而究，誓盡形畢命以造乎道，而欲報資恩有」，否則便爲

〔註32〕《補續高僧傳》卷十六「無盡燈師傳」，《卍新纂續藏經》本。
〔註33〕《東臯錄》卷中，《文淵閣四庫全書》本。

不孝。與世間孝不同，出家人行孝與父母存亡無關，即父母之存亡不影響其學道之心，所謂「無間」。因為無數劫以來輪迴中受形如塵沙，父母亦不可勝計，皆當度脫而報答，「流轉三界中，恩愛不能捨。棄恩入無為，真是報恩者。」〔註34〕釋迦太子夜遁王城，高棲雪嶺，示現的正是法性之養、無形之愛。這樣的孝就是道，道就是孝。

釋大訢《瞻雲亭詩有序》「予幼以親命學佛，而不能弘其道，忝居官寺。比乞退，欲效古人織屨為養，未獲所請。視古禮微顯有間，而所感則同也，作瞻雲亭詩。」他把憂道與孝母的願望並列，「一本缽隨處就食，一囊衣粗給寒暑，不求華好贏餘，所憂者道未明與母老家貧，欲效陳睦州織屨供養而未能，負罪於天，何時買地縛屋，畢此志願」。〔註35〕

釋來復當元末干戈載途之際，不能與母親相見，作室定水寺東澗，取陳尊宿故事，名為蒲菴，表示對母親的想念。

一雲大同「性至孝，自恨蚤喪父，養母純至。及亡，春秋祭禮無闕。且請名臣書父母壘行，樹碑於墓」〔註36〕。

東南行腳僧明首座，至正間來遊雁蕩山，在母親生日那天，以一盂飯、一卷經為母祈壽，作偈云：「今天是我娘生日，剔起佛前長命燈。白飯自炊還自吃，與娘齋得一員僧。」〔註37〕又，與趙孟頫同時的餘姚九功寺僧與恭，因「母老無託，乞食以養」，九首存詩中，四首寫母子情。

釋良琦雲遊淮湘間，丞相府命主毗陵龍興禪寺。不到一月，他自歎，出家脫俗，何以又掛名官府，俯仰迎送；而且我母親年邁，需要照顧。便飄然返鄉。然而他家舊廬弊壞，須蓋新房以養母，楊維楨《琦上人孝養序》說，吳人多孝親，且勇於成人之美，明年我一定能看到良琦新房建成，母在高堂，安然無恙。〔註38〕

金西白自幼喪父，至正十年庚寅（1350）秋，他想雲遊求佛法，母親年邁，無人照顧，欲行復止。母親鼓勵道：「吾聞親者，遺體之所自出也；佛者，慧命之所由生也。奉遺體以續慧命，願惟輕重所在，汝勿以吾故逡巡不前為也。」西

〔註34〕明本《警孝》，《天目明本禪師雜錄》，《卍新纂續藏經》本。
〔註35〕《答陳宗南道士書》，《全元文》第35冊。
〔註36〕《補續高僧傳》卷四，《卍新纂續藏經》本。
〔註37〕陳衍《元詩紀事》，上海古籍出版社1987年，第800頁。
〔註38〕《東維子集》卷十，《文淵閣四庫全書》本。

白於是問津於江上。鄭元祐、陳基等聽說這事後，爭相作詩文餞行祝願。〔註39〕
後來西白築孤雲庵奉母，有人非議，他說：「爾不見鯿蒲陳尊宿乎？何言之易易
也。」〔註40〕

　　天如惟則認為自己學禪，而不能使父母發明生死大事，成就道業，問心
有愧。但經暗中觀察，父母並非學禪的材料，遂於泰定元年甲子（1324）歸
鄉時，授以繫念法門。至順三年壬申（1332）寫信，又讓弟弟轉告敦促老母
力修：「繫念之法，不拘行住坐臥，不必出聲損氣，惟務至誠默想默念。念念
相繼心無間斷，敢許現生肉眼便能見佛，或見光明，或承摩頂等事，又豈定
在臨終時哉！此是一種捷徑法門，至簡至要，極靈極驗。故先德有云：『不信
佛言，何言可信。不生淨土，何土可生。』……煩吾弟具以前說詳告慈母。
切不可以雜務關其懷抱。須旦夕曲施巧便。令得專心致慮倚靠者一著子。如
照夜之炬。如過海之舟。不可須臾離也。誠能如此預備行纏。功無虛棄。則
汝事親之孝莫大於是矣」。後至元四年戊寅（1338）見信知老母仍健在，非常
高興，反覆叮嚀：「惟有樂邦之佛能救度汝，能攝受汝，能保護汝，能成就汝。
切須趁此眼光腳健，全身倚靠求哀乞憐，夙夕懇禱，不可斯須放捨。」說自
己對故鄉就是放不下母親，對母親唯欲勸其努力進修。〔註41〕惟則可以說在
努力實踐著明本師父提倡的法性之養和無形之愛。

第三節　詩僧的出處：得意而失志
——以釋大訢和劉秉忠為例

　　有的和尚稟賦用世之才，難以埋沒，與俗陸沉，世功卓著，但是他們的
詩文中常常流露出事與願違、不能退隱遁跡的無奈，山林永遠只能作為眺望
的家園。元代這種情況以釋大訢和劉秉忠最為突出。

一、劉秉忠——有力安天下，無計臥煙霞

　　蔣維喬《元代佛教史》說元代佛教別無顯著事跡，唯劉秉忠的歷史有足
述焉。劉秉忠助世祖立業固然極富傳奇色彩，而其詩酒書琴的私人生活更具

〔註39〕陳基《送金西白上人遊方序》，《夷白齋稿》卷十四，《文淵閣四庫全書》本。
〔註40〕《補續高僧傳》卷十四，《卍新纂續藏經》本。
〔註41〕《師子林天如和尚語錄》卷七，《卍新纂續藏經》本。

吸引力，特別是他以「鑿開三室，混為一家……數精皇極，禍福能決」之有力，而卻深歎「一身無計臥煙霞」，非常值得思索。

【一】為什麼身在廟堂，心向山林

（一）世事空性，人的努力終歸徒勞

> 今古漁樵話裏，江山水墨圖中。〔註42〕
>
> 畫餅功名抵死圖，何如閒裏得看書。〔註43〕
>
> 畫餅功名誰得飽，浮雲富貴此堪攀。〔註44〕
>
> 酒杯裏功名渾瑣瑣，今古兩悠悠。〔註45〕
>
> 薰天富貴等浮雲。〔註46〕
>
> 功名到底花梢露。〔註47〕
>
> 朝三暮四相狙戲，識破從前賦芋翁。〔註48〕

功名像畫餅，富貴等浮雲，道人站在天均道樞的立場看人事的消長不過是猴子朝三暮四的把戲。凡人皆為紛繁假象迷惑，而道人洞穿到千年世業一朝空。

（二）物理有自然的公平，人需要無為

哪裏該下雨，哪裏該旱，自然界都不是胡來的，按天道行使。人事亦如此，壽夭禍福皆非無緣無故，自有他這樣那樣的道理，「既天生萬物，自隨分，有安排」〔註49〕，「明處細曾推物理，昧時都錯怨天公」〔註50〕

「閒來與物少相礙，行出與時多背馳。」〔註51〕人做事不自然，人越忙，事與事愈互相糾結，人與人愈彼此妨害。

「世事省來都合道，凡心消去不須禪。一庭花發青春裏，七字詩成白酒

〔註42〕《木蘭花慢》，《藏春集》卷五，《文淵閣四庫全書》本。
〔註43〕《讀書》，《藏春集》卷一。
〔註44〕《關外感秋二首》，《藏春集》卷三。
〔註45〕《風流子》，《藏春集》卷五。
〔註46〕《守常》，《藏春集》卷一。
〔註47〕《西蕃道中》，《藏春集》卷一。
〔註48〕《守常》，《藏春集》卷一。
〔註49〕《木蘭花慢二》，《藏春集》卷五。
〔註50〕《閒中》《藏春集》卷一。
〔註51〕《堤畔二首》，《藏春集》卷一。

邊。」〔註52〕明白了物理自參差的道理，去掉各種勉強之心、不平之心，就是一種禪的境界。春光裏花靜靜地開放，我閒閒地喝酒賦詩，萬事萬物以其參差不齊而合於大道，我則以無事無為亦冥合禪機。

由以上原因，劉秉忠時常會流露出對人事的冷漠與不屑，「門外眾人忙似火，幾前孤坐冷如灰」〔註53〕。

【二】人生底事不能閒

> 鞍馬生平四遠遊，又經絕域入蠻陬。
> 荒寒風土人皆愴，險惡關山鳥亦愁。
> 天地春秋幾蒼鶻，江湖今古一扁舟。
> 功名到底花梢露，何事區區不自由。〔註54〕

> 百年行止料皆難，今是昨非豹一斑。
> 辜負夙心泉石畔，鬟垂短髮縉紳間。
> 夢回枕上聞歸鴈，雨霽城中見遠山。
> 三徑就荒松菊在，人生底事不能閒。〔註55〕

明明誤身涉世已經錯了，我的心本來在泉石邊，為什麼會周旋到縉紳中呢？空中的歸雁、城外的遠山都像在召喚我，家就在那等著，陶淵明能歸去，我到底為什麼不能歸去呢？

（一）世智難以捨棄

歷史整體空，畢竟空，而人以微小之軀處身歷史的片段中，視局部人事的細節實實在在，難以忽略。

> 人常與易不相離，著意求言轉見疑。
> 動靜既萌爻象具，具此情明得是著。〔註56〕

《易》在民生日用，如果死摳書本，反倒疑惑重重，進去出不來。事情的動靜本身就呈現出爻象，顯示出吉兇之兆。明白了這個道理都用不著占卜了。劉秉忠應該或許已經達到了這種境界，他靜靜地觀察事情的發生、錯綜、

〔註52〕《小齋》，《藏春集》卷一。
〔註53〕《堤畔二首》，《藏春集》卷一。
〔註54〕《西蕃道中》，《藏春集》卷一。
〔註55〕《寓桓州》，《藏春集》卷三。
〔註56〕《讀易》，《藏春集》卷七。

變化，趨勢和結局無不昭然若揭。他有這樣的智慧必然要使出來，使出來就不可避免爲人賞識而被利用。他的智慧通過利用得到驗證，他成了高明人，亦爲高明所買。

（二）恩義難以背棄

人是關係的存在，在不同的關係中映現出不同的存在。劉秉忠作爲見道之人嚮往山林，正是想最大限度地摘開各種關係的牽絆，最終卻難以掙脫忠君之心。

「老煙蒼色北風寒，驛馬趨程不敢閒。一寸丹心塵土裏，兩年塵迹撫桓間。曉看太白配殘月，暮送孤雲還故山。要趁新春賀正去，鬚頭能不愧朝班。」〔註57〕作此塵容俗狀，是因爲懷著一顆忠心，衝風冒寒趕著上朝恭賀新春正法。這可不是那位「幾前孤坐冷似灰「的劉秉忠，而換成他「忙似火」了。

（三）命運難以違棄

劉秉忠常伴君側，他在參與朝廷機密要事中表現出來的神機妙算，世祖最清楚，世祖說：「其陰陽術數之精，占事知來，若合符契，惟朕知之，他人莫得與聞也。」〔註58〕

劉秉忠逆知天命，他曾爲世祖相人以任用〔註59〕，對自己的命運也必然有所預料，富貴由命，誰能算出自己有個富貴功名的命而故意避開選擇蕭瑟冷清呢。

（四）誘惑難以抗拒

「東南幾許繁華地，長在元戎指畫中」〔註60〕，劉秉忠看到，秦皇漢武已經作古，元軍正掃平天下，而他處於當下權力的核心圈，已經進入歷史，這種誘惑對於熟諳史書、羨慕英雄的人是無法抗拒的。

【三】煩惱與對治

溪山幽境老情懷，閒著漁磯與嘯臺。

陶穀果然無相分，翰林都道有仙才。

塵容俗狀今如此，綠鬢朱顏安在哉。

〔註57〕《桓撫道中》，《藏春集》卷二。
〔註58〕《神道碑》，《藏春集》卷六。
〔註59〕《元史》卷一百五十四「洪福源」，中華書局 1976 年，第 12 冊，第 3631 頁。
〔註60〕《江邊晚望》，《藏春集》卷一。

會向桃源訪消息，雲迷洞口沒人來。〔註61〕

年年策馬走風埃，鍾鼎山林事兩乖。

千古興亡歸恍惚，一身行止賴編排。

無才濟世當緘口，有酒盈樽且放懷。

何日還山尋舊隱，瘦筇偏稱著芒鞋。〔註62〕

劉秉忠在與全真道士相處時被天寧虛照收剃，又被海雲偕行北上，從此留在世祖身邊，活生無數，功德無量，而山林夢空，只能自嘲地作一名「名利場中散誕仙」。〔註63〕

他本想山林枯槁，卻被捲入一場朝代更替的大業。雖在他看來，用魚鳥之樂換來的成功和歷史上所有的成功一樣，是一時的，轉眼成空，千古興亡，終將歸於混沌。然而命運既將自己被「編排」到這裡了，還必須盡力而為。

情知空勞算計，「倦將心事燃心火，笑被浮名惱鬢絲」〔註64〕，「本存實志閒終老，卻被虛名誤半生。」〔註65〕或許原打算像魯仲連那樣瀟灑：「魯連談笑卻三軍，玉璧冰壺不受塵。一葉扁舟滄海闊，千金留與市塵人。」〔註66〕「功就便抽身，富貴若浮雲，本是箇江湖散人。」〔註67〕卻不幸羈留不返，得意而又失望。得到一紙浮名，虛耗了光陰，清閒度日的理想成為泡影。出家本為擺脫拘牽塵勞，卻擔負了大塵勞。他似乎在下棋，似乎又是被下的棋子，似乎在寫歷史，又似乎被寫進歷史，似乎本事大到左右人主，似乎又是完全被動的傀儡。〔註68〕

紅錦濯來一片新，武林溪上照青春。

世間都唱桃花曲，誰是桃花洞裏人。

這一首《桃花曲》與清珙《七言律詩》之「相逢盡說世途難，自向菴中討不安。除卻淵明賦歸去，更無一箇肯休官。」有異曲同工之妙。一首著眼

〔註61〕《思歸》，《藏春集》卷三。
〔註62〕《藏春集》卷一。
〔註63〕《自然》，《藏春集》卷一。
〔註64〕《醉後》，《藏春集》卷一。
〔註65〕《年來》，《藏春集》卷四。
〔註66〕《魯連不受賞》，《藏春集》卷四。
〔註67〕《太常引・五魯仲連》，《藏春集》卷五。
〔註68〕《醉中作》，《藏春集》卷一。

此岸，一首著眼彼岸，彼岸靜靜地等著沒有人來，此岸眾口喧鬧，沒有人去。
一首嘲世，一首自嘲。

名利場中如何作得散誕仙？

（一）委順

既受拘牽，則委順之，把宿命變成使命，身在塵勞中，心不染著。

任運委化本道家精神，元代杭州東隅 80 多歲的鄭處士極研乎莊學之
旨，他的燕處之室就叫委順齋，楊維楨曾作文記之〔註69〕。而當時委順被
說成儒釋道三家聖賢的通訓，因而成爲禪家正宗。如天曆二年天目山師子
正宗禪院禪師劉順法語寫道：「世間萬物各有數，初不以逆而強致焉，在乎
知時識變。樂天知命者，固能隨順世緣，無甚罣礙。孔聖以此一貫之道示，
曾子領其旨，一唯而已。維摩居士以一默而談其不二，吾之諸祖或擎拳豎
指，或棒或喝，皆示其委順之一方便也。老氏以天得一以清，地得一以寧，
而發揚委順之道。從上聖賢莫不以此而傳之後世，倘欲別起一念殊勝奇特
之見，以屬強爲，則不委順也。其順之之理一委之於造化，豈聖人能轉之，
而凡人可料之，惟貴深造遠詣，堅確不易其正念之士，方能如是與凡聖混
同一區，來去自繇由於萬象之表，豈不慶快平生也哉！」〔註70〕劉秉忠處
世即有委順精神，「時止時行吾不強，笑他楚些作招魂」〔註71〕，「未解塞
將他意滿，但宜持得自心平。平溪聲遠作千年調，山色高移萬古情」〔註72〕。
人與人之間利益紛爭，眼前的事情必然有不平處，這時候需要持平自心，
因爲人能看到的片段太過局部，當時間延展、空間延伸，在更大的範圍內，
一定是公平而又合道的。

（二）醉酒——酒藏奇計破愁城

「殘花離樹酒盈卮，但願春歸熟醉時。楊柳隨風飄翡翠，海棠和雨滴臙
脂。半生不定猶飛梗，諸事無能強賦詩。昨日溪邊閒倚杖，水明如鏡鬢如絲。」
〔註73〕

〔註69〕《東城雜記》，武林掌故叢編本，第 6 頁。
〔註70〕《天目山禪師劉順法語》，郁逢慶《書畫題跋記・續題跋記》卷五，《文淵閣
　　　　四庫全書》本。
〔註71〕《禁中》，《藏春集》卷二。
〔註72〕《藏春集》卷一。
〔註73〕《春暮有感》，《藏春集》卷三。

　　本體的歷史是沒有省略號的，自然界也好，人事也好，人都必須正視一些他極不願面對的過程。劉秉忠用醉酒解決這個問題，「但願春歸熟睡時」，不忍春歸，用沉醉點上省略號，「萬事紛紛一醉休」。

　　半生飄蓬，萬慮困心，經歷的事情越多越覺得世事無能為力。劉秉忠「性剛而有斷，非理不屈於人」，〔註74〕但在政界，在蒙古人的朝廷，很多事情身不由己，「無才濟世當緘口，有酒盈樽且放懷。」改變不了的事情就不要說了，有閒喝酒儘管放開懷抱。「自知量小難禁酒，人笑才疏強賦詩」，〔註75〕酒量不大，詩才亦疏，可這是自己有把握的事情，斗酒賦詩，百草中得一二靈芝就很愜意了。有兼濟天下的抱負，必有憂國憂民的情懷，愁卻無益，用酒來止，易愁腸以酒腸、詩腸。人的煩惱在於前後念不斷，念念相續，分別判斷，是非執著心起，便生煩惱。醉酒的一大功效就是斷念，斷「理」念，得到當下，得到一個從歷史、環境中摘出來的自己。只這一刻，只這個「我」是美滋滋的。「一尊盡可消塵慮，萬事何能到醉鄉」〔註76〕，「百年囊裏詩千首，萬事花前酒一杯」〔註77〕，不管已經過去了多少個春天，還有多少個春天即將來臨，一端起酒杯，什麼事都忘了，我只管吟詩去填我的詩囊。「人生難預定行藏，且著閒吟寄醉鄉。還有江湖供酒杓，豈無珠玉入詩囊。」〔註78〕行藏哪裏由得了自己，且閒吟醉鄉，只要有酒總會出好詩。

　　「昨夜西風撼綠荷，芙蓉凋盡奈秋何。歸心又落賓鴻後，別夢還隨夜雨多。客氣有時難制伏，官身無事亦蹉跎。近來只賴杯中物，醉到半酣方浩歌。」〔註79〕隨他荷葉凋盡，隨他歸鴻去盡，隨身羈留，隨事拘撿，「歌後清聲自嘹喨，舞來長袖任郎當」〔註80〕當下是完滿的。

　　昏其智，忘其事。「惟有醉鄉同大化，從他物理自參差。」〔註81〕劉秉忠是一個孤獨的人，《寡合》、《孤雲》都是他的自我表白、自我寫照。喝酒本是件熱鬧事，他卻一沾酒就撇下眾人我行我醉，「自因量窄常先醉，慚愧

〔註74〕《行狀》，《藏春集》。
〔註75〕《帳中》，《藏春集》卷一。
〔註76〕《冬夜南京飲酒》，《藏春集》卷二。
〔註77〕《新春有懷》，《藏春集》卷二。
〔註78〕《春日園中》，《藏春集》卷二。
〔註79〕《秋懷》，《藏春集》卷一。
〔註80〕《對酒》，《藏春集》卷一。
〔註81〕《醉後》，《藏春集》卷一。

君家大盞臺。」〔註82〕爲什麼「薄酒消愁宛勝茶」〔註83〕？因爲茶提神，酒昏志。

（三）小齋詩書琴

「甚喜年來得書看，小齋清灑紙窗明」〔註84〕，「一篋詩書三尺琴，忘懷鍾鼎是山林」，〔註85〕坐在小齋中，與外面的塵擾隔開，權作自己的山林。「鍾鼎山林各自天「，「畫戟朱門將相家，山間一室息紛譁。」〔註86〕仕和隱是兩個圈子。別人或在此或在彼，而他可以自由出入。「素飡得飽那思食，薄酒消愁宛勝茶。就裏靜爲眞受用，倒頭閒是好生涯。此身久置功名外，萬戶封侯任被誇。」〔註87〕他是山林小齋中的貴人，又是鍾鼎將相家的散仙。

二、釋大訢——「乞退悔苦晚，誰無鉢飯供」

仁宗延祐七年（1320）趙孟頫親自作疏，請大訢住大報國寺。泰定二年（1325）江浙行省丞相脫歡特地請大訢住中天竺。天曆元年（1328）朝廷命爲太中大夫。號曰廣智全悟大禪師。爲大龍翔集慶寺開山第一代。

至順元年（1330）被召入京，賜坐奎章閣，說佛心要契旨，賜貂裘金衲衣等。又賜中天竺名曰天曆永祚寺，表彰其興復之功，賜名所菴居曰廣智，皆命虞集爲之書。當還之日，祖道於城南僧舍，貴臣滿座。順帝至元二年（1336），加號釋教宗主兼領五山寺。〔註88〕

「僧舊著黑衣，元文宗寵愛欣笑隱，賜以黃衣，其徒後皆衣黃」。歐陽原元《題僧墨菊詩》：『芯鋊元是黑衣郎，當代深仁始賜黃。今日黃花翻潑墨，本來面目見馨香。』薩天錫《贈欣笑隱詩》：『客遇鐘鳴飯，僧披御賜衣。』指的正是此事〔註89〕。

釋大訢當年可謂官運亨通、紅極一時。這樣一名出家人、南人，在上層、基層都很易成爲譏刺議論的對象。《元詩紀事》載一日笑隱陪省相觀潮，

〔註82〕　《袖垂扶又倒家人轟笑醉歸來》，《藏春集》卷三。
〔註83〕　《蝸舍閒適三首》其二，《藏春集》卷一。
〔註84〕　《年來》，《藏春集》卷四。
〔註85〕　《呈南庵友人》，《藏春集》卷二。
〔註86〕　《蝸舍閒適》，《藏春集》卷一。
〔註87〕　《蝸舍閒適》，《藏春集》卷一。
〔註88〕　虞集《元廣智全悟太禪師太中大夫住太龍翔集慶寺釋教宗主兼領五山寺笑隱訢公行道記（有贊）》，《語錄》。
〔註89〕　朗瑛《七修類稿》卷二十四辯證類「僧衣」，上海書店 2001 年，第 252 頁。

所住中天竺失火，斷江絕恩所住虎邱寺亦碰巧遭火。無名僧作《戲笑隱》嘲諷，「欣哉笑隱住中峯，本是鴻儒學說空。羅剎江頭潮未白，稽留峯下火先紅。青霄有路干丞相，紺殿無顏見大雄。若使斷江知此意，兩人握手泣西風。」〔註90〕徒弟行宥去世後，大訢不無焦慮地說：「而今已矣，吾疾日加，雖退而未能去，譏謗蝟生無寧日矣。」〔註91〕

事實便是，在釋大訢步步高升的背後，頗有一把辛酸淚。

【一】事業的艱難：復興難，開創難

據《武林梵志》卷二，報國寺在杭州鳳凰山麓，即南宋垂拱殿基。至元十一年甲戌（1274）賜額禪宗大報國寺，妙濟禪師開山。延祐六年己未（1319）燬。大訢榮任大報國寺住持，實際上面對的是一個火餘廢寺，五年住持，幾乎是五年修繕。秩滿歸山沒多久，中天竺因寺僧不戒遭鬱攸之變（即火災），燒得只剩下三個門，大訢受命於危難，與眾僧露處野宿，克圖恢復。窮和尚拿什麼建寺？靠自力和布施，主動布施當然好，求人布施便難為情，「不肖多與士大夫交，嘗聞其言，與僧往來，每懼其袖中有物，便殺風景，謂其持疏也。故五年於此，修造已十成七八，忍貧自力，未嘗妄造人門，頗似倔強」，堅持自力更生，「躬事役作，甘於勞苦」。〔註92〕最輝煌的開山大龍翔，「始未有廩給薪米鹽醯」，由徒弟行宥措畫。然後為免差役，派行宥、知津二徒請示朝廷，往返萬里，經涉四年。

吾德薄多艱，累諸徒以勞役，而致斃者凡數人」，「住山一無所成，而累人以死」，在《祭徒弟行宥文》中大訢沉痛地說。行宥和知津都至奔走免官差一事而累死，來回路上風雨饑渴不說，官事難辦，人難對付，「吏文深刻，甲可乙否」。知津客死維揚，賴友人買棺闍維裹骨而歸。行宥回來沒多久也去世。知津、行宥並皆吃苦耐勞、盡忠盡孝，非常得力，他們的猝死令大訢痛心，慨歎事未盡、老未托、道未付，「吾年未甚老，而衰憊異常，俟蠲賦之文下，即求退而菴居。汝方壯，豈無二十年以養吾老？然後隨汝之器而授汝之道，庶幾酬汝之力，而息汝之勞。豈謂汝遽舍我而先歿也！汝壯猶不可恃，況吾衰憊者，又豈可逆料哉！」〔註93〕

〔註90〕《元詩紀事》卷十六，第803頁。
〔註91〕《祭徒弟行宥文》，《蒲室集》卷十五。
〔註92〕《與友人十四書》《全元文》第35冊，第357頁。
〔註93〕《祭徒弟知津文》《蒲室集》卷十五。

　　文宗口頭答應免差稅，缺省部明文。文宗又於 1332 年病逝上都。如果此事一拖再拖、一直擱置，便會不了了之，大訢作爲第一代主持就成了大龍翔寺史上的罪人，所以他認爲這是自己義不容辭的職責。「某居此十年，奔馳勞悴，加之多疾，日思求退。但以忝爲開山住持，若不能乘此機會蠲其差稅，則後人決不能安處而至廢弛，而罪在不肖。」〔註 94〕「某居此十年，求推未能，又以奉旨賜田蠲稅，而省部未得明文，恐後人居之不安，而致廢弛，則責在開山者。故遣徒留都三年，只待文下，則決於乞閒，可操几杖而從公遊矣。」〔註95〕派徒弟往返、駐京的同時，自己書信「上訪」，或請求庇護，動以情理，如《與友人十四書》、《與高參政書》、《與忽都海牙右丞書》、《與左吉平章書》、《與趙伯寧司使書》、《與張司使書》、《寄隆祥使司張司丞》、《與韓伯高治書書》；或感謝庇護：他與弟子感恩戴德，每飯必祝；佛祖大願，功德無量；先皇在天之靈露出微笑……，如《答張雪峰司農書》。

【二】退隱的艱難：上爲朝廷，下顧宗群

　　大訢詩文中時時流露退居的願望，如《與韓伯高治書書》：「惟思待盡嚴穴，甘於淪棄，以固守吾道，是吾志也。而麋身官寺，乞退未能，一事應酬，便有齟齬，其俯仰往復又不得不爾」〔註96〕《與忽都海牙右丞書》：「去夏多，臺郎赴都，屢嘗上狀，計徹鈞覽。舊多喜聞出按江淛，而賤軀以疾辭閒，公文申上，不蒙允聽，令爲常住，立定規式，卻許辭退。」〔註 97〕《與杜清碧待制書》：「某麋身官寺，求去未能，詬謗日積。如驅車千仞之阪，力窮而不遑息，勢使而然」。〔註98〕《與明雪窗書》：「世事可畏，得一日先退縮乃爲佳耳」〔註 99〕《與友人十四書》：「未幾，山中復罹鬱攸之變，從事奮築，……比著情緒愈惡，只思營構稍完，少可逭責，便某脫去。歸鄉里，見長者，陪杖屨溪上，爲爲晴空樓中旬日客，平生之願也。」〔註100〕《與高參政書》：備員官寺七年，拙於應酬，加之多病，日思求退，等七月初徒弟回來，免了差稅（爲眾不爲己），便可以辭去了；但又念先聖忌日將至，想等八月十二滿散

〔註94〕《與趙伯寧司使書》，《全元文》第 35 冊，第 347 頁。
〔註95〕《與虞伯生學士書》，《全元文》第 35 冊，第 339 頁。
〔註96〕《與韓伯高治書書》，《全元文》第 35 冊，第 349 頁。
〔註97〕《與忽都海牙右丞書》，《全元文》第 35 冊，第 344 頁。
〔註98〕《與杜清碧待制書》，《全元文》第 35 冊，第 352 頁。
〔註99〕《與明雪窗書》，《全元文》第 35 冊。
〔註100〕《與友人十四書》，《全元文》第 35 冊，第 357 頁。

藏經後就退居，請元叟接替。……。這些言辭當出自肺腑，絕非假話、套話、惺惺作態。他之欲隱，一是因爲工作太累而身體衰疲，「歲暮之金陵，起造甚冗，朝夕無頃刻暇。」〔註 101〕「本欲自回迎迓，以起造工程方急，朝廷差官絡繹而至，不可暫離。」〔註 102〕二是出於道業未成的失落。「且誤身涉世，薦嬰患難，如幼時之參叩，與夫平日所聞，盡皆喪失，況有所謂行其道者乎？」〔註 103〕大訢拙於應酬，「達官初至，一賀而退，臨門則迎，其它報謁盡廢，雖遭怪怒，亦不顧恤。」但與文人士夫周旋，也不得不迎合他們的習氣趣味。張夢臣、王繼學、張翥、危素等搢紳先生參叩禪要，每天倡酬文字爲樂，智及就是在大訢座下次韻王侍御得詩名而被雲心嶼首座呵斥的。「雖號出世而不能闡化，雖匡徒而不能弘道。又且福薄緣差，自報國天竺，俱值鬱攸之變，修繕未完，復來金陵，只縈世故，莫識何以奉明訓也。」〔註 104〕對知津和行宥，本打算日後慢慢量器授道，沒承料他們竟勞累致死。大訢由此生憂道之心。

　　爲什麼退不下來，除了眾望所歸之外，當然還有自身和家族利益方面的考慮。

　　「九江義門是吾族」，「吾族世爲儒，數十年貧廢殆盡，弟姪輩猶有稍知讀書，力農爲業」。〔註 105〕大訢先世儒宦，父輩仍業儒，這樣一個旺族，幾十年間衰落下來，「母老家亦殫，弟妹貧賤離。長絕伯父恩，骨朽葬無資。天誅不可逭，何用涕交頤。因子感我私，聽歌行步遲。誓言如白水，我歸豈無期。」〔註 106〕家道不振，貧賤離散，他又出家在外……詩中流露的感情，完全不是四大皆空，說明這位年輕的釋子放不下家人、家族。

　　所以大訢出人頭地後，憑著僧官德聲望和地位庇翼家族〔註 107〕，《與盧縣尹書》拜託照顧弟侄輩，《與匡正宗書》感謝匡正宗饑荒中接濟他家並如數奉還銀款，出家而護家，憑著僧官的聲望和地位，使家族受到庇翼。

　　更有銜恩圖報、恪守君臣之義和振興宗門的責任。

〔註 101〕《與澄湛堂書》，《全元文》第 35 冊，第 367 頁。
〔註 102〕《與如一溪書》，《全元文》第 35 冊，第 363 頁。
〔註 103〕《與友人十四書》，《全元文》第 35 冊，第 357 頁。
〔註 104〕《與受業祖師書》《全元文》第 35 冊，第 371 頁。
〔註 105〕《與盧縣尹書》，第 35 冊，第 346 頁。
〔註 106〕《送暉東陽往江西省佛智師》，《蒲室集》卷一。
〔註 107〕《與盧縣尹書》，第 35 冊，第 346 頁。

吾受命先帝，開創茲山，欲宏吾祖之道，訓迪後人，必資於居室食用，而所以命汝者，爲眾也，非爲己也，期於報先帝而宏吾祖之道也。〔註108〕

備員官寺十年，拙於應酬，加之多疾，日思求退。以差稅未免，故移文上下，遣徒往返，……十月初，愚徒回，乃覩省部文下，特與欽免差稅，……便欲辭去，以嘗素志。又念先皇聖忌將臨，必展敬致祭，以盡羹墻之思。八月十二日滿散藏經後，即退居。〔註109〕

大訢受到文宗知遇之恩，感激不盡。怎麼報答呢？作爲住持，一是規建領導好大龍翔寺，二是虔誠地祝禱，大訢語錄中對文宗皇帝的歌功頌德比比皆是。順舉一則：「文宗皇帝昔從佛地，示現王宮。撫治邦家，乂安宗社。化導已周，復歸佛位。寂然不動，智普應於十方。廓爾無私，化已周於沙界。臣僧與麼讚揚，且道還契聖意也無？良久云，『優盋天香吹不斷，又從兜率下閻浮。』」將文宗說成是佛化現娑婆。第三就是弘法，弘法也算報皇恩，因爲皇上建寺起用他根本出於信仰佛法。

元初，社會機體大病新愈，叢林凋敝，「所至大方若逃亡家，衲子無掛錫之地。」〔註110〕正需要大訢這樣才富力強，有凝聚力的宗教領袖。大訢是衲子可以依附的大樹，是支撐宗門的柱子。「其禪席之盛，自秀法云以來，未之有也」。〔註111〕中天竺燬後，「露處野宿，僧僕猶不下數百，相聚不散。」〔註112〕「報國、中竺俱經火之餘，訴至任緣鼓舞，大廈俱成，僧徒相從者垂千輩。」〔註113〕

至順元年庚午（1330），大訢與蔣山曇芳忠一起被召至京師。京師眾禪師出迎道：「國家尚教乘，塔廟之建，爲禪者寂然。禪剎興於今代，自師始，吾徒賴焉。」〔註114〕

以天下讓人易，爲天下得人難。宗門亦然，作爲僧官，大訢要爲寺廟物色主持並保護宗門人士。大訢被調去金陵建潛邸，原來所在的中天竺住持空

〔註108〕《祭徒弟行宥文》，《蒲室集》卷十五。
〔註109〕《與高參政書》，《全元文》第 35 冊。
〔註110〕《與如一溪書》，《全元文》第 35 冊，第 363 頁。
〔註111〕《笑隱訢禪師，《南宋元明禪林僧寶傳》卷九。
〔註112〕《與友人十四書》，《全元文》第 35 冊，第 357 頁。
〔註113〕《笑隱訢禪師，《南宋元明禪林僧寶傳》卷九。
〔註114〕虞集《行道記》，《笑隱訢禪師語錄》。

缺。他推薦了三位候選人，上級選定如一溪。他便去信如一溪希望「攝受」〔註115〕，又寫信請湛堂性澄幫助勸說如一溪〔註116〕，請易釋董阿平章庇護如一溪。〔註117〕《與忽都察總管書》為無言尋求外護：「無言才學該博，與不肖同遊方外，最交好者。……然私喜相公有遺愛於吾教，況茲密邇治化，可恃以無恐也。……閣下能援例與無言為外護，則江湖衲子同一感德。」大訴博洽，所援之例，是蘇東坡保護辯才法師的事情。

有的禪師力拒住寺，大訴會碰到兩頭不討好的時候。他曾向宣政院推舉天如惟則住持青原、龍須，「周旋丁寧，薦之甚力」。而天如憂道德未備，不願以名位累志，「在蘇有所聞，急買舟併日至杭。以苦情告笑隱，如困乏之家告免惡役。告再三，而後獲免。」大訴非常生氣，天如這樣記述「笑隱怒，連呼『高僧』以見譏。」〔註118〕大訴舉薦天如顯示出他包容大度，做事用人以法為重，不以宗派為限。他屬居簡系，天如屬祖先系，論輩分高出兩輩，又是中天竺住持。兩系禪法分歧，大訴語錄云，「每見近時宗師，教人提箇話頭：『萬法歸一，一歸何處』；又教人看：『僧問趙州，狗子還有佛性也無？州云，無』。使其朝參暮參，疑來疑去，謂之大疑，必有大悟。雖是一期善巧方便，其奈愈添障礙。」應該是針對大慧杲提倡的看話禪和高峰原妙的參「疑團」。

當然不能說大訴一開始就想退隱，縱然學佛，年輕人多想有一番作為，更何況像他這樣的家族敗落者，豈能不抱振耀門庭之心。於是被世業誘惑著誘惑著，而世事連環、鉤鎖不斷，等到心生厭離，乞退晚矣。在進京面聖的路上，「中原迤邐河流壯，元氣汪洋地脈長。萬里風雲來黯澹，五更星斗下光芒。」大訴何等元氣充沛、春風得意，萬里風雲、五更星斗的闊大氣象，無非大訴的心象。而《感興一首》已經是疾病纏身，寢食難安，「臥病長江上，朔風撼我牀。泥垣壞積雨，弱柳空自長。猶懷嵩璉歸，何曾羨奎章。白璧忍橫道，千金戒垂堂。鳳凰五色羽，風雨傷摧殘。坐視不遑恤，百憂如驚湍。我夜不得寢，我食不得餐。因知古人意，頻歌行路難。」一起句苦意就彌漫了整個長江，因為生病，感覺那朔風簡直是衝著自己、要摧毀自己的。

〔註115〕《與如一溪書》，《全元文》第 35 冊，第 363 頁。

〔註116〕《與澄湛堂書》《全元文》第 35 冊，第 364 頁。

〔註117〕《與易釋董阿平章書》《全元文》第 35 冊，第 340 頁。

〔註118〕《答劉鶴翁》，《天如禪師語錄・書問（上）》。

退不下來也有安於現狀的道理：一是命、業前定〔註119〕。二是動靜常照，虛靈不昧，便使得十二時，做事不礙存道，「所謂道者，即吾性之虛靈不昧、日用不失之謂也。不與生而存，不與死而亡，窮天地、亙萬世而不磨者也。人均有之，而爲物欲所蔽焉爾。於是先哲教人，於十二時中無絲毫間斷，有一念萬年之說。動靜常照，寤寐一如。及用工純熟，則外而居官蒞民，內而應酬事物，飲食男女，是非紛擾，聲音笑貌，皆吾性之妙用，所謂使得十二時者也。若唐之顏眞卿，宋之富、范，皆慕佛參禪，而不廢大臣之事，斯爲可法。而日看經禮佛，布施作福者，特助道之跡耳，而道不在是也。又曰，革衣木食深山窮谷者，此幽人高尙之志爾，亦非所謂道也。」就是說看經禮佛、布施作福，是修道助行，不是道本身；革衣木食於窮山深谷，是幽人高尙之志氣，也不是道。十二時中做事，皆人本性的妙用，在這所有事中觀照不間斷，才是道。在家修者是這個道理，他身處名利場也用的這個道理。這也是何以大訢處身官場而非名利中人的原因。

大訢非無情孤忍之人，「至於名教節義，則感厲奮激，老於文學者不能過。」〔註120〕大訢詩文對天下國家宗門家族弟子都顯示出深厚的感情，這種感情的基調是一位大乘菩薩的悲憫。

綜上所述，大訢的品質不是貪圖虛名浮利，而是爲朝廷和宗門鞠躬盡瘁的佛門之忠孝儒者。他的一生在某種程度上說，爲了眾人的利益犧牲著自己的避世幽趣，「遠山如故人，夢寐思見之。見之了非夢，卜居終無期。」〔註121〕

第四節　詩僧的詩生活：以釋英爲例
——極度匱乏中的極度詩意

釋英（約 1244～約 1330），宋末元初詩僧，字實存，錢塘人，俗姓厲。出身名門世家，其家族向上可追溯到宋屛山公尙；唐都督文才、侍御史玄，厲玄與姚合、賈島同時以詩名；漢義陽侯溫。他的父親石田居士遷家杭州，成爲杭人。釋英幼而力學，年輕時便在士大夫間享能詩名。壯益刻苦，從知舊遊閩浙、江淮、燕汴一帶，慷慨入世。卻又傾慕貫休、齊己這樣的詩僧，

〔註119〕《與友人十四書》之「某漂蕩湖海」，《全元文》第 35 冊。
〔註120〕《虞集〈蒲室集原序〉》，《蒲室集》。
〔註121〕《題畫》，《蒲室集》卷一。

慢慢地厭倦了世故，終於有一天登徑山聞鐘有悟，出家為浮屠，時間大致在牟巘寫作《跋厲白云詩》（年代不詳）和《白雲集序》（1292 年）之間。結茅天目山中數年，家室、官職統統捨棄，涉遠道遍參諸方，甘為役使，毫無勢力、貴富、驕泰、矜誇餘習，有道尊宿皆印可之。泰定元年（1324），曾住陽山福岩精舍。享年 87。釋英詩本家傳，個人經多見廣，又以形而上的詩、禪蕩滌了形而下的世慮，所以他的詩造清虛冷淡之境，掃陳腐粗率之談，無蔬筍氣，有泉石心，圓活而清雅，讀之使人超然有出世間趣。

釋英與當世名流頗多交往。善住《谷響集》卷三《答白雲見寄四首》序云，泰定甲子（1324 年）二月二日，他和諸公送白雲間（閒）赴陽山福巖精舍翻閱藏經，需要三年時間。臨別約好桂花開時來看白雲，結果他因為抄經到秋天都沒出現，白雲遂賦二詩敦請。釋英 1324 年曾住陽山福巖精舍，所以白雲閒必釋英無疑。「春泥路滑轎行遲，滿目青山總是詩。兩度入山皆過雨，未知何日值晴時。」〔註 122〕送釋英這次可能下著雨。送過釋英後九日，善住還和友人圓大虎遊玩陽山北阜，訪縛屋峰頂的禪者，作《陽山道中二首》。三年之後，釋英拜訪了虞集。《道園遺稿》卷五說，白雲上人自吳中來訪，表姪陳可復畫其像，因題之曰：「編縉寶藏晝垂簾，三載歸來白髮添。萬斛春泉磐石坐，龍宮又擬借華嚴。」《吳都法乘》載趙孟頫在「大都遇平江龍興寺僧閒上座，話唐綦毋潛宿龍興寺詩，因次其韻」，作《次韻贈閒白雲》，虞集、倪瓚、善住等都有和詩。釋英曾遊大都，趙孟頫遇見的閒上座應該就是釋英，那麼釋英遊大都的身份是龍興寺上座。

釋英出家前曾結《白雲集》示牟巘，巘為作《跋厲白云詩》；出家後，又「以《白雲集》重求序」〔註 123〕。想必兩次不是同一個本子。現存《白雲集》中出家前後詩可能都有，不易一一辨明，但籠統讀來，取其精神意趣。觀此 101 首，無論贈答送別、自抒胸臆，往往詩不離山，山是他的世界、他的家、他的巢。觀其山居生活，可以用「冷淡生涯足」〔註 124〕一句寫照。

一、冷淡光景

孤身一人，身無長物。

〔註 122〕善住《春日雨中至福巖精舍》，《谷響集》卷三
〔註 123〕牟巘《白雲集序》，《白雲集》，《文淵閣四庫全書》本。
〔註 124〕《呈臨且翁隱居》，《白雲集》卷一。

俗人處世，如春天，貪婪而繁榮，爭占不已、造作不休，事欲大，貨欲多，勢欲盛，恒被繫縛，不克自由。釋英詩頗多對名利陷人的覺悟和警示。

浮生空役役，誰肯死前休。

今日復明日，黑頭成白頭。

百年身世夢，兩字利名愁。〔註125〕

年來懶爲利名愁，未老先尋退步休。〔註126〕

居然人境外，不爲名利愁。〔註127〕

堪嗟名與利，白了幾人頭。〔註128〕

浮生貴適興，名利徒紛紜。〔註129〕

名利等膏火，業風吹焰起。世人競趨附，至死不知止。

……名利豈害人，人自害之耳。〔註130〕

處士洞穿了名利的空華假相與枷鎖作用，其生活像秋天一樣蕭條而蕭殺，損之又損，不容一毫多餘的和牽累的。

「山川孤館夜，風雨獨眠人。還家須及早，垂白有雙親。」〔註131〕「孤館」與「家」，「獨眠人」與「雙親」形成對照，在這樣一個「孤」、「獨」的夜裏，他希望早早回家，探望年邁的雙親。「群鷺遠明殘照外，一僧閒立斷橋邊。」〔註132〕殘照斷橋，鷺是群鷺，僧是一僧。修道者爲什麼遠離市井，出沒在鳥獸成群的無人之境？除非定力極高，一般修行未深者尚不能以心轉境而心易隨境流轉，所以環境十分重要。「庵依兜率寺，小憩俗心灰。」〔註133〕出家人的莊嚴樊相、處所的清淨無染、自然界的高峰深谷及其無作無爲的進程，可以有效地平息人的名利智巧之心。

「擁毳披新詩，寒生坐禪石。山空四無人，笑看孤月白。」〔註134〕天空

〔註125〕《浮生》，《白雲集》卷一。

〔註126〕《山中偶作》，《白雲集》卷三。

〔註127〕《題遜翁自在廬》，《白雲集》卷三。

〔註128〕《重到楓橋》，《白雲集》卷三。

〔註129〕《滕州荊僧正院陪苑刺史王直卿同知諸公燕作》，《白雲集》卷三。

〔註130〕《書定長老自保銘後》，《白雲集》卷三。

〔註131〕《客夜有感》，《白雲集》卷一。

〔註132〕《夏晚泛湖》，《白雲集》卷一。

〔註133〕《宿睦州祖師庵》，《白雲集》卷一。

〔註134〕《讀周尉越山吟稿》，《白雲集》卷三。

月孤，山空人孤，主人公讀詩坐禪間擡頭忽見明月，不由莞爾。「山翁對山傾綠醑，青山對翁嘿無語。山本無情翁無心，青山不飲翁自斟。酒闌對山撫掌笑，山鶴一聲山月沈。」〔註135〕面對青山自斟自酌，卻非悶酒，因為不光詩人面對青山，青山亦面對詩人，分明二者為伴，只一飲一不飲而已，頗富李白「相看兩不厭」及「對影成三人」意。笑月笑山，都顯示出詩人身體舒泰、心情愉悅。

「青燈背壁客孤坐，黃葉滿階蛩亂鳴。千里有懷頻入夢，一身如寄若為情。」〔註136〕此身暫寄世間，今晚又在這裡過夜。等下背壁孤坐，聽外面風葉鳴蟲。坐著倒還好，一躺下去，所思所念又立刻來夢中纏繞。

「游子家何許，欲去復延竚。曉來雷破山，門外正風雨。」〔註137〕家在那裡？「欲去」去那裡？也不見得就是回家。走又沒走成，早上打雷下雨颳風更走不了了。四句貌似淡然的話透露出強烈的漂泊無依的情緒。

再來讀這首據稱為釋英悟道詩的《徑山夜坐聞鐘》〔註138〕：

涼氣生毛骨，天高露滿空。

二三十年事，一百八聲鐘。

絕頂人不到，此心誰與同。

憑闌發孤嘯，宿鳥起長松。

「涼氣生毛骨」，身之所觸，「天高露滿空」，目之所見，「二三十年事」，意之所之，「一百八聲鐘」，耳之所聞。絕頂之上，孤單一人，過去的事情、過去的關係都被封存在過去的塵境中，不能追來。但他心中隱隱有此境彼境的對比。從前的記憶或許還有人分享，而今天此時的境遇唯自心體察。聽上去次第敲出來的一百八聲鐘實際上同時發出，二三十年的事也是這樣。

「清夜無錢沽酒，折鐺獨自煎茶。門外雪深三尺，只愁凍殺梅花。」〔註139〕窮人的冬天，就一個詞：貧寒。想喝口酒都沒錢買，其實即使有錢，大雪封路，又值夜裏，何處可沽呢。幸好還可以柴火煎茶。自己暖和了，又擔心凍壞門外的梅花。

〔註135〕《對山曲》，《白雲集》卷一。

〔註136〕《客夜有懷》，《白雲集》卷二。

〔註137〕《山寺阻雨》，《白雲集》卷三。

〔註138〕《白雲集》卷二。

〔註139〕《雪夜》，《白雲集》卷一。

「破衲卷秋雲，入山深更深。」〔註140〕「飄然廬嶽去，破衲共枯藤。」
〔註141〕「見說深山居幾夏，只披壞衲過三冬。」〔註142〕破衲枯藤代表一無所
有。破衲裹身，一杖爲伴，何等赤貧而孤獨！這是釋英朋友的形象，也是他
自己的樣子。但卻可以「飄然」，可以「卷秋雲」，又何等的自由而無羈絆。
這是極端匱乏中的極度詩意。有位劉秀才贈送竹杖一根，釋英作詩酬謝，說
此杖可以「挑詩卷」、「掛酒錢」，看梅敲雪落，引鶴啄苔穿。」最後幽默地擔
心，只怕它在某一個風雪夜化龍上天。〔註143〕

二、隱趣足恃

「溫飽非吾志，簞瓢獨固窮。看雲知世變，對竹悟心空。犬吠庭花日，
鶯啼野樹風。市朝榮辱事，那得到山中。」〔註144〕不是不願意溫飽，而是實
在付不起溫飽的代價：世變榮辱。況且山中不僅沒有詩人所惡，還有詩人所
欲。詩、酒、梅、鶴、友透露出貧窮孤單的日子爲什麼能吸引他固守，原因
正在其中的隱趣，在隱趣足恃。

自然風物惹人喜愛。例如鶴，羽毛潔白，神采奕奕，儀態風度優雅，聽
其聲，觀其形，令人心悅。「青山作賓翁作主，山翁持觴山鶴舞。」〔註145〕
「興來出門步明月，一聲老鶴天風寒。」〔註146〕試想若滿山觸目皆灰麻雀黑
烏鴉之類，必是留不住詩人的？又如卷一《荷》：「晴波弄影翠浮光，欲整還
敧柄柄長。可愛晚窗涼思好，一池風攪碧雲香。」長長的柄支著花柔柔的敧
斜，似乎在顧水戀影，這樣迷人的形象並不就罷休，還要風裏香入鼻，一陣
風吹動之後，讓他覺得連荷塘上空的雲都被薰香了。「我愛梅花好，情同骨肉
親。瘦於唐島佛，清似楚湘臣。折處香浮樹，吟時雪滿巾。孤山林處士，應
想是前身。」〔註147〕梅花在他眼裏，整個是人的化身：其瘦如賈島，清如屈
原，而其魂魄必是那林處士。雪中梅花，昂揚著不畏寒的氣節，即使被折下

〔註140〕《寄祖雍上人》，《白雲集》卷三。
〔註141〕《勝禪人遊廬山》，《白雲集》卷三。
〔註142〕《寄雍州信長老》，《白雲集》卷三。
〔註143〕《答劉秀才送竹杖一枝》，《白雲集》卷二。
〔註144〕《山中春日書懷》，《白雲集》卷二。
〔註145〕《對山曲》，《白雲集》卷一。
〔註146〕《步月》，《白雲集》卷三。
〔註147〕《愛梅》，《白雲集》卷三。

來，香氣還留在枝頭。這樣的花，釋英愛之如骨肉親眷。而其實何止梅花，真個山林都是他的骨肉，「生來結得山緣熟，每見好山如骨肉。」〔註148〕此處骨肉可作兩層含義，一層指最近的血緣關係，比喻見山水之親，彷彿林逋「梅妻鶴子」意；二層指自己的肉身，即山就是我，我就是山，山清則我清，「此地山林勝，令人肌骨清。」〔註149〕而如果再從色身泊山河大地咸為妙明真心中物〔註150〕理解，就更能得到殊勝義。室外到處都是詩料，屋裏呢？——即使在屋裏也絲毫不會沉悶。窗子對山景作捕捉框截剪裁，像一個生動的螢幕，放映著自然界的鏡頭變化。「書窗分夜月，茶竈出晴煙。」〔註151〕「山色滿窗山鳥寂，一床清夢白雲秋。」〔註152〕「夜深月上青山闌，滿窗虛白坐蒲團。」〔註153〕「窗前瀑布寒，林外夕陽薄。」〔註154〕「夜深一片虛櫺月，寫出梅花面目真。」〔註155〕愛之至深，故流連不去，為之賦詩不厭。

打個不太恰當的比方，自然美景好比詩家的毛筆，手握這杆筆，他們便可以揮灑陶醉，沉醉自我，「使窮賤易安，幽居靡悶」〔註156〕「六月山深處，松風冷襲衣。遙知城市裏，撲面火塵飛。」〔註157〕酷暑六月，城裏想必驕陽似火，黃塵撲面，而山裏的松風還讓人覺得有點冷。詩人想表達的顯然並不在山裏山外氣溫環境的差異，而重在暗示城裏是非濁鬧，山裏無事清閒。「世事無因到翠微，禪心詩思共依依。白雲為被石為枕，臥看岩前雪瀑飛。」〔註158〕

釋英所交往的大都是詩友

林且翁：「五字詩中妙，一名天下傳。」〔註159〕

淨慈沅禪師：「詩體得活法，禪心如死灰。」〔註160〕

趙孟若「靖節歸來多嗜酒，休文瘦損只耽詩。」〔註161〕

〔註148〕《遊鄞縣嶧山》，《白雲集》卷三。
〔註149〕《勝禪人遊廬山》，《白雲集》卷三。
〔註150〕《楞嚴經》，《白雲集》卷二。
〔註151〕《呈林且翁隱居》，《白雲集》卷一。
〔註152〕《山中偶作》，《白雲集》卷三。
〔註153〕《步月》，《白雲集》卷三。
〔註154〕《山中二絕》，《白雲集》卷三。
〔註155〕《宿山庵》，《白雲集》卷三。
〔註156〕鍾嶸《詩品》上，明夷門廣牘本。
〔註157〕《山中景》，《白雲集》卷二。
〔註158〕《山中作》，《白雲集》卷二。
〔註159〕《呈林且翁》，《白雲集》卷一。
〔註160〕《贈淨慈沅禪師》，《白雲集》卷一。
〔註161〕《奉贈趙似之架閣》，《白雲集》卷一。

徐一初:「子期心古金難鑄,韋老詩成錦不如。」〔註162〕

鄭炳文:「居常倒屣迎佳客,貧不將詩謁貴人。」〔註163〕

王商翁處士:「一生欠詩債,半是忍饑吟」〔註164〕

暨陽田丞:「三載浣花溪,松邊日賦詩,」〔註165〕

越上人、范景文:「君家難弟兄,當世結詩盟。五字關風雅,千年說姓名。」〔註166〕

王昭:「隨身無長物,到處愛吟詩。燈下坐搖膝,月中行撚鬚。」〔註167〕

陳逸人:「有錢須換酒,無日不吟詩。」〔註168〕

徑山高禪師:「參禪非易事,況復是吟詩。妙處如何說,悟來方得知。……賴有師兼善,當今一白眉。」〔註169〕

遜翁:「孔明高臥日,康節獨吟時。」〔註170〕

劉仲鼎山長:「近聞吟更苦,應是雪盈頭。」〔註171〕

李仲賓侍郎:「太白醉吟詩百篇,龍眠能畫兼能禪。二老清風今儼然,息齋家法得正傳。」〔註172〕

詩友眾多,詩至如客來。如「夜坐讀珣禪師潛山詩集」〔註173〕、「讀李芳卿吟卷」〔註174〕,「讀周尉越山吟稿」〔註175〕,「新編寄我白雲中,句法清圓旨趣空。底事略無煙火氣,吟時和露立松風。」〔註176〕「一集半千首,冰花玉屑妍。行須隨手看,病亦枕頭眠。不作煙火語,自成文字禪。」〔註177〕

有時候寫詩論詩,如卷三《答畫者論詩》、《言詩寄致祐上人》。

〔註162〕《贈徐一初國錄》,《白雲集》卷一。

〔註163〕《贈鄭炳文》,《白雲集》卷二。

〔註164〕《贈王商翁處士》,《白雲集》卷二。

〔註165〕《送暨陽田丞》,《白雲集》卷二。

〔註166〕《越上人別范景文》,《白雲集》卷二。

〔註167〕《贈王昭》,《白雲集》卷二。

〔註168〕《贈陳逸人》,《白雲集》卷二。

〔註169〕《呈徑山高禪師》,《白雲集》卷三。

〔註170〕《題遜翁自在盧》,《白雲集》卷三。

〔註171〕《寄劉仲鼎山長》,《白雲集》卷三。

〔註172〕《贈李仲賓侍郎》,《白雲集》卷三。

〔註173〕《白雲集》卷一。

〔註174〕《白雲集》卷二。

〔註175〕《白雲集》卷三。

〔註176〕《書朱性夫吟卷後》,《白雲集》卷二。

〔註177〕《歸宗祐上人高僧詩》,《白雲集》卷三。

詩事，加之飲酒、啜茶等嗜好，是自然風物之外的另一些滿足。凡此種種帶來的自適、適性，形成心理上極大的愉悅。

「輸與僧閒好，眠雲看瀑流。」〔註178〕「壁空無一物，一身閒有誰。」〔註179〕「群鷺遠明殘照外，一僧閒立斷橋邊。菱歌嫋嫋知何處，滿袖清風骨欲仙。」〔註180〕「翠微深處結茅廬，著我閒身一事無。點得白雲三萬頃，年年不用納官租。」〔註181〕從某種角度講，隱者是大富貴人，他喜歡的都屬於他，因為他有「閒」。「方床岸幘坐來遲，拂拂涼風半醉時。好句忽圓人拍手，鷺鷥驚起藕花池。」〔註182〕池上小亭，荷花開著，涼風拂面，口中忽然吟成好句，人聽了高興地拍手，這一拍不要緊，驚得鷺鷥撲簌簌飛了起來。真個是「好句無心得，閒愁轉眼消。」〔註183〕

由以上行文可見，釋英的山居生活可謂「冷淡生涯足」。當他躲過了浮沉榮辱之無常，卻躲不了聚散無常、色身無常……，仍偶感親友離別、思鄉想家念親等苦惱，但這些對他靜定愉快的心境似無大礙。在宋元易代的社會大動蕩、人心大變動中，他懷著淡淡的歷史表情，活到了八十七歲高齡。

第五節　詩僧的情感與交往

大訢說，「吾徒辭君父之尊，絕伉儷之欲，惟師與友之道得同乎人也。」〔註184〕故於僧人的情感、交往，我們主要看朋友之間和師徒之間的關係。

一、和尚之間的友誼

晦機元熙和元叟行端同輩，為大慧杲五世，一屬居簡系，一屬之善系，均善詩，弟子中亦多詩僧。他們之間有詩信往來，如元叟行端《寄晦幾和尚》：〔註185〕

〔註178〕《浮生》，《白雲集》卷一。
〔註179〕《題遜翁自在廬》，《白雲集》卷三。
〔註180〕《夏晚泛湖》，《白雲集》卷一。
〔註181〕《山居》，《白雲集》卷三。
〔註182〕《池亭夏夜》，《白雲集》卷二。
〔註183〕《山居》，《白雲集》卷三。
〔註184〕《送瑞少曇歸江西序》，《蒲室集》卷七。
〔註185〕顧嗣立《元詩選·二集》，中華書局1987年，第1382頁。

流落似孤蓬，君西我在東。二三千里外，一十五年中。

老去頭毛白，寒來樹葉紅。所期盤石上，松月夜禪同。

我們孤蓬飄零，相距遙遠，相隔時間又長。時間一長，老相已現，「老去頭毛白」，所幸道業日進，「寒來樹葉紅」；距離一遠，相見不易，唯一的安慰是，同一明月照耀的松林中，我們可以分別在磐石上共入禪定。

圓至與斷江絕恩一見如故，交情頗深。《牧潛集》卷一《寄恩以仁》表達了圓至的依依惜別之情：「風柳青青條葉新，別愁江畔又逢春。交情似我如君少，一度相逢勝故人。」

天如惟則《與希雲長老》書提起二人二十三年前的鑾江之別，當時天如作詩偈五首餞行，後來卻只記得末兩句了。《天如禪師語錄》卷五錄此五偈《眞州送別悅希雲》，末云：「他年有約未相忘，相尋試舉同參句。」好比說將來相見，「接頭暗號」就是我們年輕時同參的那個話頭。其第二首云：「欲別不別重相攜，別思已逐寒雲飛。飛雲一去不可得，千村萬落明斜暉。回頭望吳山，滿目青依依。亦如送我望我去，立盡風煙未忍歸。」人皆以僧爲無情，高僧更其不及情；其實僧亦關情，高僧更是情僧。

圓至與行魁是諍友。

圓至《答魁首座》十足儒者口吻。魁首座的文才「使老於文學者猶莫不愛敬，而不幸所至輒困於庸者之口。」圓至指出辭學議辯之才可以發名，亦足以媒患，故必須修溫恭愼讓之德以養名消患。不能者多，能者少，不能者一定會攻擊能者。如果你是能者，千萬不要誇炫，否則將賈禍成爲眾矢之的。圓至說我爲什麼要告訴你才高而犯小人的原因呢？第一，君子待人厚，希望他平安而體面；第二，我們二人休戚與共，榮辱相及。〔註186〕全然儒者的恭謹、圓活。另一篇《題紫垣文後》寫於天紀遠遊之前，說愛其高明，「聰明好古」，苦其不合群，「意之所之，以身循之，不顧譏憎」，又憂其簡，「性疎簡不能爲機械」。告訴他爲學不止爲自娛，還要聞達於人，這就需要以智周乎外，否則就像能造車卻不會駕車一樣。擔心他在外面吃虧，擔心他不能聞達，希望能經常想起自己這些話，以自致聲名。

又是狂吟詩友。〔註187〕詳見本文第四章第一節。

〔註186〕《牧潛集》卷五，《文淵閣四庫全書》本。
〔註187〕見論文第四章詩「僧遊戲翰墨」第一節「文與道」。

且是義友。圓至寂後，行魁整理其詩文集，求方回序並刊行，圓至《筠溪牧潛集》由此流傳至今。

二、詩僧與文士的交往

僧中的隱伏卓異之人不乏文豪，特別是禪宗從不立文字到不離文字，出現了「操弄豪管，若儒流之滔滔袞袞演迤於詞章者」，吳澄感慨「世間多少魁傑人在佛氏籠罩之內」〔註 188〕方回也說，「河嶽星辰之精、魁異傑特之士，韜埋蟄沒於敗衲漏椽之下者，何可勝數。」〔註 189〕魏晉以下，歷代有文士交往詩僧的樣板，和尚朋友可以澡雪士夫之心，「士大夫嬰於簪紱，不有高人勝流爲方外友，則其所存者亦淺矣。」〔註 190〕而詩僧往往因士夫增重留名。如許詢和支遁、江淹和湯休、杜甫和贊公、李白和懷素、韓愈和無本（賈島）、歐陽修和惠勤、蘇軾和參僚子、黃庭堅和惠洪，等等。文人士夫可能排佛，但往往交際名僧；可能不喜歡和尚，但大多喜歡詩僧。比如韓愈，「韓退之不喜僧，每作詩必涉譏誚。唐僧見於韓集者七：如惠、如靈、如澄、觀如、高閒，藐視之；如大顛潁，則不以例待之矣；如文暢，詩曾經子厚品題，退之以能文稱，且送之以序。」〔註 191〕又如歐陽修，他學韓文，也想學韓愈排佛，但又喜歡詩僧。朱熹這樣深闢異端的，得「一志南杏雨柳風」〔註 192〕之句，尤極口稱道。由於僧中隱士多、詩僧多、士與詩僧交往多，方回曾輯僧集、貝經傳燈中名僧詩話，參錯名士大夫的詩話，成《名僧詩話》六十卷。「名僧詩話六十卷，我葺偈頌如野史。西天七祖南六祖，畧如志傳與表紀。

元代士夫、詩僧交往見諸文獻的有如方回和川無竭、顧瑛和良琦、張翥和大杼、袁桷和商隱等。

商隱予禪師，慶元鄞縣（今浙江寧波）人，與袁桷同里閈。龍山永樂寺僧，又住四明開壽寺，《增集續傳燈錄》載其上堂語數句。當橫川如珙住玉幾山育王寺時，曾與袁桷同參。其他同參者還有雲項源、虎丘永、開元茂。戴良《跋袁學士詩後》說，「元之盛際，文清以學問辭章名震天下，而片言隻字，人視之如圭璋珠貝，願一覩之而不可得；然獨於商隱無所愛吝如此，則商隱

〔註 188〕《鐔津文集後題》，《吳文正集》卷六十三，《文淵閣四庫全書》本。
〔註 189〕方回《名僧詩話序》，《桐江集》卷一，清嘉慶宛委別藏本。
〔註 190〕方回《跋僧如川詩》，清嘉慶宛委別藏本。
〔註 191〕王義山《遵上人南浦詩序》，《稼村類稿》卷五，《文淵閣四庫全書》本。
〔註 192〕方回《跋僧如川詩》，《桐江集》卷四，清嘉慶宛委別藏本。

必有大過人者」。〔註193〕所謂「獨於商隱無所愛吝如此」指的是，袁桷爲商隱作《昌上人遊京師欲言禪林弊事甫入國門若使之去者昌餘里人幼歲留吳東郡遺老及穎秀自異者多處其地以予所識聞若承天了天平恩穹窿林開元茂皆可依止遂各一詩以問訊虎丘永從遊尤久聞其謝世末爲一章以悼六首》，這六首詩前四首分別寫給承天了、天平恩、穹窿林、開元茂，後兩首寫給虎丘永兼悼亡。《增集續傳燈錄・侍講學士袁文清公》所言嘗作數偈寄吳中諸山即指此事。此六詩的眞跡後由商隱法孫本歸蓄藏。戴良將商隱結交文清比作佛印和東坡、靈源和山谷。

　　文人和僧難以割捨的關係在文獻記錄中還以前生後世的形式糾結著，前生的文人後世當了和尚，前生的和尚後世又轉身成文人。釋大訢《書金陵十詩後》載，文士王構和果長老友善，果長老將化前與王構道別云，還有二十年聚合。果長老圓寂的那天晚上，王構子繼學出生，而當繼學二十多歲時，父親去世，正符果長老之言。〔註194〕行魁和圓至的友誼前文已述，圓至英年早逝，行魁 32 歲遁跡天目山，「叢林全盛時。人皆翕翕求進。魁獨棲遲於巖谷。不與世接。有古大梅・懶瓚之風。」獨與天童平石如砥和山下檀越（施主）洪家府子弟往來。魁死，洪氏夢其其乘山轎至家。第二天生下一子，取名應魁，字士元。上學娶妻生子與俗無別。三十歲猛省，像換了一個人，與一僧結屋東天目絕頂，習禪定，行頭陀行。至正丁酉（至正十七年，1357），無惱避兵抵士元所，聽了他有關身世的講述，建議道，平石翁年近九十，何不作偈給他。士元乃作偈曰：「寄語天童老平石，一念非今亦非昔。欲聽楓橋半夜鐘，吳江依舊連天碧。」偈未到而平石翁示寂。〔註195〕

三、師徒之間的父子情

　　佛門師徒關係較儒家師弟子許深厚密切些，師父不僅指望徒弟傳承佛法，壯大宗門，還往往賴其養老，所以師徒如父子，這是出世間的一點世間溫暖。

　　天如惟則對中峰明本的感情比對親生父親強烈得多，對比《祭父》與《先師將殯之夕率眾法眷歌此章再祭》，前者是禮儀性的，後者才是發自肺腑的深悲。

〔註193〕《九靈山房集》卷二十九，《文淵閣四庫全書》本。
〔註194〕《蒲室集》卷十四，《文淵閣四庫全書》本。
〔註195〕《山庵雜錄》卷下，《卍新纂續藏經》本。

宗泐父母早亡，家族衰微，寄食貧里。里人不能善待之。八歲時至本郡天寧寺求出家，跪拜大訢膝下。大訢很喜歡他，教授心經，宗泐脫口成誦。訢公大喜曰：「昏途慧炬也。」宗泐不負所望，幾年時間貫通藏文世典。追隨大訢屢遷名刹，直到他 27 歲時大訢去世大訢圓寂前召侄釋懷渭託付：「不盡之案，惟你與宗泐。」

元末，宗泐應武林名賢之請住中天竺。雖當動亂之際，「而施為壯闊，交接從容，無少長貴賤皆得而瞻禮之，不減訢公說法時也。」這位曾拜跪大訢洗下的童子數十年後在大訢重建的寺廟復現其說法盛況，江湖傳為美談。

宗泐圓寂，建塔於訢公塔之後。

海雲印簡十一歲禮中觀沼為師。十二歲，中觀沼讓他參禪叩問，說，不要再在語言文字上下功夫了，必須身心若槁木死灰，大死一場。十八歲，木華黎復取嵐城，四眾逃散，獨海雲守侍中觀不離開。中觀勸他：「吾年迫桑榆，汝方富有春秋，今此玉石俱焚，奚益！子可以去矣。」海雲泣曰：「因果無差，死生有命，安可離師求脫免乎？縱或得脫，亦非人子之心也。」〔註196〕寧肯和師父死在一起，也不願違背那份孝心。第二天城降，史天澤、李七哥與海雲對話，見他年紀雖小卻無所畏懼，應對不凡，便跟去見其師中觀沼，聽受教誨，大喜：「有是父必有是子也。」俱禮中觀為師，與海雲結金石之契。木華黎國王請師徒二人居興安香泉院，封中觀慈雲正覺大禪師、海雲寂照英悟大師，官給所需。中觀示寂後，海雲看塔。海雲自幼隨師，可謂少有所祜，中觀遣之不去，可謂老有所養，師徒關係在世變中越來越顯示出生死相依的人倫之美；而海雲的忠義之心、反哺之情，尤其令人感泣。青年海雲在亂兵中表現出的膽識、談吐、機辯令人欽佩，亦使他自己脫穎而出，使師徒獲得應有的尊重和供養。

第六節　詩僧的人生難題：老病

一、衰病不可避免

佛教對老病體察深刻：四苦包括老苦、病苦，四不可得是常少不可得、無病不可得、長壽不可得、不死不可得，七法不可避有病不可避，老不可避；

〔註196〕《補續高僧傳》卷十二，《卍新纂續藏經本》。

天台宗所立十觀列病患境（與此相應有病患法界）。又用病來比喻飢餓，食以療機；用病比喻錯誤的修行；用病來比喻眾生之惡和罪業，以及業海輪迴的虛妄。

眾生是無始以來諸業的幻身，故其存在本來就是病。黑格爾說惡是推動歷史發展的動力，而依據《楞嚴經》，因緣業果相續的原因「唯殺盜淫以爲根本」，斷殺（第二決定清淨明誨）、斷盜（第三決定清淨明誨）、斷淫（第一決定清淨明誨），三行圓滿而又無妄（第四決定清淨明誨）則可出塵勞。因緣業果相續周而復始的虛妄就像病目看到空華，「瞖病若除，華於空滅。」

叢林在世法邏輯中，跟世俗社會一樣，除非高僧名僧，和尚老了，未免招人嫌憎，而世俗人好賴有家託身，和尚無家無嗣，老境堪憐！高庵曾著《勸安老病僧文》譴責「今之禪林，百僧之中，無一老者」，住持不安老病僧，違背佛旨，削弱法門。本文多涉及名僧高僧——他們老來尚難，普通和尚可想而知。

有的和尚少病體健。人多因嗜酒妨害健康（如元朝幾位皇帝），而劉秉忠《藏春集》詩多關醉酒，卻無疾而終。他的圓寂格外瀟灑，傳記記載：「十一年夏，齋戒沐浴於南屏之靜舍。秋八月壬戌夜，謂侍者：『我欲靜坐，不召勿來。』侍者皆退。長歌至雞鳴乃止。遲明侍者入御，端坐而薨，如假寐然。顏色累日不變，識者知公坐脫也。」〔註197〕徐世隆贊曰：「生平少疾，質明猶唱，開戶視之，掩書長往。」〔註198〕西方智者言，人生莫說光榮地前進，只要不丟臉地退出就不錯了，而劉秉忠可謂做到既光榮地前進又從容地退場了。

明本和尚晚年多病，趙孟頫幾次堅請他爲管夫人做超度法事，都因病實在下不了山。從趙孟頫「瘡痍帖」知和尚苦於瘡痍。「瘡痍帖」作於至治二年（1322）閏五月二十日，在趙孟頫去世前約一月，明本示寂前一年。

恕中無慍平生多病，晚年因日本奏請被召至京師，他和親舊心知這一去京師之行尚且未必生還，何況遠赴日本。幸而皇上沒有答應日本人的要求，他留居天界。諸病交侵，幾次瀕死。又所幸皇上賜他歸還天童故山。回去見到親舊，真如隔世。如此病快快還活到了七十七歲高齡。

無病對大多數人固不可得，然疾病雖苦，於求道者卻是良機，再沒有比自身的衰病更能讓人悟道的了；又，病中絕緣正好做功夫（高峰語）。患病可

〔註197〕張文謙《行狀》，《藏春集》卷六，《文淵閣四庫全書》本。
〔註198〕徐世隆《祭太保劉公文》，《元文類》卷四十八，《文淵閣四庫全書》本。

以觀，觀病起病況病去。宗泐《病中作》即是一首病觀詩：「此疾從何生，形容遽憔悴。默默求其端，體弱易為致。始受寒熱攻，恍然若沉醉。兀坐強自持，倒臥終不寐。朝聞樹間蟬，意覺秋風至。夜窗月逾明，悲蛩攪情思。嘗窺衛生術，吐納運六氣。呼童具杵臼，稍復親藥餌。今辰眼忽明，展書識文字。起繞中庭行，兩足如重腿。況逢亢陽災，高旱尙炎燬。秔稻化為茅，糯食恐不備。一身固多患，又復念時事。不到無生域，恐為有形累。」〔註199〕疾病不知從何而起，顏色一下子枯焦發暗，靜默思量，當是體弱易致外邪。昏昏沉沉，夜裏不能安睡，覺得月光比平時亮，蟋蟀的叫聲也更悲切。清晨聽見樹間蟬鳴，似乎秋風徹骨。於是想辦法治療，用氣功，服湯藥。疾病慢慢減輕，眼睛可以睜開讀書了，但雙腿還重。病剛好點，又開始擔憂糧食歉收。通過這一番觀病、觀心，最後感慨：出家人沒修到無生法忍，就還會有牽累。

　　佛法講一切唯心，世界怎麼樣視主人公狀態而定，常被用來說明這一點的是「一水四見」：人的一滴水，在天人是甘露，在魚為宮殿（穴窟），在地獄眾生則變成滾燙的銅汁。人病時，心理感受迥異於平時。

　　1、感吾衰而物華或傷物皆流轉——春夏感物華，秋冬傷流轉

　　「長身一病後，生意苦無多。相對孤燈在，不眠清夜過。向來殊可笑，後日竟如何。默定行藏計，餘生委薜蘿。窗曙來禽語，庭寒獨樹青。物華猶婉娩，吾道已伶俜。白日荒人事，殘年對佛經。古來豪傑者，多少老沈冥。」〔註200〕大圭覺得外物欣欣向榮，而自己的路快到盡頭了。青壯年生病知道康復有日，而老人便往往便想到死。「寂寞荒庭總是秋，菊花開晚尙風流。斜陽病起一向相對，底是旁人不解愁。」清秋、荒庭、菊花、夕陽，合成一幅愁絕之圖。

　　「衰病苦無悰，偃仰以終日。少間步東園，愈使我心怵。名芳掃跡空，野草爭頭出。無力事耘耔，長吁返蓬室。」〔註201〕色身無能，一任善弱惡強，暗喻社會賢士隱退小人當道。「朝來啓籬戶，落葉滿苔徑。流光遽如斯，脆質安能競。」〔註202〕老病和葉落是一樣的道理，人和樹葉都躲不過凋零之「小劫」。

〔註199〕《全室外集》卷三，《文淵閣四庫全書》本。
〔註200〕大圭《病不能寐作》《夢觀集》卷三，《文淵閣四庫全書》本。
〔註201〕文珦《衰病》，《潛山集》卷四，《文淵閣四庫全書》本。
〔註202〕《養疾》，《潛山集》卷三。

中 篇
第三章 元代詩僧總體考察

2、人病中易思親友，和尚則思友居多。大圭病中起床，看見去年秋天必上人的贈詩遂次韻之。又寫詩懷友，以詩代信，如《臥疾懷金粟山人》、《病起簡所知》。如果有人前來探病，那是非常感激不盡的，像《病甚廓上人能來》、《病中鄭南村至》。

但往往卻是老病之時交遊冷落，令人極感世態炎涼。「老去寡交遊，孤吟倚石樓。風生雲漸散，虹見雨初收。蒼莽天將暮，凄清氣似秋。玄猿慰岑寂，長嘯碧峰頭。」〔註203〕「暮景交朋盡，何人問死生。臥於蝸室底，看得鵲巢成。緣絕門常靜，心空疾漸平。又思扶杖出，溪上聽泉聲。」〔註204〕

3、回憶壯時身手矯健

年輕健壯時，步子又大又快，世界隨足跡所至便很廣闊，你可以大吃大喝，交往大人物，做大事情；老病時步履艱難，世界於是縮小，每天唯自理之不及，何暇外務，心亦隨灰，縱不甘寂寞，也只能徒增煩惱。「病起稜層骨數莖。盡情提挈強為生。思量襪襖當年事，道在大雄山上行。」〔註205〕「今年七十七頹齡，血氣潛消老病增。踏雪探梅知履重，挑雲過嶺覺肩疼。光陰別去忙如箭，世念消來冷似冰。卻憶向時遊嶽洞，兩三回上最高層。」〔註206〕

二、文珦《潛山集》的老病詩

關於老病，文珦《潛山集》記述描寫最細膩。

文珦年輕時交遊廣泛，而後被陷入獄，平日所交不但不救，反落井下石，唯寧退耕〔註207〕、嚴唯石、隆湖隱三位老和尚，非親非故，奮力幫他洗刷清白。所以他的經歷很特殊，既被人害過，亦受人之恩過，害他的人令他心冷，發出「最難憑託是人心」之歎，施恩的未及報而過世，「今日同為異世人，俯仰存亡三太息」。宋末動盪，「昨日名園錦萬叢，一宵風雨樹頭空」〔註208〕，文珦逃進深山，「飲冰難變節，臥雪不開門」，〔註209〕「介特無門徒，室亦如

〔註203〕《老去》，《潛山集》卷八。
〔註204〕《春日病起》，《潛山集》卷九。
〔註205〕《病起》，《雲外雲岫禪師語錄》，《卍新纂續藏經》本。
〔註206〕《石屋清珙禪師語錄》，《卍新纂續藏經》本。
〔註207〕嗣法徑山無準範，歷住嘉興崇聖、蘇之報恩寺、承天、慧日、萬壽，杭州靈隱寺。
〔註208〕《落花》，《潛山集》卷十二，《文淵閣四庫全書》本。
〔註209〕《身老》，《潛山集》卷九。

垂磬。隤然類枯株，聊以養衰病」。〔註210〕世不知所終。他的晚年沒有家人、門徒、朋友，亦無利益、是非高下之爭，「日月如飛梭，爲我織老景」，是一個完全擺脫人事掩覆的自然老化過程。

老景何如？

首先是不會再有任何轉機的孤單，什麼時候睡醒都獨自一人，去哪裏完全沒個陪伴，形影相弔，「落葉重重與砌平，流泉澹澹入池清。無人識我無人到，獨自吟詩獨自行。」〔註211〕「夢回四壁無人語，高樹蕭蕭似有風。獨起繞池行數匝，萬山驚雷月明中」。〔註212〕身體康平，這孤單清清靜靜，令人愉快，而四大一旦不調，就容易轉爲煩惱，「病起山房四壁空，一年春盡雨聲中。無人知道情懷惡，讀倚溪橋看落紅」。〔註213〕

孤獨中思親欲歸。

《懷故鄉》：「家住潛溪雲萬里，別來四十九春風。無田種秫不歸去，夢落山光水色中。」〔註214〕《夢覺》：「七十五聲更漏，一千餘里鄉心。夢裏分明歸去，覺來無處追尋。」〔註215〕

老年人沒有火氣，畏寒易冷，瞌睡又少，夜晚比較難熬。「殘燈閃閃青，蟋蟀怨空庭。骨老似難睡，夢寒還易醒。淒涼生倦枕，沆瀣入疏櫺。起視東方白，唯餘三兩星。」〔註216〕

怕冷則愛曬太陽。

《曝背》：「老知身是患，萬事不關心。曝背茅簷下，孤猨時一吟。白雲同去住，青壁共幽深。小嶺尤堪隱，難尋支道林。」〔註217〕

《炙背》：「老身不能寒，心唯愛冬日。炙背蓬門下，暖氣浹肌骨。自謂人間世，此樂居第一。雖曰狐貉溫，功莫與之匹。山居人不到，獨坐快捫虱。」〔註218〕

氣血衰敗，器官朽壞。

〔註210〕《養疾》，《潛山集》卷三。
〔註211〕《落葉》《潛山集》卷十二。
〔註212〕《夢回》《潛山集》卷十一。
〔註213〕《病起》，《潛山集》卷十二。
〔註214〕卷十一。
〔註215〕卷十二。
〔註216〕卷八。
〔註217〕卷九。
〔註218〕卷四。

《齒脫》：「老齒皆脫落，十中無二三。存者一動搖，咀嚼寧復堪。荼薺均一咽，盡署苦與甘。世味非道腴，正爾不欲耽」〔註219〕

《老耳聾瞶乙酉歲絕不聞鵑啼》：「湖海漂流歲月長，每聞杜宇輒思鄉。如今耳與聲塵絕，啼殺吾心也不傷。」〔註220〕耳根壞，禁絕聲塵，故不爲所動，心不傷實傷心之至。

《老身》：「老身到此合稱翁，雙足蹣跚兩耳聾。聊託迂疎居世表，幸無名字到官中。生期槁木寒灰盡，性與孤猿野鶴同。去歲有錐無地卓，今年錐地併皆空。」〔註221〕末路每況愈下，身心早已如枯木，枯木又將成寒灰。

身懶心閒，好靜厭動，連吟詩情趣也慢慢斷除了。

《幽處》：「惡圓難與俗浮沉，野處窮居歲月深。青嶂於予偏有分，白雲嫌道太無心。人間富貴皆塵物，世外風泉是好音。老去脩然竟何事，若非入靜即閒吟。」〔註222〕

《嬾出》：「年衰常嬾出，經歲坐衡茅。適俗無新韻，因貧失故交。廚空鳴蟋蟀，簷靜落蠨蛸。獨有吟詩癖，如今亦盡拋。」〔註223〕

人老有幾怕：怕病，怕孤貧，怕外境惡劣，怕時事艱難，怕飄零在外，這幾怕《潛山集》中一個不漏，文珦可謂備嘗老苦。文珦的老病詩倘不作設想況味，等閒讀過，便領略不到和尚那一段「心史」。如這首《雨夜》：「身同水上萍，老去尙飄零。遠客人誰到，空床夢獨醒。閃雲雙電紫，晦雨一燈青。慷慨長歌發，歌聲入杳冥。」屋外雷雨天氣劇烈動蕩，屋內老人的情緒起伏不安，離世的遙遠感、脫群的隔絕感、身世的漂泊感，心中的孤獨、空洞、幻夢也像閃電一樣忽明忽暗。

〔註219〕卷四。
〔註220〕卷十。
〔註221〕《潛山集》卷十，《文淵閣四庫全書》本。
〔註222〕卷十。
〔註223〕卷九。

第四章　元代詩僧之遊戲翰墨 [註1]

自佛者看來，一切世間法無不是佛法；悟達佛理之人遊戲翰墨，亦無非佛事。元代僧人習書畫詩文者不在少數，留下的文跡直到七八百年後的今天還能看到一部分，當然只是冰山一角。

第一節　文與道

在元人文章中，可以看到文人對和尚汲汲於文事的疑問與回答，如王惲《雪堂上人集類諸名公雅製序》[註2]、鄧文原《雪庵長語詩序》[註3]、徐明善《升師紀過集》[註4]，等等。那麼，文與道的關係如何，詩之於詩僧之重要，以及個人實際的態度和處理差異，是我們需要先後探討的。

一、道隱文顯

《治禪病秘要法》舉出一種禪病「好作偈頌美音讚歎」：「猶如風動娑羅樹葉，出和雅音，聲如梵音，悅可他耳，作適意辭，令他喜樂。因是風向，貢高憍慢，心如亂草，隨煩惱風，處處不停。起憍慢幢，打自大鼓，弄諸脈零。因是發狂，如癡猨猴採拾花菓，心無暫停，不能數息。」修禪定過程中有的人會自然而然說出一些和雅美妙的偈頌，別人聽了很歡喜，禪者不由洋洋自得並受到鼓勵繼續構思，陷入一種左摘右採的創作狀態，不能收心繫念

〔註1〕　本章亦屬詩僧總體考察內容，因篇幅較大，故另立章節。
〔註2〕　《秋澗集》卷四十三，《文淵閣四庫全書》本。
〔註3〕　《巴西集》卷上，《全元文》第21冊，第38頁。
〔註4〕　《芳谷集》卷下，《全元文》第17冊，第178頁。

於鼻息。此病之須治原因在於心的散亂。慧遠反對作詩，亦正為此。從這個角度，「純」詩根本不該寫──審山觀水，組詞造句，又因別人的評價而妄動喜風嗔風；即就佛詩，亦不能肆意而作。《成實論》說寫偈頌主要是為了明白準確地表達義理，形式美好莊嚴的偈頌，令人喜讀樂讀。所以修道與作詩、宣理與工巧，地位一主一輔。「恕中和尚曰：吾宗所謂偈頌者，借事顯理，曉人心地，使事理混融純一無雜。」〔註5〕「譬如打索，兩股緊緩不同，則不堪矣。」〔註6〕事理俱到，兩股擰成一條繩，才是真道人本色文字。如果像文人墨士角工巧，誇多鬥靡，那跟君子而去仁有什麼區別呢？又云：「宗門達士，所倡法句，非同新學小生，習為聲律嘲風詠月之詩，乃拘拘為韻也。但以聲音聊彷彿相近，即押為韻耳。」大達宗師臨時落筆，重在示人真正法眼，與「今者後生，略去參禪，唯欲學習言句」〔註7〕，不可同日而語。

為什麼文字碼成文能動人心呢？因為碼的人用心碼，讀的人用心讀，這也是一種「以心傳心」。「授受」的關鍵在作者和讀者之用心。「宗師家不得已，垂一言半句，貴圖直下知歸，豈有知解玄妙，許汝領略。學者自無妙悟，不能洞徹見元，承言失宗，滯句迷旨，依他作解，守轍循途，以致臨機，罔知所措。」只有作者契證深密，傍通墳典，有所唱說，借事顯理，讀者心不執著於文字，才能產生法的清涼：「如醍醐之味、薝蔔之香，使人鼻舌略經觸受，莫不通乎心，暢乎體，灑然清爽者也。」〔註8〕

然而成道難，綴文易；大道隱，文字顯；大道空洞，文含物趣，所以後代在文字上下功夫，文字方面有成就的越來越多。禪宗從默識真體到顯白明說，禪宗語錄從肆口而說到組章繪句，無不顯示了文與道的關係，亦即人文與道的關係的變化。文獻表明，在佛教順應世法的過程中，前所言二輔呈喧賓奪主趨勢，而且不唯偈頌，風花月露詩亦汗牛充棟，苦吟、狂吟者大有人在。

二、詩僧需要作詩

詩僧代增，除了道隱文顯的大趨勢所致外，僧於詩有所取也是另一個重要原因。

〔註 5〕 性音《禪宗雜毒海序》《禪宗雜毒海》《卍新纂續藏經》本。
〔註 6〕 《山庵雜錄》卷上，《卍新纂續藏經》本。
〔註 7〕 《古林清茂禪師語錄》，《卍新纂續藏經》本。
〔註 8〕 行悅《禪宗雜毒海南澗序》，《禪宗雜毒海》，《卍新纂續藏經》本。

1、個人需要

佛法特別講求觀察，觀因緣，觀果報，觀自身，觀如來（觀佛），觀一切法空，觀息，觀心等等；寂寞時觀寂寞，恐懼時觀恐懼，病痛時觀病痛，遊樂時觀山水，群處時觀友人……；觀察可以思惟而悟佛理，可以制念而得定慧；觀察妄想謂觀，達觀真理亦謂觀，從觀察妄想得到達觀真理更是觀。「觀者，繫念思察、說以為觀。」〔註9〕吟詩可作為詩僧之「觀門」，詩僧寫詩不同其他詩人在，他用佛理觀思，詩多包含佛理。

又，「詩者，持也，持人情性」〔註10〕，持之使無邪，正合《七佛通戒偈》所言「自淨其意，是諸佛教」。

再者，出家人生活清苦，「強留詩道，以樂性情」〔註11〕，美好的情懷借詩抒發，愁苦的心緒借詩排遣。

2、交際需要

能詩是一種交際能力，交際手段，賀遷秩、壯行色等日常應酬都離不開詩，尤其對住持、書記，可以稱之為不可或缺的職業素質。

能詩有助交友，「人有邂逅相逢，慕其風貌，與通一語，不料其能詩者；已而以詩見投，則相得益甚」〔註12〕。無名僧拜謁張雨遭拒，他抗議：「吾詩僧也，胡為拒我？」〔註13〕明本梅花詩出手，馮子振立刻刮目相看，結為好友。

詩歌還是一種重要的應用文體，文化階層來往酬酢，甚至某些公務性的事都習慣用詩來解決。比如，鍾山長老推舉德豐代替自己作官，德豐不是回覆一封很正規客氣的信，而僅以一詩委婉地推辭掉：「耿耿孤吟對古梅，忽聞軍將送書來。倚崖枯木摧殘甚，虛負陽和到一回。」〔註14〕

3、宣法需要

詩偈創作顯示作者思維圓活、事理貫通的程度。擅長詩偈和書法是梵琦成為「明初第一宗師」強有力的輔翼，「內而燕、齊、秦、楚，外而日本、高麗，咸咨訣心要，奔走座下，得師片言，裝潢襲藏，不啻拱璧，師可謂無愧

〔註9〕丁福保《佛學大辭典》，上海書店1991年。
〔註10〕王峰注釋《文心雕龍・明詩第六》，華夏出版社2002年，第26頁。
〔註11〕《空一齋詩序》，《牧齋有學集》卷二十，四部叢刊景清康熙本。
〔註12〕袁枚《隨園詩話》卷八，鳳凰出版社2009年，第207頁。
〔註13〕《元詩紀事》卷三十四，第803頁，上海古籍出版社1987年。
〔註14〕《元詩紀事》卷三十四，第773頁，上海古籍出版社1987年。

妙喜諸孫者矣。」〔註15〕一位高僧，如果再擅長寫詩，人氣就會很旺，朋友多、弟子眾，影響度化的範圍廣大，易獲得強有力的外護。中峰明本善詩，又精書法，與趙孟頫、馮海粟、瞿霆發、敬儼、蔣均、脫歡等士大夫交遊，高麗忠宣王（沈王）王璋以弟子稱。趙孟頫晚年連續失去親人，哀毀骨立，與明本頻頻通信，獲得極大的精神支持。明本的禪法還遠傳雲南，並在日本形成「幻住」派。

4、博取現世的聲名

寶雲參十八位善知識皆蒙獎諭印可，其中壇芳師賜號蒙空，餞行贈法語詩卷。寶雲回到重慶說：「吾遊江湖參善知識，非名聞是求」〔註16〕，遂燒毀詩卷。詩直接關係著名聞，名聞又聯繫著利養。

雖說「吾道貴明心地耳。離文字相，離心緣相，即盡天下人目為不通文，不達理，亦復何害？」〔註17〕實際上，吟詩作賦，誰又甘心能而不為呢？有幾位文采不具而顯揚的高僧呢？雖然這樣，我們卻不必用顯才貪名責備舞文弄墨的高僧，因為人弘道，道以人重，人之重離不開朝廷高官顯爵的外護，文人士夫的揄揚。

5、死而不朽的途徑

元代詩僧普遍自己結集，為什麼呢？人之常情，都願意身後留下點東西。和尚眾多，上傳燈、有法嗣的畢竟是少數，詩僧便抓住寫詩這個特權，作為自己生命劃過的閃亮的痕跡，所以很多詩僧早早攢集子，請名人作序跋，如妙聲命弟子繕寫生平著述《東皋錄》藏之山房，釋英出家前後兩次自集詩。

三、處理文道關係的個體差異

對文道關係的處理具體到個人情況多種多樣，有的和尚以詩明道、衛道、弘道，如古林清茂。

古林清茂十幾歲時依止橫川如珙。橫川正謝事居住雁蕩能仁居放牧僚，「痛斥諸方提唱皆藻繪入時之談，坐使真宗流為戲論。」所以當古林拿出自己平時所寫的巨編，橫川付之一炬，教訓道：「佛祖之道，豈才辯之事。要須

〔註15〕宋濂。

〔註16〕何秋崖《大盤龍庵大覺禪師寶雲塔銘》。

〔註17〕徐世昌《晚晴簃詩話》卷一百九十五「函罡」，華東師範大學出版社2009年，第1469頁。

不落情識，直究根元，絕後再蘇，方堪煆煉。異日把人杓柄，庶不錯悞人家男女。不然非吾輩種草。」古林面熱汗下，從此息心如槁木枯石。至悟後方敢遊戲文字三昧。20 歲回國清寺，作《擬寒山詩》三百首，故《送僧歸天台》有「休居平生懶開口，咄咄擬題三百首。正音決定有誰知，古也不先今不後」之句。從開元退居，虎丘東洲永禪師於隆祖塔院關室以延請，互爲主伴，應接無方，故有「休居來雲巖，偈債有千萬。年頭至年尾，迅筆寧不辦」之句。時宣莒二藏主服勤左右，洎請求增益雪竇拈古，每舉次必著語於後。並由宣上人結集行世。「道經南康、廬山諸禪，迎於水次，歷池陽安慶諸處，所至求法語者，迅筆示之，毋慮千有餘紙。」〔註 18〕

古林清茂與斷江絕恩友善。一天，茂歸，恩出迎道：我來吳好幾年，沒有寫出靈巖虎邱二詩，引以爲憾。近來白雲山深水寒，冥會二境之妙，終於成功，請你裁剪一下。茂答：我以道爲任，詩非所長。事務纏身，近來在向佃民索租時感到人的貪嗔癡三業。「然蘆邊柳下，鷺冷鷗寒，水肅霜清，風休月白，亦足資吾法喜禪悅之樂，不覺形之於言，唱而爲偈，遂成十首」，請你也讀讀我這田中謳吧。〔註 19〕

古林清茂和斷江覺恩皆嗣法橫川如珙，恩重吟詠，茂重道業，所業懸殊。《田中謳序》茂明顯含有對恩的批評。然而斷江覺恩天資高穎，詩作精妙，當世聞名，罕有人能比。古林禪師語錄校者梵仙批語云，「若乃其能，以彼而寓於此，以發揚之，則又何有哉！而其否之，不知何也。」大意是，覺恩寓佛法於詩，亦能弘揚佛法，清茂爲什麼要否定呢？

有的修道與寫詩判爲兩途，所謂禪定之外肆力詩歌者，如文珦、圓至、行魁、宗泐等苦吟狂吟者。

宗泐是狂吟者，其《琢鍊堆（舊天界寺方丈後一小山也）》如是言：「緇客吟登最高處，琢辭鍊意肝膽摧。蟬與吟聲兩宛轉，鶴隨舞袖相盤迴。當此時也，如耄如倪，飢不索飯盌，渴不求茗杯。倚松坐石無次第，蹋碎半畝青青苔。劃然一得如醉醒，涼風颯颯懷抱開。天葩筆底動光怪，珊瑚出水珠含

〔註 18〕 梵仙《古林和尚行實》，《古林和尚語錄》，《卍新纂續藏經》本。

〔註 19〕 按：《吳都法乘》、《御選元詩》卷六十七收錄覺恩《題虎邱》：「東西兩寺今爲一，有客登臨見斷碑。剩水殘山王伯業，苦風酸雨鬼仙詩。樓臺半落長洲縣，簫鼓時來短簿祠。盤郢魚腸不知處，轆轤千尺響空池。」然此詩《鄭開陽雜著》卷四、《列朝詩集》閏集卷六、《御選明詩》卷九十一又在日本僧天祥名下。待考。

胎。吾聞古來苦吟者，貫休齊己名相儕。後生崛起會陵橑，豈獨二子稱奇才。嗚呼豈獨二子稱奇才。」〔註20〕

文珦有《狂吟》詩，暮年嘆「平生清淨禪，猶嫌被詩污。」〔註21〕圓至形容朣瘦，文章簡古，而作詩也很狂，「拈筆詩成首首新，喜來豪叫欲攀雲。難醫最是狂吟病，我恰纏痊又到君。」〔註22〕此君即其好友行魁。又，《次韻答許府判見嘲詩癖之什》「君不見蓬萊仙人五雲深，興來忽起塵寰心。手拈造化作一劇，世上瓦礫皆黃金。又不見珠宮靈娥睡新起，賽喫雲漿賭骰子。驚然發笑成電光，不料陰陽嘘頰齒。道人文章亦如斯，落筆心手不相知。豈如曲士拾蠹紙，堯桀滿腹堆羣疑。願君閉口毗耶室，竺貝孔韋皆長物。著鞭捷出靈運前，莫鬭生天鬭成佛。」〔註23〕如鐵崖體之怪怪奇奇，肆口成章。

苦吟、狂吟不應提倡。除了浮詞非學佛者下功夫處外，還因為思慮傷身。貢師泰見如海上人瘦瘠高弱，「憂其骨相過清，恐苦吟或自累也」。〔註24〕明本反對琢詞煉意，「風月何緣事苦吟，擬將英譽壓雞林。幾回立盡三更月，一字搜空萬劫心。夢裏忽驚霜入鬢，梅邊不覺淚沾襟。可憐半世聰明種，甘為浮詞又陸沉。」〔註25〕他自己往往率爾成詩。

有的不留語錄，萬峰時蔚辭世時，門人請留法語，萬峰說：「從上佛祖，諸所言說，句句朝宗，言言見諦，略不肯聽從，況吾言乎！」〔註26〕悉付火燼，門人偷偷抄錄少許傳世。

有的遊戲筆墨至老不改。太白佛海以八十五歲高齡用凍蠅細字書舊詩數十篇贈好友褚士文。士文寶秘珍惜，時常展玩，如見其人。有人議論太白佛海，一代尊宿，不以本分事接人而送詩，有失大體。智及則認為上乘菩薩善巧利生，示現種種相與眾生同事。「大人大觀，遊戲翰墨，無非佛事。」〔註27〕

有的壯時遊戲筆墨，與文人競藻，衰齡戒絕文字，全力辦道，如天如惟則。

有的人年輕時銳意進取，年老覺得道業未成，便想留點文字在身後，如普會之續輯《禪宗頌古聯珠通集》。

〔註20〕《全室外集‧續編》，《文淵閣四庫全書》本。
〔註21〕《遣興》，《潛山集》卷四。
〔註22〕圓至《贈魁天紀》，《牧潛集》卷一。
〔註23〕《牧潛集》卷一。
〔註24〕《贈青原寺僧如海序》，《全元文》第 45 冊，第 387 頁。
〔註25〕《次韻答盛秀才》，顧嗣立《元詩選‧二集》，中華書局 1987 年，第 1371 頁。
〔註26〕《補續高僧傳》卷十五，卍新纂續藏經本。
〔註27〕《愚庵及禪師語錄》卷十，卍新纂續藏經本。

第二節　詩僧汲汲於文事

元代詩僧所熱衷的文事活動包括雅集、題詠、唱和和詠物等。

一、雅集

（一）詩僧好事，喜結文會

寺廟雅集，元初有普仁雪堂雅集、無照西園等。「當元之季，隱居之士多治園亭，結文酒之社，方外自師子林外，若阜公者，可稱好事矣。」〔註28〕元末天如惟則師子林、如阜雪秘山爲一時之盛，此外還有來復定水寺與克新水西寺等。

1、無照西園

西園是西湖市塵間一個僻靜的所在，栽樹引水、壘土種花成景，「塵井希閒地，名園到此深。穿池俸野水，種樹學山林。菊圃入秋色，檜屏生晚陰」，〔註29〕「累土崇丘作小亭，手栽花木滿林坰。郡中高樹已全綠，屋外遠山才半青」。〔註30〕善住、如鏡等經常優游吟賞於無照西園，善住《寄如鏡師五首》有「西園常憶共登臨」句。「憶昔分題處，君詩字字新。焚膏消永日，煮茗對高人。塔迥聲千尺，廊廡徹四鄰。西園有佳趣，花木自成春。」如鏡這首《次雲屋韻》作於天曆庚午（1330），可知他們那時在西園有過小小的雅集。

元代活動於中吳的有兩個無照，一是《臥雲集》的作者明無照〔註31〕，明無照生平失考。二是中峰明本的高足玄鑒禪師。玄鑒，字無照，雲南人，1276 年生，至元間參高峰原妙，庚子四年（1300）問法明本，三十七歲示寂於中吳。西園主人或許是他，因爲善住與中峰明本有詩信往來，且善住《寄無照》云：「嗟予與爾同年齒，落魄無成鬢欲斑。」玄鑒與善住年歲相當而辦道精進，故可能善住作此歎。「皎皎煙霞客，飄飄雲水僧。半生三事衲，萬里一枝藤。野澗尋猿度，晴峯放鶴登。他時佩心印，又得繼南能。」〔註32〕這是善住眼中的無照。

〔註28〕朱彝尊《靜志居詩話》卷二十三，人民文學出版社1990年，下冊，第738頁。
〔註29〕善住《無照西園》，《谷響集》卷一，《文淵閣四庫全書》本。
〔註30〕善住《無照林亭》，《谷響集》卷二。
〔註31〕馮桂芬《（同治）蘇州府志》卷一百三十九，《文淵閣四庫全書》本。
〔註32〕《贈無照》，《谷響集》卷一。

2、雪堂雅集

普仁，字仲山，號雪堂，許昌人。父張世榮，官至豐州司錄叅軍，母夾谷氏。從壽峯湛老祝髮，受具戒於竹林雲和尚，叅永泰贇公蒙印可，爲臨濟宗慧照十九代孫。普仁於至元九年壬申（1272）來到燕京永泰寺廢址，結庵主持。永泰寺建於遼代，又名彌陀寺，燬於兵，五十多年埋沒荒草。普仁道高人重，朝廷遂爲建寺。從至元二十二年乙酉（1285）春到二十三年丙戌（1286）秋，「永泰廢餘復爲清涼法觀矣」，扁曰「天慶」。

普仁喜儒學，有器識，樂從賢士大夫遊，諸公亦欣賞他的爽朗不凡。儒釋之間略去藩籬，以道義定交，文雅相接，即寺雅集，座中鹿庵（王磐）、左山（商挺）等共十九人，當時比作廬山慧遠蓮社。後來普仁將 30 年間 27 位名士大夫序詩跋眞贊五十篇編爲二帙，命以方丈名雪堂。姚燧《雪堂上人集類諸名公雅製序》說文暢、參僚交往韓愈、蘇軾，後人因蘇、韓所贈序贊知道有文暢、參僚，普仁也將這樣獲得名聲。

3、如皐雪秘山

如皐字物元，餘姚僧。習天台教，得湛堂性澄正傳。曾住錢塘廣惠寺、餘姚明眞寺、越之圓通寺。兼通內外典，有能詩名。與無極源、繼絕宗同爲一代高僧。洪武初，徵至南京，卒於天界寺。

關於物元居雪秘山，自營精舍，宋無逸這樣記載：「吾鄉雪秘山，物元上人所營。有軒曰入翠、曰逍遙，有室曰觀樹，有篷曰雪篷，有閣曰怡雲、曰西閣。西閣之前有隙地植茶，曰苦茶原，植薇，曰紫薇坡，曰離卉林，曰芭蕉亭。閣之右偏有大沼，瀦山泉，而溢竇垣下入溝。溝廣四尺，泉流紺而潔，經閣前不絕。通溝植蓮，有小木梁跨其上，曰白蓮港。港之前有地可遊息，曰琅玕塢。塢之左偏有小屋可宴坐，曰桐陰舍。其流循舍下注石竇以出，而瀦於垣外，曰白鷺池，其曲曰鸂鶒灣。殿閣池館皆曲盡其妙。」〔註33〕

雪秘山共十五景。劉仁本《送物元皐上人序》說，至正庚子（1360）夏，他路經明眞寺，訪支遁、許循舊跡。「寺西偏林壑尤美，傑閣挺然松筠之表，牙籤錦軸雜然前陳，儒釋之典積萬餘卷。」〔註34〕大概就是所謂雪秘山。又有《雜花林紫薇坡蓋靈源山十一詠之二也爲住山皐上人賦》〔註35〕、《靈源寺

〔註33〕朱彝尊《靜志居詩話》卷二十三人民文學出版社 1990 年，下冊，第 738～739 頁。

〔註34〕劉仁本《送物元皐上人序》，《羽庭集》卷五，《文淵閣四庫全書》本。

〔註35〕《羽庭集》卷一。

藏書西閣爲阜上人賦》〔註36〕，可知如阜住持靈源寺，雪秘山當在靈源寺內，
如師子林諸景。

4、天如惟則師子林

至正二年壬午（1342）惟則禪師的門人出資購得蘇州府內前代貴家別業
舊地，建獅子林菩提正宗禪院。取名師子林有兩個原因：竹林萬竿，下多怖
石，或跂或蹲，狀類狻猊；又惟則的師父中峰明本倡道天目山師子巖。「菩提
正宗」乃遵帝師法旨。

師子林的建成與一般園林一樣，天然的底子加上人工的智巧。諸石美其
名曰含暉峰、吐月峰、立玉峰、昂霄峰、師子峰。立玉峰之前有舊屋，遺壖
容石磴可坐六七人，即其地作棲鳳亭。昂霄峰之前因地窪下，瀦爲澗，作石
梁跨之，成小飛虹。師子林中竹林群石占去一多半地盤，剩下的空間依叢林
規制，佛祠、僧舍、賓館、廚房、出納等應有盡有，外門扁曰菩提蘭若，安
禪室名臥雲，傳法堂名立雪，方丈名禪窩，庭中有指柏軒、問梅閣。

師子林是喧鬧城市中幽僻的山水庭院，「鳥啼花咲屋西東，栢子煙青芋火
紅。人道我居城市裏，我疑身在萬山中」，「素壁光搖眼倍明，隔簾風樹弄新
晴。樹根蛙皷鳴殘雨，恍惚南山水樂聲。」竹子非常多，「萬竿綠玉繞禪房，
頭角森森筍稈長。坐起自攜藤七尺，穿林絡繹似巡堂」。天如禪師閒來攜杖穿
梭林中，宛如巡堂一般。師子林對外開放，「林下禪關盡日開，放人來看臥龍
梅。山僧莫厭門庭鬧，不是愛閒人不來」，閒與鬧之間，頗富哲理。

文人雅士來此問法，禪餘遊賞，大小景皆有名目，供其想像歌詠。關於
師子林的題詠，從元末一直唱響明初：天如《師子林十六景》〔註37〕，高啓
等人《師子林十二詠》，張翥《奉題師子林二十韻就簡天如和尚》，釋道衍《師
子林三十韻》〔註38〕，等等。

「相君來扣少林宗，官從盈門隘不通。散入鳳亭竹深處，石床分坐透飛
虹。半簷落日曬寒衣，一鉢香羹野蕨肥。春雨春煙二三子，水西原上種松歸。」
〔註39〕「有客來求警策歌，歌成斂念入禪那。茶童催我下樓去，樓下新來客
更多。」此二詩可見當時門庭盛況。

〔註36〕《羽庭集》卷二。
〔註37〕《師子林天如和尚語錄》，《卍新纂續藏經》本。
〔註38〕《吳都文粹》卷三十，《文淵閣四庫全書》本。
〔註39〕水西原是天如六十一二歲時緇素禪友爲其所營歸藏，在虎丘南約二里處。見
　　　《天如禪師語錄》卷四《水西原十首並引》。

天如涅槃以後，弟子散去，水石花竹無人照顧，日漸荒蕪。入明，師子林一切景境淪沒於荒煙野草殘霞落照間。再往後，傭保雜作錯處，匾額幾不可辨認，萬曆間始復建。〔註40〕

5、釋來復定水寺

定水寺，唐代建造，宋時改今名。定水寺左山右湖，高下隨山為勢，林泉幽勝，是元時慶元路慈谿縣最大的名勝。歷史上住持定水寺的都是名僧，釋來復亦以學行見稱於時。定水寺人、地兩勝吸引著名士大夫，而元末它作為大都和江南海運終始點的獨特地理位置，更使他成了文人往來的一個驛站。至正十九年（1359）十二月二十五日，在來復天香室儒釋宏彥聚會，包括劉仁本、陳履堂、王若毅、謝玉成、項伯溫、悅希雲、龍雲從，擷發華藻，輝飾山林，即使太平時期這樣的聚會也不容易，何況戰亂之際。第二年（1360），來復就將聚會刻石以傳。〔註41〕

6、克新水西寺

克新（1322～？）字仲銘，號江左外史，又稱雪廬和尚，善隸書。鄱陽人，俗姓余。宋尚書左丞余襄公九世孫，始業科舉，卻趕上朝廷終止進士考試，遂改學佛。同時博通外典，務為古文。元末住秀州資聖寺（即水西寺），與楊廉夫、顧仲瑛遊。力圖與來復定水寺相頡頏，並模仿《澹游集》和《草堂雅集》等將友朋投贈之作編為《金玉集》。張翥荅詩云：「吳楓初冷雁連天，夢在江南野水邊。詞客欲歸嗟老大，美人不嫁惜嬋娟。豺狼正爾當官道，龍象於今會法筵。我識新公老禪衲，一燈蒲室是真傳。」〔註42〕

（二）文士主持，詩僧參與

文人喜歡詩僧，文人主持的雅集少不了詩僧的身影。

1、顧瑛玉山草堂

元末吳中多富室，豪奢而兼文雅者，非顧瑛莫屬。顧瑛（1310～1369），一名德輝，字仲瑛，世居崑山。四十餘歲時將田產交付子婿，築玉山佳處，日夜與客置酒賦詩〔註43〕。後結《草堂雅集》付梓，「雖以草堂雅集為名，實

〔註40〕江盈科《敕賜重建師子林》，吳永年《吳都法乘》，影印舊抄本，第五冊。
〔註41〕楊彝《雙峰天香室雅集詩序》。
〔註42〕《奉答新仲銘禪師》，《蛻庵集》卷五，《文淵閣四庫全書》本。
〔註43〕殷奎《故武略將軍錢塘縣男顧府君墓誌銘並編纂》，《強齋集》卷四，《文淵閣四庫全書》本。

簡錄其人平生之作，……一代精華略備於是。」〔註44〕與顧瑛交往的僧人有
釋一愚、釋元溮、釋文信、釋至奐、釋自恢、釋法堅、釋祖柏、釋良琦、釋
來復、釋泉澄、釋善住、釋福初、釋餘澤、釋光宣、釋覺照、釋寶月、釋那
希顏、藏六道人，共計十八位。

　　其中釋良琦過往最密，在顧瑛出家之前，和道士於立形成一個儒釋道交
融圈。釋良琦，字元璞，號龍門老門，吳郡（江蘇蘇州）人。幼年出家，讀
書學禪白雲山中，嗣法石室祖瑛。楊維楨說，琦公既究禪理，兼通儒學，能
詩爲其餘技。歷住吳郡龍門寺、嘉興興聖寺。性操溫雅，澹然無塵想，與楊
維楨、郯韶經常出入顧瑛玉山草堂。其詩多見玉山《草堂雅集》中。良琦在
當時與楊維楨、張雨、顧瑛齊名。《國雅品》言「其與仲瑛遊，亦是高逸沙門
也。至洽（溥洽）之應制東橋，源（道源）之吳江晚泊，又琦之亞矣。」元
末顧瑛移居嘉興，琦亦從之，住郡城東興聖寺。

　　2、餘姚「續蘭亭會」

　　至正二十年（1360）劉仁本以江浙行省郎中督戍餘姚，空閒時間常興文
事。春三月初，召文武士42人會集祕圖湖上，如趙俶、謝理、朱右、天台僧
白雲（自悅），據劉仁本《送物元臯上人序》，物元如臯也從明眞寺前往參加。
與會諸人考東晉蘭亭會所關之詩，列坐補詠，並刻石紀念。祕圖湖舊志載爲
禹藏圖經之處，「巖石坡陁，其上多嘉木美竹，下窪成坻，泉水自石出，盤旋
廻折。因芟闢修治，甃爲曲渠，覆以軒亭」，又《元明事類抄》卷三云，「作
雪詠亭於龍泉左麓，仿彿蘭亭景物。」這次續蘭亭會有三個意義：「發神禹之
秘蹤，續蘭亭之盛集，補昔人之遺典」。

　　釋自悅，字白雲，天台人。住餘姚之龍泉寺。嗣法靈隱竹泉林禪師。洪
武被召，賜還。

　　3、北郭詩社

　　元末北郭人高啓和吳中及寓吳文人，「或辯理詰義以資其學，賡歌酬詩以
通其志，或鼓琴瑟以宣堙滯之懷，或陳几筵以合宴樂之好」，於戰亂中優游怡
愉，成北郭詩社。「唐卿與楊基、張羽、徐賁、王行、王彝、宋克、呂敏、陳
則、釋道衍爲高季迪北郭十友」〔註45〕。

　　道衍（1335～1418）字斯道，幼名天禧，長洲相城裏人，族性姚。魁磊

〔註44〕《草堂雅集提要》，《草堂雅集》，《文淵閣四庫全書》本。
〔註45〕《列朝詩集》甲籤卷八，順治九年（1652）版。

高岸，意度偉然，不肯繼家學從醫，喜儒學。至正間削髮相城妙智寺，先習教後入禪，晚歲志在淨邦，有《諸上善人詠》以爲資糧。道衍能詩善畫，博學多通，才智絕人。有《獨庵集》。高啓《獨庵集序》云：「其詞或閎放馳騁以發其才，或優柔曲折以泄其志，險易並陳，濃淡迭顯，蓋能兼采眾家，不事拘狹。」貝瓊《送衍上人序》評曰：「凡千餘篇，皆無剽拾腐熟語。其大篇之雄健，如秋濤破山，鼓千軍而奔萬馬，浩乎莫之遏。其短章之清麗，如菡萏初花，淨含風露，灑然無塵土氣。蓋駸駸乎貫休之閫奧，琴聰蜜殊不能及焉。」

4、武林九友會

「元時豪傑不樂進取者，率託情於詩酒。其時杭州有清吟社、白雲社、孤山社、武林社、武林九友會，儒雅雲集，分曹比偶，相覷切磋，何其盛也。國初猶有餘風，故士人以詩學相尚。」〔註46〕關於武林九友會，《元詩紀事》載：了慧，字岳重，武林人。至元間住寶覺寺，與梁相必大結武林九友會。了慧參加了《春日田園雜興》集詠，居第三十三名，月泉吟社原評：「田園對起，已佔地步，頷聯得闗闗之妙，餘佳。」〔註47〕梁相化名高宇和魏子大也參加了集詠，分別獲名次第三、第十三。

5、武陵勝集

世祖至元二十四年丁亥（1287）十二月二十日，「大風振屋，積雪壓頭」，白珽、鮮于樞、俞伯奇、有在、仇遠、張瑛、鄧善之結武陵勝集，拆「飛入園林總是春」爲韻，作五言詩。詩僧有在得「園」字。有在生平待考。

二、題詠

元代風行就某一題目請群賢歌詠，然後結集成卷以爲寶藏。和尚亦喜歡將名士題贈之作收藏起來以增重己身和所在寺院。常見主題有上任、飛錫、事跡（如孝行）、像贊、景物等，其中關於景物的題詠最爲普遍。

1、靜安八詠

上海靜安寺是東吳赤烏年建造的古寺，本有七景：赤烏碑、陳檜、蝦子禪、講經臺、滬瀆壘、湧泉、蘆子渡。寺主壽寧在方丈室兩旁雜植檜竹桐柏，

〔註46〕《西湖遊覽志》卷二十一，《文淵閣四庫全書》本。
〔註47〕《宋詩紀事》卷九十三，《文淵閣四庫全書》本。

積十年，到至正二年甲辰（1342）所植林立，交青錯翠，如蔚藍天，「昔我遊洞中，樹木未與衛。今我遊洞中，煙霏雜蒼翠。」〔註48〕壽寧遂自號「綠雲洞」，成靜安寺第八景，趙湖州爲題顏，楊維楨爲作志，名賢碩彥群詠靜安八景。

「綠雲洞者，寧師棲息所也。檜竹桐柏環植盧外，其層陰疊翠，落人衣帽，遊者以爲華易小有之境」〔註49〕。綠雲洞之美在濃蔭蔽天，風吹竹樹如雨如潮，「長年四簷陰，颼颼竹疑雨」〔註50〕，「曉色不分天女髻，寒聲都作海潮音。」又在鳥語花香，無塵俗聲氣。它像一片壺中天地，也讓人聯想起桃花源，「清風滿壺天，綠雲迷洞戶。竹日滿簾秋，松濤四簷雨。閒花落無聲，幽禽時自語。山中古秦民，不知今典午。」〔註51〕綠雲洞的壺中天地吸引著文人，「綠雲仙人解招隱，我欲避世投冠簪。」〔註52〕綠雲洞是文人問禪清談的好地方，「綠雲洞裏綠雲深，翠竹蒼梧日夜陰。記得曾遊借禪榻，天風滿送海潮音。」〔註53〕

壽寧，字無爲，號一庵，上海人，以古歌詩名東南。壽寧在綠雲洞中的隱居高僧形象，諸士綠雲洞詩多有描繪：「問道赤髭僧，深居綠雲洞。被服青霞裾，朗誦金仙頌。」（貢師泰）「竹雨曉蒼霽，松風陰碧圓。道人禪定處，神在蔚藍天。」（韓璧）「老禪擊缽哦神句，不覺嵐風滴滿襟。」（錢岳）寧師不出綠雲洞，要了區區夢幻身。「（張昱）壽寧善琴，在《綠雲洞志》中，對楊維楨的一番高論，他的反應是：「師曰：『吾靜者也，烏知許事。』乃取洞雲琴，歌洞雲操曰……」。其《綠雲洞》詩云「洞有屋兮雲無心，我坐石兮鼓瑤琴。」〔註54〕楊維楨序對《靜安八詠》的評價是「微辭奧旨，皆有起余者」。參與靜安八詠的詩僧還有如蘭、守仁。

如蘭，字古春，自號支離，富陽人。嘗與夢觀守仁同遊楊維楨之門。住杭天竺。善相。永樂初，召校鐫經律論三藏。有《支離集》。守仁，亦名大圭，字一初，富陽人，隱於富春妙智寺。元末住杭之靈隱。有《夢觀集》六卷《國

〔註48〕顧彧《綠雲洞》，《靜安八詠》，《叢書集成》初編本。
〔註49〕錢鼐《靜安八詠事蹟》，《靜安八詠》。
〔註50〕王逢《綠雲洞》，《靜安八詠》。
〔註51〕如蘭《綠雲洞》，《靜安八詠》。
〔註52〕唐奎《綠雲洞》，《靜安八詠》。
〔註53〕楊瑀《綠雲洞》，《靜安八詠》。
〔註54〕《古今禪藻集》誤以孫作的《綠雲洞》詩爲壽寧作。

雅品》評曰：「其為詩秀麗夐拔，……可並淨土蓮花，是綽約含空之語。」

2、題安分軒

姑蘇朱景春取河南邵雍《安分吟》，題其軒居曰「安分」。吳郡滕遠為之圖，金文徵為之銘，諸大老題詩，吳僧辨才於中年紀最輕，題詩云，「知君近權竹間房，牆下新栽幾樹桑。採藥不辭沾雨露，禦寒聊欲足衣裳。春深門外車無跡，秋晚籬邊菊有香。我有林泉安分者，向尋時過小池塘。」又跋「予小子，執筆題贊，增毫芒於泰山，未免取大方之誚」〔註55〕云云。

3、竹深處詩

「姑蘇劉孟功先生性嗜竹，種之數萬竿，蔚然成林，孟功日居其中。同志者過之輒留，終夕或信宿而去。迺取杜少陵『竹深留客處』之句，顏其所居曰：『竹深處』，蓋心有以契乎竹也。鴻儒碩生咸為之品題。」〔註56〕包括元虗（金山長老）、吳僧湧（西源）、竹樵（實積中）、僧鼐四位詩僧〔註57〕。題詠者大致都是講竹林的清幽環境為人洗去塵囂，主人經歷了十年宦遊終於回到了故鄉的園林，如實積中《竹深處詩》：「修竹千竿一草堂，幽深偏愛水雲鄉。碧陰滿地春簾濕，蒼雪侵幃夏簟涼。詩刻粉筠初解籜，聲傳茶臼遠飄香。宦遊十載天南北，猶想園林思不忘。」〔註58〕

釋大同至正五年（1345）所作《會稽縣護聖禪寺接待局記》曾言，正宗禪師「一日過余竹深處而言……」，則大同所居亦名「竹深處」。〔註59〕

4、凝翠樓

南昌饒益寺有一樓，寺僧大亨如淵在金陵暫從大訢遊，求所結交名士賦詠。危素因為從此樓能望見五老西山之勝，而命名凝翠樓。諸文人遂為凝翠樓吟詩作文。有趣的是，這些詩人們「無一人嘗至其處，徒想象形容之。」

5、天香室

釋來復交遊相當廣泛，凝聚力很強，圍繞他至少有四個同題集詠：當在所受業寺西方寺時，眾人題其豫章山房，有詩約17首；當為靈隱書記時，於

〔註55〕錢熙彥《元詩選癸集》，中華書局1987年，第1470頁。

〔註56〕張時《竹深處賦》，《珊瑚網》卷十二，《文淵閣四庫全書》本。

〔註57〕《珊瑚網》卷十二。

〔註58〕《珊瑚網》卷十二，《文淵閣四庫全書》本。

〔註59〕張瑛大德元年丁酉（1297）六月二十九日作《題竹深書記詩卷》「棹拂鷗邊綠水，錫飛鶴外青山。無限臭中清氣，新詩流落人間。」，這位竹深書記很可能就是釋大同。

1349 年往湖南向歐陽玄乞南楚悅塔銘，友朋詠清江行詩，約 26 首；當住定水寺，題其天香室和蒲庵，分別有詩 47、25 首。

元末來復定水寺，他用宋代廬陵僧德璘與楊文節公「天香來日窟」的典故，命名其方丈爲「天香」，一時題詠者甚多。和尚有默堂（文靜）、雷隱（良震）二人。文靜《天香室爲定水見心和尚賦》爲時傳誦。

6、樂圃林

姑蘇樂圃坊有邃經堂、華嚴庵、招隱橋、見山岡、琴臺鶴、室墨池、筆溪、西圃草堂等二十景，元末張適號甘白，築室樂圃坊上，題名「樂圃林館」，與高啓、倪瓚、陳麟、謝恭、姚廣孝賡和爲十詠。姚廣孝《題張山人適樂圃林館一十首》收入《逃虛子集》。倪瓚《爲甘白作樂圃林居圖題句》寫於甲寅（延祐元年）（1314），當時道衍才 22 歲。

三、唱和

元代詩壇主要唱和活動基本上都有詩僧參加，而且，詩僧相互之間也頻頻酬唱次韻。

1、西湖竹枝詞

楊維楨閒居西湖時，與張雨、郯韶等唱和，詠湖山之勝，人物之美。詩篇流佈南北，名人韻士屬和甚眾。其中詩僧有釋文信、釋良震、釋椿、釋良琦、釋照、釋福報五人。

文信，字道元，號雪山，永嘉人，住石湖寶華禪寺。《西湖竹枝集》稱其人介特而能隨意，結交海內名公文人，字畫追吳興而別成一家，爲叢林俊秀。

良震，字雷隱，三山人。嗣法徑山元叟端禪師，住上虞之等慈寺，謝事歸隱蓮峰。和虞集是幾十年的詩友。虞集曾託良震輯本朝詩僧，良震遂選元叟行端等詩成高僧詩集，虞集爲序。〔註60〕

椿，字大年，吳中大族，沈太傅八葉孫。早以詩名，遊錢塘南北兩峰詩最多，與南屛報上人賦詠爭奇，見《玉山草堂集》。可惜與其名、字相違，英年早逝。

照（覺照），字覺元，甬東人。雖入空門，不廢儒業，讀書澱山湖濱十年，長於作詩且有法度。

〔註60〕虞集《高僧詩集序》，《東維子集》卷十，《文淵閣四庫全書》本。

福報，字復原，浙江寧海，俗姓方，嗣法元叟行端。出世慈谿蘆山，遷越州東山寺、四明智門寺。洪武六年，奉詔館天界寺，留三年，賜還智門寺，後遷徑山。《西湖竹枝集》稱其苦志讀書，尤耽於詩，清峻絕人。楊維楨為作《冷齋詩集序》

椿詩云：「放船早出裏湖邊，阿儂唱歌郎躑船。唱得望湖太平曲，共郎長樂太平年。」可謂樂而不淫。良震詩云：「郎去東征苦未歸，妾去採桑長忍飢。養蠶成絲不敢賣，留待織郎身上衣。」可謂哀而不傷。良琦詩云：「西潮游子那得愁，美人日日踏春遊。為人歌舞勸人酒，不信春風能白頭。」〔註61〕江南游子無憂無慮，行樂西湖，每天美人陪伴左右，遊玩賞春，酒也醉人，歌舞也醉人，人亦自醉，春風是生長萬物的，絕不會把人吹老！

2、定水寺唱和

至正二十四年（1364），月魯不花為見心賦天香室詩，相約秋天造訪。1365年月魯不花以南臺中丞寓居四明，見心用詩召請來赴前約，見心的兩首「山詩」分別押「除」字「心」字韻，月魯不花次韻，烏本良、烏斯道、迺賢、桂惠、桂如祖以及詩僧懋訶等亦次韻酬唱。元王朝大勢已去，但來復和懋訶的詩仍表達了對月魯不花這位高官的頌揚和期待。1365年八月，月魯不花訪蒲庵於雙峰定水寺，見心拿出翰林歐陽玄、虞集等所贈詩文傑作，月魯不花久久歎賞。接著說到一五旬官員客死四明，無錢安葬，來復馬上慷慨解囊，「買山葬友開神道，度子為僧奉母居」——來復作了三件事：買山地安葬月魯不花的這位同年，為其子釁度牒，出資養活其遺孀。月魯不花賦詩次來復「如」字韻詩，楊泓、迺賢等和韻。九月十六日，月魯不花、揭泓、來復泛舟湖上，閏十月八日至十二日，三人遊天童、大慈、育王，皆有詩。月魯不花臨別前感念多日來與見心抵掌談笑，情好益洽，希望來年秋天能再見，所謂「再倡秋風之句，為他日雙峰佳話」，誰料1366年春天他就遇害過世了。

3、至正庚辛唱和詩

至正十九年己亥（1359）火燒張士信櫺櫓小捷的第二年，繆思恭召群彥十四人小集南湖，以杜甫「不可久留豺虎地，南方猶有未招魂」為韻賦詩。釋克新與會，得「豺」字。他的詩描繪了刀兵劫中「生民飽湯火，像教淪灰埃」的陰霾景象，說這會雖暫時清靜安全，風波畢竟尚未平息，在座諸公實為蒼生黎民所賴，我將杖錫雲遊而去。

〔註61〕《西湖竹枝詞》，武林掌故叢編本，第41冊。

　　至正二十一年辛丑七月十三日，曹叡休假，召十四人會於西郊景德寺，以唐李涉「因過竹院逢僧話，又得浮生半日閒」句分韻賦詩，住持雲海和尚智寬與會，並將諸公唱和詩裒集成什。智寬，字裕之，號雲海，吳之笠澤人。嗣法懷忍禪師東嶼海公。住吳江聖壽，至元五年以行宣政院檄主嘉禾三塔景德寺。元末住秀州三塔寺，築愛松軒，日哦詩其中。所著有《雲海唱和詩》。

　　雖僅僅過去了一年，辛丑唱和已經沒有庚子的驚魂不定，正所謂「情以時證，時從情得」，情之歡戚繫乎時之治亂，「當其亂也，雨覆雲翻，天地否閉，對此茫茫，無復生理，雖有花晨月夕，適足動我之感愴欷歔；及其治也，上清下寧，日月開朗，耳目所遭，無非佳境，雖當淒風苦雨，皆足助我之酒腸吟思。」〔註62〕炎暑未退，寺裏卻已有新秋的涼颷，「列坐停揮扇，情愜引杯觴」〔註63〕，酒後酡顏映著落日的光芒，池魚自樂，林鳥相喚，芳桂飄香，自然和人事又現出其秩序井然而美好的一面。

　　4、虎丘唱和

　　吳中山川秀靈，風氣淳和，吳人戀土，而外來者亦多來之無去意。虎丘，又名海湧山，為吳中第一景、絕景。「余聞虎丘據蘇之勝，歲時，蘇人耆老壯少開暇而出遊者，必之於此，士大夫宴餞賓客亦必之於此，四方貴人名流之過蘇者，必不以事而廢遊於此也。」〔註64〕

　　虎丘殿閣亭臺泉石多可觀賞，有劍池、生公池、生公講臺、翻經臺、可月庭、千人坐、小吳軒、響師虎泉、陸羽石井等景。

　　至正末寧居中禪師住持虎丘寺，與釋、士如沈欽、成廷圭、張紳、陳秀民、僧曇祺、釋至諲、黃如海、杜禎、焦愷、釋梵琦相唱和。現存虎丘唱和詩居中禪師僅一首，其他主要是諸位朋友寫給居中的。明初顧瑛赴濠梁前登虎丘，與彬上人茶話，才知道「居中禪師住此已久」則居似還在；又云「翻思二十年前與姚子章同見時，真若夢寐，何相見之緣若是」，則1348年左右，顧瑛和姚子章曾一同會見過居中禪師。〔註65〕

　　元初城墻大多拆掉，以示天下一家。元末烽煙四起，各地又紛紛築墻防禦。

〔註62〕周伯琦《至正庚辛唱和詩序》，《橋李詩繫》卷六，《文淵閣四庫全書》本。
〔註63〕《橋李詩繫》卷六。
〔註64〕楊士奇《虎丘雲巖禪寺修造記》，《吳都法乘·壇宇篇二》。
〔註65〕顧瑛《玉山逸稿》卷四，鮑廷博輯，叢書集成初編本。

大約從至正十七年（1357）至正二十年（1360）張士誠加緊虎丘築城工事，周南被派去督役，他呈給居中長老的詩充滿疲憊厭倦：「公餘腰腳漸痿疲，短簿祠前布屨遲。予掬寒泉薦清酌，坐令千古重懷思。」邾經等人的「平」字韻詩展現出這樣一種境況：清明本是遊春大好時節，而往日熱鬧的虎丘卻了無人跡，「山上樓臺山下城，朱旗夾道少人行」（呂敏），「闤闠家上見新城，無復遊人載酒行」（曾樸），「松林月暗山精泣，石磴人稀燐火明」（劉本原）。官吏們擔憂前程，羨慕居中老僧置身事外，「野衲那知興廢事，只將經卷了生平」（劉本原）。

5、真際亭

駙馬太尉沈王王璋派手下向中峰敘弟子禮，並於延祐六年己未（1319）秋九月奉御香入山參叩。明本激揚提唱數萬言，爲王璋取法名「勝光」，號「眞際」（意即眞如）。王璋於是在師子巖下建眞際亭以表得法，題詩其上。明本作《次韻瀋王題眞際亭》。

吳郡善住次韻，有「獨撫遺編成浩歎，水雲無路扣玄關」句〔註66〕，可知中峰已經去世。

另外，詩僧之間的唱和也很普遍。覺隱住石湖楞伽寺，石湖山水爲吳中偉觀，他與心覺原、渭湜庵唱和。心覺原住治平寺，東鄰楞伽寺，有《宜晚堂集》，釋妙聲《心覺原宜晚軒》有「愛此泉上軒，深諧靜中趣」句。釋妙聲《危學士贈渭上人詩序》云，「方承平時，楞伽諸寺奇勝相角，鼓鐘相聞，才俊之出其間者，以道原爲首，能繼其逸響者，金白庵、心覺原也。今又得渭湜菴者焉」〔註67〕。

允若退居雲門，修法華觀慧三昧，且與斷江絕恩、休耕逸臨風笑詠，不知夕陽之在樹，人目爲雲門三高師。子梗與夢堂曇噩唱和吳中，時人當作唐代皎然與朱潛。睿略與道衍元末曾同參學徑山，兩人閒暇時優游泉石林藪間題詠唱和爲樂，將近十年時間。

四、詠物

元代詩僧詠物詩以明本《梅花百詠》和德淨《山林清氣集》爲突出。

《西湖遊覽志餘》卷十四載：「明本善吟詠，趙子昂與之友，學士馮子振

〔註66〕《偶讀中峯和尚和瀋王王璋留題眞際亭詩因而有感遂次其韻二首》，《谷響集》
卷二。
〔註67〕《東臯錄》卷中。

甚輕之。一日，子昂偕明本訪子振，子振出示梅花百韻詩。明本一覽，走筆和之，子振猶未以爲然。明本又出所作九字梅花歌以示子振，子振竦然，遂與定交。」夏洪基云：「元翰林馮海粟作梅花百詠以索中峰禪師和章，師談笑間不踰日而盡答之，二公眞梅花知己也。」〔註 68〕「明本一覽，走筆和之」的描寫重寫意，「師談笑間不踰日而盡答之」當屬寫實。引文中說馮子振「猶未以爲然」，而見到九字梅花詩才「竦然」，令人費解。九字梅花詠的份量似不能比和梅花百韻詩，且後人對此詩評價並不高，「此詩不佳，影不可言敲。又後四句有齋飯酸餡氣。」〔註 69〕

　　明本《梅花百詠》以不同形態、年齡、種類，不同地域、生長環境的梅以及人的各種「梅事」爲題，共 100 首七絕，多用唐詩典故。《升菴詩話》評「子振才思奔放，一題衍至百篇，往往能至百篇往往能出奇制勝。而明本所和亦頗瑚鏤盡致，足以壁壘。」〔註 70〕四庫提要云，「今其詩裁冰鏤雪。摹繪入神，而逸韻藻思實堪伯仲。于蕭忞詩所稱『海粟俊才應絕世，中峯道韻不嬰塵』者，豈虛語哉！」〔註 71〕中峰還有和馮海粟梅花百詠 100 首春韻七律，在四庫本作爲附錄，馮的原詩已佚。明本梅花詩除了富於道韻，其詩歌本身的功夫亦勁到。

　　釋德淨，字如鏡，錢塘人。泰定天曆間，嘗與仇遠、馮子振、白珽諸人遊。有《山林清氣集》傳世，其詩皆律體，善詠物。提要評價「格調淺弱」。

　　《山林清氣集》、《續集》收詩 76 首，其中詠物 53 首，詠五十三種植物，除詠梅一首外，其餘 52 首皆次韻宏叟（不詳）。德淨詠物有綠葉鮮花，也有敗荷衰柳，有春來爛漫，也有獨向秋風、珍重帶雪。春天是由無數細節構成的，陽氣一回，無物不被其暖，每一種花都開得非常鄭重，什麼顏色、什麼形狀、什麼姿態⋯⋯，無論多小，細細敷演，成就春色，「風前幾度飄仙帶，要伴群芳作好春」（錦帶花），「花開水面黃雖小，時有清風起暗香」（金蓮花）。山花繁盛，一不小心便開成一片，似乎織成一幅幅錦帳，「曉來亂落蒼苔上，添得山房畫錦榮」（桐花），「危棚爛爛雪盈枝，白晝當窗錦繡帷。此是山家清富貴，春風愼勿苦相催」（尤香花）。

〔註 68〕馮子振、釋明本《梅花百詠》卷末，《文淵閣四庫全書》本。
〔註 69〕《升菴詩話》，《歷代詩話續編》下冊，第 636 頁。
〔註 70〕《梅花百詠提要》，《梅花百詠》。
〔註 71〕馮子振、釋明本馮子振、釋明本《梅花百詠》卷末。

《玉蝴蝶》與《荷花》對讀，有懷淨土意，「人間荏苒春將暮，猶自翩翩未有歸」（玉蝴蝶），「目前一片西方境，鼻觀時聞淨界香」（荷花）。《玉茶》可看作詩人自況，「最是不宜塵土處，移來僧舍十分清」。偶而出現淡淡的戲謔：「鴛鴦飛到曾來處，高蓋難堪蔽羽衣」（敗荷）。也有情來之筆，「省郎昔者曾相對，似向風前憶舊人」（紫薇花），紫薇站在風裏，像在想心事，在思念過去曾相對欣賞它的那個人。

德淨字如鏡，人如其名，人如其字，「老師鍊得心如鏡，更把高臺比月輪」〔註72〕，「淨業一高僧，襟懷果是清。無塵能點污，如鏡更分明。萬象看皆見，良工鑄不成。人心非可度，未易照真情」。詩亦如其人，極淡、極淨，所謂心中無一事，明明可鑒，萬象難逃其形，他的詩很少什麼典故，沒有什麼是非，讀之可以養心悅性，詠物詩亦然，只一點幽興，一點靜光，絕不嘈雜，絕不臃腫。

此外，雲外雲岫的《螇蠃》、《蜜蜂》、《百舌》、《秋鶯》也是很好的詠物詩，見《語錄》。

五、題畫

元代題畫甚盛，前人言好畫被元人題盡，畫至元遭一劫；其實不唯畫，詩卷經卷無不可題辭於上。被題之畫包括前代遺墨和元人作品。下面例舉部分名卷的品題與收藏，以見當時詩僧並不在風氣之外。〔註73〕

有的畫是為和尚作的，有的畫歸和尚收藏。風氣所使，和尚也熱衷於題畫。

王維黃鶴山樵臥雲軒圖

治平寺僧藏，釋道衍、宗泐詩跋。〔註74〕

王維高士奕棋圖

吳僧白雲道英（天目白雲）題詩：「鼎立門庭理一同，何須局面互爭雄。誰知奪角衝關事，都在山僧冷眼中。」

〔註72〕白珽《春日重過如鏡上人房》，德淨《山林清氣集》，《四庫存目叢書》本。
〔註73〕關於元代題畫詩，王韶華《元代題畫詩研究》有專門論述。
〔註74〕張丑《清河書畫舫》卷十一下，《文淵閣四庫全書》本。

宋燕穆之山居圖

虞集題識言，此畫爲拙上人所藏，拙上人不大出門，常手持山居圖於明窗之下，以託其登臨高遠之意。此圖眾僧題詩：慧曇、妙玄子、大同、汝奭、文信、證道、宗衍、萬金、宗泐、似桂、致凱。

宋李公麟赤壁圖卷

有天熙夢叟守仁題詩。

李伯時毘耶問疾圖

此圖用鐵線法描畫維摩經相。從至大二年己酉（1309）到洪武十七年甲子（1384）相繼有拈木巖比丘行魁、慧雲沙門善慶、承大比丘可了、吳城北山若舟、老學庵居沙門餘澤、虎丘本復、知足清溌、徑山心泰、下浣會稽溥洽九位元僧題跋。

「物之於人或離而復合，人之於物，或去而還來，亦時緣之所繫也。」〔註75〕有的寶卷經院末兵火復現於，明初，入明詩僧睹物思人，不勝今昔之感。有的寶卷與某寺關聯，可能係名士爲寺僧所作，可能曾由寺僧收藏，寺僧得到友人相贈或出錢買到都是失而復得的喜事。

蘇長公題虎跑泉詩卷

明初宗泐、清溌、弘道有題識，宗泐題言：至正二年壬午（1342）益友菴從燕都攜歸龍河，得見此圖；洪武九年丙辰（1376）再見於釋大杼處；十八年乙丑（1385）虎跑戒定嚴派其徒攜來槎峰，第三次見到詩卷。「噫！四十四年之間，凡三見此卷。自兵革後天下法書名畫零落殆盡，何此卷流傳南北獨無恙如此，豈有神物呵之耶？既復還虎跑，是猶璧完歸趙，當刻之石以爲山中故事。」由清溌的題識可知從蘇子瞻寫詩到戒定嚴重購，有三百年之久，則買回詩卷的意義又更大了。

仇山邨詩卷

仇遠至治三年癸亥（1323）爲當時天平山住持士瞻上人作，士瞻與晦翁、笑隱三世交，向仇遠求文，仇遠寫十首律詩相贈。洪武初，天平住山復庵嗣法士瞻，「一旦得之如獲舊物。既爲卷，俾識於左。」〔註76〕

〔註75〕弘道《蘇長公題虎跑泉詩卷題識》，高士奇《江村銷夏錄》卷二。
〔註76〕宗泐《蘇長公題虎跑泉詩卷題識》，高士奇《江村銷夏錄》卷二。

米元暉笞溪春曉圖

來復以題南宮雲山圖一詩題之，並說：「詩雖與畫意不合，然畫豈可以形似求之哉！」〔註77〕

松風閣圖

爲恬上人作，題詠頗多，有姚廣孝詩，堪與聽雨樓、芝蘭室卷相應發。〔註78〕

趙文敏公飲馬圖卷

大德四年（1300）爲彥遠作，有蓬萊山白石室祖瑛、長干沙門一初守仁、衛竺隱心存翁（弘道）題詩。

吳仲圭墨竹

湛然靜者惠鑒題詩，惠鑒爲吳仲圭、松巖和尚的朋友。

梅道人竹卷

吳仲圭至正春三月爲松巖和尚助喜而作，上有雪山文信洪武二年於凝翠樓題詩。

雲林墨竹

有獨庵道衍、幼室至瑤、支硎山彌遠題詩〔註79〕。

聽雨樓

《清河書畫舫》說，古今畫題遞變，晉尚故實，唐飾新題，宋尚經籍，元寫軒亭，明制別號，而軒亭最風雅，如倪瓚耕漁軒卷、王蒙聽雨樓卷。「聽雨樓詩畫一卷，元季及國初諸名公爲吾蘇盧山甫父子之所作也」。〔註80〕聽雨樓圖，至正二十五年（1365）四月二十七日王叔明在聽雨樓中爲主人盧恒畫，此後，張雨、倪瓚、蘇大年、堅白老人、錢惟善、高啓、張附鳳、張紳、王謙、鮑恂、王宥、饒介之、周伯琦等一時名士題詩其上，極大地增重了這幅畫。元末兵變，名人翰墨罕存，偶而才能看到一兩件，這幅畫便更加珍貴。我們可以想見明初，道衍手捧斯圖，看到過去熟悉朋友的筆跡之不勝感慨：「茲

〔註77〕張丑《清河書畫舫》酉集補遺，光緒14年（1888）孫溪朱氏家塾重刻本，第4頁。

〔註78〕張丑《清河書畫舫》卷十一下，《文淵閣四庫全書》本。

〔註79〕《書畫題跋記》卷八，《文淵閣四庫全書》本。

〔註80〕張丑《清河書畫舫》戌集，光緒14年（1888）孫溪朱氏家塾重刻本，第35頁。

靚翰墨，儼若覿彼風度」。（道衍題識）聽雨樓詩卷永樂間流落錫山沈誠甫之手，沈請王達善作《聽雨樓諸賢記》。後來又歸相城沈孟淵所有，「一時名人勝士登斯樓、披斯卷，未嘗不心醉神怡，斯樓之名遂擅勝於東南」。（陳碩題識）

題王叔明琴鶴軒圖

圖上共題十詩，有僧福震、永隆宗珂、至顯三首。

溫日觀葡萄

明瑞題詩：「老僧妙墨遍中州，好事攜將萬里遊。要識色空同不朽，龍鬚馬乳等浮漚。」〔註81〕。

題雲林水竹居圖

至正三年癸未（1343），高進道想像倪瓚蘇州城舊居水竹之勝，為倪瓚圖寫，良琦題詩應作於此詩，「好在雲林一老迂，畫圖寄到玉山居。自來王謝原同調，宜向城東共讀書。」

雲林水墨竹一枝

洪武十年丁巳（1377）姚廣孝題語：「以墨畫竹，以言作贊。竹如泡影，贊如夢幻。即之非無，覓之不見。謂依幻人，作如是觀。」〔註82〕另有東皋妙嚴題詩一首。

高彥敬山村隱居圖

御史高克恭為仇遠作於月泉精舍，張翥題識並有詩。洪武九年丙辰（1376）來復次張翥韻，張翥已過世多年。

趙集賢二羊圖

洪武十有七年甲子（1384）秋七月十九日釋良琦品題：「余嘗讀杜工部畫馬讚云：『良工惆悵落筆，雄才未嘗不歎』，世之畫者難其人也。晉唐而下姑未暇論，至如近代趙文敏公，書畫俱造神妙，今觀此圖後復題曰：雖不能逼近古人，氣韻有得，非公誇言，真妙品也，好事者其慎保諸。」〔註83〕另有東竺山人至皎題詩一首。

〔註81〕《書畫題跋記》卷二，《文淵閣四庫全書》本。
〔註82〕《書畫題跋記‧續書畫題跋記》卷五，《文淵閣四庫全書》本。
〔註83〕《書畫題跋記》卷七，《文淵閣四庫全書》本。

王蒙芝蘭室圖

錢唐高僧古林昌公幼年祝髮於寶石山，戒律精嚴，智慧明瞭，曾分淨慈之半席。晚年在城東偏築室隱居，種植紫蘴、蘭蓀，「倚檻則清心濯目，憑軒則衣芳佩馨。」王蒙爲畫芝蘭室圖並作記，俞和子中爲書記，一時題詠甚多。詩僧先有夢觀、來復、慧隱，後有德祥、夷簡、如蘭，除慧隱不詳，餘五位皆元末明初僧。〔註84〕

王蒙琴樂圖

長干沙門守仁、靈谷沙門清濬、方外夷簡等題詩〔註85〕。

京口郭天錫雲山卷

郭天錫爲良上人畫並有詩。祖瑛、若舟、餘澤題詩其上。釋契了的題語是元代以長篇大論題畫的典範：「米公元暉昔遊徑塢，登含暉亭，攬山青雲白樹色水光之勝，悟得毫端三昧，爲鄭、王、楊、吳、董、宋、郭、范輩公擅長。初聞是說實訝之。及元貞丙申春，予寓山中，禪餘偕二三友縱步是亭，目擊眞態，亦有感發，乃信元暉悟是而得天巧，非浪說也。大德癸卯秋，既下峰頂。及今至順癸酉，逾三十年，每想舊遊之樂不可復追，爲之慨歎。適又三月十有五日，姑胥良禪人出示郭公天錫所作，亂山隱秀，輕雲抹淡，矮屋藏林，短橋橫磵，朝曦夕靄，千狀萬倪。把玩至再，不覺宿懷一時脫焉，恍如身臨亭際，神遊物表，殆不知人爲邪？天就耶？抑郭得於米耶？米得於天耶？善毫素者辯之庶幾，吾言得之矣。鶴林釋契了。」〔註86〕

禪師語錄一般都收其平生所作題跋詩文，皆可見禪師們之遊戲翰墨，藻繪宗猷。如《徑山元叟行端禪師語錄》有《題梅詩十君子圖》：「《詩》之《召南》，《書》之《說命》，孔子昔所刪定也。皆言其實，而不及其華。由梁何遜至唐宋十君子者，誦《召南》，讀《說命》，習孔子之業者也，形諸詠歌，述諸章句，皆言其華，而不及其實。世道不古，人心益薄且僞，其不敦本也類皆如是。」《山庵雜錄》記載趙孟頫、虞集見到上段題跋歎言：「元叟識見地位高，命筆吐辭自然，超拔今古。我輩盡力道，也出他轂中不得。」元叟的題文顯示他看到了在文顯道隱的大趨勢下，世俗學問之名實分離與法衰是同步的。

〔註84〕清・厲鶚《東城雜記》卷上，清粵雅堂叢書本。
〔註85〕《書畫題跋記》卷八，《文淵閣四庫全書》本。
〔註86〕《書畫題跋記・續書畫題跋記》卷十，《文淵閣四庫全書》本。

第三節　書法繪畫

　　元代詩僧多富才藝，善書僧數量雖或難敵宋代，造詣卻未必不如，畫僧更有身懷絕技者。

一、詩書畫俱佳者

　　好詩沒有書法是不完整的，好畫不配好詩似乎也缺少心情，溫日觀說，「紙長宜以好詩書之」。詩書畫相合，才足稱佳品，尤其某詩某書某畫，頓成絕品，而如果自詩自書自畫，亦能自成絕品。元代集詩書畫藝於一身的和尚有溫日觀、本誠、李溥光等。

（一）溫日觀

　　溫日觀，字仲言，號日觀，又號知非（一作歸）子，華庭（上海松江）人。早入教庠，尋入禪寺，縱性樂道。能詩，不拘格律，率意而就，度越前古。喜臨晉帖，寫葡萄，並臻其妙。古人沒有畫葡萄的，日觀於月下視葡萄影有悟，似飛白體為之。酒酣興發，潑墨揮墨，頃刻立就，枝葉皆草書法，「譬之散僧入聖，不可禪律拘縛也」，非常奇特，自成一家法，人莫能測。「日觀老師作墨蒲萄，初若不經意，而枝葉肯綮，細玩之，纖悉皆具，殆非學所能至。」〔註87〕畫成後「好書可喜可愕之語，附見其旁」。

　　《平生壯觀》述錄溫日觀葡萄三幅，其一，黃紙五尺，卷前行草百餘字，內寫貫休詩「舉世只知嗟逝水，無人能解憶空花。」中間畫葡萄十餘顆，葉子四五片，藤尺許。墨神勃勃。畫後又題「紙長需以好詩書之」，「明月清風宗炳社，夕陽秋色庾公樓。修心未到無身地，萬種千般逐水流。」宋葉衡、曾寅孫、程鳳飛、張夢應，元初明瑞（至元年）題詩，陳繼儒跋。

　　其二，四尺餘。因為生白紙的緣故，畫特別生澀。卷後有曾遇、趙子昂、董思學的詞，周密、馮海粟、陸宅之的詩跋。

　　這一幅畫作於至元二十七年（1290），曾遇將赴大都寫經，自杭州啟程，臨行前一日過靈隱寺，辭別虎巖淨伏〔註88〕出來，在廊廡偶遇一老和尚，「聞予華亭鄉音，近揖而笑，握手歸房。叱其使，令於方丈索酒果款洽。」曾遇看見很多人執縑素求畫被拒之門外，才知道原來老和尚原來就是大名鼎鼎的

〔註87〕《宋僧溫日觀畫葡萄一卷》，《石渠寶笈》卷三十二。
〔註88〕至元二十六年，虎巖淨伏敕住杭州靈隱寺。

溫日觀。溫日觀隨後畫葡萄二幅，一幅寄趙孟頫，一幅贈這位故鄉人。曾遇攜畫北上，集賢、翰林學士們紛紛題識，成爲他南歸最光榮的禮物。曾遇將畫和題辭裒集成卷，於大德改元（1297）自書詩序，撫卷歎惋：「南還不數載，不獨溫師化去，卷中名勝，半歸思伯之阡。」其詩云：「我初不識溫玉山，偶然邂逅湖山間。戲寫葡萄贈行色，呼酒酌別期榮還。人言此僧性絕物，法書名畫求不得。一時青眼信有緣，鄉物鄉人嘗寶惜。……萬里歸來家四壁，沙鷗笑人空役役。惟餘翰墨爛生光，十年俯仰成陳迹。」〔註89〕由詩及序可知溫日觀當於1290～1297間示寂。邂逅廊廡，溫日觀慷慨作畫，不應該僅僅因爲曾遇的華庭口音。曾遇乃宋丞相後裔，博學工書，其談吐風度必不同流俗，溫老故宋情深，又喜佳士，這恐怕是更重要的原因。

其三，四尺。數人題詩，楊鐵崖首唱。

顧復說溫日觀以畫葡萄擅名古今，及得其字也準備收藏，稱作二妙；他的題識顯示其又精通內典，過去人遺憾顏眞卿的書法遮掩了他的氣節，我看溫日觀的字畫也使人忽略了他的禪悅。

《平生壯觀》記溫日觀書法一幅，爲和檜菴韻淨土詩四首，字或大或小，或眞或草。日觀跋後，元僧和韻詩或八首，或四首，最後一位是弘道。顧復云：「曾見日觀畫葡萄卷上行草甚佳，歎其爲畫所掩。及觀《書史會要》，其名載入補遺，乃知前人未嘗失眼也。」〔註90〕

另，羅繼祖《松窗脞語·文物上·退庵所藏書畫》錄南宋溫日觀葡萄兩卷，評曰：清廻橫恣，已開天池白陽法門。

（二）本誠

本誠，字道元（一作原），後名道元，字覺隱，嘉禾語溪人。出家前從石塘胡先生遊，出家後參虛谷陵禪師並嗣其法。曾著《性學指要》十卷，有補世教。覺隱畫作有三種，一是《蒲石溪鳥》，筆墨秀潤，後題「以喜氣寫蘭，怒氣寫竹，兩言可悟作畫情理」；二爲《疏林平遠》，戲題「蜀時竻公作畫，覺隱題印。」又題：「余嘗爲此卷，竻仙亦到。竻仙喜，遂援筆寫此圖。余因題此詩：『日暮東溪上，秋深景寂寥。葉稀林影薄，水落岸痕高。野燒明江嶼，漁舟入浦橋。故人煙水隔，悵望首空搔。』似寫實景，又暗寓人生境況。蜀

〔註89〕曾遇《溫日觀葡萄并序》，《元詩選癸集》吳申揚點校，中華書局2001年，第77頁。

〔註90〕顧復《平生壯觀》卷三，上海人民美術出版社1962年。

時竚公即覺隱自己。凡人皆不止一我，有云大我小我，有云眞我假我，覺隱
的用意大概類似。又曾題云：「竚仙必覺隱題而後著筆，題就，則竚仙亦至矣。
乃有一奇特，覺隱喫飯，竚仙不舉箸，只靜坐。覺隱放箸，竚仙亦飽，有時
竚仙飯，覺隱亦飽。」李日華說：「蓋禪宗所云有一人終日喫飯，未曾咬著一
粒米之謂也。」〔註91〕三是《夏木垂陰圖》，今存，師法董源、巨然。

　　覺隱喜作狂草，所書《吳江長橋歌》，極雄宕可喜〔註92〕。

（三）李溥光

　　李溥光（1232 或以前——1315）字玄暉，晚年自稱玄悟老人，大同人。
五歲出家爲頭陀，十九歲受大戒。世祖至元十八年（1281）賜大禪師之號，
爲頭陀教宗師。成宗即位，賜命加昭文館大學士。早業儒，故雅尚儒業，好
吟詠，「爲詩沖淡粹美，有山林老學貞遁之風」〔註93〕「有寒山雲林之高，無
齊己、無本之靡。不假徽軫宮商自協。得之目前，深入理趣。」〔註94〕善眞、
行、草書，尤工大字，朝廷禁扁皆其所書，時與趙孟頫齊名。喜書《八大人
覺經》。草書作品《石頭和尚草庵歌》，今存。又善畫，山水學關全，墨竹學
文湖州。〔註95〕有《雪庵長語》、《大字書法》行世。

　　李溥光爲元代書僧第一，「元世書僧稱溥光頭陀爲首，其蹟甚少，惟見其
跋字於書畫間」。李溥光的書法作品有《華嚴經》楷書、《石頭草庵歌》草書。
《華嚴經》，全部用泥金蠅頭細楷。「字體端嚴而生動，若行蟻蠕蠕，流螢熠
熠，眞如一筆一日，書者奇觀也。昔善財童子聞此經之音聲而得覺悟，今溥
光頭陀寫此經之文字，作筆墨功行，其所得當何如耶。」〔註96〕

　　《玉堂嘉話》所講李禪師就是李溥光。有兩條，一是李溥光和作者評論
柳肯懸《何進濤碑》。二是李溥光說作字，「李禪師說，作字有得筆意時，有
得布置時。」〔註97〕

　　李溥光的書法多見書畫間題跋，如《李雪菴題顯宗墨竹》「春滿承華睿思
舒，墨君別有聖工夫。如何整頓乾坤手，不寫皐陶大禹謨。」〔註98〕大德七

〔註91〕《六研齋筆記三筆》卷一，《文淵閣四庫全書》本。
〔註92〕《六言齋筆記三筆》卷一，《文淵閣四庫全書》本。
〔註93〕鄧文原《雪庵長語詩序》，《全元文》第 21 冊，第 38 頁。
〔註94〕程鉅夫《李雪庵詩序》，《全元文》第 16 冊，第 1 頁。
〔註95〕《畫史會要》卷三。
〔註96〕顧復《平生壯觀》卷三，上海人民美術出版社 1962 年。
〔註97〕卷二，《文淵閣四庫全書》本。
〔註98〕《珊瑚木難》卷四，《文淵閣四庫全書》本。

年閏五月朢題息齋墨竹:「息齋墨竹雖曰規模與可,蓋其胸中自有悟處,故能振迅天眞,落筆臻妙。簡齋賦墨梅有云:』意足不求顏色似,前身相馬九方皋』,余於此公墨竹亦云。」〔註99〕

羅繼祖《松窗脞語‧文物上‧遐庵所藏書畫》錄雪庵和尚《草書草庵歌長卷》字大三寸,墨光如漆,「松雪辭不書殿榜,以讓雪庵,有以也。」。

(四)李溥圓

字大方,號如庵。河南芝田人,俗姓李。二十一歲出家。李溥光法弟。書學雪庵,山水墨竹具學黃華。〔註100〕曾有《寒灰集》。鄧文原爲作《頭陀師李大方詩集序》云,「大方之詩融會貫徹、博周事物而非污,窮極理奧而非隱」,超越了唐僧之空玄而不屑世故,有得於古之學佛者不滯一偏的境界。

其他還有大訢,劉秉忠等。顧復所見元人十四家書和十六箚皆有大訢作品。《佩文齋書畫譜》言大訢善畫墨竹。劉秉忠「論藝則字畫出魯公筆法,草書二王三昧」〔註101〕。

二、善書詩僧

(一)中峰明本

中峰明本在元代書法的位置如下文所示:「……而趙文敏以書法興焉,其鼓吹書學者伯機、伯生、子山也,半蹈前規者清容、善之、介叟、伯雨、紫芝也,元鎮之氣清骨傲,廉夫之腕拗心強,中峯之好奇杜撰,雖古意蕩如而天趣可想」。

《平生壯觀》述錄明本書法作品四種,其一是南康心上人法語,松黃紙。上有至治二年正月廿八日徑山虛谷叟希陵題:「至治大困徑山行端爲潙兄(潙山自牧)藏主書」,以及泰定二年乙丑(1325)春正月淨慈伝海和何山正印題。

其二,爲從福堅公作長偈,白紙,長幾二尺。字經寸,臋淳正古勁。後自題:「大德丙午立夏后一日,幻住山人明本書於西天目山。」

其三是七言古詩二首,白紙長三尺餘,字一寸半。第一首詩前有破碎不可讀,第二首起句「皇元元帥生伊吾」。後題「時延祐丁巳多良月之二十有一日,書於舟中」

〔註99〕《書畫題跋記‧續書畫題跋記》卷五,《文淵閣四庫全書》本。
〔註100〕《畫史會要》卷三。
〔註101〕張文謙《文貞劉公行狀》,《藏春集》附錄,《文淵閣四庫全書》本。

其四，題管夫人道昇竹

明本的字世稱竹葉書：頭尾尖而中闊。書家評論明本「好奇杜撰」。題管夫人竹石卷即用此法，崇福偈、二古詩稍稍覺平正些。

另據《武林梵志》，明萬曆間雲居聖水寺藏中峰自寫小像一幅，神氣如生，上題贊一首：「幻人無此相，此相非幻人。若喚作中峯，鏡面添埃塵。和甫雙眼碧，能辨踈與親。請掛向空壁，日日生陽春。」〔註102〕

（二）楚石梵琦

工行草，有書名。《書畫題跋記》卷六載琦楚石眞蹟二，一是《中秋節後二日與覺隱諸老曉過西湖，口占一首》，一是《徒弟珠維那參方行腳》。據鮑翔麟《梵琦楚石與日本、高麗僧人的交往》，楚石有三篇文章《月堂宗歸語錄跋》、《竺仙梵仙和尚語匯錄跋》、《高山照禪師塔銘》以及「雪舟」題詞手跡，至今作爲國寶保存在日本。

《書史會要》所收元僧善書者還有釋祖瑛（書學趙孟頫）、釋宗泐（隸書古拙）、釋德祥（書宗晉人）、釋克新（能古隸）、釋靜慧（正書甚得虞永興法，但欠清婉）、釋守仁（善草書亦能篆隸）、釋夷簡（書師張雨）釋道原（行草有法）等。

另外，良琦書法亦精。覺恩、自恢在《平生壯觀》列入善書無書名。

三、善畫詩僧

（一）祖柏

祖柏（1282～1354 或 1284～1346），存詩 16 首。號子庭，四明人，故宋史魏王之後。宋末元初僧。寓居嘉定，乞食村落。嘗講臺教於赤城。喜畫石菖蒲，題句頗多。行腳江湖，經過顧瑛玉山草堂多所留詠。《吳都法乘》引劉鳳文，言家中栢子庭藏《枯木竹石》，柏子庭亦精禪理。又攻畫葡萄，自題詩云：「昨夜園林雨過，葡萄長得能大。東海五百羅漢，一人與他一箇。」〔註103〕

（二）雪窗

普明　字雪窗，松江人，俗姓曹。嗣法晦機元熙。至元四年（1338）住

〔註102〕卷一，《文淵閣四庫全書》本。
〔註103〕馮夢龍《古今談概》儇弄部卷二十二，明刻本。

虎丘雲巖寺。寺久傾頹，雪窗修造一新。至正四年（1344）住承天能仁寺，兩度病退，至正八年（1348）復出。善畫蘭，與柏子庭齊名，柯九思稱其取法趙子固、趙孟頫。錢惟善《江月松風集》卷十有《題柯敬仲博士明雪窗長老蘭竹石合景四幅各一首》。又善針灸。壽九十餘卒。

《平生壯觀》述錄雪窗蘭蕙圖，落款是：「至正乙亥後十二月，俗僧虛白為仲廉作」。上題七絕《物外清賞》：「湘君瑤佩冷秋雲，積雨陰崖剗蘚痕。千古清風有誰繼，墨花狼籍老乾坤。」《圖繪寶鑑》云：雪窗止可施之僧房。

（三）釋道隱

字仲儒（一字仲儒子），號月磵（又寫作澗），海鹽當湖鎮人，俗姓李。善畫石墨竹，其蘭石師趙子固，墨竹宗王翠巖。

（四）釋枯林

天台葉西澗丞相之後，能詩，以畫蘭名世。《佩文齋書畫譜》稱其「頗勇俠，或不舟渡水」。

（五）無詰

善畫蘭竹，與如海同時，皆交往李祁。曾有《蘭雪軒詩集》。

（六）默然

號樵枯子。居吳中承天寺。能詩，善畫羅漢。

（七）慧勤

號懶翁，初名元惠，諡禪覺，寧海府牙氏。平生不習文字，有人請題詠，操筆立就，若不經意而理趣深遠。晚好墨戲，山水逼道權〔註104〕。

〔註104〕李稸《普濟尊者諡禪覺塔銘》，《全元文》第 56 冊，第 622～624 頁。

第五章　詩僧著述

　　據本人初步統計，元代共有 320 位詩僧，存詩約 7192 首。這 320 位詩僧中包括了至少 46 位無詩傳世者，因爲他們的資料反映了元代詩僧的活動和重要的人際交往，故不能忽略不計。

第一節　著述及其版本

　　元代詩僧有著述存世或見於各家書目的約 45 位，茲錄其作者、著述及主要版本。書目主要依據黃虞稷《千頃堂書目》（以下簡稱《書目》）、錢大昕《補元史藝文志》（以下簡稱《錢志》）、雒竹筠《元史藝文志輯本》（以下簡稱《雒志》），版本主要依據《中國古籍善本書目》（以下簡稱《中善》）、《元人文集版本目錄》（以下簡稱《版本目錄》）。

　　劉秉忠（1216～1274），今存詩約 600 首。

　　《書目》：《藏春詩集》六卷，《文集》十卷，《詩集》二十二卷。

　　《錢志》：劉秉忠《平砂玉尺經》六卷、《後集》四卷，《玉尺新鏡》二卷。劉秉忠《文集》十卷，《詩集》二十二卷，《藏春集》六卷（商挺編），《藏春詞》一卷。

　　傅增湘《藏園群書經眼錄》：《劉文貞公全集》三十二卷。

　　主要版本：《藏春集》有明天順五年刻和順德元年刻本，多種清抄本。中科院圖書館藏《劉太傅藏春集》六卷，清文瑞樓抄本，一冊一函。

　　《藏春集》《四庫全書》本、北京圖書館古籍珍本叢刊》影印本。《劉太傅文集》《元人文集珍本叢刊》本。

　　備注：《元史》本傳載文集十卷，應該包括本傳提到的上萬言書及其他奏

書。今本爲馬偉刊，可能所著雜文缺失，僅存其詩，所以只剩下了六卷。前五卷是各體詩，末一卷附錄誥敕、誌文、行狀。〔註1〕

據查洪德《劉秉忠文學文獻留存情況之考察》，《藏春集》與《元史》本傳提到的十卷文集並非一書；《藏春集》六卷基本保持了原本原貌；黃虞稷所見《文集》十卷與《詩集》二十二卷相加雖正好是傅增湘所錄《劉文貞公全集》的三十二卷數，但詩文比例不合；《文集》與《詩集》的面貌無法推知，而《劉文貞公全集》可能是後人據其流傳作品所編。《全金元詞》所收二首不見本集的詞斷非劉秉忠作品；《析津志輯佚》所載《秦樓月》詞應出於劉秉忠之手；散曲《乾荷葉》第五、六、七、八首也不是劉秉忠的作品。

圓至（1256～1298），存詩約 50 首。

《書目》：《牧潛集》七卷。僧圓至注周弻唐詩三體二十卷

《錢志》：《牧潛集》七卷。《周弻三體唐詩》四卷，又二十卷，高安僧圓至注。

主要版本：《筠溪牧潛集》七卷，元大德刻本，一冊，藏於國圖。還有明毛氏汲古閣刻本、清抄本。

《牧潛集》七卷，《四庫全書》本、《武林往哲遺著》後編本。《唐詩說》，《四庫全書存目叢書》本。

備注：《注周弻三體唐詩》，今題《唐詩說》，六卷。《擘經室所見宋元書題跋·元磧沙寺本唐三體詩注跋》載二十卷中有六卷署汶陽周弻選、高安僧圓至說——這是否今存六卷的原因？

釋英（約 1244～約 1330）

主要版本：有元刊本、明刊本、丁氏八千卷樓叢刊本、錢塘丁氏當歸草堂朱印本。《白雲集》三卷，題贈附錄一卷，清抄本。大連館藏日本亨貞五年1688 刻本。

《白雲集》三卷四庫本、武林往哲遺著附錄一卷。

備注：釋英存詩 101 首，與趙孟頫序稱「詩凡一百五十首，分三卷」不符。日本存四個和刻《白雲集》版本，均分四卷，多收釋英詩 46 首及「住慶壽西雲安」等十人贈詩 11 首，基本保持了《白雲集》原貌。〔註2〕

〔註 1〕《藏春集提要》，《藏春集》，《文淵閣四庫全書》本。
〔註 2〕楊鑄《和刻本稀見中國元代僧人詩集序錄》，《中國典籍與文化論叢》第 8 集，2005 年 1 月。

據楊鐮《元佚詩研究》，釋英《白雲集》150 首隱藏在張習的偽書《張羽《靜居集》六卷中。

善住（1278～約 1330）

存詩 784 首。

《書目》：《谷響集》四卷。

《元人傳記資料索引》：《淨業往生安養傳》十二卷。

主要版本：善本：元刊本不分卷。此外，還有數種一卷、兩卷或不分卷的清抄本。卷首無序言。

《四庫全書》本三卷。

大訢（1284～1344）

存詩 242 首。

《書目》、《倪志》：《松雲普鑒》二卷，《蒲室集》十五卷。

《錢志》：《松雲普鑒》二卷，《蒲室集》十五卷、《書問》一卷、《疏》一卷。

《雒志》：《松雲普鑒》又作《傑峰語錄》、《傑峰普度施食儀文》等名。

主要版本：釋大訢《蒲室集》十五卷（釋廷俊等輯）。《蒲室集》十五卷、《書問》一卷、《疏》一卷，《笑隱和尚語錄》，存元至元刻本。《蒲室集》八卷、十五卷，清抄本。

清珙（1272～1352）

存詩 273 首。

《書目》：僧元珙《石屋山居詩》二卷。

《倪志》、《錢志》：至柔編《石屋和尚山居詩並當湖語錄》二卷，又《語錄》一卷。

主要版本：

《中善》：《石屋和尚山居詩》一卷，《石屋和尚住嘉興當湖福源寺語錄》一卷，元釋清珙撰、明釋至柔編。《石屋和尚塔銘》一卷，元釋元旭撰。有明弘治二年竹林坡刻本。《石屋禪師山居詩》一卷，清抄本。《石屋禪師山居詩》六卷，有明刻本、清汪氏擒藻堂刻本。

《版本目錄》：至柔編《福源石屋禪師山居詩》一卷，清刻本，藏於上圖。《石屋禪師山居詩》一卷《偈贊》一卷、《語錄》一卷，元釋清珙撰，明刻本，藏於南圖，三冊。

《石屋禪師山居詩》，《續修四庫全書》本。《石屋禪師山居詩》六卷，宋元四十三家集。

澹居禪師至仁（1309～1382）

存詩 102 首。

《雒志》：《澹居稿》二卷，《錢志》著錄五卷。日本國學圖書館藏元刊本。

主要版本：《版本目錄》：南圖藏元至正刊本，二冊。國圖藏清抄本，一冊。

北圖古籍珍本叢刊本，據清抄本影印

高峰（1238～1295）

存詩 14 首。

主要版本：

《中善》：《高峰原妙禪師語錄》二卷，存，北圖藏明刊本。《高峰大師語錄》一卷，元刻本，《傳是目》載一本，有明萬曆三十六年徑山寂照寺刊本，清康熙六年嘉興府楞嚴寺般若堂刊本，民國六年佛經流通處刊本。《高峰和尚禪要》一卷，元刻本。釋持正錄、喬祖輯《高峰和尚參禪節要》一卷。

中峰明本（1263～1323）

存詩 510 首。

《書目》、《倪志》、《錢志》：《天目中峰和尚廣錄》，又《中峰廣惠禪師一花五葉集》四卷，又《中峰懷淨土詩》一卷，又《庵事須知》一卷。

《雒志》：《天目中鋒和尚廣錄》有著慈寂撰。按明本示寂後，其參學門人北庭慈寂等編集了《廣錄》。《中峰禪師法語》一卷，有揚州刻經處刊本。

主要版本：

《中善》：《金剛般若波羅蜜經》一卷解。《淨土詩》一卷，有明洪武二十四年刻本。《懷淨土詩》一卷，有明刻本。皆藏於國圖。《天目中峰和尚廣錄》三十卷，元刻本、明刻本，十卷，明刻本。

《版本目錄》：《中峰禪師梅花百詠》一卷，明刊本、清刊本。《中峰和尚馮海粟梅花詩》一卷，明刊本。《梅花百詠》一卷，清刊本。《中峰祖集》一卷，清乾隆刊本。《中峰懷淨土詩》一卷，民國九年排印本，上圖，一冊。

馮子振、釋明本《梅花百詠》，《四庫全書》本。《中峰禪師梅花百詠》一卷，叢書集成初編本。夷門廣牘本。《中峰和尚廣錄》，《卍續藏》本。《明本禪師雜錄》，《卍續藏》本。《幻住庵清規》《卍新纂續藏經》本。《中峰國師三

時繫念佛事》一卷，《卍新纂續藏經》本。《中峰三時繫念儀範》一卷，收於《嘉興藏》本、《卍新纂續藏經》本。

　　備註：《中峰和尚廣錄》元代被賜入《普寧藏》，並有單行本。在日本曾數次刊行。

　　天如惟則（1286～1354）

　　存詩 182 首。

　　《書目》、《倪志》、《錢志》：《楞嚴匯解疏》十卷（至正壬午序），又《楞嚴擲丸》一卷，又《天台四教儀要正》。

　　常見版本：《卍新纂續藏經》本。

　　《中善》：獅子林天如和尚語錄九卷、別錄五十卷、剩語二卷，元釋善遇輯。至正八刻本，存語錄一至二卷、別錄四至五卷。獅子林天如和尚語錄一卷，明刻本。獅子林天如和尚語錄五卷（存三至五卷），元至正八年刻本。

　　《雜志》：《楞嚴匯解》十卷。《獅子林天如和尚語錄別錄》十卷、《剩語集》二卷，釋善遇編。傅增湘藏至正八年刊本，五卷。後刻書跋七行：《語錄別錄》共十卷，昔編草初成之日，錢塘沙門炬菩薩見之，即持去，命張克明重寫，仍率同志先刊兩卷，於是吳郡弟子……至正八年善遇謹識。……《薰習錄》著錄「別錄」五卷、「剩語」五卷。《獅子林天如和尚淨土或問》一卷，釋善遇撰。存。有《淨土十要》與《津梁》本、明釋洪慈摹刊本。明崇德住山比丘際聲重刊本題惟則撰，善遇編。

　　行端（1255～1341）

　　存詩 113 首。

　　《雜志》：《寒拾里人稿》一卷。《端禪師語錄》八卷，存，書名又稱《元叟端禪師語錄》，有明萬曆中刊徑山藏本。輯《雪村聚語錄》（雪村，金壇人，寓崇明寺），佚。

　　主要版本：《元叟行端禪師語錄》現收於《卍新纂續藏經》第 71 冊。

　　祖銘（1280～1358）

　　存詩 11 首。

　　《錢志》：《古鼎外集》。

　　釋盤

　　存詩 40 首。

　　《書目》：僧梠堂集一卷。

《雜志》:《栯堂詩》一卷,有清抄本。

主要版本:《高僧山居詩》本。

備注:孫詒讓《溫州經籍志》集部卷二十四載:山居詩元時即刊刻。乾隆初尚存,蓮涇王氏孝慈堂書目、婁東金氏文瑞樓書目均有鈔本,附釋德靜《山林清氣集》後。今所見者止顧氏《元詩選》二集所錄十四首,後附題《徑山詩》一首,則顧氏又從《徑山志》錄出者。《東甌續集六》選山居詩十首,改其題為《間居偶成》,誤也。續集載栯堂名作僧益侑,亦誤。〔註3〕

大圭

存詩共 248 首。

《倪志》:《夢觀集》二十四卷。

《雜志》:明初刊本,陸氏皕宋樓藏抄本均二十四卷清光緒《亦園》刻本,傳寫本,僅詩無文。《中善》著錄明刻本六卷,存三卷(一至三),清丁丙跋。《紫雲開士傳》,佚,見《錢志》。

主要版本:

《版本目錄》:《夢觀集》六卷,明初刊本。《夢觀集》五卷,四庫本、清抄本、亦亦園叢書光緒顧顯曾刊本。

備注:《文淵閣四庫全書・夢觀集提要》:本來二十四卷:夢法一卷、夢偈一卷、夢事一卷、詩六卷、文十五卷,惟錄古今體詩,編為五卷。

宗衍(1309～1351)

存詩 323 首。

《雜志》:《碧山堂集》五卷有日本應安等刻本,現藏日本東洋文庫,……國內不見傳本。

備注:楊鑄《和刻本稀見中國元代僧人詩集序錄》言,日本存兩個和刻《碧山堂集》版本,均屬「五山版」善本,一個書尾有牌記,一無。收詩 323 首。

據楊鐮《元佚詩研究》考證,宗衍《碧山堂集》原佚實存:《詩淵》中的「本釋道原」即釋宗衍,而「本釋道原」詩會和《元詩選》的《碧山堂集》詩,基本可恢復成《碧山堂集》三卷。

〔註 3〕民國十年刻本。

釋子賢

存詩 12 首。

主要版本：

《版本目錄》：《一愚集》一卷，台州叢書己集。民國八年（1919）黃巖楊晨輯石印本。

宏濟（1271～1356）

《雜志》：《天岸外集》。《小止觀》（高昌語譯）

釋壽寧

存詩 8 首。

《錢志》：《靜安八詠詩集》一卷。

主要版本：《叢書集成》本。

釋若舟

《雜志》：《佛日圓明大師別岸和尚語錄》五卷，《偈頌贊跋》一卷。北圖藏元刊本。前有至正元年沙門善住序，至正四年沙門正印跋。《語錄》內容分爲護語、笑語、天語、華語、萬語、偈頌。

克新（1322～？）

存詩 176 首。

《書目》：《南詢稿》一卷。

金門詔《補三史藝文志》、《錢志》：《雪廬稿》一卷。

《雜志》：《金玉編》三卷，有朝鮮古刊本……另有日本南北朝刊本、寬文刊本。

主要版本：《元釋集》一卷，有朝鮮古刊本……另有日本南北朝刊本、寬文刊本。

《四庫全書存目叢書》本。

備注：楊鑄《和刻本稀見中國元代僧人詩集序錄》言，日本存兩個和刻《雪廬稿》版本，收詩 128 首。出去重見於《元釋集》中的 48 首，尚有 80 首佚詩。日本存三個和刻《金玉編》版本，保留了數十位詩人一百餘首詩作，多爲本人詩集所未載。

德淨（1261～？）

存詩 205 首。

《欽定序文獻通考經籍考》：《山林清氣集》一卷，續集一卷。

《雒志》：上圖藏鈔本一冊。《山林清氣集》一卷、續集一卷、附集一卷，經眼日本黑田氏舊藏，惜不著版本。

主要版本：《四庫存目叢書》本。

來復（1319～1391）

存詩約百首以上。

主要版本：

《中善》：《蒲庵集》六卷，明釋來復撰。《幻庵集》一卷，明釋法住撰，明正統五年孫以寧刻本。《蒲庵集》六卷，清抄本。《蒲庵集》三卷，明抄本、清抄本。《蒲庵詩集》三卷，清抄本（存第三卷）。

至正二十四年（1364）結集本，日本有「武山版」刻本；至正二十五年（1365）結集本，國圖藏瞿氏鐵琴銅劍樓抄本，兩卷，四冊。《蒲庵集》有南京圖書館藏本。

《澹游集》《續修四庫全書》本，上下卷。

了堂惟一

存詩 229 首。

主要版本：《了堂和尚語錄》八卷，元刻本

《了堂和尚語錄》收於《卍新纂續藏經》第 71 冊。

梵琦（1296～1370）

存詩 1188 首。

《書目》：梵琦《北遊集》，又《鳳山集》，又《西齋集》。

《雒志》：《楚石禪師語錄》二十二卷，明州釋梵琦小師、比丘祖光等編，有明萬曆十八年嘉興天澤寺刻本。

主要版本：《楚石大師北遊詩》一卷，南圖藏清眠雲精舍鈔本，一冊。《北遊詩》一卷，北大藏清抄本，一冊。《西齋淨土詩》三卷，附錄一卷，南圖藏清刊本，一冊。

《楚石大師北遊詩》，2007 年海鹽天寧永祚禪寺影印臺灣中央圖書館藏抄本。《楚石禪師語錄》現收於《卍續藏》第一百二十四冊，還有《卍新纂續藏經本。

慶閑

《書目》、《倪志》、《錢志》：《箋注范成大田園雜興記》一卷。

釋宗泐（1318～1391）

存詩 433 首。

《書目》：宗泐《全室外集》十卷，又《全室西遊集》一卷。

《錢志》：《楞伽阿跋多羅寶經》四卷，宗泐、如玘注。《般若波羅蜜多心經》一卷，宗泐、如玘注。

主要版本：

《中善》：明永樂刻本（四庫底本）。《補刊全室外集》九卷續一卷，清抄本。《全室外集》六卷，清抄本。

四庫全書本《全室外集》，包括九卷和續集。

備注：四庫本續集詩文之間缺四頁。著錄十卷，四庫館臣推斷蓋合九卷及續集而言。

祥邁

《佛祖歷代通載》：祥邁《至元辨偽錄》五卷。

《雒志》：《韓文公別傳注》前集一卷、後集一卷，存，北圖藏明刊本。

曇噩（1285～1373）

存詩 6 首。

《書目》：元僧噩夢堂《宋高僧傳》

主要版本：《新修科分六學僧傳》（《六學僧傳》）三十卷，《卍續藏》本。

無慍（1309～1386）

存詩 191 首。

《書目》：《山庵雜錄》。

主要版本：《山庵雜錄》，《卍新纂續藏經》本。《恕中和尚語錄》，《卍新纂續藏經》。

萬松行秀（1166～1246）

雒志：《萬松老人評唱天童拈古請益後錄》二卷，宋釋正覺拈古。存。《佛果圓悟禪師擊節》二卷，《青州通玄二百問》二卷，釋從倫編，釋行秀校正，《祖燈錄》六十二卷。《釋氏新聞》，見錢志。

主要版本：《萬松老人評唱天童覺和尚頌古從容庵錄》《大正藏》本。

行海

備注：《元代文學編年史》：《雪岑詩集》（十二冊），存詩 3000 多首，未見傳本。今存《雪岑詩續集》二卷。

文珦（1210～1291）1047 首。

備注：《全宋詩》收錄文珦詩十三卷一千餘首〔註 4〕，包括四庫本《潛山集》、四庫館臣漏輯的《永樂大典》《潛山集》佚詩，以及《詩淵》中的《潛山集》佚詩。

釋道惠（約 1266～1330）

存詩 399 首。

主要版本：《廬山外集》四卷，元釋性空撰。雒竹筠先生曾得元延祐三年刻本，後歸北京大學圖書館庋藏。《中善》著錄元延祐刻本，卷三四配清抄本。

備注：據楊鐮《元佚詩研究》，《廬山外集》四卷國內僅北大圖書館存一孤本，兩卷元延祐刻本，卷三卷四抄配，當補於清末，抄配所據元刊原本已流於日本。

釋妙聲（1308～？）

存詩 229 首。

《錢志》：《九皐錄》。

《雒志》：朱翼盦家藏有明洪武十七年刊本，書名題《東皐錄》。

主要版本：

《中善》：七卷，明刻本（存一至五卷）。三卷，清抄本。不分卷，清抄本。

《九皐錄》三卷，四庫本。

延俊（1299～1368）

《書目》、《倪志》、《錢志》：《泊川文集》五卷。

允中

《書目》、《倪志》、《錢志》：《雲麓文稿》口卷。

釋嘉納

《雒志》：《崞山詩集》，雒竹筠得於日人黑田氏，惜不注卷數和版別。

釋覺眞

《雒志》：《慧燈集》，雒竹筠得於日人黑田氏，惜不著卷數版刻

釋普會

《雒志》：宋釋法應輯，元釋普會續輯《禪宗頌古聯珠通集》四十卷。

〔註 4〕《全宋詩》北京大學出版社 1991 年，第 63 冊，第 39505～39698 頁。

主要版本：《卍新纂續藏經》本。

湛堂性澄（1265～1342）

《佛說阿彌陀經》一卷，釋性澄句解。

如玘（1222～1289）

《錢志》：《般若波羅蜜多心經》一卷，解一卷。《楞伽阿跋多羅寶經》四卷，宗泐、如玘注。《般若波羅蜜多心經一卷》，宗泐、如玘注。

釋善學（1307～1370）

今存 43 首。

《佛祖歷代通載》卷二十一：所著有《十玄門賦》、《法華問答》、《法華隨品贊》、《辨正教門關鍵錄》。

《書目》：《古庭生集》。

道衍（姚廣孝）（1335～1418），存詩約 653 首。

主要版本：逃虛子詩集十卷、續一卷、逃虛類稿五卷，北圖古籍珍本叢刊本（影印清金氏文瑞樓抄本）；四庫全書存目叢書本（影印南京圖書館藏清抄本）。《諸上善人詠》《卍新纂續藏經》本。

《中善》：逃虛子詩集詩卷續一卷，明抄本、清抄本。逃虛子詩集十卷、續一卷、逃虛類稿五卷，清抄本。逃虛子詩集十卷、續一卷、逃虛類稿五卷、道餘錄一卷，清抄本。逃虛子詩集十一卷，清抄本。逃虛類稿五卷，清抄本。逃虛類稿四卷，清抄本。

釋睿略（1334～1412），存詩約 305 首。

《書目》、《江南通志》：吳僧故山《松月集》。

主要版本：中善：《松月集》明永樂刻本、清抄本。《松月集》一卷，續修四庫全書本（影印國圖藏明永樂刻本）。

竺仙梵仙（1293～1349）

《日本禪宗史》：裔堯等編《竺仙和尚語錄》7 卷，《補遺》1 卷。《來來禪子集》、《來來禪子東渡集》、《來來禪子東渡語》、《來來禪子尚時集》各一卷。

第二節　詩歌留存情況

佛教初創，依照古印度傳統，即以韻文宣法，口耳相傳，後來逐漸有韻

散結合的形式。狹義的偈頌就是沒有散文的佛經——伽陀,「諷頌者,謂諸經中非長行直說,然以句結成,或二句,或三句,或四句,或五句,或六句。」廣義的偈頌才包括了有散文的祇夜。「佛教傳入東土,譯經中不可避免地要譯詩偈」〔註5〕,雖然翻譯過來其合轍押韻受到影響,仍不乏表達宗教感情的完美詩歌:「合掌以爲華,身是供養具。善心眞實香,讚歎香雲布。諸佛聞此香,時復來相度。我今勤精進,終不相疑誤。」〔註6〕有的甚至還相當「唐詩」,《升菴詩話》舉「樂行不如苦住,富客不如貧主」,「破鏡不重照,落花難上枝」,以爲絕似唐人樂府〔註7〕。「不少詩贊一吟便是十數百行,可謂氣勢恢宏的創作了。……中國本是個詩的大國,由於吸收了佛教文化的營養,使中國的詩歌創作顯得更加豐富多彩、生動活潑」〔註8〕。我們信教人士在傳統詩歌形式中加入佛志、法理、禪趣、道情,表現其特有的感受、趣味,使用大量佛教典故,形成了中國古典詩歌的一大塊內容——佛教詩歌,僧詩是其中的組成部分。僧詩包括純偈頌、純詩和似詩。「純偈頌」即所謂有韻語錄之類,目的爲弘法或表現佛理。純詩則與文人詩「同一月露風雲」。「似詩」一詞來自天然和尚,他稱自己的詩爲「似詩」:「道人無詩,偈即是詩,故亦曰詩。然偈不是偈,詩又不是詩,故但曰似。」〔註9〕說似,因爲它有近人處:與人悲歡離合之情近,草木鳥獸之境近,這便是文學的、生活的。但既曰似,一定有異,則其宗教的、超遠的一面。同中有異,近中有遠,故有的僧詩雖文字淺顯人卻不敢僅以詩看。有代表性的詩僧是既有深厚佛學造詣、佛法修持,詩思敏捷詩技又高超的,善詩、好詩,高於詩人;相應的,有代表性的僧詩是既有佛教色彩又具藝術創造性的,兼佛性與詩性。

僧詩大體有兩個系統,一是集部文獻系統,有別集的其詩集中保存在詩文別集中;沒有別集的,則散見於總集、類書、詩話、筆記中。一是佛教典籍系統,與上類似,有語錄的,大量集中保存在語錄中,沒有語錄的,亦散見於各種總集、筆記、寺志、文獻匯錄及其他法乘中。佛詩特別是純偈頌收

〔註5〕 趙樸初《中國歷代僧詩集序言》,《趙樸初文集》(上下)華文出版社2007年,下卷,第1200~1201頁。

〔註6〕 《妙法蓮花經》後秦鳩摩羅什譯,明智旭注,黑龍江人民出版社,1994年。

〔註7〕 《升菴詩話》,《歷代詩話續編》中華書局1983年,中冊,第708頁。

〔註8〕 趙樸初《中國歷代僧詩集序言》,《趙樸初文集》(上下)華文出版社2007年,下卷,第1200~1201頁。

〔註9〕 天然《瞎堂詩集自序》,四庫禁燬書叢刊本。

入佛教典籍，「純詩」和部分「似詩」收入集部文獻。專業所限，筆者注意力主要在純詩和似詩，但似詩是個比較模糊的詞，純偈頌中有，如無見先睹的《達磨門人各言所得》「甜瓜生苦瓠，美棗多荊棘。利旁固有刀，貪人還自賊。」《德山托鉢》「紅蓼汀洲一笛風，暮雲滅盡水吞空。可憐無限深秋意，祇在沙鷗冷眼中。」〔註10〕純詩中也有。

一、集部文獻系統

（一）僧詩別集

1、流傳至今，版本不一

作　者	別　集	卷　數	最常見版本
文珦	潛山集	12	四庫
釋英	白雲集	3	四庫
劉秉忠	藏春集	6	四庫
釋大圭	夢觀集	5	四庫
釋大訢	蒲室集	15	四庫
圓至	牧潛集	7	四庫
善住	谷響集	3	四庫
宗泐	全室外集	9卷，續編1卷	四庫
妙聲	東皋錄	2	四庫
姚廣孝	逃虛子詩集	10	四庫存目叢書
	續集	1	
	逃虛類稿	5	
	逃虛子道餘錄	1	
	逃虛子集補遺	1	
	詩集補遺	1	
睿略	松月集	1	四庫存目叢書
至仁	澹居稿	2	北京圖書館古籍珍本叢刊

〔註10〕《無見覩禪師語錄》，《卍新纂續藏經》本。

作　者	別　集	卷　數	最常見版本
克新	元釋集	1	北京圖書館古籍珍本叢刊
梏堂	山居詩	1	《高僧山居詩》本

2、流傳後世，迄今已佚

釋正則

危素《說學齋稿》卷三：《溪香文集序》。

《錢志》、《雒志》：正則《香溪集》，佚。

釋景洙

危素《說學齋稿》卷二：《釋洙翠屏文集序》。

《錢志》、《雒志》：景洙《翠屏集》，佚。

長和、智覺

《錢志》《雒志》：《擬寒山詩》一卷，佚。

無照

《錢志》、《雒志》：《臥雲集》，佚。

釋子梗　今存詩 1 首。

《千頃堂書目》卷二十八、《浙江通志》卷二百五十一：《水雲亭小稿》。

法住　今存詩 3 首。

《錢志》、《雒志》：《幻庵詩》一卷，佚。

有貞

《錢志》、《雒志》：《平山詩集》佚（雒竹筠作：有眞）。

釋無詰　今存詩 10 首。

《永樂大典》：《蘭雪軒詩集》。

釋悟光（1292～1357）今存詩 20 首。

《雪窗集》，見《永樂大典》、《文淵閣書目》。

祖柏（1284～？）今存詩 16 首。

有《不繫舟集》。四庫館臣編四庫時未見祖柏《不繫舟集》的本子，但從顧嗣立《元詩選》所收祖柏詩，評價「其詩不及高（陳高）遠甚」。〔註11〕

本誠（約1288～）今存詩 18 首。

〔註11〕《不繫舟漁集提要》，《不繫舟漁集》，《文淵閣四庫全書》本。

有《凝始子集》，且有文集行世，見黃溍《覺隱文集序》。

釋懷渭 今存 4 首。

見宋濂《淨慈渭公白塔碑銘》，《明時綜》卷八十九，《浙江通志》卷二白五十一。《竹庵外集》，《千頃堂書目》卷二十八著錄。

李溥光 存詩 21 首。

《雪庵集》一卷、《長語》，佚。

機先（日本人）今存 17 首。

《元詩選補遺》：有《機先集》。其滇陽六景諸詠，載入通志。〔註12〕

自恢《復元集》。今存 15 首。

文信《雪山集》。今存 13 首。

魯山

《文淵閣書目》：僧魯山集，一部，一冊，闕。據楊鐮《元佚詩研究》，《永樂大典》和《詩淵》中的魯山，儒姓，儒字記音，又作岳或月，岳魯山，高昌人，由此輯得魯山佚詩數十首。

3、當時結集，未見流傳

釋安

見楊維楨《蕉囪律選序》〔註13〕。

釋本暢

見方回《寄題暢上人文溪別業詩》〔註14〕；又戴表元《文溪記》。〔註15〕

釋行魁

見《魁師詩序》、《珣上人刪詩序》。〔註16〕

釋法眞

見《釋孤云詩序》〔註17〕。

釋崇超

見《雙清詩序》〔註18〕。

〔註12〕見《元詩選補遺》第 972 頁。
〔註13〕《東維子集》卷七，《文淵閣四庫全書》本。
〔註14〕《桐江續集》卷二十八，《文淵閣四庫全書》本。
〔註15〕《剡源文集》卷四，《文淵閣四庫全書》本。
〔註16〕戴表元《剡源文集》卷九，《文淵閣四庫全書》本。
〔註17〕《珊瑚木難》卷八，《文淵閣四庫全書》本。
〔註18〕劉基《誠意伯文集》卷五，《文淵閣四庫全書》本。

釋惟清

見《清渭濱上人詩集序》〔註19〕。

遵南浦

見王義山《遵上人南浦詩序》〔註20〕。

湛然靜者照鑒

曾有《雙清集》，見《千頃堂書目》。

心覺原

有《宜晚堂集》，見《吳都法乘》。

金西白

有《澹泊齋稿》，見《千頃堂書目》。

悅可

有《勁節堂集》楊維楨爲序，見《吳都法乘》。

餘澤

有《雨花別集》，見錢大昕《元史藝文志》。

復原福報

有《冷齋詩集》，見楊維楨《冷齋詩集序》。

清澨

有《望雲集》，見《千頃堂書目》。

至訥

有《如幻稿》，見王逢《題訥無言長老如幻稿有後序》。

釋良震

有《高僧詩集》。

三山雷隱禪師（良震）在楊維楨授意下，輯元叟行端往下元高僧之作，成元代高僧詩集〔註21〕，命名爲詩燈。〔註22〕

〔註19〕方回《桐江續集》卷三十三，《文淵閣四庫全書》本。

〔註20〕《稼村類稿》卷五，《文淵閣四庫全書》本。

〔註21〕《高僧詩集》，《東維子集》卷十，《文淵閣四庫全書》本。

〔註22〕《詩燈》，《澹居稿》卷上，北京圖書館古籍珍本叢刊本。

（二）總集

集名	僧名	詩數	僧名	詩數	總計
	一		二		
（皇）元風雅	明普彥	1			1 人
玉山名勝集	釋良琦	46	釋自恢	4	13 人
	沙門泉澄	1	雲門僧法堅	1	
	善住良圭	2	天台釋至奐	2	
	天台釋一愚子賢	1	超珍	1	
	釋福初	1	柏子庭	1	
	僧寶月	2	僧覺照	1	
	釋元瀞天鏡	1			
草堂雅集	釋餘澤	5	釋文信	3	9 人
	那希顏	2	釋子賢	12	
	釋寶月	2	釋來復	5	
	釋祖柏	3	釋自恢	9	
	釋良琦	61			
玉山紀遊	釋良琦	10（另：聯句			1 人
大雅集	釋善繼	1	釋守仁	1	18 人
	釋必才	4	釋志瓊（志璚）		
	釋仁淑	1	釋曇噩	1	
	釋行方	1	釋梵琦	1	
	釋觀通	1	釋智寬	2	
	釋宗衍	4	釋永巽	1	
	釋元本（原本）	7	釋曇塤	2	
	釋原瀞	2	釋祖銘	1	
	釋靜慧	2	釋克新	4	
西湖竹枝詞	釋文信	3	釋照	2	5 人
	釋椿	1	釋福報	2	
	釋元璞	1			
靜安八詠	釋壽寧	8	釋如蘭	8	3 人
	釋守仁	8			

	清欲	1	道契	1	
澹游集	廷俊	1	桂惠	1	33人
	妙聲	5	大始	1	
	至仁	1	自恢	1	
	元旭	3	仁淑	1	
	懷渭	1	彥文	1	
	志寬	2	希能	1	
	良琦	3	溥照	1	
	克新	1	守道	5	
	萬金	2	志海	1	
	自悅	1	德璉	1	
	子然	1	本誠	2	
	法膺	1	良震	1	
	德褒	1	文靜	1	
	懋	4	子梗	1	
	處林	1	文藻	2	
	曇塤	1			
詩淵	大訢	75	懷渭	2	23人
	元淨	1	覺性	1	
	允若		覺恩	2	
	玉崖克振印空禪師	1	惠澄	1	
	至仁	1	斯山	1	
	行海	2	魯山		
	良琦	3	居簡		
	克新	73	文珦	384	
	宗泐	2	祖欽	1	
	道存性常	2	道原	98	
	僧侶	1	祖瑛	2	
石倉歷代詩選	恕中和尚	26	來復	4	17人
	元叟端禪師	33	妙聲	1	
	石屋禪師	25	宗衍	43	
	天如和尚	42	良琦	1	
	萬松禪師	5	金西白	5	

	大圭	80	機先	5	
	方澤	5	守仁	2	
	宗泐	103	德祥	3	
	永彝	1			
元詩體要	信道原	1	普彥明	1	8人
	覺恩	1	員怡然	1	
	釋至仁	1	釋行己	1	
	濟天岸	1	劉秉忠	1	
元藝圃集	僧西齋	3	釋來復	22	3人
	僧圓至	3			
古今禪藻集	圓至	26	梵琦	30	51人
	大訢	63	來復	36	
	天如惟則	22	宗泐	70	
	清欲	6	守仁	23	
	壽寧	2	道衍	109	
	本誠	12	萬金	5	
	克新	69	妙聲	8	
	溥光	2	良琦	6	
	明本	18	自恢	3	
	行端	2	如蘭	25	
	清珙	25	大同	1	
	印秋海	1	德祥	5	
	善繼	1	大回	2	
	大圭	17	時蔚	1	
	楠堂	2	曇噩	2	
	普彥明	1	懷渭	1	
	法智	1	元旭	1	
	越僧	1	天眞惟則	4	
	祖欽	3	德寶	1	
	希叟	2	僧信	2	
	智愚	2	善住	5	
	允恭	3	法堅	2	

	僧宜	1	牛顒	2	
	無懷	1	合尊	1	
	介清	2	宗衍	18	
	覺恩	1	智寬	1	
永樂大典	文珦	37	希能	17	17人
	元淨	1	劉秉忠	239	
	行方	1	來復	9	
	處默	1	妙聲	18	
	盤谷	16	圓至	4	
	殊隱	3	明本	5	
	魯山	4	懷渭	2	
	宗泐	35	允中	11	
	大訢	14			
列朝詩集	西齋和尚琦公	51	天淵禪師濬公	2	33人
	愚庵禪師及公	8	空室禪師慍公	11	
	蒲庵復公	94	水蘗禪師存翁則公	5	
	全室泐公	108	竺隱道公（弘道）	5	
	雲峰住公	3	華嚴法師學公	3	
	姚少師獨庵衍公	55	樸隱禪師瀞公	3	
	清濬	20	龍門元璞琦公	25	
	懶庵禪師俊公	5	一愚賢公	1	
	懷渭	5	楚材杞公	1	
	雪廬新公	5	復初恢公（自恢）	3	
	守仁	71	淨圭	2	
	如蘭止菴法師祥公	172	淨慧	2	
	曇噩	2	仁淑	1	
	用堂梗公	1	法智	2	
	道原法師衍公	32	竺庵回	1	
	西白禪師金公	4	機先	10	
	九皋聲公	61			

	劉秉忠	29	超珍	3	104人
	李溥光	4	行方	1	
	祖欽	2	壽寧	1	
	伏	1	椿	1	
	圓至	9	良震	2	
	（道）英	20	淨圭	10	
	希陵	5	芝礀	1	
	知和	1	淨慧	2	
御	善住	85	祖教	2	
	明本	40	善行	1	
	祖瑛	2	觀通	3	
	瑤	1	志瓊	1	
	與恭	4	宗衍	32	
選	正印	闕	惟則	29	
	弘濟	闕	元珪	1	
	懷深	1	廷塤	1	
	行端	11	可繼	1	
	祖銘	10	善伏	2	
元	永犛	1	斯蘊	1	
	如砥	1	法智	2	
	清珙	21	靈惲	1	
	益	4	大訢	35	
	至剛	1	本誠	9	
詩	覺恩	3	善學	17	
	智寬	3	大圭	17	
	元鼎	1	疊塤	4	
	清欲	3	志圓	2	
	照鑒	4	文藻	2	
	元長	1	溥照	1	
	師文	1	元旭	2	
	守良	闕	時蔚	闕	
	文靜	1	圓丘	1	

	懋詗	1	淨昱	1	
	處林	1	員怡然	2	
	寧	闕	印秋海	1	
	至諟	1	道充	1	
	逢	1	元	1	
御	餘澤	2	慈感	1	
	寶月	3	元遜	闕	
	廣宣	1	若舟	2	
選	那希顏	1	明曇	1	
	元本	6	義傳	1	
	祖柏	6	古愚	1	
元	文信	10	玉峰	1	
	自恢	6	善觀	1	
	子賢	2	無方	1	
詩	至奐	5	性嘉	1	
	照	4	覺慧	1	
	福初	1	茅山遊僧	1	
	法堅	2	無名僧	闕	
	良圭	1	比丘尼妙湛	1	
	泉澄	1	梅花尼	1	
	梵琦	14	如皋	2	27人
	宗泐	71	德祥	27	
	來復	42	妙聲	24	
	守仁	38	至仁	12	
	萬金	3	元瀞（原瀞）	1	
御	清濬	2	清㵎	8	
	曇噩	1	法住	1	
選	智及	2	如蘭	9	
明	良琦	27	子梗	闕	
	廷俊	5	無慍	4	
	懷渭	4	惟則	4	
詩	克新	闕	道衍	42	
	自悅	1	機先	7	
	福報	3			

分類		姓名	數	姓名	數	人數
宋元詩會		劉秉忠	1	天隱	3	13人
		中峰明本	9	愚庵及	2	
		恕中	10	全室泐	2	
		元叟端	11	見心復	3	
		楚石琦	11	守仁	2	
		石屋琪		德祥	1	
		天如	15			
檇李詩繫		石屋和尚清珙	15	西齋老人梵琦	25	17人
		本誠	5	碧山道人宗衍	12	
		雲海和尚智寬	3	龍門山釋良琦	18	
		江左外史克新	18	復初上人自恢	3	
		屠甸僧子溫	1	闞禪師普明	1	
		月磵上人道隱	1	高峰禪師原秒	1	
		若舟	1	块圠子蔣清古	2	
		弘道	4	淨明	1	
		天眞惟則	5			
元詩選	初集	劉秉忠	58	蒲室禪師大訢	56	8人
		筠溪老衲圓至	17	石屋禪師清珙	34	
		白雲上人釋英	23	澹居禪師至仁	25	
		雲屋善住	105	天如禪師惟則	36	
	二集	智覺禪師明本	74	楠堂禪師益	13	9人
		元叟禪師行端	27	夢觀道人大圭	30	
		古鼎禪師祖銘	11	石湖禪師宗衍	44	
	三集	子庭禪師祖柏	13	一愚禪師子賢	12	3人
		蜀畤圢公本誠	10			
	補遺	機先	17	雪山禪師文信	12	4人
		復元禪師自恢	14	僧善學	44	
元詩選癸集		仰山禪師祖欽	3	惠恕	1	132人
		虎巖禪師伏	3	靈惲	1	
		鞏	1	曇塤	4	

	大辨禪師希陵	1	南洲禪師文藻	2	
元	知非子溫	7	元明禪師溥照	1	
	了慧	3	元旭	3	
	衣和庵主知和	3	希能	1	
	石室禪師祖瑛	5	守衛	2	
	瑤	1	萬峰禪師時蔚	6	
	荊石	1	古潭	10	
	嘯林	1	德寶	1	
	與恭	9	雄覺	1	
詩	正印	1	蕙	1	
	宜	1	慈感	1	
	無名	1	景芳	1	
	圓覺法師弘濟	1	鼐	1	
	懷深	2	元虛	1	
選	普彥明	1	善慶	1	
	永彝	2	圓邱	1	
	太白老衲如砥	2	淨昱	1	
	石門和尚至剛	2	元珪	1	
	斷江禪師覺恩	8	覺慧	1	
癸	行興	1	迂塤	1	
	雲海禪師智寬	4	可繼	3	
	蓮花樂元鼎	1	善伏	3	
	南堂遺老清欲	5	曇輝	1	
集	湛然靜者照鑒	4	斯蘊	1	
	海慧法師善繼	1	志瓊	2	
	千巖禪師元長	2			
	師文	1	印秋海	1	
	守良	1	道充	1	
	文靜	1	元	1	
	懋詗	2	本初	1	

	處林	1	琊壽	1
	居中禪師寧	1	書古	1
	曇祺	1	壽智	1
	至諟	2	明曇	1
	逢	1	小倉月	19
元	天泉禪師餘澤	4	義傳	1
	寶月	5	元昉	1
	廣宣	1	智圓	1
	那希顏	2	瞻	1
	元本	9	奉	1
詩	至奐	5	清芭	1
	照（覺照）	5	天元	1
	福初	1	琬	1
	法堅	2	寶瑩	1
	良圭	2	正元	1
選	水長老泉澄	1	古愚	1
	超珍	3	貞石	1
	行方	1	玉峰	1
	壽寧	9	斯文	1
	椿	2	惟信	2
癸	良震	3	辨才	1
	淨圭	10	元遜	1
	芝硐	1	大亨	1
	淨慧	3	永祚	1
集	祖教	4	實	1
	善行	1	回	1
	元顥	1	明瑞	1
	仁淑	1	性閒	1
	觀通	5	至	1
	必才	4	彌遠	1
	自厚	1	茅山遊僧	1

	瓛	1	無名僧	1	
	法智	4	尼妙湛	1	
	梅花尼〔註23〕	1			
元詩選癸集補遺	晦機元熙	1	宿嘉	1	26人
	慧曇	1	文匯	1	
	大同	1	道臻	4	
	汝奭	1	珤鼎號夢軒	2	
	似桂	1	至慧	1	
	致凱	1	居簡	1	
	福震	1	徑山習僧	2	
	永隆	1	建溪僧自如	4	
	宗珂	1	高峰	1	
	至顯	1	德淨	2	
	若允	1	克新	1	
	善慶（前見）	1	英（前見）	1	
	中峰（前見）	2	至剛（前見）2		
甬上高僧詩	曇噩	3	清濬	1	7人
	守仁	40	無慍	3	
	來復	29	大回	5	
	子梗	1			
四明宋元僧詩	知和	3	惠恕	1	20人
	炳同	1	弘濟	1	
	如珙	2	覺恩	6	
	明本	20	希顏	2	
	僧益	8	淨日	1	
	如皎	1	僧訢	1	
	祖瑛	4	僧照	5	
	祖銘	10	僧皐	1	
四明宋元僧詩	祖柏	10	僧欲	4	
	荊石	1	曇噩	4	
滄海遺珠	天祥	11	大用	1	3人
	機先	18			

〔註23〕據《彤管遺編》收，後注其《詠梅花》詩已見羅大經《鶴林玉露》。

二、佛教典籍系統

（一）語錄中的僧詩

元代 21 位詩僧語錄流傳至今，內容一般包括上堂示眾語、頌古、贊語、偈頌、題跋等，詩歌作品主要在頌古、贊語、偈頌、題跋中，本文只就偈頌的數量作了統計，列簡表如下。

類別　　詩僧	贊		偈　頌	題　跋
	真贊（佛祖贊）	自　贊		
平石如砥	略	略	66	略
無見先覩			118	
雪巖祖欽			32	
石屋清珙			273	
高峰原妙			14	
天目明本			510	
天如惟則			186	
虛舟普度			29	
月江正印			173	
橫川行珙			38	
古林清茂			242	
了庵清欲			448	
恕中無慍			118	
了堂惟一			229	
即休契了			70	
元叟行端			112	
楚石梵琦			444	
愚庵智及	略	略	140	略
笑隱大訢			186	
雲外雲岫			93	
龍源介清			8	

總集、別集的作品或為語錄的一部分，或互有交叉。如中峰明本的《懷淨土詩》、《和馮子振梅花詩》，石屋清珙的《山居詩》，天如惟則的《獅子林即景》，月江正印的《松月庵歌》，被收在各自的語錄中；釋大訢《蒲室集》與《語錄》互有交叉。

元人別集中有不少爲僧人語錄所作序文，如《用晦和尚語錄序》〔註24〕、《題雪竇潛師語錄後》、《題俊老語錄》〔註25〕、《定山和尚語錄序》、《大梅常禪師語錄序》〔註26〕、《雪窗禪師語錄序》〔註27〕、《千巖禪師語錄序》、《瑞巖和尚語錄序》〔註28〕、《木巖禪師語錄序》〔註29〕。那麼，用晦和尚、雪竇潛師、廷俊、定山和尚、古智和尚、大梅堂禪師、雪窗禪師、千巖元長、瑞巖和尚、木巖禪師等都曾輯《語錄》。另據恕中無慍《山庵雜錄》，靈隱竹泉和尚亦有《語錄》。《元詩選癸集補遺》載至剛有《石門語錄》。依現存元代禪師語錄體例，一般都包括偈頌若干。

（二）偈頌集

大慧杲居洋嶼庵，詩僧宏首座記錄其唱說成書，名《雜毒海》，取老祖所謂「參禪不得，多是雜毒入心」之語。所以後人手錄宿師碩德偈頌佛事等語也都叫雜毒海。龍山仲猷禪師開始刊版發行。清順治時南澗行悅增原集七百三十二首爲八百七十餘首。《雜毒海》收入元代高峰原妙、千巖元長、栝堂益、月江正印、石屋清珙、斷崖了義、雪巖祖欽、天如惟則、了庵清欲、中峰明本、楚石梵琦、古林清茂、見心來復、明極楚俊、恕中無慍、古梅正友、行中至仁、愚庵智及、石林行鞏、笑隱大訢、天隱圓至、元叟行端、萬峰時蔚、雲外雲岫、橫川如珙、己恭行、夢觀仁、全室宗泐、和庵主、虛舟普度、古鼎祖銘、無見先睹、天眞惟則等34位元僧的189首詩偈。

（三）其他

詩是雅人的話語方式，凡佛教各種史傳、筆記、法匯記言記事鮮有不涉及詩的。如入明高僧恕中無慍所著《山庵雜錄》記載平生師友所授、江湖見聞、機緣叩擊、善惡報應，夾雜著一些詩偈，他書往往未載。如老素首座的三首好詩，雪山常藏主鐵牛、海門、苦筍、息庵四頌；以及元代高僧有關偈語創作的「詩話」，如竺元妙道論作頌。

吳永年《吳都法乘》薈萃了明以前涉吳佛門文獻，其禪藻篇、表刹篇、

〔註24〕《雪樓集》卷十五，《文淵閣四庫全書》本。
〔註25〕《清容居士集》卷五十，《文淵閣四庫全書》本。
〔註26〕《九靈山房集》卷二十九，《文淵閣四庫全書》本。
〔註27〕《宋文憲公集》卷二，《文淵閣四庫全書》本。
〔註28〕《宋文憲公集》卷八，《文淵閣四庫全書》本。
〔註29〕《王文忠公集》卷六，《文淵閣四庫全書》本。

道影篇、禮誦篇、唄讚篇、流音篇、豆照篇、侶淨篇、憩寂篇等，保存了大量元僧詩文及相關資料。

如《憩寂篇》輯錄在寺廟幽勝之地的遊覽唱和題識詩篇，包括元代著名的虎丘唱和、師子林賦詠等。

又《侶淨篇》輯錄士釋、釋釋之間交遊唱和贈答的詩篇，如流兼善和柳貫、馬玉麟，龍興寺閞白雲和趙孟頫、虞集的次韻酬唱；沈欽、成廷圭、張紳、陳秀民、僧曇祺、釋至諶、黃如海、杜禎焦愷、釋梵琦寫給當時虎丘方丈寧盧中的詩；智及、至仁、宗泐、善學、家則堂之間的詩信往來；徐賁、道衍、楊基、高啓、張羽之間的聚散贈答，等等。

下　篇

第六章　石屋清珙的物外生涯

　　清珙（1272～1352），字石屋，江蘇常熟人，原名溫清珙，母劉氏，生於宋咸淳八年壬申（1272）。一個人兒時即會顯露出其先天的資質和興趣所在，清珙「幼斷酒胾，素質清癯，而精神宥密」〔註 1〕，對六經雜史淡漠，於佛經如獲故物。依本州興教崇福寺僧永惟出家。清珙二十三受具戒後不久首參高峰，高峰當時在龍須。服勤三年，未明大事。辭去，按高峰指引到建陽西庵找及庵宗信。及庵，諱宗信，婺州方氏，嗣法雪巖祖欽，屬虎丘紹龍一脈。及至建陽，及庵果如路上所聞傳言極為傲慢，「祖襟危坐，受珙展拜」，且出言不遜，清珙仍堅依座下。六年後二人又有一次交鋒，不契。清珙打算背棄走掉，及庵笑著說，你很快又會回來。清珙出門後睹風亭有悟，返回，終於蒙受印可。及庵遷湖州道場寺，清珙再參，受命典藏鑰，及庵謂眾人，此子乃法海中透網金鱗。30 多歲時悅堂誾公住靈隱，請居第二座。繼而隱居霞霧山天湖，「吾家住在雪溪西，水滿天湖月滿溪」〔註 2〕（《山居詩》）。「山名霞幕泉天湖，卜居記得壬子初」，皇慶元年（1312）他在山頂有了固定長久的地方。60 歲任嘉禾當湖福源禪寺第二代住持。福源是一座古剎，據《（雍正）浙江通志》，唐長慶間平湖縣二十都有大乘、福源、善慶三座佛剎並肩而立，福源最大，宋末廢。元皇慶元年一張姓富民布施，由平山處林（亦嗣及庵，清珙同門）改建於當湖裏，並任第一代住持。〔註 3〕清珙在福源七年，退老天湖。嘉禾公文不斷請出，清珙

〔註 1〕　元旭《塔銘》，《福源石屋珙禪師語錄》，《卍新纂續藏經》本。
〔註 2〕　《山居詩》，《福源石屋珙禪師語錄》卷下，《卍新纂續藏經》本，以下簡稱《語錄》。本章所引清珙詩偈除特殊注明，皆出自《語錄》卷下。
〔註 3〕　清嵇曾筠《（雍正）浙江通志》卷二百二十八，《文淵閣四庫全書》本。

作偈，以「老拙背時酬應懶，不能從命出煙霞」〔註4〕相謝。至正間，朝廷聞名，降香幣表彰，皇后賜金襴衣。至正十二年示寂，徒弟按照清珙的意旨，收其靈骨舍利，塔於天湖之原，合及庵舍利同塔，正應當年清珙一度出走時及庵的送行語：日後我和你將同龕。清珙弟子高麗人愚太古歸國後被奉為國師，多次在國王面前讚歎恩師的道德。高麗國王於是向元廷表達了渴仰之情，元廷謚清珙佛慈慧照禪師，移文江湘，請淨慈平山處林取清珙舍利一半，舘伴歸高麗國，建塔供養。有《福源石屋珙禪師語錄》行世。

清珙說居山多暇，打瞌睡之外，有時作偈語自娛。缺紙少墨不想記錄，而雲衲禪人請書，大概是想知道他的山中趣向。清珙的山居詩在當時極受歡迎，「趨風者日眾，珙頻作山居偈頌示之。愛之者以為章句精麗，如巖泉夜響、玉磬晨鳴雲」〔註5〕。後世評價亦頗高，袾宏《竹窗三筆》說：「永明、石屋、中峰諸大老，皆有山居詩，發明心性，響振千古。」〔註6〕清珙曾誡言，「慎勿以此為歌詠之助，須參究詩意，以助禪悟」〔註7〕，則我們今天讀清珙山居詩應突出領會意旨。

從「石屋」之字可以想見清珙其人。「瘦稜稜，卻如碧海波心湧起一座玉巖；硬剝剝，好似白雲堆裏突出千尋石屋」〔註8〕，正是清珙的自我寫照。有胖圓和尚，有瘦硬和尚，前者給人以靈活圓通、慈悲寬容的感覺，後者給人的印象是方寸心鐵、持戒嚴格。清珙屬於後者。他離群索居，是條硬漢。但不能光注意到「玉巖」、「石屋」硬的一面，還要看到「白雲」、「碧海」柔的一面。這也是一種剛柔兼濟的境界，既有對世界苦空的認識，又有在世間堅強有力的行動。

清珙一生清貧自守，其行為本身比偈頌更有感化的力量。曾有貴人入福源布施粥飯，見珙布衲蕭蕭，認為不過是做做樣子。等到偷看方丈，發現「棕拂道具外，空徒四壁而已」，才非常驚訝地問寺僧，作為人天知識怎麼能忍受如此枯澹，我輩做不到的。寺僧告訴他：「吾師原儉於自奉，施者雖多，有即散之。常誡吾黨，莫貪甘煖，免償宿債。」〔註9〕貴人因此感悟，回去散財而隱。

〔註4〕 《南宋元明禪林僧寶傳》卷十，《卍新纂續藏經》本。

〔註5〕 《南宋元明禪林僧寶傳》卷十。

〔註6〕 予亭譯注《禪林四書》，崇文書局，2004年，第461頁。

〔註7〕 清珙《山居詩序》。

〔註8〕 清珙《自贊》，《語錄》卷下。

〔註9〕 《南宋元明禪林僧寶傳》卷十。

在《書破山刻石屋珙禪師語錄後》，錢謙益對清珙的生平、禪法機鋒及語錄作了概括和宏贊：「石屋虞山產，初機逗天目。西峯扣擊久，風亭悟因熟。透網橫金鱗，法海吞鮪鱮。靈骨歸海外，微言著遺錄。此事非等閒，妙悟絕□躅。單傳歷千載，鼗鼓號塗毒。神劍光差差，飛矢鋒鏃鏃。性命若絲懸，誰與敢輕觸。……山僧刻此編，貽我寒齋讀。一讀再三歎，喟然感流俗。淤泥生妙蓮，炎火見真玉。誰續傳燈傳，一洗肉眼肉。」〔註10〕

第一節　置身物外是解脫之路

清珙上堂示眾，講《楞嚴經》四種清淨明誨，「婬殺盜妄，既已消亡。戒定慧學，自然清淨。若太虛之雲散，如大海之波澄。得到這般田地了，方可以參禪，方可以學道」〔註11〕。科學發現，物質是宇宙間極微小的一部分，在茫茫非物質的海洋中比陸地還要寂寞孤獨。套用海涅的詩句，物質們擠在一起會很溫暖。婬、殺主要是與有情的物質、活的物質的糾結，「汝負我命，我還汝債，以是因緣，經百千劫，常在生死。汝愛我心，我憐汝色，以是因緣，經百千劫，常在纏縛。」〔註12〕盜、妄可以說主要是與無情的物質、死的物質的糾結。具體到每一個人，就是天如惟則禪師所謂身口之累、眷屬之累、家火之累。解脫之路極為簡古，即先賢開示的置身物外，「先輩大儒，古來老衲，是皆苦志勞形，究明此道」，「看他古之學道流，直忘人世輕名利。賣黃精，煨紫芋，飯一搏，水一器，為療形枯聊接氣。石爛松枯竟不知，洗心便作累生計。物外清閒一味高，世上黃金何足貴」。

清珙的警世、誡僧以及自身出處、生活方式的選擇都一以貫之了置身物外。置身物外，為現在現世計，是把時間和精力都用在修道上，為來世計還要斷緣。「若諸比丘，不服東方絲綿絹帛，及是此土靴履裘毳、乳酪醍醐。如是比丘，於世真脫，酬還宿債，不遊三界」〔註13〕對於動物，不穿它們的皮毛，不吃他們的肉等等，就是不與它們結緣。活著，滿足自己最基本的物質需求，盡可能不傷害別人和其他生命，消盡舊業，不造新業，就可以出三界六道了。

〔註10〕《牧齋初學集》卷四《歸田詩集》下，四部叢刊景明崇禎本。
〔註11〕《語錄》卷上。本章所引清珙語除特殊注明，皆出自《語錄》卷上。
〔註12〕《楞嚴經》卷四。
〔註13〕《楞嚴經》卷六。

一、警世──浮漚微軀 榮華富貴 一死即休 唯業隨身 三途報苦

「人為名利驚寵辱，我因禪寂老光陰」〔註14〕。人的生命在外曰光陰，在內曰精神，一生如何度過，就是將光陰用於何事，將心念放在何處。用光陰為口腹之欲奔忙，念念在名利，經營世務，張大世業，追求榮華富貴，此是世間常理。但道人看來，世所追求轉瞬成空，「我見時人日夜忙，廣營屋宅置田莊。到頭一事將不去，獨有骷髏葬北邙」〔註15〕，是虛擲光陰，浪用精神，就像用無價之寶換取微薄衣食。而且果報自受，得不償失，「莫言施受無因果，因在果成終有時」〔註16〕。

> 荒冢纍纍沒野蒿，昔人未葬盡金腰。
> 有求莫若無求好，進步何如退步高。
> 貪餌金鱗終落釜，出籠靈翮便衝霄。
> 山翁不管紅塵事，自種青麻織布袍。〔註17〕

紅塵代表世間，世間是有求、進步，是加法，貪心不足，妄念日增，終於有一天會象魚因貪餌進鍋，失去性命；出世間是無求、退步，是減法，損之又損，象鳥出籠遠離矰繳，沖向天空，自由自在。

「真空如湛海，微動即成漚。纔受形骸報，便懷衣食憂。」〔註18〕人渺小的肉身象大海中的一個水泡，只因一念無明之動而起於真空。而一旦秉氣受形，需要吃飯穿衣，即有身患，愛與生的意志促使他伸出手去攫取，「人壽希逢年滿百，利名何苦競趨奔」，天下人好利，因為利可以養身，可以享受；天下人又好名，因為名利兩相關涉。《無量壽經》云「適有一，復少一，有是少是，思有齊等」〔註19〕，人心不足，攀比不已，聚群社會，其需要互相推波助瀾，浪浪相高。「識情奔野馬，妄念走狂猴。不悟空王旨，輪迴卒未休」，〔註20〕凡夫之心如野馬奔騰，六識妄念象狂猴馳騁於六塵。如果不悟佛法，一點點溯源分解，看到緣起性空，狂心很難停歇。

> 南北東西去復還，陸行車馬水行船。

〔註14〕《山居詩》。
〔註15〕《七言絕句》。
〔註16〕《山居詩》。
〔註17〕《山居詩》。
〔註18〕《五言律詩》。
〔註19〕《無量壽經》臺灣靈巖寺，2004年。
〔註20〕《五言律詩》。

利名門路如天遠，走殺世間人萬千。〔註21〕

相逢盡説世途難，自向菴中討不安。

除卻淵明賦歸去，更無一箇肯休官。〔註22〕

名場成隊挨身入，古路無人跨腳來。〔註23〕

一團猛火利名路，三尺寒冰佛祖門。〔註24〕

追名逐利的人滿心熾熱，很多燃燒的心聚在一起就是一團巨大的猛火。人們爲了名利，喪盡天眞，「蠆尾狼心滿世間，爭先各自使機關。百年能得幾回笑，一日曾無頃刻間。車覆有誰知改轍，禍來無地著羞慚。老僧不是多饒舌，要與諸人揭蓋纏」。〔註25〕

世間名利的泥漿越滾越稠，出家亦不得免，「舊交多在名場裏，竹戶長開待阿誰」〔註26〕，清珙早年出家，所交往的當然大都是和尚，他看到空門中人很多師不師，弟子不弟子，「流俗沙門眞可惜，貪名師德更堪憐」〔註27〕。

生死疲勞起於貪欲，世人特別是官吏、商賈們，爲名利奔忙不息，「風檣來往塞官塘，站馬如飛日夜忙」，「勞生好飲利名酒，昏醉無由喚得醒」，沉醉在欲望的滿足上，只看到眼前的好處，看不到慘重的代價，「冒寵貪榮謀仕宦，貪生重利作經商。人間富貴一時樂，地獄辛酸萬劫長」。〔註28〕清珙惋惜人們不及早修行，眞正修行。修行不可以勉強，必須覺悟，自求出離，「把手牽他行不得，爲人自肯乃方親。」〔註29〕

人皆嫌貧愛富，清珙總贊貧厭富，「死生老病難期約，富貴功名不久留。湖上朱門縈蔓草，澗邊遊徑變荒丘」，〔註30〕「多見清貧長快樂，少聞濁富不驕奢」，「是誰白髮貧無諂，那箇朱門富不驕」，〔註31〕清貧養德，清貧快樂。富貴人難免驕橫跋扈，爲富不仁，造作惡業。「玉堂銀燭笙歌夜，金谷羅幃富

〔註21〕《七言絕句》。
〔註22〕《七言絕句》。
〔註23〕《山居詩》。
〔註24〕《山居詩》。
〔註25〕《山居詩》。
〔註26〕《山居詩》。
〔註27〕《山居詩》。
〔註28〕《山居詩》。
〔註29〕《山居詩》。
〔註30〕《山居詩》。
〔註31〕《山居詩》。

貴家。爭似道人茅屋下，一天晴月曬梅花」，〔註32〕將俗富和道貧相比照；「黃羅直裰紫伽梨，出入侯門得意時。爭似道人忘寵辱，松針柳線補荷衣」，將上流和尚和山僧相比照。元代僧貴，貴僧更尊同王侯，和尚本緇衣，文宗寵愛釋大訢，賜黃衣，紫袈裟爲高僧所蒙御賜，都是身份地位的象徵，上流和尚出入重臣府邸，食祿官寺，而道人居山衣荷，不以爲辱。

二、誠僧
——戒律鬆弛　不務正業　虛受供養　人身一失　萬劫不復

　　清珙半生務農，精於農業，常以種地喻修禪，或對比農夫勸諭和尚。「若論此事，如農夫畊田相似。畊之以深，種之以時，所收必豐。輸官奉己之外，綽綽有餘裕者，無他，力乎精勤而已。畊之不深，種之非時，所收必寡。輸官奉己不足者，亦無他，困於怠墮而已。然而不責自己怠墮，所需匱之，而反妬他人精勤而得之多，斯等人，名爲可憐憫者」。辦道像種地，一要乘時節，二要下功夫，偷懶懈怠不可能豐收。「我輩沙門釋子，仗如來慈蔭，不耕而食，不蠶而衣。高堂大廈，廣殿修廊。十指不沾水，百事不干懷。種種現成，般般便當」。和尚受俗家供養，其好吃好住的背後是眾生的辛勤勞作，所以和尚怠惰，問題性質要比農夫嚴重的多。「六月七月天不雨，農夫曉夜忙車水。背皮焦裂腳底疼，眼華無力欲悶死。公人又來逼夏稅，稅絲納了要盤費。大麥小麥盡量還，一日三湌不周備。」「頭上瓦，腳下磚，身上衣，口中味，一一皆出信心檀越人家施。未成道業若爲消，捫心幾箇知慚愧」。

　　清珙看到，當時流俗和尚空享優厚條件卻不用心，言行不應，人云亦云：「華居豐食，致身於叢林中，視叢林如驛舍。口裏說道，參禪辦道，聞說禪道，如風過樹。……荒逸終日，無所用心，逐隊隨羣，說黃道黑，略無少念迴光返照。」聚頭說是非，打坐犯昏沉，獨處便放逸，「東邊浪蕩西邊嬉，三箇五箇聚頭坐，開口便說他人過」「東廊上西廊下，僚舍裏山門頭，鼓扇是非」。「聚頭僚舍鼓是非，收足蒲團便瞌睡。癡雲靉靆性天昏，石火交煎心鼎沸。暫時寂寂滯輕安，一向冥冥墮無記。」撇下內典鑽研外道經書：「百丈清規不肯行，外道經書勤講議。」文字禪，枯慧假證：「經卷上搏量，語錄上卜度。未得謂得，未證謂證。」做表面文章誑惑世人甚至驚世駭俗：「禮幾拜佛，看幾卷經，燒兩箇指頭，燃幾

烛頂香。誑惑世人，希求利養。」凡此種種他斥爲「不明因果，不畏罪福。寬裏做債，造地獄因。」恫以「閻家老子，沒人情無面目。一善一惡，主籍分明，一發與你打筭。莖虀粒米，滴水寸絲，盡要酬還。」「從前所作業不忘，三塗七趣從茲墜。裰裟失卻復再難，鱗甲羽毛披則易。」〔註33〕

　　雲遊行腳也在反對之列，「孤身行腳緣何事，策杖歸鄉有底忙。白業不修禪不會，可憐空過好時光。」〔註34〕本來行腳是參禪辦道的必修課，悟道禪師無不號稱遍參高僧大德，清珙上堂曾舉「疎山賣了布單，三千里外行腳」例。他自己年輕時也去天目山參高峰，建陽、湖州參及庵，前後十幾年。爲什麼在語錄中流露出反對南北雲遊的意思？

　　（一）首先是雲遊行腳和庵居的順序問題。先行腳，爲明心地親附善知識，悟後再結茅養聖胎。如果先養聖胎，則失利益，甚或求升反墮，無明我慢。

　　（二）清珙主張在自己身上下功夫，在日常生活細節中做功夫

　　「達磨居少林，九年面壁，牆壍不牢。疎山賣布單，千里見人，路頭繁雜。福源這裡，牆壍堅牢，路頭平直。」清珙說自己參禪路子平直，不要禪人像達摩初祖那樣枯坐照影，也不要像疎山那樣行腳多方，只需要你在日常動用十二時中下功夫，「統無邊刹境，爲一微塵，無一塵不是大圓覺海；融十世古今，作箇念頭，無一念不是自恣時節。便與麼去，不涉程途。況乃橫擔拄杖，緊峭草鞋，足跡四方，鄉關萬里。謂之遊江海涉山川，尋師訪道爲參禪，盡是癡狂外邊走。更饒你跳上三十三天，一刹那間，遊徧百億須彌盧，百億香水海。（拈拄杖卓一下云）也離不得這裡。」

　　無邊刹境都在自己這一微塵身，十世古今都在自己這一念。只一當念是正因，往外跑得再遠，最終還得要個自證。「恰如坐在飯籮裏叫肚饑相似，通身是飯，你自不肯喫，又干他別人甚麼事」。一念覺照，就像摁住心猿意馬一樣，行住坐臥念念覺照，毫無放逸，功夫日久，看破主人公是什麼，「三藏十二部，盡是敲門磚」，經典指給你路，功夫要自己去做。佛說：「我不能用任何所謂的聖水來清洗你們的罪業，也不能用手除去你們的痛苦，更不能把我自己的快樂體驗移植給你們，我只能告訴你們什麼是快樂之道，能否獲救取決於你們自己。因爲只有自己才是自己的救星。」〔註35〕

〔註33〕《語錄》卷上。
〔註34〕《送愻上人回鄉》。
〔註35〕諾布旺典、曲世宇《唐卡中的西藏活佛》紫禁城出版社2009年，第1頁。

為什麼說有的禪人念死話頭，未透本根，因為他們念的時候斷，觸境逢源又擾擾紛紛，不能超越見聞，念的時候像佛樣，不念時照舊俗人一個，煩惱習氣不斷，隨業流轉，而清珙念念覺照，「夜入禪那，晝勤隴畝，道在其中。」〔註36〕

所以清珙常常勸禪人莫東奔西跑，如丹陽進庵主立志參禪，尚未悟入，依清珙，隨住了一段時間，幹活吃苦，自奉淡薄，身心真實。一天求禪語，清珙寫了下面的話，助他進道：「只就我山居，隨緣度朝夕。莫學野盤僧，東西與南北。尋常動用中，精進莫放逸。剔起眉毛看，畢竟是何物。看破看的人，大事方了畢。」又勸僧德雲，「德雲不在妙峯頂，卻向別山相見來。從此罷休行腳念，坐看心地覺華開」〔註37〕。

（三）後代名實不符是普遍現象，行腳事亦不例外。「象季以來，行腳僧凡到一處求掛搭，必云生死事大無常迅速，聞之似覺懇切。既得藉名，略不以前言自勉，唯務奔逐而已。往往皆然。」〔註38〕很多和尚名義上行腳，其實呢，有的作遊客，觀山觀水；有的作商人，四處跑生意；有的作小吏，來往辦公事。

看水看山何日了，奔南走北幾時休。

可憐身在袈裟下，道業未成先白頭。〔註39〕

紛紛走北又奔南，昧卻正因營雜事。

滿目風埃滿面塵，業識茫茫無本據。〔註40〕

未通宿命，不明過去劫曾造什麼業，不達心性，未審現在造著什麼業，前途茫茫，不知道業將牽引至何地，故謂「生死岸頭真嶮巇」〔註41〕。

三、自身出處選擇──二次出家

1、「二次出家」及其原因

世間和出世間只是相對而言，「入得世間，出得世間。」〔註42〕落入此世間才有個出離的問題，弄清了如何入的世才曉得怎樣出去，出世的活動皆不

〔註36〕《重嚴之下》十首。
〔註37〕《送德都寺回裏》。
〔註38〕恕中無慍《山庵雜錄》卷下。
〔註39〕《示來上人》。
〔註40〕《結制小參》。
〔註41〕《山居詩》。
〔註42〕《華嚴經・離世間品》，大正新脩大藏經本。

能脫離此世間，姚廣孝《道餘錄》說，「世間即出世間，出世間即世間」。而平常以出世間爲脫離社會，那麼，一個人想要脫離社會，暫時地或長期地，大致兩條路可走：走高——上山；走遠——入海。孔子曰：「道不行，乘桴浮於海」〔註43〕；郭沫若筆下的屈原「要漂流到那沒有陰謀沒有污穢沒有自私自利的沒有人的小島上去呀」。而趣向山林者居多，寺廟往往依山而建，出家人入寺修行即主要是向上出世。上山是一條去欲斷緣的路。

　　清珙20歲削髮爲僧，41歲更結庵霞霧峰頂，可稱之爲「二次出家」。清珙詩中反覆申言，世人惑於名利。從某種角度說，爲名利驅動是世間，不爲名利驅動是出世間，二次出家具體機緣不明，但大的原因一定是他發現處寺不能擺脫名利，寺廟離塵寰的距離還不夠遠，仍在世間，仍受塵染。清珙看得清楚，在大眾中，「行行腳」、說說閒話、弄弄文辭……一輩子很容易晃過去，自己雖然已經開悟，但習氣未斷，必須找個地方長養聖胎，堅固道業。這個道理正是瞿汝稷所云：「及其悟後，奉戒愈精，檢過愈密，甚至向折腳鐺下，入山磨煉。眞悟人氣象如此。」〔註44〕亦如姚廣孝所云：「古之師僧，初得道必居山林，煨個折腳鐺子煮飯喫。三十年、二十年，名利不干懷，大忘人世，單單守此道，昔人謂之曰保養聖胎。又云，如鳥雛才出殼，須養他羽翼全成，方可縱其高飛遠舉。初得道之人，必須保守堅固，方可出來行道。磨不磷，涅不緇，那時得甚生氣概！光明俊偉，不由人不敬伏。」〔註45〕二次出家以後，他的尖頭庵高居山頂，與普通寺廟相比成爲「上界」，「有時夜半聞鍾磬，知有招提在下方」，「下方田地雖平坦，難及山家無點埃。」「閒夢不知誰喚醒，五更聽得下方鐘。」〔註46〕

2、二次出家的實質

　　清珙二次出家是親身實踐六祖的頓教法門。「什麼叫頓法？頓就是叫你斷。」〔註47〕我們普通人可以在山上呆一天、兩天、三天……，一年、兩年、三年……，但十年、二十年、三十年……？萬萬不行。爲什麼呢？你不能斷。你斷不了什麼呢？斷不了網。每個人生下來長大，隨其出身、教育、人際、職業，所盤踞的網絡越織越大，越織越密，親戚網、友朋網、利益網……從而形成生活的方

〔註43〕《論語・公冶長第五》四部叢刊景日本正平本。
〔註44〕《刻指月錄發願偈》，《指月錄》巴蜀書社，第1頁。
〔註45〕姚廣孝《逃虛子道餘錄》，《四庫全書存目叢書》本。
〔註46〕《七言律詩》。
〔註47〕《六祖壇經》唐法海集錄，河北禪學研究所，2007年。

方面面。牽掛是網,需要是網,愛是網,恨是網,習慣也是網。真正的參禪,表面上似乎僅僅是離群索居,嚴居穴處,而實際上內心經歷了痛苦的決裂和再生。高峰說:「參禪若要剋日成功,如墮千尺井底相似。從朝至暮,千思想萬思想,單單則是個求出之心,究竟決無二念。」〔註48〕我更比之為一場嫦娥奔月。只要腳一離地,當死盡凡心,永不退轉,一切的聯繫在此時斬斷,所依戀的土地、所愛所恨的人、熟悉的住所、一天摸索無數遍的家什,統統永遠脫離,後會無期。嫦娥奔月之際,她一定有這樣那樣想帶著的東西、這個那個想最後再見一面的人,但已經來不及了,她於是頓超凡地。

按古代社會常情,清珙是獨子的可能性很小,應有兄弟姐妹,父溫母劉,兩邊又各有其家族親眷,這些關係當清珙出家時都統統斷掉,在家族譜系網上,橫向地不再枝蔓拉扯,縱向地不復向下繁衍。清珙現存詩無一首寫給家眷親戚。老年世緣極淺,世情極澹,「與兄相見略彈指,無奈人情強接陪。」「老我為人無可說,高高雲路賺兄來。」〔註49〕詩中的「兄」應該是法兄。依永惟,參高峰、及庵,逐漸形成出家後的圈子。及庵賞識,眾人刮目相看,「出入吳越,激揚禪社,廣結般若緣。」〔註50〕在靈隱祖闓會中居第二座,當此時,不能不說清珙前程遠大,統眾作住持翹首可盼。

一位真正求道的人,其出家本意在斷除塵勞、掙脫世網,但實際情況是出家後又漸漸構結而陷入另一張「法網」。追隨某有望作第幾代,追隨某能當主持,追隨某可結交什麼權貴護法……──宗門就是一張大網。老素首座偈云,「傳燈讀罷鬢先華,功業猶爭幾洛叉。午睡起來塵滿案,半簷閒日落庭華。」〔註51〕打開《燈錄》,網絡密覆,一旦入哪個門,承某師法,宗門利益不可忽視。求道是寂寥事,但宗門寂寥是不幸的事,總期待傑出者出山振興之,僧人陷入其中身不由己,求道的同時必須尋求增大世業。為什麼「今世禪人之病,在於望風承嗣,以希進用。而居顯路者旁收曲誘,了不相涉,其弊日甚。」〔註52〕因為從根本上說,世間拼的就是物質的勢力,一個人傳法,徒弟宜多,徒弟本事宜大;話語要稠……而這顯然偏離了置身物外的古路,所以清珙激流勇退,又一次斷緣。

〔註48〕 《高峰語錄》昭慶慧空經房印造。
〔註49〕 《七言絕句》。
〔註50〕 《南宋元明禪林僧寶傳》卷十,《卍新纂續藏經》本。
〔註51〕 《山庵雜錄》卷上,《卍新纂續藏經》本。
〔註52〕 袁桷《題雪竇潛師語錄後》,《清容居士集》卷五十,《文淵閣四庫全書》。

3、二次出家的實況

　　一般傳記對他的隱居輕描淡寫，寥寥幾筆帶過，如「偶登霞霧山喜之，遂搆草菴，號曰天湖。趨風者日眾，珙頻作山居偈頌示之。愛之者以爲章句精麗，如巖泉夜響，玉磬晨鳴云。」〔註53〕「清珙既受旨訣，登霞霧山卓菴，名曰天湖。道洽緇素，戶屨駢臻伏臘，所須不求自至。凡樵蔬之役，皆躬自爲之。」〔註54〕似乎霞霧山居是一件很熱鬧風光的事件；又說「禪暇喜作山居吟。珙於此山，有終焉之志。俄而嘉禾當湖新創福源禪剎，以師之名聞，諸廣教馳檄敦請，爲第二代住持。」〔註55〕似乎霞霧山居是一短暫而輕鬆的事件。只有《山庵雜錄》的記述切實些：「後隱居吳興霞浦山，以清苦自持，不干檀施。苟絕食，飲水而已。」當然漫長的四十年是個過程，初期必備嘗艱辛，傳記中山居之盛況描述，應爲中後期清珙名聲遠揚的情形。而最眞實的是禪師本人的山居詩，他們像一張張的紀念照，把山居生活的前前後後、方方面面記錄無遺，顯示出庵主驚人的毅力，超常的膽量，強烈的厭世心，堅定的求道意志。

第二節　清珙的物外生涯

　　他不要地上的名利，也不要天上的聖果，「放下全放下，佛也莫要做。動念即成魔，開口便招禍。飲啄但隨緣，只麼閒閒過。執法去修行，牽牛來拽磨。」「得失是非都放卻，經行坐臥無相拘。」詩亦如此，自然流露，不做作，不表現自己的慧解、道行，「懶舉西來祖意，說甚東魯詩書。自亦不知是凡是聖，他豈能識是牛是驢。」語錄中沒有四賓主、四料簡之類「亮彩」的內容，「說妙與談玄，箇卻曉不得。」不修飾藻繪，更不刻意顯甚詩才，平常心、平常話，通俗易懂，「騷人盡思吟不成句，丹青極巧畫不成圖。獨有淵明可起予，解道吾亦愛吾廬。」〔註56〕

一、山居生活還原

　　山居詩相當一部分內容，描寫自己的居住環境、處所、日用、勞作，反

〔註53〕《南宋元明禪林僧寶傳》卷十，《卍新纂續藏經》本。
〔註54〕元旭《塔銘》，《語錄》。
〔註55〕《佛祖綱目》，《卍新纂續藏經》本。
〔註56〕《歌》。

覆吟誦，唯其反覆，我們得以清楚地瞭解到清珙的山居生活要素，而通過這些要素，便可以還原出他山居生活的基本情況。

1、住宅

高居山頂，人跡罕至。

> 菴住霞峰最上頭，巖崖巉嶮少人遊。〔註57〕

> 好山千萬疊，屋占最高層。〔註58〕

> 霞霧山頭頂，雲邊闢小房。〔註59〕

> 霞霧山高路又遙，菴居從簡蒇三條。

> 卻嫌住處太危險，落賺多人登陟勞。〔註60〕

兩三間茅屋深藏松竹林，前方是天泉瀑布，四周青山環繞。

> 破屋三兩椽，住在千峰上。〔註61〕

> 茆菴竹樹間，塵世不相關。〔註62〕

> 茅菴高插雲霄碧，蘚逕斜過竹樹深。〔註63〕

> 茅屋低低三兩間，團團環遶盡青山。〔註64〕

> 茅屋方方一丈慳，四簷松竹四圍山。

> 老僧自住尚狹窄，那許雲來借半間。〔註65〕

> 門對一池水，窗開四面山。〔註66〕

> 峰頂團團盡是松，茅廬著在樹陰中。〔註67〕

屋子倚石朝陽，冬天暖和，紙窗靠近竹林，夏天涼快，茅草覆頂，竹子結構，槿籬笆圈護。

〔註57〕《山居詩》。
〔註58〕《山居詩》。
〔註59〕《山居詩》。
〔註60〕《七言律詩》。
〔註61〕《歌》。
〔註62〕《山居詩》。
〔註63〕《山居詩》。
〔註64〕《七言律詩》。
〔註65〕《七言律詩》。
〔註66〕《山居詩》。
〔註67〕《七言絕句》。

岳頂禪房枕石臺，白雲飛去又飛來。〔註68〕

屋頭有塊臺磐石，宛如出水青芙蕖。〔註69〕

結草便爲菴，年年用覆苫。紙窗松葉暗，竹屋蘚華黏。〔註70〕

紙窗竹屋槿籬笆〔註71〕

夏涼窗近竹，冬煖閣朝陽。〔註72〕

矮屋朝陽寒氣少〔註73〕

引天泉分流以供廚用。

山廚修午供，泉白似銀漿。〔註74〕

門前養竹高遮屋，石上分泉直到廚。〔註75〕

屋內供養佛像

碧紗如煙隔金像，雕盤沈水凌天衢。〔註76〕

減塑三尊佛，長明一椀燈。〔註77〕

黃花時採插銅瓶〔註78〕

看經移案就明月，供佛簪瓶折野花。〔註79〕

松下雙扉冷不扃。一龕金像照青燈。〔註80〕

素壁淡描三世佛，瓦瓶香浸一枝梅。〔註81〕

　　清珙的尖頭草庵，外示促狹，內中敞亮，「團團一箇尖頭屋，外面誰知裏面寬。世界大千都著了，尚餘閒地放蒲團。」〔註82〕話裏說茅屋，話外又關

〔註68〕《山居詩》。
〔註69〕《山中天湖歌》。
〔註70〕《山居詩》。
〔註71〕《山居詩》。
〔註72〕《山居詩》。
〔註73〕《山居詩》。
〔註74〕《山居詩》。
〔註75〕《山居詩》。
〔註76〕《歌》。
〔註77〕《五言律詩》。
〔註78〕《山居詩》。
〔註79〕《山居詩》。
〔註80〕《山居詩》。
〔註81〕《山居詩》。
〔註82〕《七言律詩》。

心，實是一首心的詠物詩。心中無物故大，大得可以裝下整個大千世界，主人心大，不以貧爲憂，不爲家徒四壁發愁。

2、治生

務農爲主，糧食蔬菜等二十來種作物應季生長，如稻、麥、青麻、豆、薯、紫芋、栗梨桃、木槵、茶、筍、蕨、冬瓜、茄子、瓠、藕、菱、茭。有時下山作簡單的商品交換，比如賣柴買米補貼家用。

> 結屋霞峰頭，耕鉏供日課。山田六七坵，道人二兩箇。〔註83〕

> 兩箇窮道人，三間弊漏屋。開得一坵田，收得半擔穀。〔註84〕

> 山居活計钁頭邊，衣食須營豈自然。

> 種稻下田泥沒膝，賣柴出市簷磨肩。〔註85〕

條件異常艱苦，小塊田地，刀耕火種，人手少，產量低，還要遭受其他損失，即使好的年景，豐衣足食也很難，必須節儉度日，如果趕上水旱等災，只好補充黃精、松花之類，甚至下山化緣。

3、飲食日用

有地爐、瓦竈、砂鍋、鐵鐺子等簡陋的器具設施。

> 添盡布裘渾不煖。拾枯深撥地爐灰。〔註86〕

> 煮茶瓦竈燒黃葉〔註87〕

> 紅葉旋收供瓦竈。〔註88〕

> 紙窗開竹屋，瓦竈爇松枝〔註89〕

> 竹榻夢回窗有月，砂鍋粥熟竈無煙。〔註90〕

> 白雲影裏尖頭屋，黃葉堆頭折腳鐺。

> 漏笊籬撈無米飯，破砂盆搗爛生薑。〔註91〕

〔註83〕《歌》。
〔註84〕《五言律詩》。
〔註85〕《山居詩》。
〔註86〕《七言律詩》。
〔註87〕《山居詩》。
〔註88〕《山居詩》。
〔註89〕《山居詩》。
〔註90〕《山居詩》。
〔註91〕《七言絕句》。

　　置蒲團以打坐，竹榻以睡眠。

　　蒲團禪椅列左右，香鐘雲板鳴朝晴。〔註92〕

　　綠蒲眠褥軟，白木枕頭彎。〔註93〕

　　破衲蒙頭坐竹床，枯葉滿爐燒焰火。〔註94〕

　　民以食爲天，居山的頭號大事就是何以充饑腸。糧食不能敞開吃，地裏打上半擔穀，做乾飯不足，熬稀飯有餘，還得下山賣柴，「開池放月來，賣柴糴米過」。醬油醋詩裏提到都有，但鹽可能極少而時乏，故「藜羹不點鹽」。山糧山蔬地味十足，人肚子又素，雖然滋味淡薄，卻少而香：「羹熟筍鞭爛。飯炊粳米香。油煎清頂蕈。醋煮紫芽薑」〔註95〕，「飯炊五合陳黃米，羹煮數莖青薺苗。淡薄自然滋味好，何須更要著薑椒」〔註96〕，「飯香粥滑山田米，瓜甜菜嫩家園蔬」〔註97〕，「香粳旋舂柴旋斫，砂鍋未滾涎先垂」〔註98〕，我們可以想見禪師吃起來齒頰生香的樣子。

　　夏天作物茂盛，秋天百果飄香，春、冬是缺吃季節。山上，春有松花，冬有黃精、黃獨，可以最低限度保證不餓死，「廚空旋去尋黃獨」，「饑食松華餅餌香」〔註99〕，「嘯月眠雲二十年，自憐衰老見時艱。烏來索飯生臺立，僧去化糧空鉢還。蝦蜆人爭撈白水，钁鋤我且斸青山。黃精食盡松花在，不著閒愁方寸間。」〔註100〕

　　黃精是一種草，「三月間開，其根長二寸許。種於膏腴之地，一年以後極稠。多取其根。……根如嫩生薑，黃色。《本草》云黃精益壽。」〔註101〕黃精有三個特點：延年益壽；春種多收；易生高產。黃獨是「芋魁小者」〔註102〕，即小芋頭，「三月取其子種，造棚延其蔓。冬半，土有大魁，鋤而取之。形圓大，皮紫，肉黃色。本草曰土卵。」〔註103〕黃獨也是春種多收。松花，顧名

〔註92〕《歌》。
〔註93〕《山居詩》。
〔註94〕《七言絕句》。
〔註95〕《山居詩》。
〔註96〕《七言絕句》。
〔註97〕《歌》。
〔註98〕《歌》。
〔註99〕《七言絕句》。
〔註100〕《山居詩》。
〔註101〕宋詡《竹嶼山房雜部》卷十一，《文淵閣四庫全書》本。
〔註102〕惠洪《冷齋夜話》，《文淵閣四庫全書》本。
〔註103〕宋詡《竹嶼山房雜部》卷十一。

思義，松樹開的花，色黃綠。同時代高僧中峰明本將春天取之不盡的松花比作一個倉廩，「還知屋外老松花。絕勝農家千斗粟……苔堦掃盡廩未空。明月春風又狼藉。」〔註104〕。《農政全書》卷三十八引《本草》，說松花和沙糖作餅，非常清香，但不能久放〔註105〕。居山缺糧、無糧，用它充饑，為了咽得下，花樣就多了，「堪作飯，玉穗金英光燦爛；堪作粥，碧雪紫霞香馥鬱；壓成餅，冰雪蟠屈龍虯影；捏成團，煙雲磊碗牙齒寒。」〔註106〕

也有山窮水盡，只能下山化緣的時候，「山廚寂寂斷炊煙，凍鎖泉聲欲雪天。面壁老僧無定力，又思乞食到人間」〔註107〕。

4、穿著

衣著也特別體現山居生活的艱苦，對自身衣著形象的描繪，以詩意的反觀，把窮苦美化，鑄成一位隱伏聖賢的形象。

繭紙衣裳軟，山田粥飯香。

一身布衲衣裳煖，百念消融歲月忘。

爇茶瓦竈燒黃葉，補衲巖臺剪白雲。

白髮禪翁久住菴。衲衣風捲破襤褸。

袈裟零落難縫補，收捲雲霞自剪裁。

滿頭白髮鬅鬆聚，一頂袈裟撩亂披。

鶉衣百結通身掛，竹篾三條驀肚纏。

坐石看雲閒意思，朝陽補衲靜工夫。

種松鉏菜一身健，補衲翻經兩眼明。〔註108〕

廚空旋去尋黃獨，衲破方思剪綠荷。〔註109〕

一頂破禪衲，和雲曬石臺。〔註110〕

半窗斜日冷生光，破衲蒙頭坐竹床。〔註111〕

〔註104〕《松花廩歌》，《天目明本禪師雜錄》。
〔註105〕《文淵閣四庫全書》本。
〔註106〕《松花廩歌》，《天目明本禪師雜錄》。
〔註107〕《七言絕句》。
〔註108〕《七言絕句》。
〔註109〕《山居詩》。
〔註110〕《山居詩》。
〔註111〕《七言律詩》。

　　布褪半沾泥水濕，歸來脫曬竹房前。〔註112〕

　　離眾多年無坐具，入山長久沒袈裟。〔註113〕

　　爭似道人忘寵辱，松針柳線補荷衣。〔註114〕

　　松露鶴飛，濕我禪袍。〔註115〕

　　重巖之下，晞然一叟。褪分無邊，袴分無口。

　　重巖之下，不修形骸。木食草衣，布襪筍鞋。

　　詩中出現的裝扮有袈裟、布衲、布褪、三條竹篾禪鶉衣、無口袴、布襪筍鞋、繭紙衣裳、荷衣……。袈裟、衲衣、禪袍是法衣、正規裝，代表身份，提示道心，反覆出現，顯示堅定的信念。入山時間長正規裝越穿越破漸難補綴；布衣是便裝，布衲褪袴代表家火不缺，家火不會總不缺，日子久了，布褪的邊袴的口都磨爛掉直到成為鶉衣。最差時荷衣蔽體，荷衣的潛臺詞是食不果腹、衣不蔽體，甚至無衣無食。

5、做功課：讀經、供佛、禪定

　　在茅屋中簡單布置一個道場，壁上畫佛，野花浸瓦瓶供養。一般是夜裏，冬閒日白晝也打坐。相對於靜坐，農活操勞可看作動功。動靜相推，身心轉相發明，身體健壯，經絡通暢，容易明心見性。

　　素壁淡描三世佛，瓦瓶香浸一枝梅。〔註116〕

　　看經移案就明月，供佛簪瓶折野花。〔註117〕

　　紅葉旋收供瓦竈，黃花時採插銅瓶。

　　竹榻夜移聽雨坐，紙窗晴啓看雲眠。

　　種松鉏菜一身健，補衲翻經兩眼明。

　　半窗斜日冷生光，破衲蒙頭坐竹床。

　　目對青山終日坐，更無一事上心來。〔註118〕

〔註112〕《七言律詩》。
〔註113〕《七言絕句》。
〔註114〕《七言絕句》。
〔註115〕《重巖之下十首》。
〔註116〕《山居詩》。
〔註117〕《山居詩》。
〔註118〕《七言絕句》。

半窗松影半窗月，一箇蒲團一箇僧。

盤膝坐來中夜後，飛蛾撲滅佛前燈。〔註119〕

6、娛樂休息：喝茶、散步、睡覺

飯後煎茶，禪餘誦偈，夜裏在山路上散步、清嘯。春暖花開後，日間一邊行一邊採藥、摘野果。冬天宜晚起，可以睡睡懶覺。

爇茶瓦竈燒黃葉，補衲巖臺剪白雲。〔註120〕

瓦竈通紅茶已熟，紙窗生白月初來。

風颭茶煙浮竹榻，水流花瓣落青池。〔註121〕

淒淒茅舍新秋夜，白苣花開絡緯啼。

山月如銀牽老興，閒行不覺過峰西。

山頂月明長嘯夜，水邊雲煖獨行時。

芒鞋竹杖春三月，紙帳梅花夢五更。

冰邊行道影偏瘦。松下看山眸轉青。〔註122〕

扶杖出松林，閒行上翠岑。鶴羣衝鶻散，

樹影落溪沈。野果棘難採，藥苗香易尋。

澹煙斜日暮，紅葉半巖陰。〔註123〕

長年心裏渾無事，每日菴中樂有餘。

飯罷濃煎茶喫了，池邊坐石數遊魚。

禪餘高誦寒山，飯後濃煎穀雨茶。

尚有閒情無著處，攜籃過嶺採藤花。〔註124〕

山家不養雞和犬，日到茅簷夢未醒。〔註125〕

清珙的日常生活，首先是必須和世人一樣爲吃飯穿衣忙碌，種竹栽松，鋤山掘地，運水搬柴，澆蔬灌芋。農耕園藝及家務占去了他的大部分時間，

〔註119〕《七言律詩》。

〔註120〕《山居詩》。

〔註121〕《七言絕句》。

〔註122〕《七言絕句》。

〔註123〕《五言律詩》。

〔註124〕《七言絕句》。

〔註125〕《七言絕句》。

該種什麼種什麼，該什麼時節種什麼作物，收了這樣種那樣，勞形累骸，不得停閒；〔註126〕「山中居，沒閒時，無人會，惟自知。遠山驅竹筧寒水，擊石取火延朝炊。香粳旋舂柴旋斫，砂鍋未滾涎先垂。開畬未及種紫芋，鉏地更要栽黃箕。白日不得手腳住，黃昏未到神思疲。歸來洗足上床睡，困重不知山月移。隔林幽鳥忽喚醒，一團紅日懸松枝。今日明日也如是，來年後年還如斯。春草離離，夏木葳葳，秋雲片片，冬雪霏霏。」〔註127〕同時還要時時懸個死字在腦際，諷經拜佛，攝心正念，克服睡眠……，比世人多受辛苦約束。治生辦道之餘，才可以山中漫步，煎茶看山等。但說是分開說，其實在清珙，治生、辦道、消閒是融合的，「擔泥拽石何妨道，運水搬柴好用功」〔註128〕，他是在諦觀中安處動靜，在安處動靜中諦觀，一切不離禪：農禪、生活禪、茶禪……「林木長新葉。遠屋清陰多。深草沒塵跡。隔山聽樵歌。自畊還自種。側笠披青簑。好雨及時來。活我新栽禾。遊目周宇宙。物物皆消磨。既善解空理。不樂還如何。」〔註129〕除了「既善解空理」一句，完全可以混入陶詩，原因是和陶淵明一樣有瑰簡直悟的思維以及對農耕田園的深愛。佛法揭示宇宙真相，對證得的人，天地萬象無不在宣說佛法，這是一個「多媒體」的大經，清珙便點胸自許達到了這種境界，「若有人問福源，諸僧皆轉經，長老因甚不轉經？只對他道，白日窗前，青宵月下，要轉便轉，要罷便罷。」

二、中國式頭陀

人學知識，記憶有遺忘的抵消；練武功，長功有衰老的抵消；修佛，除垢的努力不斷受到習氣增長的抵消。所以求道、為學、習藝無不強調童子功的重要。就學佛而言，即使幼年出家，習氣的種子還是會在成長過程中由於緣力的作用而生發。人必須吃住維持色身以借假修真，問題即在此。如果採取世俗手段，以家庭的方式，則拖家帶口，結果一般是各種習氣大爆發大圓滿，佛經說在家修佛難成，因為太多惡因緣纏縛。故世有頭陀。頭陀，意譯抖擻、抖揀、洮汰、浣洗、對治等，比喻去除對衣服、飲食、住處的貪著之

〔註126〕《送慶侍者回裏省師》。
〔註127〕《歌》。
〔註128〕《七言絕句》。
〔註129〕《五言律詩》。

行。進而比喻去除貪嗔癡三毒的行法。一般將行腳乞食的僧人稱爲頭陀，也叫行者。頭陀具十二功德：阿蘭若處、常乞食、次第乞、一受食、節量食、中後無飲漿、敝衣服、但三衣、冢間、樹下坐、露地坐、長坐不臥等。大迦葉尊者行頭陀行，至年老不捨，佛讚歎言：「有頭陀行如汝者，我法則存，不然，我法則滅。」〔註130〕所以說頭陀行者是能荷擔佛法的人，是佛法住世的標誌。正如斷欲比節欲可行，離眾修持比處眾修持易成。寺廟群居雜處，習氣互相薰染，利益紛爭，很難清靜。中峰云，「當知眾生結習深厚，無汝奈何處。汝若無力處眾，只全身放下，向半間草屋，冷淡枯寂，丐食鶉衣，且徒自度，亦免犯人苗稼，作無慚人。……但向不得處一捱捱住，亦莫問三十年二十年，忽向不得處驀爾拶透，始信餘言不相誣矣。」〔註131〕斷崖云，「若要超凡入聖，永脫塵勞，直須去皮換骨，絕後再蘇，如寒灰發焰，枯木重榮，豈可作容易想！」〔註132〕無準範式傳法雪巖祖欽，高峰和及庵宗信嗣法雪巖祖欽，高峰傳中峰，及庵傳清珙，他們的禪法相似，帶頭陀苦行色彩。中峰明本《頭陀苦行歌》、《托缽歌》、《行腳歌》，文珦《贈苦行僧》〔註133〕刻畫了力行六度的頭陀，與叢林中作一天和尚撞一天鐘的尋常粥飯僧形成鮮明的對照。清珙又與明本這樣的雲遊幻住苦行不同，他其實採取半僧半俗、半農半禪，把維護色身的代價減到自己能接受的最低程度。清珙完全可以追隨名師，混個主持，受眾供養，衣食無憂，收藏些字畫寶物，結交幾位王公貴族，過優越的出人頭地的生活。但他選擇苦行，他的苦行生活方式有僧侶持戒自度的成份，弊衣草食，也有農民自耕自食儉省度日的因素。很難比較是行乞頭陀難還是居山頭陀（依賴天和雙手吃飯）難，反正逃進深山存活不易。明末張岱披髮入山，瓶粟屢罄，慨歎：「首陽二老直頭餓死，不食周粟，還是後人裝點語也。」〔註134〕言下之意，非不食，實無有啊。「作佛生天容易事，最難難是做頭陀。勞形枯骨安閒少，運水搬柴普請多。」〔註135〕

（一）自種青麻，自織布袍

中國農耕文明源深流長，農民依靠土地生存居家的本領極爲高超，春耕夏

〔註130〕《緇門崇行錄》，《卍新纂續藏經》第364頁。
〔註131〕高峰弟子中峰明本語，《西天目祖山志》卷二。
〔註132〕高峰弟子斷崖了義語，《西天目祖山志》卷六。
〔註133〕《潛山集》卷八，《文淵閣四庫全書》本。
〔註134〕張岱《陶庵夢憶自序》，《清文觀止》，嶽麓書社1991年。
〔註135〕《示茂道者》。

作秋收冬藏以及根據需要對初級材料的編製、搭蓋等無不自己完成。只是通常以家庭、村落等形式共生。清珙霞霧山頂結庵自活宛然一個高山魯賓遜的傳奇。「滿頭白髮瘦稜層，日用生涯事事能。木臼秋分舂白術，竹筐春半曬朱藤。黃精就買山前客，紫茉長需海外僧。誰道新年七十七，開池栽藕種茭菱。」〔註136〕山居詩顯示，清珙農活、園藝、家務全能，整個生活都在兩隻手的勞動。

溪邊掃葉供爐竈，霜後苦茆覆橘柑。〔註137〕

挑薺羹茶延野客，買盆移菊送鄰僧。〔註138〕

添石墜腰舂白米，攜鉏帶雨種青松。〔註139〕

水碓夜舂米，竹籠春焙茶。〔註140〕

割茅修舊屋，斫竹覓清泉。〔註141〕

種了冬瓜便種茄，勞形苦骨做生涯。〔註142〕

地窄栽來蔬菜少，又營小圃在橋西。〔註143〕

一天紅日曉東南，自拔青苗插瘦田。〔註144〕

（二）拋開塵世，自甘寂寞

「重巖之下，草莽日交。人影不來，黃葉飄飄。」〔註145〕清珙游離出人世的密網，獨自面對大自然。

蝸涎素壁黏枯殼，虎過新蹄印雨泥。〔註146〕

深秋時節雨霏霏，蘚葉層層印虎蹄。〔註147〕

栗蟥地蠶傷菜甲，野豬山鼠食禾頭。〔註148〕

〔註136〕《山居詩》。
〔註137〕《山居詩》。
〔註138〕《山居詩》。
〔註139〕《山居詩》。
〔註140〕《五言律詩》。
〔註141〕《五言律詩》。
〔註142〕《七言絕句》。
〔註143〕《七言絕句》。
〔註144〕《七言絕句》。
〔註145〕《重巖之下十首》。
〔註146〕《山居詩》。
〔註147〕《七言律詩》。
〔註148〕《山居詩》。

猿抱子來崟果熟，鶴移巢去磵松枯。〔註149〕

深夜雪寒唯火伴，五更霜冷只猿哀。

「重巖之下，虎蛇為鄰。」〔註150〕虎蛇並不可怕，「山中有甚兇虞」「我心既忘，彼性亦訓」，倒是那些含齒戴髮的同類更可畏，「世路崎嶇人轉頑，」〔註151〕山路再崎嶇，巖石再險峻，也比不得世路難行，縱然混跡老虎、野豬、猿猴，也勝過與人為伍，了庵欲和尚說：「荊棘林中有通天大路；長安市上，有陷虎危機」〔註152〕在山上可以關起門來，「掃除一榻臥松間，巖扃幽寂自為喜。」〔註153〕

（三）安禪守道

1、閒多諸想滅，靜極自心開〔註154〕

人、事、物是糾纏在一起的，多一物多一物的事，多一人多一人的事，反之亦然。人也不來，物也匱乏，心中便無事。

平淡忘懷處，蕭然絕照時。

何人能似我，無事亦無為。

有山堪寓目，無事可干懷。〔註155〕

目對青山終日坐，更無一事上心來。〔註156〕

無事無為，不用刻意排遣，妄心自歇。不像城市，俗念紛擾，須靜坐刻意除念。

自入山來萬慮澄，平懷一種任騰騰。

萬緣歇盡非除遣，一性圓明本自然。

湛若虛空常不動，任它滄海變桑田。〔註157〕

歇即菩提，自性顯現。

吾心勝秋月⋯⋯圓明常皎潔。

〔註149〕《山居詩》。
〔註150〕《重巖之下十首》。
〔註151〕《山居詩》。
〔註152〕《南堂了庵欲和尚語錄》卷一，《卍新纂續藏經》本。
〔註153〕《山居詩》。
〔註154〕《五言律詩》。
〔註155〕《五言律詩》。
〔註156〕《七言絕句》。
〔註157〕《七言絕句》。

道人緣慮盡，觸目是心光。

萬緣休歇罷，一念絕中邊。〔註158〕

西鳳吹得擁門葉，留得空階與月明。

道性淳和餘習盡，覺心圓淨照功成。〔註159〕

明心見性之後，只任緣隨分度日而已。

任緣終省力，渾不用安排。

生涯隨分過，誰管世人嫌。〔註160〕

白雲深處結茅廬，隨分生涯樂有餘。

此生隨分過，無可得思量。

優游靜坐野僧家，飲啄隨緣度歲華。

　　為什麼清珙山居詩既苦勞累，又誇清閒；既須除睡，又不忌諱打瞌睡、飽睡；忽言精勤辦道，忽言閒閒度日；先誡懶漢勿依住，後又津津樂道己身之怠惰……除了年齡的關係，也有是否除暗解縛的分別。他曾上堂開示，當一個人「心地未明，己眼未開，情塵未脫，命根未斷」時，絕不可懶惰懈怠；當「心地已明，己眼已開，情塵已脫，命根已斷」，才可「長養聖胎，閒閒度日」。

2、磨練功夫到，難同知解禪〔註161〕

　　「遊目周宇宙。物物皆消磨」，這個消磨，首先是無條件的時間的減少和生命的逝去，其次是與他物的磨損消耗。「白髮老僧眠未起，勞生磨蟻正循環。」〔註162〕磨蟻循環可能是清珙一睜眼瞥見的實景，也可能是腦海中浮現的心象，更可能是由自己的閒在聯想到眾生勞碌時的一念比喻。不管怎樣，此處螞蟻一定是指向眾生的。〔註163〕螞蟻的生存彷彿世俗生活的投影：按一定的關係組成聚落；終生在大地上奔波；忙於佔有搬運儲藏遠遠超過自己體積體重，超出自己需要的物質；其勞動呈現相當的秩序……最後還可以是周而復始沒有醒悟的輪迴：一個人的光陰精神越來越少，直到又回到起點，一圈

〔註158〕《五言律詩》。
〔註159〕《七言絕句》。
〔註160〕《五言律詩》。
〔註161〕《五言律詩》。
〔註162〕《七言絕句》。
〔註163〕《歌》。

一圈，像拉磨一樣，辛苦而愚昧不覺。道人在一念覺照下，用自控的功夫把無奈的消磨變成了向上的積極的磨礪。

消磨是在無明的驅使下，渾渾噩噩地，是耗費。磨礪是在一念覺照下，自控的，是功夫。磨礪為向下的消磨增添了一股向上的力量。

勞作是磨：「山居活計钁頭邊，衣食須營豈自然。種稻下田泥沒膝，賣柴出市簷磨肩。」〔註164〕清閒是磨：「粥去飯來茶喫了，開窗獨坐看青山。細推百億閻浮界，白日無人似我閒。」孤單是磨：「深夜雪寒唯火伴，五更霜冷只猿哀。」惱亂是磨：「莫謂山居便自由，年無一日不懷憂。竹邊婆子長偷筍，麥裏兒童故放牛。栗蟥地蠶傷荣甲，野豬山鼠食禾頭。施為便有不如意，只得消歸自己休。」〔註165〕寒冷是磨：「山風吹破故窗紙，片片雪花飛入來。添盡布裘渾不煖，拾枯深撥地爐灰。」應變是磨：「今年難測是寒暄，一日陰晴變幾番。簷下紙窗乾又濕，門前石逕濕還乾。」〔註166〕飢餓是磨：「山廚寂寂斷炊煙，凍鎖泉聲欲雪天。面壁老僧無定力，又思乞食到人間。」〔註167〕

「萬緣休歇罷，一念絕中邊。盡日閒閒地，長年坦坦然。山空雲自在，天淨月孤圓。磨煉工夫到，難同知解禪。」〔註168〕清珙年老所行，正是明本之「四易」：「自己是佛，不用別求師資，若欲供養佛，只供養自己，一易也。無為是佛，不用看經禮像行道坐禪，飢飡困臥任緣隨運，二易也。無著是佛，不用毀棄形體捐棄眷屬，山林市井處處自在，三易也。無求是佛，不用積功累善勤修苦行，福慧二嚴元無交涉，四易也。」〔註169〕但這四易從四難──能信、能念、能悟、能修的實證來，而絕非僅僅將四易的道理領略在識量中，所以說「磨礪工夫到，難同知解禪。」

〔註164〕《七言絕句》。

〔註165〕《山居詩》。

〔註166〕《七言絕句》。

〔註167〕《七言絕句》。

〔註168〕《五言律詩》。

〔註169〕《中峰明本禪師雜錄》，《卍新纂續藏經》本。

第七章　楚石梵琦的西齋淨土詩

第一節　淨土概論

一、從淨土法門到淨土宗

　　此世間事物的性質、功用皆具兩面：風花雪月，可以是場景變換之調劑，可以是環境嚴酷之壓迫；金木水火土，可以是助養生命的資具，可以是消滅生命的殺手；時間，可以是成長的一段，可以是窒滅的過程；空間，可以是綻放的枝頭，可以是死絕的現場；人，忽而善念萌發，忽而惡意劇作……。世間無常，遷流不住，「我正傷春，汝又悲秋」，吾正懷宋，元又亡了。「可毀故，有對治故，隱眞理故，名之爲『世』，墮世中故，名『間』。」〔註1〕人陷入流轉之中，與飛禽走獸共一遺傳機理，與花開花落同一拋物曲線。在這樣一個欠缺的世界，即使靜靜生長的植物也充滿凋零的遺憾，更何況眾生互負性命，追逐不已，「世人薄俗，共爭不急之事，於此劇惡極苦之中，勤身營務，以自給濟。」《無量壽經》所云「五惡五痛五燒」是生存圖景的生動概括。

　　經言有無量無數無邊的諸佛實報淨土，我們可以往生，相信之並殷勤準備來世投生即是淨土信仰，信仰淨土者修念佛三昧，包括觀想和持名。

　　念佛三昧本爲群經所昭示的修法之一，自東晉時慧遠廬山結社念佛逐漸發展成爲佛教一大宗派——淨土宗，到宋代與禪宗共稱中國佛教的主流。

〔註1〕窺基大師《成唯識論述記》，《大正新脩大藏經》本。

（一）群經昭示念佛法門

1、淨土五經

據吳信如《淨土奧義》，大正藏淨土經籍有十四部，約分《無量壽經》、《阿彌陀經》、《觀無量壽經》三類，而《鼓音王陀羅尼經》和《無量印法門經》以其獨特性自成一類。這五經為淨土宗所正依。

《阿彌陀經》

阿彌陀佛及其極樂世界稱名的原因、莊嚴之相，眾生當發願往生和往生的方法。清代古昆言淨土微妙，非凡夫心力所及，此經稍近凡情，是接引下凡的異方便。〔註2〕

《無量壽經》

法藏四十八願所成就之阿彌陀佛國土的莊嚴殊勝，眾生往生之因行果德。而釋迦牟尼佛誓願於混濁惡世間成佛，在此世間修五善以攻五惡，一日一夜勝在無量壽國百歲。

《觀無量壽經》

佛為韋提希說淨業正業三福並教授凡夫得見西方淨土的方法：十六觀。

《鼓音王經》

屬密教經典，開示阿彌陀佛之持名、持咒及供養法則。

《無量印法門經》

佛為勝華藏說如幻三摩地並說極樂世界的過去現在未來。

2、其他依用經典

華嚴、阿含、方等、般若、法華、涅槃、秘密各教亦皆勸修淨土。

華嚴教如《華嚴經入法界品》善財童子五十三參，首見德雲比丘，說念佛門。

阿含教如《增一阿含經》佛告阿難：「若有眾生，善心相續，稱佛名號，如一㨈牛乳頃，所得功德過上不可量，無有能量者。」

方等教如《大集經賢護品》勸求無上菩提者修念佛三昧。《寶積經》佛為父王說念佛命終得生安樂國。《楞嚴經》「若眾生心，憶佛念佛，現前當來，必定見佛。……我本因地，以念佛心，入無生忍，今於此界，攝念佛人，歸於淨土。」〔註3〕「一切世間，生死相續，生從順習，死從變流。臨命終時，

〔註2〕《阿彌陀經想儀》，《淨土隨學》卷上。
〔註3〕《楞嚴經》卷五。

未捨煖觸，一生善惡，俱時頓現。死逆生順，二習相交。純想即飛，必生天上。若飛心中，兼福兼慧，及與淨願，自然心開，見十方佛，一切淨土，隨願往生。」〔註4〕般若教如《大般若經》佛言菩薩能專心繫念於一如來，審取名字，善想儀容，即爲普觀三世一切諸佛，得諸佛一切智慧，能疾證無上菩提。

法華教如《法華經》：「聞是經典，如說修行，於此命終，即往安樂世界阿彌陀佛大菩薩眾圍繞處，生蓮花寶座之上，得菩薩神通無生法忍。」〔註5〕

涅槃教如《涅槃經》：「菩薩六念，念佛第一。」〔註6〕

秘密教如《不空羂索神變眞言經》：「靜心端坐，觀置西方，極樂世界，……若夢若覺，而悉見之。見彌陀佛，伸手摩頂而復告言：善哉善哉，大善男子，汝所修求，不空心王，母陀羅尼，神變眞言，世出世間，廣大解脫，秘密壇印，三昧耶者，皆已成就，汝此身後，更不重受胎卵濕化，蓮花化生，從一佛土，至一佛土，乃至菩提，更不墜落。」〔註7〕

雖然諸佛之「實報莊嚴佛土」很多，最爲經典稱揚的是西方彌陀淨土，「塵塵刹刹雖清淨，獨有彌陀願力深」，「千經萬論不虛標，共指西方路一條」，〔註8〕群經遍贊西方，「蓋以阿彌陀佛願廣、緣強、法尊、理備而然其教也」〔註9〕。在我國最普遍的淨土信仰就是彌陀信仰。

據《蓮宗寶鑒‧念佛正派》，蓮宗第一號人物是慧遠。慧遠（334～416）號東方護法菩薩。投師道安，聽講《般若經》大悟，住廬山東林寺三十年，影不出山，跡不入俗。每謂禪法深微，非才莫授，入道要門，功高易進者，念佛爲先。得眞信士123人，與劉遺民等於無量壽佛前立誓同修西方淨土，結白蓮社。慧遠六時念佛，三覩聖像，如義熙乙卯（415）十一月初一日至十七日，慧遠入定，見阿彌陀佛紫磨黃金身遍滿空界。慧遠往生後，其徒道昞、曇恒、曇詵等、弟弟慧持大弘淨土傳布四方。慧遠被奉爲蓮宗初祖，「雁門尊者社結勝流，策動淨業，是以念佛之道唱行於世，迨今千年，謂之蓮宗也。」〔註10〕

〔註4〕《楞嚴經》卷八，河北省佛教協會虛雲印經功德藏。
〔註5〕《妙法蓮花經》後秦鳩摩羅什譯，明智旭注，黑龍江人民出版社，1994年。
〔註6〕《大正新脩大藏經》本。
〔註7〕《大正新脩大藏經》本。
〔註8〕梵琦西齋淨土詩》，叢書集成初編本。本章所注梵琦詩均出自此集，以下引詩僅標詩題。
〔註9〕《蓮宗寶鑒》，《卍新纂續藏經》本。
〔註10〕《蓮宗寶鑒》，《卍新纂續藏經》本。

　　第二號人物是曇鸞。菩提流支自印度來中土傳譯世親菩薩《無量壽經優婆提舍願生偈》，授曇鸞（476～542）《觀無量壽經》，曇鸞深得觀經義理，修三福業，想像九品，寒暑疾病不懈。自行化他，弟子數百人。

　　佛教中，相當數量的人聚集在某種教理或法門下形成一定的勢力為之宗派，其勢力一般是上下傳承的衣鉢關係，而淨土宗勢力主要表現在橫向的廣闊分佈上，即使極盛時期的唐代也不例外，所以淨土宗主要是作為一個法門融於各宗之中，甚至可以說各宗皆以淨土為歸。不僅如此，教外高人韻士修淨者亦比比皆是。「龍樹論證之，晉賢社修之，天台判釋之，慈恩通贊之。慈照集而懺之，宗坦疏而解之，宿衲名儒奉之者寶珠有集，高賢達士修之者簡編有題。」〔註11〕淨土宗尊奉八祖：慧遠、善導、承遠、法照、少康、延壽、省常、袾宏。此八位高僧分屬佛教不同宗派，而且各宗其他大德也多倡導淨土信仰。

　　近代弘一法師以重振律宗者大力倡導修淨土。他說，只要是佛教，不管何宗何派，有兩點皆當深信：善惡因果報應和佛菩薩的靈感。而這兩點正是現代人難信之處。如今研究淨土宗的學者很多，而往往僅著眼思想文化的方面。誠然，淨土宗確有作為思想文化的一面，但這不是它的本質。在佛教中修習淨土是一種法門，即解脫生死的出路：橫出三界！「直指迷源須念佛，橫波徑度免隨流。千生萬劫長安泰，五趣三塗盡罷休。」〔註12〕人僅僅依靠自己之力修行，縱業輕如針，亦難浮水得度，而若仰仗佛力，哪怕眾業深罪，就像憑藉舟楫容易到達彼岸。法藏比丘在因地發宏願，成就殊勝國土之果，凡夫只要入其大誓願海，便可得度。凡夫欲得往生之果，須具淨土之因，即信願行。往生淨土是淨業之果報，修淨土門有得，必冥感佛樞機。淨土宗來自佛菩薩的經論開示，有宿衲前賢的靈感和行證為實據，是至簡至易的出輪迴法。它的障礙主要在於難信，「若聞是經，信樂受持，難中之難，無過此難。」〔註13〕「為諸眾生，說是一切世間難信之法「〔註14〕那麼近代以來在所謂科學日益昌明的形勢下是什麼在支持淨土宗的傳布和接受呢？簡言有五點1. 社會道德淨化作用。文珦有詩，「最難憑託是人心」，因為人心念念遷流，觸物而動，很難把持。持名佛號可以禁止邪念，減少貪欲。又，修淨土實際上就

〔註11〕　《蓮宗寶鑒・念佛正教說》。
〔註12〕　《西齋淨土詩》。
〔註13〕　《無量壽經》，臺灣靈巖寺2004年。
〔註14〕　《阿彌陀經》，《大正新脩大藏經》本。

是修淨業，修白業，修白淨業，所以要求人早備勤備的資糧，無非善業。如
《觀無量壽經》說，欲往生者當修三福，是為淨業正因。這三福中第一福即
孝養父母，奉侍師長，慈心不殺，修十善業〔註15〕。2. 與科學注重尋求外證
不同，傳統文化重內證，淨土法門蘊含著對人體、心智的深層探索。《少林達
摩易筋經》、道家《雲笈七籤》等載氣功吞日月精法，日月雖遙遠，用意念吸
其精華，可以壯人陰陽之氣。而「眾明日為最，諸智佛為最」，常讀佛經念佛
觀佛，表面雖不切日用，但必能得到佛的智慧而施諸日用。其功效像吞日月
精法一樣不可思議。3. 往生實例文獻可徵，「天下萬事皆可假託，獨生死不可
假託。古今生西方，不一而足。或異香滿室，預知時至，天樂鳴空，留偈而
逝。夫臨去之際，既如是安閒，所到之方，必定是非常之福地。」〔註16〕4. 隨
著科學探索的進展，對淨土宗越來越能提供一些理論上的包容。「且依彼國嚴
新果，卻徧他方發舊荄」，對梵琦的這兩句詩，袾宏《淨土十要》點評法界緣
起不易信。現代量子力學認為，事物極微小的組成部分可以任意相互作用，
這個世界發生的事情會影響到極遙遠世界的事情，反之亦然。我們在娑婆修
淨業，對於西方世界就可以產生種種作用力。

二、淨土詩

　　我國佛教的主流自入宋漸為禪宗和淨土宗，因為中國文化尚簡；二宗皆
不離詩，又因為中國文化好雅。至簡的禪宗和淨宗都以詩歌為弘法悟道的手
段。

　　淨土宗五經一論之《往生偈》便可稱為淨土詩，試摘幾句：「寶華千萬種，
彌覆池流泉，微風動華葉，交錯光亂轉。」描寫西方世界景色，文句優美。
淨土史上第一次結社——廬山白蓮社，便集成員贊淨土詩為《念佛三昧詩
集》。唐宋元遺風不斷，「晉唐諸賢皆有念佛三昧詠，宋木盧庵嚴教主始作懷
淨土詩，繼而和之者亦不少矣。〔註17〕」「昔東晉遠法師倡為念佛三昧詩序，
劉遺民作誓詞，王喬之、宗雷諸賢皆有詩，珠回玉轉，至今輝映簡冊。唐宋
鴻儒碩緇皆能嗣其微音，連篇累牘，傳之為盛。」〔註18〕

〔註15〕注：十善業是不殺生、偷盜、邪行、妄語、兩舌、惡口、綺語、貪欲、嗔恚、
　　　　邪見，見《十善業道經》。
〔註16〕《淨土聖賢錄》。
〔註17〕《西齋淨土詩宏道序》。
〔註18〕《西齋淨土詩大圓序》。

後魏

　　曇鸞（476～542）贊阿彌陀佛偈一卷（實開後世淨土懺儀之端）
唐代

　　善導（613～681）往生禮贊偈一卷，淨土法事贊 2 卷，《般舟贊》一卷。
其著名的《勸念佛偈》梵琦析演為八首。

　　慧日（慈愍三藏）（680～784）《願生淨土贊》、《般舟三昧贊》。

　　法照（766～779）《淨土五會念佛略法事儀贊》一卷

　　少康（？～805）《二十四贊》
宋代

　　遵式（964～1023）《往生正信偈》

　　延壽（904～975）《戒殺俚言》（六言）、《禪淨四料簡》（五言）

　　慈覺大師《勸修淨土頌》

　　元照（1048～1116）《無量壽佛贊》

　　茅子元（慈照大師）偈歌四句、證道歌、風月集（惜多不傳）
元代

　　中峰《懷淨土詩》

　　楚石《西齋淨土詩》

　　道衍《諸上善人詠》詠在家出家往生者一百二十二人一百二十一首詩。

　　明清時期，淨土宗更加廣布民間，各種淨宗「全書」、「全集」、「必修」、「必讀」一類應運而生，闡正辟邪，指導群修，大量淨土詩包含其中。淨土詩別集、總集也繼續刊行。

　　前者如《蓮邦消息》、《淨土隨學》、《淨土極信錄》、《蓮修必讀》、《淨土資糧全集》等。

　　《蓮邦消息》：可謂韻散結合，先以散文闡發，再用詩偈加強意義，所謂「層層解說，剝去粗庸，脈脈深含，出生眾妙」〔註 19〕，顯示淨土異方便，導人入蓮邦。《淨土資糧全集》：蓮池大師高足莊廣還居士，類編古今淨土經論要語，間附己意，「以往生定其趣，次以起信迴其向，又以誓願決其志，乃以齋戒成其德，日課達其材，終以兼禪詣其極，」〔註 20〕讀之可粗知淨土宗。前集錄中峰懷淨土詩、西齋懷淨土詩七言各七首，言此十四首即可覆二師稱

〔註 19〕妙空子序《蓮邦消息序》，《卍新纂續藏經》本。
〔註 20〕莊廣還《淨土資糧全集序》，《淨土資糧全集》，《卍新纂續藏經》本。

讚勸勉二義。又云淨土詩就是使修淨土之士在功課之餘，詠歎淫佚，意洽義融，手舞足蹈，而「往生資糧，造端於此矣」〔註21〕。《淨土十要》：智旭編《淨土十要》，初僅得九，後聽從成時建議，合《西齋淨土詩》爲十。《淨土十要·西齋淨土詩》包括懷淨土詩、列名淨土詩、娑婆苦漁家傲、西方樂漁家傲、和析善導念佛偈。懷淨土詩本110首，此處選錄77首，做了圈點。「皆在平實切要處點睛，其詩家名句文身妙處概不污一絲墨痕。此大人作略，堪使行者喫緊得力。」〔註22〕《淨土隨學》：玉峰大師（一號戀西）古昆《序》云，自己向來不習文字，而於持名中起我見，好揚己解，無文好作。四十八歲燃臂香立重誓不再弄文，乃匯集平生文字，以自覽警策。《淨土隨學》中偈頌贊佔了大量篇幅。

　　後者如《淨土極信錄》、《淨土徵心集》《唯心集》、《毗陵天寧普能嵩禪師淨土》《淨土救生船詩》、《影響集》、《寶珠集》等。

　　《蓮邦詩選》：明朝雲棲妙意庵廣貴輯古今讚西方、勸念佛、懷淨土、願往生之偈，成《蓮華世界詩》。清朝淨願社玄顯長老復拾遺增錄一百多首，改今名。共收自周代至清63位作者527首詩，分爲如來弘願、苦勸回輈、翻然嚮往、一意西馳、執持名號、聖境現前、發明心地、華開見佛、廣度眾生九類。其中元代七位：中峰（90首）、石屋（1首）、日觀（9首）、優曇（48首）、廣制（1首）、白雲（詞2首），還有入明的梵琦（38首）〔註23〕。臺宗卍蓮法師《淨土證心集》主要包括宏讚淨土的四十八首題像、深究淨理的一百八首唯心頌、勸修淨土的二十首要約〔註24〕。觀如《蓮修必讀》將自己讀過的淨土宗偈頌，隨見隨錄，刻行以便讀誦。其中有梵琦《和寒山詩》8首、西齋淨土詩40首、析善導和尚念佛偈8首、娑婆苦漁家傲、西方樂漁家傲各五首。明本懷淨土詩11首、娑婆苦1首、西方樂1首。石屋警世4首、日觀大師懷安養2首、優曇大師勸念佛2首。〔註25〕《淨土救生船詩》收四明寬量（字源海，號澹雲，又號西舵）所作淨土詩48首及注。俞樾序言，念佛三昧詩「不過雲至哉之念，主心西極」，主要起一個繫念西方的作用。梵琦懷淨土詩七十七首「亦惟是泛言大意」。而澹雲上人《淨土救生船》「自爲詩而自爲注詩。

〔註21〕 袾宏《淨土資糧全集序》，《淨土資糧全集》，《卍新纂續藏經》本。
〔註22〕 成時《評點定懷淨土詩跋》，《淨土十要》卷八，《卍新纂續藏經》本。
〔註23〕 《卍新纂續藏經》本。
〔註24〕 《卍新纂續藏經》本。
〔註25〕 《卍新纂續藏經》本。

凡四十八篇，每篇七言四句，而每篇之注，多或數千字，少亦數百字。發明三觀圓修之義，提唱事理一心之旨。……正顯事理圓通，可謂深切著明，至詳至盡」〔註26〕

第二節　西齋淨土詩

智旭《淨土十要》以台淨著述收錄兩部禪淨作品，且均繫元代，一是天如禪師《淨土或問》另即楚石禪師《西齋淨土詩》，足見其重要。楚石被奉為明初第一禪師，他的《西齋淨土詩》被譽為千古絕唱。

一、楚石梵琦的生平和著述

梵琦，字楚石，成宗元貞二年（1296）六月出生，前後有兩個異兆預示其不平凡的人生：一是母親張氏夢日墮懷中而生，二是在襁褓時有僧告訴父親，這小孩必將成為照耀濁世的佛日。他的小名「曇耀」正來自這兩個異兆。4 歲誦《論語》，喜歡「君子喻於義」語，6 歲善屬對，7 歲能書大字，詩書過目不忘，邑稱奇童。9 歲出家，受業西浙海鹽天寧訥謨禪師。又從族祖晉翁洵公於湖州崇恩。往來崇恩期間，期間趙孟頫很賞識他，為鬻僧牒。16 歲時在杭州昭慶寺受具，這位當年的神童，已經是文采炳蔚，聲光藹著，受到徑山虛谷希陵、天童雲外雲岫、淨慈晦幾元熙等臨濟、曹洞大師的一致稱譽，兩浙名山宿德爭欲招致座下。按照現代科學，人的左半腦是現世腦，右半腦是傳統腦，潛伏著一個信息大寶藏，讀經典能夠開發這個寶藏。梵琦 20 歲時發慧，讀《楞嚴經》至「緣見因明，暗成無見。不明自發，則諸暗相永不能昏」，有省，從此閱內外典籍，宛如宿習。27 歲參徑山元叟端。28 歲以善書赴京參與金書《大藏經》。1324 年正月十一，在大都萬寶坊館聞崇天門鼓鳴大悟，有開悟偈「崇天門外鼓騰騰，驀箚虛空就地崩。拾得紅爐一點雪，卻是黃河六月冰。」二十八九歲遊覽大都、上都，創作《北遊詩》315 首。東歸後，再參元叟，為第二座。受宣政院命出世海鹽州福臻禪寺，瓣香供元叟，成為妙喜五世。33 歲遷海鹽州天寧禪寺，建大毗盧閣。36 歲作《列名淨土詩一百八首自序》。49 歲遷嘉興郡本覺禪寺，建大閣。52 歲，幼年異兆應驗，帝師錫號「佛日普照慧辯禪師」。62 歲回到受業寺天寧。楚石為什麼從嘉興回到海鹽？《山庵雜錄》載，當時地方有

〔註26〕俞樾《淨土救生船序》，《卍新纂續藏經》本。

司修官宇，想用村落無僧廢庵的木石應需，就召集各寺住持商議，楚石力陳不能占取的原因，有司不聽，楚石遂退隱。無慍稱讚楚石「勇於行義，視棄師席之尊，不啻如棄弊屣。」64 歲於寺西偏築室退休，專念淨土，自號「西齋老人」。68 歲，寺主者祖光告寂，遂復主天寧，完葺大毗盧閣。73 歲推舉景瓛主持天寧，復歸西齋養老。入明，分別於 1368 年和 1369 年兩次受徵說法蔣山。75 歲高齡時被詔問法，同年示寂。「龕奉四日，顏色愈明潤。緇白瞻禮，如佛涅槃。」「時例禁火化，上以師故，特開僧家火化之例。是日，天宇清霽，送者千餘人。火餘，牙齒、舌根、數珠不壞。舍利五色，紛綴遺骼。」〔註 27〕「參學弟子文晟，奉其遺骼及諸不壞者歸海鹽，以八月二十八日葬於西齋而塔焉。」〔註 28〕愚庵智及《悼楚石和尚三首》其一云，「潦倒奚翁的骨孫，高年說法屢承恩。麻鞋直上黃金殿，鐵錫時敲白下門。煩惱海中垂雨露，虛空背上立乾坤。秋風唱徹無生曲，白牯狸奴亦斷魂。」〔註 29〕

　　楚石禪師一生著述豐富，說法機用見《六會語錄》二十卷，前有宋濂、錢惟善的序，後附至仁所作行狀、宋濂所撰塔銘。卷一至卷六依次為住福臻、天寧永祚、大報國、本覺、光孝及再住天寧永祚的法語；卷八代別、卷九秉拂小參、卷十一舉古、卷二十襍著皆文；卷十二頌古；卷十三、十四佛祖偈贊；卷十五至十九收偈頌 442 首。明代蓮池大師《竹窗三筆》曾言，楚石語錄與高峰語錄當入藏而未入，「後更有入藏者，二師之語錄其最急矣。」〔註 30〕

　　遊戲翰墨見於和天台三聖詩、永明壽山居詩、陶潛詩、林逋詩，其他還有《淨土詩》、《慈氏上生偈》以及《北遊集》、《鳳山集》、《西齋集》。

　　關於西齋淨土詩的版本，胡珽《西齋淨土詩校訛》載，咸豐三年（1853）十月，「偶過虎阜普陀寺，謁乘戒上人，案頭置此書一冊，為綠竹堂葉氏舊鈔本，上人曰：『《淨土十要》稱其為千古絕唱，誠絕唱也，惜彼所刊刪節過多，且第三卷七言詩皆改作五言，殊未妥洽。今此完本頗不易得」〔註 31〕從這段記錄可知，《淨土十要》中的《西齋淨土詩》不全，且作了不恰當的改動，綠竹堂葉氏舊鈔本為完本，而琳琅密室叢書本即據此完本，後加影印，為叢書集成初編本。

〔註 27〕　至仁《楚石和尚行狀》，《西齋淨土詩》。
〔註 28〕　至仁《楚石和尚行狀》，《西齋淨土詩》。
〔註 29〕　《愚庵及禪師語錄》，《卍新纂續藏經》本。
〔註 30〕　《雲棲大師記略（二則）》，《西齋淨土詩》。
〔註 31〕　胡珽《西齋淨土詩校訛》，《西齋淨土詩》。

　　叢書集成初編本《西齋淨土詩》包括梵琦《懷淨土詩》一百十首、《列名淨土詩》一百八首、《十六觀讚》二十二首、《化生讚》八首、《析善導念佛偈》八首、《懷淨土百韻詩》一首、《娑婆苦漁家傲》十六首，附錄《送徒弟瓛書記參學》、《血書法華經讚》、《偶宿虎丘集慶山房》，共 392 首詩歌。卷首大祐序稱數千首，宏道序概言數百餘首，朱元弼說三百餘首。可能初作泛濫，後有所刪削。姚廣孝《西齋和尚傳》提到的三十二相頌、八十種好頌、四十八願偈亦屬淨土詩，收入語錄。

　　《送徒弟瓛書記參學》後有劉和南識語，言楚石墨寶世不多傳，此詩《語錄》未收，與楚石所常披白氈一領、明太祖所賜高麗盆並爲海鹽天寧寺三寶。詩「雖非專談淨土，然剖破藩籬，掀翻窠臼，直拈本有，斥絕外求，其與往生同歸一致無疑也。」〔註32〕

　　《血書法華經讚》與《偶宿虎丘集慶山房》後劉和南識語云，乙卯秋秉蓮池大師面命，刻《西齋淨土詩》流通，分別在資聖寺月心照田處和虎嘯亭珠衲照乘處得到這兩首詩，遂立即刻寫附於《西齋淨土詩》後。

　　劉和南又云：「《和韻天台三聖詩》，今春勸諸上善重刻單行。」「《北遊詩》三百……昔曾專梓，近亦愆傳，姑俟之同志云」〔註33〕，則《和韻天台三聖詩》和《北遊詩》都曾單本印行。

二、《西齋淨土詩》淺析

　　後世淨宗書籍幾乎沒有不提及梵琦及其西齋淨土詩的，西齋淨土詩之所以不可超越，從根本上講是由於其作者的蓮修造詣和臨終效驗。

　　梵琦自幼修十念法，「予幼時便修十念，願登淨土。倏忽三紀，未嘗廢忘。」〔註34〕等到 64 歲時，築室天寧寺西偏，專意淨土，自號西齋。屋裏放一小床，每天趺坐。姚廣孝《西齋和尚傳》對梵琦的觀想念佛這樣寫到：「默觀自心三際，空空不可得。次觀東方過十萬億佛剎微塵數世界海，空空不可得。南西北方、四維上下不可說不可說佛剎微塵數世界海，空空不可得。即於此處，有大蓮華，忽然出現。其華莖葉，充滿法界。有一如來，相好端嚴，趺坐其

〔註32〕劉和南識，《西齋淨土詩附錄》。

〔註33〕劉和南識，《西齋淨土詩附錄》。

〔註34〕《列名淨土詩一百八首自序》。按：十念爲持名念佛簡易方法之一，通常指盡一口氣爲一念，如此十念。

上，眉間白毫放出光明。其光所照，樓臺、池沼、行樹、蘭楯，眾寶間錯。水鳥、天樂，皆衍苦、空、無我之法。見觀世音、大勢至，在其左右。清淨海眾，前後圍繞，皆得不退轉地。從定而起，返觀觀者，空空不可得，不可得亦不可得，此和尚之觀佛三昧。」〔註35〕《懷淨土詩一百韻》詩人自己有更生動的描繪：

> 跏趺在一牀，剎那登淨域。方寸發幽光，骨肉都融化。乾坤極杳茫，
> 太虛函表裏。佛剎據中央，蓮吐葳蕤蕚。波翻激瀲塘，鮮颸須動蕩。
> 綵仗恣搖颻，燦爛黃金殿，參差白玉堂，樓隨四寶合。臺備七珍粧，
> 鏡面鋪階砌。荷心結洞房，珊瑚裁作檻。碼碯製爲梁，田地瑠璃展。
> 園林錦繡張，內皆陳綺席。外盡繞銀牆，覆有玲瓏網。平無突兀岡，
> 瑤林連處處。琪樹列行行，果大甜如蜜。音清妙似簧，喬柯元自對。
> 茂葉正相當，一一吟鸚鵡。雙雙集鳳凰，瑤池無晝夜。珠水自宮商，
> 渠瑩金沙底。風輕寶岸旁，高低敷菡萏。深淺戲鴛鴦，異形吞羣鳥。
> 奇葩掩眾芳，千枝分赤白，萬朵間青黃。暫挹身根爽，微通鼻觀涼。
> 頻伽前皷舞，共命後飛翔。竟日鶯調舌，衝霄鶴引吭。

此外梵琦見佛必讚，見塔必禮，拜跪行道，稱念思惟，虔誠篤切，愈老愈苦。西齋淨土詩多次出現鼓音王稱號，《鼓音王陀羅尼》屬密教經典，內容涉及簡略的供養法則。梵琦非常重視事相，《懷淨土百韻詩》第一部分可以說主要就是講供養的。「欲生安養國，承事鼓音王。合掌須西向，低頭禮彼方。觀門誠易入，儀軌信難量。」他作殷勤的道場供養：「室置千華座，爐焚百種香。新衣經獻著，美饌待呈嘗。莫點殘油炬，宣煎浴像湯。」護戒齋心：「形骸同土木，戒檢若冰霜。」「五辛全斬斷，十惡永隄防。勿用求名利，毋勞論否臧。布裘遮幻質，藜糝塞空腸。擺撥多生債，枝梧九漏囊。」所有這些，都趁色身康健，以「嬰兒思乳母」、「遠客望家鄉」的渴望去進行，「鄭重迎新月，殷勤送夕陽」，積功累德，精神絲毫不鬆懈。懷淨土詩一百首中亦有發露參禮妙旨的，如「紙畫木雕泥塑成，現成眞佛甚分明」，「皈依不是他家事，福德還從自己生。萬樹花開因地暖，千江月現爲波清。朝參暮禮常如此，在處皆通極樂城。」

虔心供養、持名念佛與禪定觀想齊修，臨終最見效驗。他七月二十日身體不適，而談辯自若。二十六日忽然索裕更衣，跏趺書偈「眞性圓明，本無

〔註35〕姚廣孝《西齋和尚傳》，《西齋淨土詩》。

生滅。木馬夜鳴，西方日出。」放下筆對曇噩說：「師兄，我去也！」曇噩問：何處去？「楚石說：」「西方去！」曇噩答：「西方有佛，東方無佛耶？」梵琦「振威一喝乃逝」。宏道當時有事來京寓居龍河，有幸目擊此事，在《懷淨土詩序》中說「其臨終揩識明瞭，自言吾將往西方，泊然而化，斯正念往生之效也。」《懷淨土詩》有云：「釋迦設教在娑婆，無奈眾生濁惡何。欲向涅槃開秘藏，須從淨土指彌陀。白雲半掩青山色，紅日出生碧海波。曠大劫來曾未悟，東西誰道沒淆訛。」《淨土十要》點評末尾結歸起句，「讀此可悟大師末後一喝」。

《西齋淨土詩》一方面反映自己的行證，一方面更勸人起修。「稽首楚石大導師，即是阿彌陀正覺。以茲微妙勝伽陀，令我讀誦當參學。一讀二讀塵念消，三讀四讀染情薄。讀至十百千萬遍，此身已向蓮花托。亦願後來讀誦者，同予畢竟生極樂。還攝無邊念佛人，永破事理分張惡。同居淨故四俱淨，圓融直捷超方略。」〔註36〕《蓮宗寶鑒》云，欲親證此道，「當以正信為入門，以修心為正行。正行者即所施之功，所行之行也。此之功行名為淨業，即往生西方之資糧也。」〔註37〕「經言，若人以四天下七寶，供養佛及菩薩、緣覺、聲聞，得福甚多。不如勸人念佛一聲，其福勝彼。」〔註38〕所以《西齋淨土詩》就是梵琦的厭忻正行，是其淨業、往生資糧。《西齋淨土詩》自刊版流通以來，不知勸得多少人念佛求生。

所謂淨土法門，就是擺出一個美好安樂清泰的世界，使人忻彼而厭此，在此方勤創到達彼方的條件。《十疑論》云：「欲生淨土須具厭忻二行：一者厭離行。常觀此身，膿血屎尿，惡露臭穢不淨。……觀身既爾，觀人亦然。次觀娑婆穢境，眾苦共集，生老病死，怨憎會苦，愛別離苦，憂悲煩惱。三塗八難，六趣輪迴。地水火風，無常敗壞。貪瞋癡慢，遇境生心。應當厭離，才生厭離，淨土必成。二者忻樂行，求生淨土，為欲救拔一切眾生苦故。是故希心起想，樂緣西方淨國，百寶莊嚴，金地瓊林，花池光彩，神通自在，任意他方，永絕死生，更無煩惱，阿彌陀佛相好光明，法門自悟，衣食自然，諸快樂門，故須忻樂。」往生的要訣即是厭切忻極。

「娑婆極厭今生苦，懈慢無令後世差」〔註39〕，「每為娑婆苦所縈，誰聞

〔註36〕　《靈峰蕅益大師西齋淨土詩贊》，《淨土十要》卷八。
〔註37〕　《蓮宗寶鑒》卷六，《卍新纂續藏經》本。
〔註38〕　《蓮宗寶鑒》卷一，《卍新纂續藏經》本。
〔註39〕　《懷淨土詩》。

淨土不求生」〔註 40〕西齋淨土詩的主旨，即由厭娑婆苦旅、忻西方家鄉，而勸修淨土以歸。《懷淨土詩》、《懷淨土百韻詩》有厭有忻，以忻為主，《十六觀讚》、《化生讚》、《西方樂漁家傲》是忻，《析善導念佛偈》、《娑婆苦漁家傲》是厭，《列名淨土詩》極力勸修。下面作具體分析。

（一）厭

1、《懷淨土詩》之厭

或思此方身世前途，厭而後忻。

「客路跉蹲無一好，人生惆悵不多時。蒼顏歷歷悲明鏡，白髮氊氊愧黑絲。再讀南屏安養賦，屋梁落月見丰姿。」人生短促，老境相逼。意識到生的短促，讀《安養賦》就很容易產生共鳴。

「人生百歲七旬稀，往事回觀盡覺非。每哭同流何處去，閒拋淨土不思歸（倒串〔註 41〕）。」親友死別，會見無期。不知道那些去世的朋友又輾轉至何道何途，只可惜他們沒能憶念而回歸淨土。

「勞生能有幾光陰，健只須臾病又侵。常恐浮雲蔽西日，須營淨舍學東林。」生命本來有限而健壯的歲月更其短促，必須及早效法慧遠他們結社念佛。

「亂世人如蝨在褌，炎炎火宅避無門。早知佛國相期處，別有仙家不死村。」戰亂時病苦轉劇，人求往生的心會更加迫切，只要能信能修，佛國總在等候光臨。

或遙望遠眺，憶彼而厭此。

「一自颺蓬贍部南，倚樓長歎月纖纖。遙知法會諸天繞，正想華臺百寶嚴（欣極）。此界猶如魚少水，微生只似燕巢簷。」頷聯極忻，頸聯極厭，宇宙間各處時空不平坦，這裡的時間飛快流逝，宛如魚兒周圍的水剎那枯竭，又像燕子暫時築巢簷下寄身，而那裡的時間以娑婆人短促的生命看幾乎是不動的。

「蓮宮只在舍西頭，易往無人著意修。三聖共成悲願海。一身孤倚夕陽樓。秋階易落梧桐葉。夜壑難藏舴艋舟。」一期時光轉瞬即逝，此身難託，孤獨的生命只有夕陽那邊是理想的歸宿。

「見說西方住處佳。憑高極目興無涯。世情每逐炎涼改，人事多因治亂

〔註 40〕《懷淨土詩》。
〔註 41〕本章所引《懷淨土詩》句括號內為《淨土十要》注，並錄以幫助理解。

乖。白骨可憐縈野草，金臺誰得掛庭槐。」（第五句應第四句，第六句應第三句。）憑高極目西眺，那邊人說是好住處，而這裡世態炎涼，幾人功成名就得親友熱眼；這裡又一亂一治，亂時屍骨都無人掩埋。

2、《娑婆苦漁家傲》之厭

要理解梵琦所厭之娑婆苦，須知佛教對生命生死的基本看法。佛教認為生死是幻覺，因為死非真死——僅前六識死掉，第七八識還在，故生亦非真生。再者，主人公以何生命形式再現，取決於自己過去所造之業，這樣便才有了出離六道輪迴，了斷生死這一大問題。

（1）首當其衝的問題，時光極為有限，日月如跳丸，光陰流逝之快令人扼腕。

《娑婆苦漁家傲》以「聽說娑婆無量苦」一句領起對人間的控訴。「壽命百年如曉露。君須悟，一般生死無窮富。綠髮紅顏留不住，英雄盡向何方去。回首北邙山下路。斜陽暮，千千萬萬寒鴉度。」人的肉體本身就是無常的作品：四大和合，五陰暫聚，如果說凡物質皆有形成壞滅的話，則人是這樣一種東西，他被賦予足夠的靈性來感受自己物質的這一過程，於是人生的不幸便注定了。

（2）與時間相關的，無論多麼愛惜保養，身體無可奈何的不斷傾壞，像風吹雨打下的屋宅。「日月往來寒又暑，乾坤開闔晴還雨。白骨茫茫銷作土。嗟今古，何人踏著無生路。」隋朝宣法師《五陰盛》可以為此詩注：「千年如昨日，一種並成塵。定知今世土，還是昔時人。」〔註42〕又《雜阿含經》云，一人於一劫中，生死輪轉，積累白骨不腐敗者，如毗富羅山。「篋中四大蚖蛇聚，重者好沈輕好舉，相凌侮，況兼合宅空無主。早覺參差梁與柱，風飀雨打難撐拄，畢竟由他傾壞去，教人懼，不如覓箇安身處」。世間人民無不做著似乎將永生的積聚和打算，而肉體一旦飄零，為它的全部努力將付諸東流。「千思萬算勞腸肚。地水火風爭勝負。何牢固，到頭盡化微塵去。」

（3）出身條件不能自由選擇，皆由前定。「高誇富足慼貧窶，無食無衣無棟宇。懸空釜，舉頭又見紅輪午。只有磵邊芹可煮，黃昏坐聽饑腸語。多粟多金多子女。同歡聚，看來總是前生注。」有人家口眾多，衣食富足，濟濟一堂，而有人陋室容身，空釜無米，野菜充飢。

〔註42〕《古今禪藻集》卷一，《文淵閣四庫全書本》。

（4）與出身前定相關的從事各種營生之苦

「星分海角船居戶。東望扶桑朝日吐。迷洲渚，砲車雲起青天雨。卸卻雲帆停卻櫓，打頭風急鯨魚舞。袞袞潮聲喧萬鼓。愁肝腑，遭逢患難誰依怙。」「茶鹽阬冶倉場務。損折課程遭箠楚。賠官府，傾家賣產輸兒女。口體將何充粒縷，飄蓬未有棲遲所。苛政酷於蛇與虎。爭容訴，勸君莫犯電霆怒。」「家家未免為商賈。出入江山多險阻。非吾土，磨牙噬肉遭人虎。魂魄欲歸迷去所，煙橫北嶺雲南塢。一望連天皆莽鹵。知何許，荒村颯颯風吹雨。」無論打捕戶、竈戶、礦戶、爐冶戶，還是從事商業活動，都既要面對自然條件的惡劣、勞動的艱難，還要忍受官吏的酷毒和壓榨。

（5）除出身、治生條件之外世間太多不公平的事情，這些不公平毫無例外都是業果。雖云業果，並非就認為自作自受而不予理睬，詩人的悲憫時時形於言表。「如今業債前來負。賊劫貨財身被擄。逢狼虎，挑生咒死兼巫蠱。奴婢辛勤依惡主，黑瘢白癩聾和瘖。醜惡愚癡相與處。誰憐汝，發心歸命慈悲父。」「橫遭獄訟拘官府。大杖擊身瘡未愈。重鞭楚，血流滿地青蠅聚。牒訴紛紛皆妄語，無人敢打登聞鼓。天上臺仙司下土。能輕舉，何時一降幽囚所」。

（6）生存艱難，而人心的貪嗔癡三毒更煩惱不斷，且使人的行為無法適中而往往過分，過分的行為近者引起現實的患難，遠者還不能逃脫死後另一維度中的審判。「貪欲如狼瞋猛虎。魔軍主，張弓架箭癡男女。」「人皆染色貪樽俎。玉鏤笙簫金貼鼓。長歌舞，梨園子弟邯鄲女。冬衣紫貂春白苧，涼亭暖閣消寒暑。一旦神魂歸地府。應難取，空教淚點多如雨。」「風俗淫邪人跋扈。多囹圄，命終未免沈冥府。檢點惡名看罪簿，因茲惹起閻羅怒。爐炭鑊湯燒又煮。爭容汝，自家作業非人與。」

3、《淨土百韻詩》之厭

《淨土百韻詩》後半部分所描繪的娑婆苦，是元末人心放縱、社會動亂的生動反映。

> 試說娑婆苦，爭禁涕淚滂。內宗誰復解，邪見轉堪傷。忍被貪嗔縛，
> 甘投利欲阬。君臣森虎豹，父子劇豺狼。盡愛錢堆屋，仍思米溢倉。
> 山中接雉兔，野外牧牛羊。奪命他生報，銜冤累世償。太平逢盜賊，
> 離亂遇刀鎗。好飲觥盃酒，迷情戀市娼。心猿拋胃索，意馬放垂韁。
> 逸志摧中路，英魂赴北邙。干戈消禮樂，揖讓去陶唐。戰伐愁邊鄙，
> 焚煙徹上蒼。連村遭殺戮，暴骨滿城隍。鬼哭天陰雨，人悲國天殤。

歲凶多餓死，棺貴少埋藏。瓦礫堆禪剎，荊榛出教庠。征徭兼賦稅，
禾黍減豐穰。念佛緣猶阻，尋經事亦荒。

詩歌大意是，末法時期，邪見熾盛，佛法浸微，教內外之人盡為三毒驅
使，追求利欲不顧人倫。積聚錢財無厭，更打獵畜牧，與動物結下累世冤仇。
為什麼太平時期會遭逢盜賊，離亂年代成群被屠殺呢，就是因為冤家前來索
債。人心放逸，耽迷酒色，稀裏糊塗丟掉性命。個人的放逸到達一定程度，
整個社會遂陷入戰亂，狼煙四起，屠殺到處發生，屍骨無人掩埋。人禍又伴
隨著天災，遍地飢饉。此時禮樂皆廢，文教不彰，寺廟一片丘墟，教庠荊榛
滿院，念佛無緣，經書難覓，修行者找不到託身之處。

4、《析善導念佛偈》之厭

即使給你想要的一切，讓你達到人間幸福的極點：所謂聰明、財富、美
貌、子女，天天花下歌舞，日日設宴飲酒……可是有一點，「任爾千般快樂，
饒君萬種方略，何由永固此身？」首先你會老，六根衰退，「漸漸雞皮鶴髮，
精神未免枯竭。可憐老眼昏花，恰似浮雲籠月。」「看看行步龍鍾，首腹猶如
簸春。涉遠奈何力倦，登高徒自情濃。出門途路千里，拄杖雲山萬重。」「難
免衰殘老病，休誇氣力強盛。朱顏能得幾時，白髮忽然滿鏡。」然後是死，
一點不能延長，無藥可治，「非久形神脫離，爭容傾刻停泊。」

（二）忻

極樂世界無什麼？那裡無四季、晝夜差別，無地形地勢不同，人無年齡
性別妍醜貧富等區分……極樂世界有什麼？有欄楯羅網、諸寶行樹、水池樓
閣、金地玉樹、天樂天花、宣法眾鳥，有阿羅漢菩薩等聖賢，無盡的光明和
壽命。《阿彌陀經》云「都無諸苦，但受諸樂。」

《懷淨土詩》所忻主要在阿彌陀佛之相好光明、淨土聖賢之神通自在以及
極樂國土之香嚴景物，融念佛觀想於其中。而這些，詩人曾多次感歎圖畫難寫、
文字難述，「文字可誇才不稱」。姑據梵琦和尚有限的表達作更有限的例解。

1、贊佛及餘聖眾——沒有缺憾的身心

「法王治化寶蓮宮，菩薩聲聞滿國中」，在阿彌陀佛教化的國土上，生活
著人天、聲聞、緣覺、菩薩、佛各個果位的聖人。

與我們有缺憾的身體相比，佛菩薩天人是完美的存在，體型高大、光芒
四射，此由多劫福德而來。

我佛眞身不可量，大人陪從有輝光。

萬劫修行相好身，身光知是幾由旬。

瑞相且分三十二，流光何止百千垓。

娑婆人寫下多少傷春歎老的詩句，而西方春不老、步步春，天眾永遠現十六歲相。除非自願示短，壽命盡皆不可限量。

天人一樣黃金色，盡未來時但少顏。

消磨歲月無窮壽，含裹虛空不老春。

經行地上盡奇珍，異草靈苗步步春。

國界初無三惡道，玉樹枝柔歲不凋。

天眾長相相同，皆眞金色，純淨堅固；沒有愛欲，蓮花化生，無處胎及胎生之苦。

一朵蓮含一聖胎（託質），一生功就一花開（花開）。

妙明覺體即如來，暫借蓮花養聖胎。

飲食則七寶缽隨想即有，或僅餐法喜。如果說娑婆世界眾生的惡夢主要源自愛欲和食欲，則可知極樂之樂了。衣服資具亦隨想出現，無須勞作營求，更不必爭奪。

稱身瓔珞隨心現（蓮花化生之身），盈器酥酡逐念來（化身所受正昧）

莊嚴寶具相隨到，細軟天衣不假裁（皆不離覺體）。

從證法身無病惱，況餐禪悅永忘饑。

食時竝是天肴饍。行處無非聖道場。

口餐法喜眞餚饍，心得明門妙總持（串對）。

2、贊極樂國土莊嚴──沒有缺憾的環境

與娑婆之國土的危脆相對照，極樂國土黃金鋪地，建築由金玉、瑪瑙等寶物構成。「金殿有光吞日月，玉樓無地著塵埃。」「珠王宮殿玉園林，坐臥經行地是金。」「尼拘律樹眞金果，優鉢羅花軟玉房。」

娑婆人常以地面崎嶇比喻人心險惡，在西方，無諸山脈，無諸海洋溪渠井谷，人心亦質直，沒有煩惱和是非紛爭。

四色藕花香氣遠，諸天童子性情眞。

了無酒色離煩惱。雖有天魔絕鬥爭。

不立君王唯有佛。平鋪世界斷無山。

西方無惡聲、淫靡聲，天樂處處，風鳴鳥叫無不宣流法音，「舍利時時宣妙響，頻伽歷歷奏仙音」。西方世界的孔雀、頻伽等奇妙雜色之鳥，不像我們這裡由罪報所生，而是「阿彌陀佛欲令法音宣流，變化所作」〔註43〕，使眾生聽了無不念佛念法念僧。

與春天永恒、春光遍地相應，西方總是香氣馥鬱。西方世界的花雨像極地光一樣神奇夢幻。「天樂聲清匝地聞，寶階花雨正繽紛。千千萬萬金蓮萼，兩兩三三白鶴群。凡地直從心作佛，義天長布法為雲。體會知見香無盡，非是娑婆蘭麝熏。」經云「又風吹散華，遍滿佛土，隨色次第，而不雜亂。柔軟光澤，馨香芬烈。足履其上，陷下四寸，隨舉足已，還復如故。華用已訖，地輒開裂，以次化沒，清淨無遺。隨其時節，風吹散華。如是六反。」〔註44〕

3、贊西方聖修──沒有缺憾的生活

就像魚雁從此擺脫掉密網的威脅，往生之人出離了六道輪迴，斷除了娑婆習性，開始了一種毫無缺憾的生活。

土淨令人道果圓，娑婆性習一時遷。

魚離密網遊滄海，鴈避虛弓入遠天（喻習不起映結句）。

來往輪迴從此息，死生煩惱莫能纏（遷習功能）。

無心即是真清泰，有染如何望寶蓮。

衣不傷蠶食不耕，水邊林下好經行。

身心快樂無諸苦，依正莊嚴在一生。

念念佛光從口發，時時天樂徧空鳴。

卻嫌鞦韉霑泥滓，千葉蓮花向足擎。

西方世界的居民主要做兩件事。

一是遨遊佛國。不像我們腳力微弱，依賴各種交通工具，天眾乘香雲飛行空中，倏去倏來。據《佛說無量壽經》卷下，西方菩薩一食之頃往詣十方無量世界，以應念化生之具供養諸佛世尊，在天樂聲中讚歎佛德，聽受經法，未食之前，輕舉還國。所以《懷淨土詩》有句：「八表同遊只等閒，須臾飛去又飛還。」「無限天花滿衣裓，十方佛國任飛騰。」「又遊佛剎歸來也（收放一時），贏得天葩滿袖香。」

二是靜養智慧

〔註43〕《阿彌陀經》，《大正新脩大藏經》本。

〔註44〕《佛說無量壽經》卷上，《無量壽經》臺灣靈巖寺 2004 年。

「放下身心佛現前（提起下七句皆佛現前也），尋常盈耳法音宣。風柯但奏無生曲，日觀長開不夜天。行趁玉階雲冉冉，坐依珠樹月娟娟。凡夫到此皆成聖，不歷僧祇道果圓。」在西方，耳濡目染無非佛法，凡夫至此，智慧迅速增長，無須經過漫長的積劫修行，便道成果圓。「此邦瀟灑樂無厭，遙羨（二字貴到底）諸人智養恬。座用眞珠爲映飾，臺將妙寶作莊嚴。純金細礫鋪渠底，軟玉新梢出樹尖。眉相古今描不盡，晚來天際月纖纖（上皆智養恬也）。」眉頭是個關鍵，佛的眉頭舒展，眾生的眉頭多皺，顯示出煩惱和智慧的不同。

《佛說無量壽平等覺經》云，「法藏比丘建此願已，一向專志莊嚴妙土，所修佛國開廓廣大，超勝獨妙，建立常然，無衰無變，於不可思議兆載永劫，積植菩薩無量德行。」而在《無量印法門經》中，佛爲勝華藏說如幻三摩地，並開示極樂世界的過去現在未來。西方世界並非眞正永恆存在，它也有歷史，所謂無衰無變當然只是相對而言；西方世界也不是供人享樂的安樂窩，它不是學佛的終點，而是一個更高的起點。

（三）勸勉

《列名淨土詩》爲梵琦閒居西齋專意淨土時所作，旨在勸人念佛，究其意，任何人任何時候在任何地方任何境遇皆應唯佛是念。組詩手法非常靈活，有直接勸念的，有熱情鼓勵的，有點出念修優勢的，有宣揚佛理的，有抒發道情的……總之，經自由聯想把這一百來樣事相與佛及念佛掛鉤，起到繫念的作用，絕非一味說教。

1、直接勸念

《珠》：「穿珠正好念彌陀，一佛名隨一顆過。線短線長眞佛現，穿來穿去積功多。頓叫甘露生喉舌，休把狂心謝綺羅。識得自身如意寶，低頭無奈喜歡何。」穿珠太方便念佛了，正好穿一顆念一聲，既不誤活兒，又積功德。不要想著成串的珠子配上綾羅綢緞多漂亮，認識了自身的如意寶才是眞歡喜。

《玉》：「碾玉工夫不偶然，臨窗且要用心堅。平時可誦彌陀號，濁世須資淨土緣。業盡往生遊寶界，眼開歡喜見金仙。荊山泣血成何事，百歲光陰枉棄捐。」治玉需要相當的耐力和定力，故玉匠心地比普通人要堅，如果平時施之念佛，則終結善果，不然一生治玉，到底成空，心血總白費。

《繡》：「手拈鍼線繡衣裳，口念彌陀念不妨。玉樹枝頭棲孔雀，金蓮葉

底睡鴛鴦。深深院落青春好，曲曲屏風白晝長。到此身心成一片，他時佛國會翱翔。」

八句中用四句描繪了繡工針下的美好圖畫，暗寓念佛身心安穩的境界。

《奴》：「報作人奴業所牽，六時念佛要精專。主人翁即彌陀是，今日身為淨土緣。心定滿腔流法水，壽終隨念發池蓮。經行靄靄香雲裏，聽取琅琅玉偈宣。」《婢》：「豪家侍婢莫愚癡，百歲光陰有幾時。年少不常容易老，人身難得更須知。且休自怨裙釵賤，何待人嫌齒髮衰。動靜去來勤念佛，多生五障一朝離。」《娼》：「從古娼人到處家，不唯戀酒更迷花。勸君念佛除貪妒，從此迴心息怨嗟。水滿金渠清似鏡，蓮開玉沼大如車。終當脫體為男子，萬劫無令一念差。」《囚》「罪重無過殺盜淫，身囚犴獄口呻吟。敲枷打鎖能稱佛，覆地翻天莫變心。夜半從教神鬼嘯，空中自有聖賢臨。收因結果蓮臺上，自性彌陀不外尋。」

奴婢娼囚在人中算淪落，到此地步再不緊修，怕還要墮落。身雖為奴，若六時繫念，就是與淨土結下了不解之緣；豪家侍婢，今天怨自己貧賤，明天別人還會嫌你衰老，不如趁早念佛，消除多生五障；囚犯雖造下重罪，如果敲枷打鎖把佛念，也能脫胎換骨。

《屠》：「殺生心是度生心，須信宗門理趣深。屠劊受身增惡報，牛羊趨死作哀吟。將刀放下同成佛，信手拈來盡化金。截斷千差一句子，誰家誰屋沒觀音。」《酤》：「酤酒人家過失多，勸君作緊念彌陀。身心流入苦空海。麴糵變成香水河。鬧市紅塵俱埽蕩，平生黑業頓消磨。臨終管取遊清泰，眼淨心空一剎那。」

屠酤職業特殊，屠門殺生，被殺者趨死哀吟，殺生者遭受惡報。煩惱即菩提，把殺生心反過來就是度生心，放下屠刀立地成佛。酒亂人性，售酒與人不知埋下多少禍根，所以酤酒人家亦須繫念彌陀，消除黑業。

《俗》：「滾滾紅塵俗士家，留心念佛最堪誇。如生石上珊瑚樹，似出泥中菡萏花。消遣萬殊歸一理，闡揚三寶破羣邪。拋離火宅真安樂，雪白牛兒不駕車。」《城》：「城市紅塵沒馬高，於中念佛匪徒勞。昏衢爍破昏衢燭，愛網揮開愛網刀。頓使凡夫登覺地，如同長者誘兒曹。西方不得真公據，枉向娑婆走一遭。」

處俗「滾滾紅塵」，居城「紅塵沒馬」，詩人對在這種惡多善少的地方修行極為鼓勵，「留心念佛最堪誇」。因為依佛經邏輯，環境越差的地方修行越

可貴，《無量壽經》云，在娑婆世界修善一日一夜，勝在無量壽國爲善百歲。

「人間甲子如流電，莫道寬爲淨土期」，從十歲至百二十什麼時候開始都不嫌早，什麼時候開始也都可貴。十歲：早備資糧，龍女八歲已然成佛；二十：五分之一已過，血氣方剛，念佛可制欲降煩惱，使富貴能持，貧賤易安；三十：釋迦本師在這個年紀覩明星而悟道；四十：「三分老色侵明鏡，一片飛花脫故枝」；五十：眼光初暗，耳朵將背；六十：「千齡共盡風中燭，一去難回水上波」，一生大勢已去；七十：算長壽，業重日促；八十：康強的沒有幾個人，頭髮花白，老眼昏昏，「孜孜念佛最爲親」；九十：準備去裝，去哪裏呢？當然想去那不老不死國；一百：隨時可能離開，快快念佛；一百一十歲的老人眞可敬重，一百二十歲的老人是上壽，世緣眼看將斷，需要勤修來世。

2、點出念佛優勢

《山》：山棲念佛最幽深，魚躍澄潭鳥囀林。如此樂邦眞境界，自然終日好身心。雪梅競吐枝頭玉，霜橘爭垂葉底金。無量壽光塵刹現，眾生多只向西尋。

山居幽靜，魚遊澄潭、鳥囀叢林的美好環境令人身心愉悅，念佛無干擾，易入甚深境界。白梅和金橘的顏色在雪中格外嬌艷，這裡儼然人間淨土。

《船》：船居念佛水爲鄰，不染長街短巷塵。目對慈容如月滿，口稱聖號把珠輪。芙蓉浦裏收帆速，楊柳堤邊撥櫂頻。已往碧琉璃世界，更須圓證紫金身。

一片水的世界，無街道巷陌之塵，心如水靜，「芙蓉浦裏收帆速，楊柳堤邊撥櫂頻」。《觀無量壽經》云「初觀成已，次作水想。想見西方一切皆是大水。見水澄清，亦令明瞭，無分散意。既見水已當起冰想。見冰映徹作琉璃想。此想成已，見琉璃地內外映徹。」船居似乎已置身碧琉璃世界，若作水觀應當易成。

《村》：村野偏於念佛宜，葺茅爲舍竹爲籬。操心簡淡全然別，守信純誠更不疑。穢土本非清淨境，樂邦須築久長基。基成便是金剛座，一任毗嵐八面吹。

修頂茅屋，插幾根竹子作籬笆，操心簡澹，守信淳誠，人際關係簡單。但不要安於眼前之境，當知世間無常，必須利用好環境爲將來往生築基。

3、闡揚佛理

《金》：百鍊精金出冶時，全憑妙手用鉗鎚。分毫銖兩曾無損，釵釧瓶盤

各有宜。散去祥光何閃爍，敲來美韻實希奇。目前便作彌陀想，長對真身不暫離。

不管做成釵釧還是瓶盤，金子的本性是不變的，正像我們的彌陀自性。

《染》：佛亦何曾離染坊，染坊佛說正琅琅。青紅碧綠隨深淺，錦繡綾羅任短長。生處般般呈彩色，沒時種種放毫光。從來本性清無滓，一朵金蓮徧界香。

佛法在染坊更好比方：「青紅碧綠隨深淺，錦繡綾羅任短長。生處般般呈色彩，沒時種種放毫光。」染時是有，是豐富的現象界，去染是無，是世界的空性，也即我們的本性。

4、抒發道情

《行》：行時見佛在吾前，煊赫光超日月天。碧海重重眸子淨，青山疊疊髻螺旋。露垂體上珠瓔滿，雲結空中傘蓋圓。鵲噪鴉鳴松柏裏，誰知心印是伊傳。

詩人似乎看到佛的廣大真身，海為眸，山為髻，露珠像珠瓔之嚴飾，雲如傘蓋，而松柏叢中鴉鵲的叫聲也在傳佛心印。

《攝大乘論》言往生極樂必初地以上菩薩，凡夫一生念佛只種初因，生生念佛終有往生之期。曇鸞、道綽、善導，倡義法藏比丘大願，凡聖同攝其化土，凡夫能生淨土之說才盛行於世。至永明壽禪師「四十八願，運散心而化生」，散心亦收工效，則散心持名當可往生。淨土宗從產生起門越開越大，覆蓋面之廣，使其越來越具有普遍的道德淨化作用。梵琦《列名淨土詩》充分顯示了這一點，只要皈依憶念，縱然屠酤娼囚，盡載向西。

（四）《西齋淨土詩》的夢境

經云，人在夢中，會看見前生後世的事情。夢境顯示諸多真相。學佛修心，「心無相不可見取」，夢中有所反映。一個人修道身心起變化，夢境即相應改變。俗人之心有俗人之夢，道人之心有道人之夢，差別很大。《達摩血脈論》云，「初發心人，神識總不定；若夢中頻見異境，輒不用疑，皆是自心起故，不從外來。夢中若見光明出現，過於日輪，即餘習頓盡，法界性見。若有此事，即是成道之因。……或夜夢中見星月分明，亦自心諸緣欲息，亦不得向人說。」夢印證禪悟，同樣可以印證淨修。「其下輩者……一向專意，乃至十念，念無量壽佛，願生其國。若聞深法，歡喜信樂，不生疑惑。乃至

一念念於彼佛，以至誠心，願生其國。此人臨終，夢見彼佛，亦得往生。」
〔註45〕「一日一夜懸繪蓋，專念往生心不斷。臥中夢佛即往生，無量壽經如
是說。住大乘者清淨心，十念念彼無量壽。臨終夢佛定往生，大寶積經如是
說。」〔註46〕

　　西齋淨土詩中多次提到夢境：

　　　　幾回夢到法王家，來去分明路不差。
　　　　出水珠幢如日月，排空寶蓋似雲霞。
　　　　鴛鴦對浴金池水，鸚鵡雙銜玉樹花（皆夢中景）。
　　　　睡美不知誰喚醒，一爐香散夕陽斜。

　　　　琉璃地列紫金幢，翡翠樓開白玉窗。
　　　　文字可誇才不稱，肉身未到意先降。
　　　　能言（四無礙辯）孔雀知多少，善語（初善中善後善）頻伽定幾雙。
　　　　清夢正貪歸路直（從是西方），夜闌無奈鼓逢逢。

　　　　如來願海固難量，晝夜稱名不暫忘。
　　　　夢見玉花捫玉樹，身登金殿坐金牀。
　　　　盤中豆子隨聲躍，舌上蓮花徧界香。
　　　　待得工夫純熟後，排雲法侶共翺翔。

　　　　臥向林間夢到家，滿地都是白蓮花。
　　　　鳴禽廣讚三乘法，結構橫分五色霞。
　　　　風動寶衣香慘淡，月籠珠樹影交加。
　　　　覺來恰恰晨鐘動，星斗闌干河漢斜。

夢見阿彌陀佛及西方美景，都是梵琦念佛觀佛有所得的表徵。

（五）唯心淨土，自性彌陀

　　「或詩或偈演成章，塞破山人古錦囊。淨土不曾離穢土，東方何異在西
方。芙蓉冷落秋風早，蟋蟀哀吟夜漏長。處處無非觀自在，頭頭總是鼓音王。」
為什麼說淨土不離穢土，東方不異西方？

　　1、淨土與穢土正如佛與眾生，相對待而存在，有眾生才有佛，有穢土才
有淨土。

〔註45〕《佛說無量壽經》卷上，《無量壽經》臺灣靈嚴寺 2004 年。
〔註46〕王子成《禮念彌陀道場懺法》，吳信如《淨土奧義》，中國藏學出版社 2004 年，
　　　　下冊，第 370 頁。

2、修淨土獲得現世利益，使生活發生良性改變，甚至扭轉命運。

3、詩人修持產生法喜，像已經在極樂世界一樣。又詩人時時刻刻不離觀想，身在娑婆而神已遊淨土；「要觀無量壽慈容。只在而今心想中。坐斷死生來去路。包含地水火風空。頂分肉髻光千道。座壓蓮華錦一叢（心容如此）。處處登臨寶樓閣。真珠璀璨玉玲瓏（根心容來）。」

4、真正修成念佛三昧，即在此土成佛，無善無惡，無垢無淨。吳信如說：「故十六觀後，悲智雙圓，福慧兩足，不僅三聖常來，往生可證，直已入佛境界矣。」〔註47〕

5、獲得彼岸的利益。在娑婆的修行關係到樂邦將托之化生的蓮花之生長。「每為娑婆苦所縈。誰聞淨土不求生。……諸賢莫怪歸來晚。見說芙蕖始發榮（結歸誰不求生）。」普通人的心理，最關心淨土之有無。那麼，從出世間法的角度，畢竟無所有，從世間法的角度，乃為實有，可以這樣說，淨土之虛幻正如娑婆之虛幻，淨土之實在，亦如娑婆之實在。講淨土宗有四大特色，一是向死而生，把死亡看成生命形式的一次飛躍機會而精心準備「盤纏」；二是捨自歸他，承認己力微，佛力強，而全心全意投靠佛，天如和尚曾言「惟有樂邦之佛能救度汝，能攝受汝，能保護汝，能成就汝。切須趁此眼光腳健，全身倚靠求哀乞憐，夙夕懇禱不可斯須放捨」〔註48〕；三是指方立向，以西方極樂世界為實實在在的奮鬥目標──「太空站」；四是果覺因心，得果需有因，有因必得果，因果互含。從這四個特點可以看出淨土宗貌似簡單實則道理非常深刻，它昭示生死、佛我、彼此、因果之間極微妙的相互作用：把死的壓力化為生的動力；往生全仗佛力而行在自己，信眾一方面全身心地匍匐在佛的腳下，另方面一切的信願行都必須靠自己；志在彼岸，得在此岸，由於企盼一個「西方日出「，而在東方太陽下山之前奮力改變心意和行為，從而扭轉生活和命運，我們說得在此岸，因為得失是此岸的分別，彼岸已無失無得；為了異時彼地的善果而種善因，種善因的同時已經得到了此時此地的善果。

從依止佛的一面，《佛法要義》說速現佛性，唯禪宗、真言宗、淨土宗，而前二宗咸重師承，欲無師自通只有學淨土。「眾生煩惱以千萬計，一一對治，事甚艱苦。若能加強真如本性，煩惱自然降伏，不待枝枝節節而磨之。加強

〔註47〕 《淨土奧義》中國藏學出版社，2004年，第168頁。
〔註48〕 《師子林天如和尚語錄・書問》，《卍新纂續藏經》本。

本性之道，雖不離自力爲因，然甚薄弱，難以收效。三乘教家或不信仰，端繫於此。故必得他力爲緣，隱相加護，成功乃速。《論》（《大乘起信論》）云『自有熏習之力，又爲諸佛菩薩慈悲願護。』凱切言之矣。」〔註49〕

從依靠自己的一面，禪宗講即心成佛，密宗講即身成佛，「作佛何須向外尋，毫旋白玉而黃金。人人有寶名如意，種種無求不稱心。第一義天離染污，出三乘海斷漂沈。自從徹證圓通後，耳畔常聞妙法音。」「有個彌陀自在心，才生一念隔千岑。於中豈待回光照，直下翻爲向外尋。綠水青山皆妙體，黃鶯紫燕總玄音。凡夫只爲貪嗔重，不覺身棲寶樹林。」成昆《淨土十要重刻序》言劫濁盛時眾生夢魘重，須自呼自應自夢自醒，以自心之阿彌還度自心之生死，他打了一個奇妙的比方：「曾有久習神呪者一夜重魘，見獰物持之，置巨石下。其人怖急，憶誦素所習呪。遂見獰物倒散，裂石而醒。設素未習呪，或習未純熟，緣種不深。斯時也欲不瘋死，得乎！然夢中眞言復是何物？倒獰裂石誰實使之？皆即我現前一念之心也——自心神呪喚醒自心魘人。」

西齋淨土詩是詩之淨土：忻厭勸修，起念發言均指向淨土，只有道情，沒有凡情；西齋淨土詩是淨土之詩，淨土詩寫不好很容易成爲有韻語錄，刻板而千篇一律，梵琦以詩人的奇思妙想和高超手法，使西齋淨土詩臻於前無古人後無來者的極境。

首先他善於譬喻，善於用尋常話談佛，似詩而實偈，如「春風不易回枯木，磁石應難受曲緘」，聯繫上下文，可知暗喻由於惑障、業障而不見自己的妙明覺心。「雲開白月毫光滿，雨過青山鬢色深。」似乎純寫景，而「毫光」、「鬢色」念念不離佛。「黃鶯韻美春長在，玉樹枝柔歲不凋。流水有聲隨岸轉，好花無數逐風飄。」與娑婆景致無甚兩樣，其實黃鶯（宣法）、玉樹（非比喻）、流水（八功德水）、好花（曼陀羅華）實質完全不同。「風前鸚鵡琴三疊。水上芙蓉錦一絣」，說的也是極樂世界證無生法忍者所見聞之聲色。有的詩貌似世俗思鄉，讀到最後才知道是懷淨土：「日夜思歸未得歸，天涯客子夢魂飛。覺來何處雁聲過，望斷故鄉書信稀。幾度開窗看落日，一生倚檻送斜暉。黃金沼內如船藕，想見花開數十圍。」其次，辭藻豐富，對仗工穩，懷淨土詩頷聯、頸聯多佳句，如「三聖共成悲願海，一身孤倚夕陽樓。秋階易落梧桐葉，夜壑難藏舴艋舟。」「曾向多生修福果，始依九品結香緣。名書某甲深花

〔註49〕馮達庵《佛法要論‧佛教源流》，宗教文化出版社2006年，第29頁。

裏，夢在長庚落月邊。」一心不退思安養，萬善同修憶永明。淨洗念珠重換線，堅持佛號莫停聲。」

「讚佛言辭貴直陳，攢花簇錦枉尖新。自然潤澤盈身器，無數光明湧舌輪。」梵琦修念佛三昧，通佛性德，遂將心中自然充滿的法喜直陳出來，並不追求文字的藻繪尖新，所以《淨土十要》點評亦不說名句文身妙處，只在平實切要處點睛，以便讀者下對功夫。

方回說偈頌與詩的不同處在詩必須工而偈頌不必，工是詩人的文字功夫〔註50〕。西齋淨土詩是既工又達理，後世淨土詩個別一兩首稍或過之，總體質量卻都無法超越。再者，西齋淨土詩富於詩情畫意，指示給人們一個詩意的世界，後世淨土詩詩性方面要差些。第三，西齋淨土詩勸修也殷勤，但語氣態度柔和自然，如沐浴佛光而化感。這一點源自梵琦的慈力，以及元代佛治下元僧對佛法溥化的信力，不像後世淨土詩之「血滴滴地」〔註51〕。

〔註50〕方回《清渭濱上人詩集序》，《桐江續集》卷三十三，文淵閣四庫全書本。
〔註51〕古昆《淨土隨學》下卷，《卍新纂續藏經》本。

結　語

　　詩僧的生活不外世出世間，活動不外佛事和文事，兩方面顯然互相交融，以文事作佛事，在世間求出世間。依據佛理，娑婆眾生耳根最利，所以在釋家實質上已經形成一種詩教，如《檇李詩繫》所言「自楚石倡詩教於永祚正嘉隆萬間（楚石 1370 年即已示寂），詩僧輩起吟派之盛，於茲為最矣」。（卷三十一）詩僧們有意無意地貫徹著詩教，而千載之下，我們仍在聆聽。

　　真西山論陶詩：『榮木之憂，逝川之歎也；貧士之詠，簞瓢之樂也。』以公之學在經術中來，予又以公非自經術，自性理中來。……陶公心次渾然，無少渣滓，所以吐詞即理，默契道體，高出詩人有自哉！」〔註1〕陶淵明的詩，是天理從人的自然流露，而為什麼他的詩能體現天理？因為他的心胸純淨無染。陶淵明之高出詩人在，他是一個體道的人。和尚也有類似的議論，「及西菴祖與先師皆以傳宗自任，而或者以能文見稱，是猶韓退之以清涼國師為詩人。吁！何知之末也。」〔註2〕傳宗淺層的意思是延續其宗派，深層含義則如馮達庵所言，契合佛經所揭示的真理，得微妙受用〔註3〕。能文這個技能，不是清涼國師、及西庵、晦機元熙、笑隱大訴想讓人們注意到的東西，他們寫作詩文，是指示那自性之「月」。

　　這裡又涉及體道見性與詩文寫作的關係問題。明代余紹祉有關於人、禪、詩輕重的論述，為使意思更明白，重新排列其原文如下：有以詩為詩者，所

〔註1〕　郎瑛《七修類稿》卷十六義理類「淵明非詩人」，上海書店出版社 2001 年，第 164 頁。
〔註2〕　《題顏聖徒手卷》，《笑隱大訴語錄》卷四。
〔註3〕　馮達庵《佛法要論》宗教文化出版社 2006 年，第 21 頁。

見無非詩，則日月雲霞、山川草木，在在文字觀也。盡智極思、千錘百琢，驅聰明、役智慮以殉乎詩，而詩不必佳者，人功勝而天機淺也。作文字觀謂之文字禪，詩重人也。人以詩重，則其人可知矣。有以禪爲詩者，所見無非禪。所見無非禪，則矢口成吟，行歌相答，無可作文字觀也。淨智圓明，天懷放曠，於空性中發爲清響，無意爲詩而詩未嘗不佳者，塵勞盡而天籟鳴也。不作文字觀，謂之禪文字，人重詩也。詩以人重，則其計可知矣。又云：「近古方外之詩，莫高於中峰本、石屋琪，二老皆宗門尊宿，文字之相既空，宮商之響愈足，不以詩爲詩，而以禪爲詩者。」〔註4〕體會文義，我們若稱中峰明本、石屋清珙這樣的高僧大德爲詩僧，似乎顛倒了文字和禪修的關係，禪文字變爲文字禪，詩以人重有變爲人以詩重的嫌疑。本書題名詩僧而非僧詩用意即在此。

朱大炎居士挽弘一法師有句「絕代才華絕世姿，一生身世一篇詩」，道藝高超，風度氣象迥出塵俗，生活生平非同凡響，這樣一個人這樣一段生命故事即是一首詩，一首僧詩。一位詩僧之「詩」，包括他的修持、他的體貌外形、精神氣質、出處經歷、生活方式，而這些現在的遺跡，大要皆歸於其詩。在這個意義上說，「沒有什麼詩歌，只有一個個的詩人。」也是從這個意義上，我一直怯於用「研究」一詞──高僧遠非我可以指手劃腳、任意評說的對象，我只是學習、參究……。或許這不是個所謂客觀的、科學的態度，但卻是一個自然而有益的方向。

〔註 4〕余紹祉《晚聞堂集》卷九，清道光十七年單士修刻本。

參考文獻

原始文獻

1. 《雜阿含經》宋天竺三藏求那跋陀羅譯《中華大藏經》中華書局，1996 年，第 32 冊。

2. 《安般守意經》《大正新脩大藏經》臺北佛陀教育基金會出版部，1990，年，第 15 冊。

3. 《坐禪三昧經》《大正新脩大藏經》第 15 冊。

4. 《治禪病祕要法》《大正新脩大藏經》第 15 冊。

5. 《佛說離睡經》西晉月氏國三藏竺法護譯《中華大藏經》第 34 冊

6. 《佛說魔嬈亂經》失譯人名附後漢錄《中華大藏經》第 34 冊

7. 《佛說無量壽經》曹魏天竺三藏康僧鎧譯《中華大藏經》第 9 冊。

8. 《佛說阿彌陀經》吳月氏國居士支謙譯《中華大藏經》第 9 冊。

9. 《大寶積經‧佛爲阿難說人處胎會第十三》《大正新脩大藏經》本。

10. 《華嚴經‧世出世間品》《大正新脩大藏經》本。

11. 《般若波羅蜜多心經》唐般若利言共譯《大藏新纂卍續藏經》本。

12. 《佛說八大人覺經》後漢安息國三藏安世高譯《中華大藏經》第 24 冊。

13. 《十善業道經》唐于闐三藏實叉難陀譯《中華大藏經》第 25 冊。

14. 《佛說藥師琉璃光如來本願經》隋天竺三藏達磨笈多譯《中華大藏經》第 18 冊。

15. 《金光明最勝王經》《大正藏》第 16 冊。

16. 《佛說長壽滅罪護諸童子陀羅尼經》《卍續藏》第 150 冊，《大藏新纂卍續藏經》第 17 冊。

17. 《菩薩呵色欲經》後秦三藏鳩摩羅什譯《中華大藏經》第 51 冊。

18. 《父母恩難報經》後漢安息國三藏安世高譯《中華大藏經》第 36 冊。

19. 《雜譬喻經》後漢月氏沙門友婁迦讖譯《中華大藏經》第 51 冊。

20. 《佛說普曜經》西晉月氏三藏竺法護譯《中華大藏經》第 15 冊。

21. 《法句經》尊者法救撰，吳天竺沙門維祇難等譯《中華大藏經》第 52 冊。

22. 《佛說魔逆經》西晉竺法護譯，清雍正十三年（1735）內府刻本。

23. 《佛遺教經注‧四十二章經注》明釋古靈了童補注清乾隆元年（1736）莊府刻本。

24. 《金剛經‧壇經》後秦鳩摩羅什譯，唐慧能述，邵士梅編譯，三秦出版社，2008 年。

25. 《妙法蓮花經》後秦鳩摩羅什譯，明智旭注，黑龍江人民出版社，1994 年。

26. 《大涅槃經今譯》破嗔盧明注譯，中國社會科學出版社，1996 年。

27. 《大佛頂首楞嚴經》唐天竺沙門般剌蜜帝譯，河北省佛教協會虛雲印經功德藏。

28. 《楞伽經》《大正新脩大藏經》本。

29. 《百喻經》金陵書畫社，1981 年。

30. 《地藏王菩薩本願經》注音讀誦本，法界眾生敬印。

31. 《一切如來心秘密全身舍利寶篋印陀羅尼經》法界眾生敬印。

32. 《雜寶藏經》元魏西域三藏吉迦夜共曇曜譯，福建莆田廣化寺。

33. 《注維摩詰所說經》後秦僧肇等注，上海古籍出版社，1990 年。

34. 《達摩四地論》梁菩提達摩著，河北省佛教協會虛雲印經功德藏印行。

35. 《大乘起信論》梁真諦譯，高振農校釋中華書局，1992 年。

36. 《成唯識論述記》窺基大師《大正新脩大藏經》本。

37. 《永覺和尚廣錄》《卍新纂續藏經本》。

38. 《笑隱大訢禪師語錄》《大藏新纂卍續藏經》河北省佛教協會虛雲印經功德藏 2006 年。

39. 《雪巖祖欽禪師語錄》《大藏新纂卍續藏經》本。

40. 《石屋清珙禪師語錄》《大藏新纂卍續藏經》本。

41. 《高峰原妙禪師語錄》《大藏新纂卍續藏經》本。

42. 《天目明本禪師雜錄》《大藏新纂卍續藏經》本。

43. 《天目中峰和尚廣錄》北京圖書館古籍珍本叢刊本（元統三年釋明瑞募刻本）。

44. 《天如惟則禪師語錄》《大藏新纂卍續藏經》本。

45. 《了庵清欲禪師語錄》《大藏新纂卍續藏經》本。

46. 《恕中無慍禪師語錄》《大藏新纂卍續藏經》本。

47. 《元叟行端禪師語錄》《大藏新纂卍續藏經》本。

48. 《楚石梵琦禪師語錄》《大藏新纂卍續藏經》本。

49. 《愚庵智及禪師語錄》《大藏新纂卍續藏經》本。

50. 《雲外雲岫禪師語錄》《大藏新纂卍續藏經》本。

51. 《蕅益大師梵室偶談》智旭著，同治十年（1871）金陵刻經處刻本。

52. 《竹窗隨筆》袾宏著，雲棲法彙本。

53. 《禪林四書》於亭譯注，崇文書局，2004 年

54. 《法喜志》二卷《補遺》一卷，明夏樹芳，清初雲棲寺刻本。

55. 《高僧傳》釋慧皎撰，湯用彤校注，中華書局，1992 年。

56. 《宋高僧傳》贊寧著，中華書局，1987 年。

57. 《續高僧傳》大唐西明寺沙門釋道宣撰《中華大藏經》第 61 冊。

58. 《明高僧傳》明天台山慈雲禪寺沙門釋如惺撰《中華大藏經》第 62 冊。

59. 《神僧傳》《中華大藏經》第 61 冊。

60. 《弘明集》梁楊都建初寺釋僧祐撰《中華大藏經》第 62 冊。

61. 《廣弘明集》唐麟德六年西明寺沙門釋道宣撰《中華大藏經》第 61 冊。

62. 《續武林西湖高僧事略》袾宏輯《大藏新纂卍續藏經》本。

63. 《續傳燈錄》玄極輯《大藏新纂卍續藏經》本。

64. 《補續高僧傳》《卍新纂續藏經》本。

65. 《五燈全書》《卍新纂續藏經》本。

66. 《續燈正統》《卍新纂續藏經》本。

67. 《增集續傳燈錄》釋文琇輯《卍新纂續藏經》本。

68. 《五燈會元續略》，《卍新纂續藏經》本。

69. 《續佛祖統紀》，《卍新纂續藏經》本。

70. 釋祥邁《至元辨偽錄》，釋祥邁《四庫全書》本。

71. 釋念常《佛祖歷代通載》釋念常《四庫全書》本。

72. 釋心泰《佛法金湯編》，明萬曆二十八年釋如惺刻本。

73. 釋自融《南宋元明禪林僧寶傳》《四庫全書存目叢書》本。

74. 吳永年《吳都法乘》影印舊抄本。

75. 彭際清《淨土聖賢錄》二林居藏板。

76. 瞿汝稷編撰，德賢、侯劍，整理《指月錄》（上、下）四川出版集團巴蜀書社，2006 年。

77. 聶先編撰，心善整理《續指月錄》巴蜀出版集團巴蜀書社，2005 年。

78. 《比丘尼傳校注》梁釋寶唱著，王孺童校注，中華書局，2006 年。

79. 普度《蓮宗寶鑒》，《卍新纂續藏經》本。

80. 莊廣還《淨土資糧全集》，《卍新纂續藏經》本。

81. 蕅益《淨土十要》，《卍新纂續藏經》本。

82. 古昆《蓮宗必讀》，《卍新纂續藏經》本。

83. 古昆《淨土隨學》，《卍新纂續藏經》本。

84. 妙空子《蓮邦消息》，《卍新纂續藏經》本。

85. 瑞璋，《西舫彙徵》，《卍新纂續藏經》本。

86. 觀如《蓮修必讀》，《卍新纂續藏經》本。

87. 廣貴《蓮邦詩選》，《卍新纂續藏經》本。

88. 卍蓮《淨土證心集》，《卍新纂續藏經》本。

89. 丁福保《佛學大辭典》上海書店，1991 年。

90. 陳兵《新編佛教辭典》中國世界語出版社，1994 年。

91. 劉秉忠《藏春集》，《四庫全書》本，《北京圖書館古籍珍本叢刊》本。

92. 文珦《潛山集》，《四庫全書》本。

93. 釋英《白雲集》，《四庫全書》本。

94. 善住《谷響集》，《四庫全書》本。

95. 圓至《筠溪牧潛集》，《四庫全書》本，《北京圖書館古籍珍本叢刊》本。

96. 大訢《蒲室集》，《四庫全書》本。

97. 清珙《石屋禪師山居詩》，《續修四庫全書》本。

98. 中峰明本《梅花百詠》，《叢書集成初編》本。

99. 大圭《夢觀集》，《四庫全書》本。

100. 至仁《澹居稿》，北京圖書館古籍珍本叢刊本。

101. 釋益《山居詩》，《高僧山居詩》本。

102. 克新《元釋集》，《四庫全書存目叢書》本。

103. 德淨《山林清氣集》，《四庫全書存目叢書》本。

104. 梵琦《西齋淨土詩》，《叢書集成初編》本。

105. 宗泐《全室外集》，《四庫全書》本。

106. 妙聲《九皋錄》，《四庫全書》本。

107. 姚廣孝《逃虛子集》，《四庫全書存目叢書》本。

108. 姚廣孝《諸上善人詠》，《卍新纂續藏經》本。

109. 釋睿略《松月集》,《四庫全書存目叢書》本。

110. 來復《蒲庵集》南京圖書館藏本。

111. 耶律楚材《湛然居士集》,《四庫全書》本。

112. 王義山《稼村類稿》,《四庫全書》本。

113. 方回《桐江集》清嘉慶宛委別藏本。

114. 方回《桐江續集》,《四庫全書》本。

115. 李軍、辛夢霞點校《戴表元集》吉林文史出版社,2008 年。

116. 劉詵《桂隱集》,《四庫全書》本。

117. 鄧文原《巴西文集》,《四庫全書》本。

118. 趙孟頫《松雪齋集》,《四庫全書》本。

119. 吳澄《吳文正集》,《四庫全書》本。

120. 王惲《秋澗集》,《四部叢刊》本。

121. 姚燧《牧庵集》,《四庫全書》本。

122. 程鉅夫《雪樓集》,《四庫全書》本。

123. 徐明善《芳谷集》,《四庫全書》本。

124. 袁桷《清容居士集》,《叢書集成初編》本。

125. 張之翰《西巖集》,《四庫全書》本

126. 吳海《聞過齋集》,《四庫全書》本。

127. 李繼本《一山文集》,《四庫全書》本。

128. 陸文圭《墻東類稿》,《四庫全書》本。

129. 劉鶚《惟實集》文淵閣四庫全書本。

130. 虞集《道園學古錄》,《四部叢刊》影印景泰本。

131. 黃溍《金華黃先生文集》元抄本。

132. 蘇天爵《滋溪文稿》中華書局,1997 年。

133. 歐陽玄《圭齋集》,《四部叢刊》本。

134. 陳高《不繫舟漁集》,《四庫全書》本。

135. 傅若金《傅與礪文集》,《四庫全書》本。

136. 陳基《夷白齋稿》,《四庫全書》本。

137. 王逢《梧溪集》,《叢書集成初編》本。

138. 李祁《雲陽集》,《四庫全書》本。

139. 楊維楨《東維子集》,《四庫全書》本。

140. 劉基《誠意伯文集》,《四庫全書》本。

141. 宋濂《文憲集》,《四庫全書》本。

142. 宋濂《宋璟濂未刻集》,《四庫全書》本。

143. 宋濂《宋文憲公集》溫陵書林,清康熙 21 年（1682）版本。

144. 朱右《白雲稿》,《四庫全書》本。

145. 陶安《陶學士集》文淵閣四庫全書本。

146. 王禕《王文忠集》,《四庫全書》本。

147. 危素《說學齋稿》,《四庫全書》本。

148. 王彝《王常宗集》,《四庫全書》本。

149. 徐一夔《始豐稿》,《四庫全書》本。

150. 高啟《鳧藻集》,《四庫全書》本。

151. 錢謙益《牧齋有學集》四部叢刊景清康熙本。

152. 錢謙益《錢牧齋全集》上海古籍出版社,2003 年。

153. 顧瑛《草堂雅集》景元本。

154. 楊維楨《西湖竹枝集》明萬曆間陳於京本。

155. 釋來復《澹游集》續修四庫全書本。

156. 釋壽寧《靜安八詠》叢書集成初編本。

157. 楊士奇等編《歷代名臣奏議》,《四庫全書》本。

158. 錢謙益《列朝詩集小傳》世界書局,1985 年。

159. 錢謙益《列朝詩集》順治九年（1652）版。

160. 明釋正勉,性𣂏編《古今禪藻集》,《四庫全書》本。

161. 曹學佺編《石倉歷代詩選》,《四庫全書》本。

162. 沈季友撰《檇李詩繫》,《四庫全書》本。

163. 李鄴嗣選評,胡德邁校訂《甬上高僧詩》四明叢書約園刊本。

164. 董濂《四明宋元僧詩》四明叢書本約園刊本。

165. 顧嗣立《元詩選》中華書局,1987 年。

166. 顧嗣立、席世臣《元詩選癸集》中華書局,1987 年。

167. 錢熙彥《元詩選補遺》中華書局,2002 年。

168. 無名氏《詩淵》書目文獻出版社。

169. 張豫章《御選宋金元明四朝詩》。

170. 解縉等《永樂大典》中華書局,1986 年 6 月。

171. 《全宋詩》北京大學出版社,1991 年。

172. 李修生主編《全元文》江蘇古籍出版社,1997～2004 年。

173. 朱彝尊《靜志居詩話》，人民文學出版社，1990 年。

174. 吳景旭《歷代詩話》，《四庫全書》本。

175.《宋詩紀事》，《四庫全書》本。

176. 陳衍《元詩紀事》上海古籍出版社，1987 年。

177. 丁福保《歷代詩話續編》（上中下）中華書局，1983 年。

178. 王夫之等撰《清詩話》中華書局，1963 年。

179. 宋濂等撰《元史》中華書局，1976 年 4 月。

180. 邵遠平《元史類編凡例》，掃葉山房本。

181. 陳邦瞻《元史記事本末》，中華書局，1979 年。

182. 張廷玉等撰《明史》中華書局，1976 年。

183.《元朝秘史》《叢書集成初編》本。

184. 畢沅等撰《續資治通鑒》上海古籍出版社，1987 年 5 月。

185. 阿爾達扎布譯注《新譯集注蒙古秘史》內蒙古大學出版社，2005 年。

186. 惠洪《冷齋夜話》，《四庫全書》本。

187. 周密《癸辛雜識》，《四庫全書》本。

188. 蔣正子《山房隨筆》，《四庫全書》本。

189. 楊瑀《山居新話》《四庫全書本》。

190. 孔齊《至正直記》《叢書集成》本。

191. 葉子奇《草木子》《四庫全書》本。

192. 郎瑛《七修類稿》上海書店出版社，2001 年。

193. 明徐　撰《筆精》，《四庫全書》本。

194. 陸容《菽園雜記》，文淵閣四庫全書本。

195. 朱存理《珊瑚木難》，《四庫全書》本。

196. 趙琦美《趙氏鐵網珊瑚》，《四庫全書》本。

197. 高士奇《江村銷夏錄》鈔本。

198. 郁逢慶《書畫題跋記·續題跋記》四庫全書本。

199. 張丑《清河書畫舫》光緒 14 年（1888）孫溪朱氏家塾重刻本。

200. 陶宗儀《書史會要》，文淵閣四庫全書本。

201. 陶宗儀《南村輟耕錄》中華書局，1959 年。

202. 熊夢祥撰《析津志輯佚》北京圖書館善本組輯，北京古籍出版社，1983 年。

203. 劉基《郁離子》中華書局，1991 年。

204. 葉盛《水東日記》中華書局，1980 年。

205. 錢泳《履園叢話》中華書局，1979年。

206. 洪邁《容齋隨筆》齊魯書社，2007年。

207. 蔣一葵《堯山堂外紀》明刻本。

208. 馮夢龍《古今談概》明刻本。

209. 謝肇淛《五雜俎》上海書店，2009年。

210. 羅繼祖《松窗脞語》中華書局，1984年。

211. 鄭觀應《盛世危言》上海古籍出版社，2008年。

212. 袁桷《延祐四明志》文淵閣四庫全書本。

213. 佚名撰《元典章》元刻本。

214. 《溫州經籍志》民國十年刻本。

215. 陳大章《詩傳名物集覽》《四庫全書》本。

216. 宋翊《竹嶼山房雜部》《四庫全書》本。

217. 《遼金元藝文志》商務印書館，1958年。

218. 紀昀等《四庫全書總目》文淵閣四庫全書本

219. 《四庫全書總目》河北人民出版社，2000年。

220. 《四庫全書總目》中華書局，1997年。

221. 余嘉錫《四庫提要辯證》中華書局，1980年。

今人著述

1. 馮達庵《佛法要論》宗教文化出版社，2006年。

2. 吳信如《淨土奧義》（上下）中國藏學出版社，2004年。

3. 吳信如《佛教各宗大義》中國藏學出版社，2004年。

4. 李叔同《李叔同說佛》陝西師範大學出版社，2004年。

5. 弘學注《淨土宗三經》四川出版集團巴蜀書社，2005年。

6. 王紹璠《禪林寶訓》北京出版社，1995年。

7. 《禪風禪骨》鈴木大拙著，耿仁秋譯，楊曉禹校，中國青年出版社，1989年。

8. 周裕鍇《禪宗語言》浙江人民出版社，1999年。

9. 釋印旭《元代高僧中峰明本禪師》宗教文化出版社，2010年。

10. 紀華傳《江南古佛——中峰明本與江南禪宗》中國社會科學出版社，2006年。

11. 周昌樂《禪悟的實證：禪宗思想的科學發凡》東方出版社，2006年。

12. 吳言生《禪宗思想淵源》中華書局，2001年。

13. 吳言生《禪宗哲學象徵》中華書局，2001 年。

14. 吳言生《禪宗詩歌境界》中華書局，2001 年。

15. 張長弓《中國僧伽之詩生活》著者書店，1933 年。

16. 孫昌武《禪思與詩情》中華書局》，1997 年。

17. 王樹海《禪魄詩魂》知識出版社，1999 年。

18. 賴永海《佛道詩禪：中國佛教文化論》中國青年出版社，1990 年。

19. 蔡英婷《祖堂集禪宗詩偈研究》文津出版社，2000 年。

20. 蔣維喬《中國佛教史》上海古籍出版社，2004 年。

21. 任宜敏《中國佛教史》（元代）人民出版社，2005 年。

22. 任宜敏《中國佛教史》（明代）人民出版社，2009 年。

23. 楊曾文《宋元禪宗史》中國社會科學出版社，2006 年。

24. 嚴耀中《江南佛教史》上海人民出版社，2000 年。

25. 王建光《中國律宗通史》鳳凰出版傳媒集團，2008 年

26. 潘桂明、吳忠偉《中國天台宗通史》江蘇古籍出版社，2001 年

27. 呂建福《中國密教史》中國社會科學出版社，1995 年 8 月。

28. 嚴耀中《佛教戒律與中國社會》上海古籍出版社，2007 年。

29. 邱明洲《中國佛教史略》四川省社會科學出版社，1986 年。

30. 顧隨《顧隨說禪》廣西人民出版社，2005 年。

31. 陳揚炯《中國淨土宗史》江蘇古籍出版社，2000 年。

32. 陳垣《中國佛教典籍通論》上海世紀出版社，2005 年。

33. 陳垣《元西域人華化考》上海古籍出版社，2000 年。

34. 陳垣《釋氏疑年錄》中華書局，1964 年。

35. 黃夏年主編《陳垣集》中國社會科學出版社，1995 年。

36. 鄧紹基《元代文學史》人民文學出版社，1991 年。

37. 楊鐮《元詩史》人民文學出版社，2003 年。

38. 楊鐮《元西域詩人群體研究》新疆人民出版社，1998 年。

39. 楊鐮《元代文學編年史》山西教育出版社，2005 年。

40. 查洪德、李軍《元代文學文獻學》中國社會科學出版社，2002 年。

41. 查洪德《理學背景下的元代詩文》中華書局》，2005 年。

42. 季羨林《禪和文化與文學》商務印書館國際有限公司，1998 年。

43. 包根弟《元詩研究》幼獅文化出版事業公司，1978 年。

44. 丹納《藝術哲學》北京出版社，2007 年。

45. 周良霄《元代史》上海人民出版社，2003 年。

46. 史衛民《元代社會生活史》中國社會科學出版社，1996 年。

47. 德·傅海波、英·崔瑞德編《劍橋中國遼西夏金元史》中國社會科學出版社，1998 年。

48. 李治安《忽必烈傳》人民出版社，2004 年。

49. 王啓龍《八思巴生平與《彰所知論》對勘研究》中國社會科學出版社，1999 年。

50. 張星烺譯《馬哥孛羅遊記》商務印書館，1936 年。

51. 雒竹筠撰，李新乾補編《元史藝文志輯本》北京燕山出版社，1999 年。

52. 何貴初《金元文學研究論著目錄》（增訂本）文星圖書有限公司，2003 年。

53. 王德毅《元人傳記資料索引》中華書局，1987 年。

54. 陸峻嶺《元人文集篇目分類分類索引》中華書局，1979 年。

55. 周清澍《元人文集版本目錄》南京大學學報叢刊，1983 年。

56. 北京圖書館出版社影印室編《遼金元明人年譜》北京圖書館出版社，2005 年。

57. 《中國古籍善本書目》上海古籍出版社，1990 年。

58. 王重民《中國善本書提要》上海古籍出版社，1983 年。

59. 中國科學院圖書館編《中國科學院圖書館藏中文古籍善本書目》科學出版社，1994 年。

研究論文

1. 祁偉《佛教山居詩研究》四川大學，中國古典文獻學，2007 年博士論文。

2. 黃新亮《宗教制約是僧詩的第一制約──晉隋僧詩的基本主題及其形成機制》，《益陽師專學報》1989 年第 3 期。

3. 陳得芝《略論元代的「詩禪三隱」》，《禪學研究》第一輯江蘇古籍出版社，1992 年 8 月。

4. 儀平策《中國詩僧現象的文化解讀》，《山東大學學報》（哲學社會科學版），1994 年第 2 期。

5. 李峰《元李溥光的藝術成就》，《文史知識》，1996 年第 6 期。

6. 楊鐮《元佚詩研究》，《文學遺產》，1997 年第 3 期。

7. 楊鐮、張頤青《元僧詩與詩僧文獻研究》，《北京工業大學學報》（社會科學版），2003 年第 1 期。

8. 法雅《佛與魔》，《人間世》，蘇州戒幢佛學研究所，2003 年。

9. 釋昌明《淺談譬喻在佛學中的運用》，閩南佛學第四輯，宗教文化出版社，2005 年。

10. 鄧紹基《元代詩僧現象平議》，《中國社會科學院研究生學報》，2005 年第 3 期鮑翔麟《梵琦楚石與日本、高麗僧人的交往》，《東方博物》，2005 年第 4 期。

11. 鮑翔麟《一部關於元朝大都、上都和運河的真實記錄──讀初刊元楚石大師北遊詩》

12. 王頲《元、明之際「師子林」及相關詩、畫》，《社會科學》，2005 年第 9 期。

13. 淩郁之《顧嗣立與康熙文壇》，《蘇州大學學報》，2007 年第 4 期。

14. 呂真觀《寒山子的唯識體證》，《佛學研究》，2008 年第 00 期。

15. 高慎濤《僧詩之「蔬筍氣」與「酸餡氣」》，《古典文學知識》，2008 年第 1 期。

16. 許紅霞《蔬筍氣意義面面觀》，《中國典籍與文化》，2005 年第 4 期。

17. 王頲《書顯昭文───元代書、畫、詩僧溥光生平考述》，《史林》，2009 年第 1 期。

18. 楊鑄《和刻本稀見中國元代僧人詩集敘錄》，《中國典籍與文化論叢》第 8 集，2005 年 1 月。

19. 李舜臣、歐陽江琳《〈四庫全書總目〉中的詩僧別集批評》，《武漢大學學報》（人文科學版），2006 年第 5 期。

20. 淨慧《生活與生死》，吳言生主編《中國禪學》第四卷，中華書局，2006 年。

21. 于海波《論淨土宗的四大特色》，《法音》，2009 年第 8 期。

22. 魏崇武《「儒戶」與蒙元初期的文學功用觀》，《西南民族大學學報》（人文社科版），2009 年第 9 期。

23. 李舜臣、歐陽江琳《元代詩僧的地域分佈、宗派構成及其對僧詩創作之影響》，《武漢大學學報》（人文科學版），2010 年第 5 期。

附錄：元代部分詩僧小傳

　　本附錄 320 位元代詩僧小傳主要依據《南宋元明禪林僧寶傳》、《補續高僧傳》、《增集續傳燈錄》、《佛祖歷代通載》、《續佛祖統紀》、《山庵雜錄》、寺志，以及文人序跋、《語錄》所附《行狀》、《塔銘》等。存詩數爲粗略統計總集、別集、詩話筆記、語錄所得，並參考了其他學者的數字。

　　李溥光（1232 或以前～1315），存詩 21 首。字玄暉，晚年自稱玄悟老人，大同人。五歲出家爲頭陀，十九歲受大戒。世祖皇帝嘗問宗教之源，溥光援引經論，應對稱旨。至元十八年（1281）賜大禪師之號，爲頭陀教宗師。成宗即位，賜命加昭文館大學士，掌教如故。大德二年戊戌（1298），南下闡揚教事，椎輪（西湖）葛嶺。李溥光早年習儒，故雅尚儒業，好吟詠，「爲詩沖淡粹美，有山林老學貞遁之風」〔註 1〕。「有寒山雲林之高，無齊己、無本之靡。不假徽軫宮商自協。得之目前，深入理趣」〔註 2〕。善眞、行、草書，尤工大字，朝廷禁扁皆其所書，與趙孟頫齊名。喜書《八大人覺經》，草書作品有。又善畫，山水學關全，墨竹學文湖州，俱成趣。有《雪庵長語》、《大字書法》《石頭和尚草庵歌》行世。

　　劉秉忠（1216～1274），存詩 600 首。初名侃，字仲晦，出家法號子聰，後賜名秉忠。世居瑞州劉李村，祖父始移家邢州（今河北邢臺）。十三歲質於元帥府，立志爲學。戊戌歲（1238）春避世與全眞道者爲伍，苦形骸、甘澹泊、宅心物外。又打算西遊關陝，被天寧虛照禪師遣徒收剃。後由海雲印簡攜至世祖身邊，「逆知天命，早識龍顏，情好日密，話必夜闌」。劉秉忠輔佐

〔註 1〕 鄧文原《雪庵長語詩序》，《全元文》第 21 冊，第 38 頁。
〔註 2〕 程鉅夫《李雪庵詩序》全元文》第 16 冊，第 1 頁。

忽必烈建國，功勞卓著：識度弘遠，推薦中原人才張文謙、李德輝、程思廉等；庚戌歲（1250）夏上萬言策十餘條，皆尊王庇民之事。從征雲南、攻打鄂州，處處以天地好生、佛氏慈悲方便救護，全活甚眾；又「每承顧問，輒推薦南州人物可備器使者，宜見錄用」；協助創定朝儀、立管制、改元建號，等等。一生先儒後道再佛，通三教，釋惟靜《佛教歷史》稱爲「密行度生」。「道人其形，宰相其心」〔註3〕，權力地位極高，又琴書詩酒自遣，作名利場中散誕仙。生平少疾病，高歌而寂。關於劉秉忠的法脈，有以受度於海雲印簡的弟子可庵朗而歸入臨濟宗的，有算作天寧虛照弟子而歸入曹洞宗的，如《續指月錄》。

　　筠溪老衲圓至（1256～1298），存詩 50 首。字天隱，別號牧潛，高安姚氏子，季父、父、叔兄皆中顯科，爲送名臣。咸淳甲戌（1274）十九歲出家。至元十一年（1274）伯顏統軍沿漢水而下，渡江攻鄂，往依雪巖祖欽於袁州（今宜春）太平興國禪寺，並得法。至元中自淮入浙，依承天覺庵眞禪師、天童月波明禪師、育王橫川珙禪師。在天童育王時，戴表元適授徒郡郭，曾多次相遇。「每見但好奕棋，勞形苦心，拈子移時，囁嚅不即下。骨貌素臞，不善飲啖，一語不肯爲人說詩文，性似厭聒。然退而出其所作，清馴峭削，殆以理勝。」〔註4〕庚寅（1290）二十七年復歸廬山。至元三十一年主建昌能仁。元貞二年（1296）棄歸廬山。「自六代以來，僧能詩者多而能文者少」，〔註5〕圓至當成宗元貞間（1295～1296）以文鳴，其文雅正舒暢，無林下習氣。圓至去世後第二年，其詩文集《筠溪牧潛集》七卷由友人魁天紀梓行。方回序盛贊圓至之文「非特南渡後僧無之，南渡後士大夫亦未辦至此也」，「予蓋惜其人品，視契嵩、惠勤、參寥非遇之，而永叔、子瞻之不相值也」。都穆《南濠詩話》言圓至「工於古文，而詩尤清婉。……其造語之妙，當不減於惠勤參寥輩也」〔註6〕。姚廣孝少時讀天隱文至廢寢忘食，欲模仿卻力不能及，擱筆歎息。他說浮屠氏之號能文者之文多不得其正，得其正者唯宋代契嵩、元代圓至，「天隱之文，姿性亢爽，問學深著，故其作也，剔心鏤肝，敦章琢句，

〔註3〕 徐世隆《祭太保劉公文》，《元文類》卷四十八，《文淵閣四庫全書》本。
〔註4〕 《圓至師詩文集序》，《戴表元集》，吉林文史出版社 2008 年，第 125 頁。
〔註5〕 《四庫全書總目提要·牧潛集提要》。
〔註6〕 方回《天隱禪師文集序》，《李修生主編《全元文》江蘇古籍出版社 1997～2004
　　　年。

力欲削去陳腐而不背馳於作者之徑，珠瑩冰潔，照映簡冊，使人讀之味雋詠而不厭也」。「規矩準繩精密簡古，削去陳言爲可愛爾」〔註7〕。

白雲上人釋英（約 1244～約 1330），存詩 150 首。宋末元初詩僧，字存實，錢塘人，俗姓厲。出身名門世家，其家族向上可追溯到宋屏山公尙；唐都督文才、侍御史玄，厲玄與姚合、賈島同時以詩名；漢義陽侯溫。他的父親石田居士遷家杭州，成爲杭人。釋英幼而力學，年輕時便在士大夫間享能詩名。壯益刻苦，從知舊遊閩浙、江淮、燕汴一帶，慷慨入世。卻又傾慕貫休、齊己這樣的詩僧，慢慢地厭倦了世故，終於有一天登徑山聞鐘有悟，出家爲浮屠，時間大致在牟巘寫作《跋厲白云詩》（年代不詳）和《白雲集序》（1292 年）之間。結茅天目山中數年，家室、官職統統捨棄，涉遠道遍參諸方，甘爲役使，毫無勢力、貴富、驕泰、矜誇餘習，有道尊宿皆印可之。泰定元年（1324），曾住陽山福岩精舍。享年 87。釋英詩本家傳，個人經多見廣，又以形而上的詩、禪蕩滌了形而下的世慮，所以他的詩造清虛冷淡之境，掃陳腐粗率之談，無蔬筍氣，有泉石心，圓活而清雅，讀之使人超然有出世間趣。牟巘《贈厲白雲上人》云：「雙徑聞鐘罷，而今夜熟眠。事須紅日上，身在白雲邊。古貌應違俗，高吟不礙禪。爐頭煨芋火，相對各欣然。」〔註8〕

善住（1278～約 1330），存詩 784 首。字無住，別號雲屋，吳郡人。從《丁巳元日》「四十今朝是」知其生於 1278 年，又《癸亥歲寓居錢塘千頃寺述懷詩》「高閣攻書三十年」〔註9〕知 1294 年少時即開始讀書。受業於本郡善慶院，後向臥佛和尙學習賢首宗，學通華梵，能文善畫，居報恩寺。方外、大夫無不崇敬。有《安養傳》及《谷響集》行世。仇遠稱其五言似隨州，七言似丁邜，絕句似樊川，古詩出韋陶諸作上。《淨土往生傳》稱，善住是吳中修淨土人中最虔誠用力的，掩關不出，晝夜六時稱念阿彌陀佛萬聲，讀誦大乘，禮拜懺悔，坐臥向西，久病不易，臨終異香滿室。

蒲室禪師大訢（1284～1344），存詩 242 首。字笑隱，南昌陳氏子。得法於晦幾元熙。文宗天曆間（1328～1329）以文鳴，其文雄健超邁，無林下習氣。大訢業績以重建復興大報國寺和中天竺，修建住持大龍翔集慶寺及主持審定《敕修百丈清規》爲主。一生勞形累骸，急流勇退的打算被朝廷對他的信任和重用一再粉碎。

〔註7〕 釋道衍《讀至天隱文集》，《逃虛類稿》，北京圖書館古籍珍本叢刊本。
〔註8〕 顧嗣立《元詩選‧初集》，中華書局，1987 年，第一冊第 221 頁。
〔註9〕 《癸亥歲寓錢唐千頃寺述懷》，《谷響集》卷二，《文淵閣四庫全書》本。

　　石屋禪師清珙（1272～1352），存詩273首。字石屋，常熟溫氏子。20祝髮，嗣法於及庵信禪師，及庵嘗語眾曰：「此子乃法海中透網金鱗也。」1312年初，隱居吳興霞浦山天湖，躬耕自給，喜作山居詩，「有聞天湖之風，吟天湖之詩者莫不心爽神慕，以為真得古先德遺型。」來復序山居詩稱有寒山子遺風。至順二年辛未（1331）60歲時入住嘉禾當湖福源寺。七年復歸於天湖。至正間朝廷降香幣，皇后賜金襴衣旌其德。1347年，高麗僧沖鑒（愚太古）謁見，獻太古庵歌，蒙清珙印可，其王尊以國師號。高麗王傾渴清珙道行，上達元王朝，朝廷詔謚佛慈慧照禪師，又移文江渐，請平山處林赴天湖取清珙舍利，賜予高麗人歸國供養。有《石屋清珙禪師語錄》。

　　平山處林（1280～1361），仁和（今杭州）王氏，母姓黃。十二歲禮邑中廣嚴院廣修薙法。受具後告別母親參學，沒多久又跑回來。母親說：「學佛當持不退心，何趑趄若是！」〔註10〕平山警省，遂往金華西峰依及庵宗信。及庵遷湖州道場寺，平山隨從典藏。後在仰山盧谷希陵座下居第二座。出世大慈嘉禾，開山當湖福源，遷中天竺、淨慈。「師自奉甚薄，二時粥飯，必赴堂首眾，不厭粗糲。寒暑大布而已。師居淨慈十八年，始終如一日。」〔註11〕有《四會語錄》傳往高麗國。

　　澹居禪師至仁（1309～1382），存詩102首。字行中，別號澹居子、熙怡叟，鄱陽人。五歲學佛，七歲薙髮。印度指空和尚受朝廷召請赴大都經過報恩寺時專門為其授戒傳咒，後嗣法徑山元叟端和尚。先後住持湖北蘄春德章禪寺、浙江雲頂寺和崇報寺、江蘇虎邱靈巖寺等。明洪武六年（1373）住持蘇州萬壽山報恩光效禪寺。至仁旁通外典，尤精易學。《元詩選》說貢師泰、黃溍皆服其說，曾為蘇長公祠堂記，虞集稱其文醇正雄簡有史筆，比作宗門子長。其《澹居稿》刊行於至正中，由饒州路總管府判官皇甫琮所編，克新作序。

　　天如禪師惟則（1286～1354），存詩182首。字天如，出身廬陵永新名族譚氏。得法於中峰明本。在天目，明本命天如居板首，天如堅決不受，明本忽然下床一拜，天如急閃身：「和尚這一拜卻拜在虛空裏。」明本回答：「你且不在虛空外。」從此明本常說：『堂中有首座，老幻可偷閒矣。」〔註12〕中

〔註10〕《增集續傳燈錄》卷六，《卍新纂續藏經》本。
〔註11〕《淨慈寺志》卷九。
〔註12〕《增集續傳燈錄》卷六，《卍新纂續藏經》本。

峰遷化，惟則離開天目山，像他師父一樣行腳江湖，居無定所，前後三十年時間。元順帝至正六年（1341）門人為建「獅子林菩提正宗禪院」，才以此為道場，暢演宗乘。朝廷賜「佛心普濟文慧大辨禪師」號及金襴衣。據李祁《天如禪師別錄序》，至少在至正九年，天如即棄絕筆墨，不談文字，不接人事。有《楞嚴匯解》、《楞嚴圓通疏》、《淨土或問》、《十法界圖說》及《天如惟則禪師語錄》行世。

智覺禪師明本（1263～1323），存詩 510 首。號中峰，錢塘人，俗姓孫。得法於高峰原妙。雲遊江南，隨其所至，學者雲集而成道場。後還歸師子院。朝廷賜金襴伽黎衣，號佛慈圓照廣慧禪師，諡智覺。明本身材非常高大，以至稍低頭彎腰就氣喘。經常平目安坐。有人求法語，便由兩個頭陀扛紙，他在上面信筆書寫。和尚慧辨無礙，應機之暇，秘修淨業，有懷淨土詩百首。祖瑛《能仁庵記》讚歎：「有道者不求人知，而人自知之，故身彌隱，道愈顯。天目幻住本公，其道大而弟子至者眾。逃於窮山海島，弟子追逐之不捨。高麗君長即山問道，朝廷屢徵不起，於其死也，諡之以普應國師之號，仍賜其書入藏。嗚呼！何其盛哉。」〔註13〕

元叟禪師行端（1255～1342）113 首。字景元，一字元叟，浙江臨海何氏子。世以儒顯。母王氏能通五經，章安子弟咸宗之，如漢代曹大家。六歲從母親誦《論語》、《孟子》經子章句。12 歲從族叔父茂上人出家，18 受具。初參藏叟善珍，藏叟示寂，至淨慈依石林行鞏為書記，與虛谷陵、東嶼海、晦幾熙、東州永、竹閣真為莫逆交。尋掛錫靈隱，徜徉西湖山水間，自稱寒食裏人。育王橫川如珙以偈召曰，「寥寥天地間，獨有寒山子」，不赴，而謁承天覺庵真公。後參仰山雪巖祖欽，三年而欽公逝，徑山虎巖淨伏請去居第一座。既而退處楞伽室，擬寒山子詩百餘篇，真乘流注，四方傳誦。大德四年（1300）出世湖之資福，虎巖淨伏希望行端嗣其法，行端微笑以瓣香酬恩藏叟善珍。七年，朝廷特賜慧文正辯禪師。八年，詔住中天竺，並賜慧日正辨師號。皇慶元年（1312）遷靈隱。仁宗設金山無遮大會，命端證之，竣事入覲，奏對稱旨，加號佛日普照。南歸，即辭職，養高於良渚之西庵。至治二年（1322）宣政院命住徑山。端居徑山，人才之盛，不減妙喜，楚石琦輩，時稱僧傑。泰定元年（1324）朝廷降璽書作大護持。行端一生四主名剎（資福、中天竺、靈隱、徑山），三受金襴，秘不披搭，所賜金帛都用來賑濟貧乏。

〔註13〕吳永年《吳都法乘・壇宇篇》，影印舊鈔本。

行端多怨怒，經常據座呵罵，很多人就是從他的呵罵中得旨的。用堂子梗等弟子回憶其師：「公平頂古貌，眼光鑠人，頷下數髯。磔立凜然，雪後孤松。坐則挺峙，行不旋顧，英風逼人，凜如也。所過之處，眾方讙譁如雷，聞履聲輒曰，端書記來矣，噤默如無人。賓友相從，未嘗與談人間細故，捨大法，不發一言。秉性堅凝，確乎不可拔。自爲大僧，至化滅，無一夕脫衣而寢。」〔註14〕行端善詩，《堯山堂外紀》載曾於趙孟頫家，以一首《題飛鳴宿食雁圖》令滿座歎異。林石田久隱不接世事，一看到行端的文字，便破例寄詩給他，有「能吟天寶句，不廢嶺南禪」句。黃溍爲撰《塔銘》。有《四會語錄》行世，虞集爲序，宋濂爲明初重刊序。

古鼎禪師祖銘 11 首。（1280～1358）字元古鼎，浙江奉化應氏子。元叟行端嗣法弟子。祖銘生稟侏儒身軀，又唇縮齦露，聲嘶膚皴，相工認爲平生不言而可知。祖銘遂自誓，禱之於觀音大士，夜禮聖像，日持聖號。二十年後，容貌大變，昔之相工賀曰：今非昔比，當居顯位。果然，元統初自徑山出住昌國隆教寺，遷普陀及中天竺。至正間還主徑山。不滿五年而三遷移。賜號慧性文敏宏學普濟禪師。有《四會語錄》和《外集》若干卷。

栴堂禪師益（《四明宋元僧詩》作楠堂）40 首。字南堂，溫州人，得法於淨慈隱公。生卒年不詳，陳高《不繫舟漁集》卷五有《送益上人》，則栴堂當與陳高爲同時代人。開法婺之天寧，遷饒之薦福、明州太平，復陞彰聖，晚住慶元奉化岳林寺。臨終偈云，「八十三年，什麼巴鼻。栢樹成佛，虛空落地。」栴堂益有仿寒山詩。又有四十首七律《山居詩》，元時即刊刻行世。顧嗣立《元詩選二集》評，格律在皎然、無本之間，當不徒賞其山居高致。袾宏《竹窗隨筆》評價氣格雄渾，句字精工，爲諸家絕唱，「以其皆自眞實參悟，溢於中而揚於外，如微風過極樂之寶樹，帝心感乾闥之瑤琴。不搏而聲，不撫而鳴，是詩之極妙，而又不可以詩論也」。

夢觀道人大圭〔註15〕，存詩 248 首。字恒白，號夢觀，泉州晉江人，俗姓廖。開元寺僧，得法於妙恩。與泉州東禪寺用平禪師友善。博極儒書，精通內典，有「不讀東魯論，不知西來意」語。爲文簡嚴古雅，詩尤有風致。著《夢觀集》、《紫雲開士傳》，紙貴一時。

〔註14〕宋濂《重刻元叟端禪師四會語題辭》，《慧文正辯佛日普照元叟端禪師語錄》，《卍新纂續藏經》本。

〔註15〕《石倉歷代詩選》與富陽一初守仁合爲一人，誤。

　　石湖禪師宗衍（1309～1351），存詩170首。字道原，吳江石湖人，至正初住石湖楞伽寺（又名寶積院寶積寺）。善詩，頗有風尙，又所處山水佳，吸引一時名士與遊，尤受危素、覺隱本誠推許，與心覺原、渭湜庵相與酬和。有《碧山堂集》若干卷。曾由僧省堂選拔住嘉禾德藏寺，才辯聞望傾於一時。當道原赴德藏時，諸公咸賦詩送之，皆軼於兵，明初僅存遂昌鄭先生而下數篇，其法孫西白編緝授簡，妙聲爲序。宗衍與危素神交多年，以文字相知而未嘗相見，洪武初危素歸江南，序《碧山堂集》有言：「其詩博采漢魏以降，而以杜少陵爲宗，取喻託興得風人之旨，故其詩淸麗幽茂而皆可傳也。」〔註16〕

　　子庭禪師祖柏（1282～1354或1284～1346），存詩16首。號子庭，四明人，故宋史魏王之後。宋末元初僧。寓居嘉定，乞食村落。嘗講臺教於赤城。喜畫石菖蒲，題句頗多。行腳江湖，經過顧瑛玉山草堂多所留詠。釋餘澤《次韻屬子庭首座》「誰傳西祖意，庭柏著徽稱。吳下無尊宿，鄞東有此僧。遇緣隨所住，與道最相應。翰墨人爭玩，年來氣益增。」柏子庭晚歸故鄉多寶寺，天如惟則有子庭柏首座別浙西朋舊歸四明多寶寺疏》。《吳都法乘》引劉鳳文，言家中藏栢子庭《枯木竹石》，柏子庭亦精禪理。又攻畫葡萄，自題詩云：「昨夜園林雨過，葡萄長得能大。東海五百羅漢，一人與他一箇。」〔註17〕

　　蜀時圬公本誠（約1288～？），存詩18首。字道元（一作原）後名道元，字覺隱，嘉禾語溪人。出家前從石塘胡先生遊，出家後參虛谷谷陵禪師並嗣其法。喜畫石與荌蒲溪鳥。與天隱笑隱友善，世號三隱。至正間住嘉興興聖、本覺二寺。善詩喜畫，寫竹有掀簸之態。有文集行世。《宋濂愛其烏城志》五百餘言，刪之以附集中。《刪烏城志》如下：「元至正七年冬，嘉禾城西有烏數千，營巢於地，圍八尺，崇五尺，晝夜弗休，類有物督迫之者。未幾大盜弄兵海上紅巾繼起，江淮皆繹騷，朝廷遂詔州郡築城，築城自嘉禾始。亦異哉！唐貞元中，田緒境內烏銜木成城，其崇則緒五之二，其圍則至數里之廣，所以德宗有播遷之禍。今元亦馴致喪亡。先儒謂，杜宇啼天津橋，南方地氣先應，亦是類歟！」〔註18〕本誠著《性學指要》十卷，有補世教，宛陵注，叔志古汴、段天祐吉甫爲序，至正十六年（1356），嘉禾高士明編次刊行。張士誠據吳，治下諸儒提出《性學旨要》駁晦庵論性失旨，張士誠聽後遂命毀版。《增集續傳燈錄》有《性學旨要》文摘。

〔註16〕釋妙聲《衍道原送行詩後序》，《東臯錄》卷中，《文淵閣四庫全書》本。
〔註17〕馮夢龍《古今談槪》僞弄部卷二十二，明刻本。
〔註18〕《文憲集》卷二十六，《文淵閣四庫全書》本。

一愚禪師子賢，存詩 13 首。字一愚，天台人。聰悟絕人，禪定之外，肆志作詩，為楊鐵崖稱賞。

鑒機先，存詩 17 首。日本人。《國雅品》言機先、妙聲「並洪永間高僧。明音所載機有虎丘，聲有榆城，各一二首，未脫元調，聊備品中一流。」國初日本僧入貢者多謫讁居滇南，故沐昂《滄海遺珠》得錄其詩《滇陽八景》，有云「豈料長為南竄客，朝朝相對獨為翁。」胡粹中《挽鑒機先和尚》云：「曾將一葦渡瀛洲，信腳中原萬里遊。日出扶桑極東處，雲歸滇海最西頭。經留鬢幾香猶炷，棋斂紋楸子未收。老我飄蓬江漢上，幾回中夜惜湯休。」〔註19〕則鑒機先歿於雲南。

復元禪師自恢，存詩 16 首。字復元（一作初）（《澹游集》：字古道），豫章人。至正末住海鹽法喜寺，洪武初移住廬山。

雪山禪師文信，存詩 13 首。字道元，號雪山，永嘉人，住石湖寶華禪寺。

僧善學（1307～1370），存詩 43 首。自號古庭生，吳郡馬氏子。自幼離俗，十二歲出家大覺寺，十七歲受度為大僧。曾學天台學於林屋清公，後在曹溪寶覺蘭公座下解悟，盡通觀門並玄文要旨，深入賢首宗疏抄。元末，宣政院請開法崑山薦福寺，當路者欲令出其門下，善學賦曹溪水四章力拒嗣宣公而背寶覺（已逸）。二年後隱居東林，專修白業，謂同志曰：「吾始習晉水華嚴懺法，行之已久。及觀天竺慈雲式淨土懺儀明白簡要，五悔諸文皆出華嚴，吾欲藉是以祈生安養耳。」〔註20〕後主陽山大慈。洪武二年乙巳（1369），住銅像觀音道場光福寺。三年，受事牽連當徙贛州，善學以前業所定，漠然不辯，至池陽馬當山下示疾入寂。《行業記》由大祐定稿，妙聲筆錄。有《十玄門賦》、《法華問答》若干篇、《法華隨品贊》三十篇、《辨正教門關鍵錄》若干卷及雜著詩文行世。《元詩選補遺》言天順間，張宗伯序善學法師語錄行世，末載詩一卷，長於五言，其中佳句，元好問若見，亦應解頤；《旅癡》十首，酷肖寒山。

仰山禪師祖欽，存詩 32 首。（1204～1287）號雪巖，福建漳州人，5 歲出家，無準範禪師大弟子，歷住杭州徑山、袁州（江西宜春）仰山。

淨伏 1 首。字虎巖，江蘇淮安人。嗣法虛舟普度，住徑山。參與至元法寶勘同錄編校，期間世祖召見，呈偈，勸以慈心不殺。

〔註19〕《滄海遺珠》卷三，《文淵閣四庫全書》本。
〔註20〕《補續高僧傳》卷二十五，《卍新纂續藏經》本。

　　行鞏 1 首。字石林。嗣法滅翁文禮，歷住浙江安吉上方禪院、湖州思溪法寶禪寺、江西隆興府黃龍山崇恩寺、蘇州承天寺、杭州淨慈寺（至元間）。

　　大辨禪師希陵 7 首。（1247～1322）字希白，義烏（今屬浙江）人。元世祖賜號佛鑒。大德中，新作大仰山太平興國禪寺，成宗皇帝敕翰林學士承旨程矩夫制文勒石，加賜大寰之號。仁宗加號慧照。至正壬戌圓寂，世壽七十六，僧臘五十七。諡大辨。有《瀑巖集》及語錄偈頌若干卷行世。「文章清麗高古，夐絕塵俗，西江之老於文學者，往往故國之遺，傲睨一世，及見師，嗒然自失者多矣。而少俊之才，由師指示，而英英脫穎於翰墨之場者，亦間有」。〔註21〕

　　知非子溫 14 首。字仲言，號日觀，又號知非（一作歸）子，華庭（上海松江）人。宋亡，出家住杭州瑪瑙寺，尋入禪寺。能詩，不拘格律，率意而就，度越前古。喜臨晉帖，寫葡萄，並臻其妙。古人沒有畫葡萄的，日觀於月下視葡萄影有悟，似飛白體為之。酒酣興發，潑墨揮墨，頃刻立就，枝葉皆草書法，「譬之散僧入聖，不可禪律拘縛也」，〔註22〕非常奇特，自成一家法，人莫能測。畫成後「好書可喜可愕之語，附見其旁」〔註23〕。日觀面目嚴冷，藐視名利權貴，放浪而倔強。得錢，少了出門即散給窮人，多則拿去接濟失職士大夫。為朋友不求而作，有錢有勢者準備好紙素卻一筆不與。酷嗜酒，但對楊總統的名酒一滴不沾。與趙孟頫、鮮于樞友善，在鮮于樞家洗浴，鮮公為親進澡豆。溫日觀縱性樂道，不拘小節，獨心繫安養國。陳繼儒《題宋釋溫日觀葡萄》錄其詩：「往往來來舊破瓢，此心為了漫徒勞。如今不作輪迴夢，只走人間這一遭。」陳言此詩懷淨土也。後終於西湖教寺，或謂託生白斑家。〔註24〕

　　了慧 1 首。字岳重，武林人。住寶覺寺，與梁相必大結武林九友會。又參加元初月泉吟社，其《春日田園雜興》獲名次。

　　衣和庵主知和 3 首。號衣和（或作依和）庵主，崑山人。隱居雪寶，蓄二虎，恒跨之。終二靈山。

　　石室禪師祖瑛共 7 首。號石室，吳江陳氏子。得法於徑山晦機元熙禪師。

〔註21〕虞集《大辨禪師寶華塔銘》，《道園學古錄》卷四十八。
〔註22〕《石渠寶笈》卷三十二，《文淵閣四庫全書》本。
〔註23〕黃溍《題溫上人墨戲》，《金華黃先生文集》卷二十二續彙十九，元鈔本。
〔註24〕《山庵雜錄》卷上。

歷住明（昌國）之隆教禪院、杭之萬壽，明之雪竇育王。祖瑛和福崇曾輯述十世祖北宋宣和間道法師遺事，大訢為序，序中大訢表達了對祖瑛的賞識。祖瑛曾經生病，平石如砥探望，瑛作偈曰：「是身無我病根深，慚愧文殊遠訪臨。自有巖花譚不二，青燈相對笑吟吟。」〔註25〕

瑤1首。字荊山，雪巖僧。（王賓《虎丘山志》）

荊石 1 首。玉幾（？）僧。陸文圭《荊石和尚字說》言，永嘉單氏，名玘字荊石。

嘯林 1 首。龍門僧。

與恭（或曰允恭）9 首。字行己，號懶禪，上虞人。從月溪良公遊，洞明臺宗三觀。中庭可公（悅可庭）法嗣。居靈隱寺，與趙孟頫往來唱和。有《勁節堂集》，楊維楨序。

正印 173 首。號月江，別號松月庵、松月翁。福建連江人，俗姓劉。嗣法虎巖淨伏。元貞乙未（1295）開法常之碧雲，大德間住澱山寺，至正壬戌（1322）赴吳興之何山，後居育王，帝師賜金襴法衣，號月佛心普鑒。據大訢《與印月江書》，應該還住過甬東玉幾。

宜 1 首。字可行。皇慶、延祐間住佛隴山。

無名 1 首。與趙孟頫同時。

圓覺法師宏濟（或弘濟）（1271～1356）1 首。字同舟，一字天岸，餘姚姚氏子。投寶積寺依從父舜田滿公為僧，十六歲受具戒。往鄞依半山全公，通天台玄義。修法華金光明淨土期懺，於定觀中見尊者毘以的犀角如意後，談辯日增，口若懸河。泰定改元（1324），開法於萬壽圓覺寺，浙河左右學者爭相奔走其室。二年，鹽官海岸崩，宏濟禱祝顯神異。天曆元年陞主杭州名剎顯慈、集慶，復遷大德萬壽寺。至元五年（1268）主會稽圓通寺，四年後還隱寶集，專修西方念佛三昧。至正七年以八十高齡出主大普福寺，旋歸故丘，開清鏡閣深蟄。師梵貌魁碩，言吐清麗，讀書過目不忘。高昌總統般若室利學兼華梵，出入經論，用其國語與師共譯小止觀，文采煥發，室利深為敬服。鄧文原敬師有道，遺詩敘殷勤，有「相逢定性三生話」之句。著作《四教儀紀》正若干卷、《天岸外集》若干卷刊行於世。弘濟法師喜歡雲遊，能詩善畫。

懷深 2 首。字無懷。天曆、至順間結庵杭州西湖北山。有擬寒山詩。

〔註25〕《增集續傳燈錄》卷四，《卍新纂續藏經》本。

普彥明（《皇元風雅》作普彥）1 首。天曆、至順間人。

永彞 2 首。字古鼎，雲間（松江）人。與明州祖銘同時同號。

太白老衲如砥 66 首。字平石，自稱太白老衲，住徑山。

石門和尚至剛 2 首。閩縣人，居蘭溪聖羅山正覺禪院，人稱石門和尚。《續燈正統》說他世居山麓，得法遊歷，後歸里建正覺寶坊。

斷江禪師覺恩共 10 首。字以仁，號斷江，又號四明樵者，四明人。嗣法橫川如珙，歷住雲門寺、天平白雲寺、平江開元寺、明之保福，終於越之天衣。身材瘦長，操履清峻。所製詩頌典雅蒼古，牟巘爲序首。當時名士大夫趙孟頫、鄧文原、袁桷都與覺恩友善。牟巘有《送恩上人還雲門》〔註 26〕，又《跋恩上人詩》言其遊廬山百餘首、遊洞庭二十四首、雜詩四十餘首，「大率不疏筍，不葛藤，又老辣，又精彩，而用字新，用字活，所謂詩中有句，句中有眼，直是透出畦徑，能道人所不到處，想當來必從悟入，非區區效苦吟生銖心陷胃作爲如此詩也」。「年來詩人總向僧中去，而僧中亦罕見如此者」。〔註 27〕方回《跋佛陀恩遊洞山詩》〔註 28〕評，此近遊詩 34 首，清峭刻厲，舉《會泉長老》「話舊心如壯歸休夢已安」句，謂「淡而有味，下句尤佳」，云，「有僧自東漢始，後世儒逃於僧多執詩人之柄，然亦千萬僧中有一諸僧也」。1303 年覺恩歸老雲門，年高 77 的方回贈詩及序〔註 29〕。大訢《與虞伯生書》載，「少白斷江恩公，己卯（1339）秋，談笑之間脫然而逝」，「囊無所蓄，諸山故舊助其營塔」〔註 30〕。

雲海禪師智寬共 5 首。字裕之，號雲海，吳之笠澤人。嗣法懷忍禪師東嶼海公。住吳江聖壽，至元五年以行宣政院檄主嘉禾三塔景德寺，築愛松軒，日哦詩其中。所著有《雲海唱和詩》，克新爲賦而序之。

蓮花樂元鼎 1 首。字盧中，吳僧，所居地名白蓮桂子軒，自號蓮花樂，天台氏學者，與顧瑛友善。存《方寸鐵歌》。

南堂遺老清欲（1288～1363）432 首。字了庵，別號南堂遺老，臨海人，世居大雄山，朱姓，母黃氏。大父元善和父親松孫都是善士。九歲父親去世。得度徑山。天曆二年己巳（1329）七月十八日入住集慶路中山開福寺；元統

〔註 26〕《牟氏陵陽集》卷六，《文淵閣四庫全書》本。
〔註 27〕《牟氏陵陽集》卷十七，《文淵閣四庫全書》本。
〔註 28〕《桐江集》卷四，清嘉慶宛委別藏本。
〔註 29〕《桐江集》卷一。
〔註 30〕李修生主編《全元文》江蘇古籍出版社 1997～2004 年，第 35 冊，第 365 頁。

元年癸酉（1333）住嘉興路本覺禪寺，期間，帝師賜金襴法衣及慈雲普濟禪師之號；1345 年至正五年乙酉（1345）住平江路靈巖禪寺，三年。前後三坐道場。寂於嘉禾千佛慈雲塔院世壽七十六，僧臘六十。叢林評價「辯才無礙類妙喜，機鋒峻拔類德山雲門」〔註31〕，宋濂為撰行道記。曾著《南堂錄》。

　　湛然靜者照鑒（一作惠鑒）4 首。字仲明，號湛然靜者。俗姓徐氏，錢塘人。住惠山寺。著《雙清集》

　　海慧法師善繼 1 首。（1286～1357）字絕宗，諸暨人，俗姓董。棄舉子業，問法湛堂性澄。習天台教觀，修法華懺多感應。歷住杭州大雄、薦福、能仁三寺。後還華徑，於池深木寒處修十六觀，刻期坐化。（非半塘聖壽寺血書法華經的善繼，血書法華經始於至正二十五年乙巳，成於至正二十六年丙午。）

　　千巖禪師元長 2 首。（1284～1357）字無名，號千巖，蕭山人，俗姓董，父母晚年得子，因故棄之，嫂謝氏鞠養。從諸父行僧曇芳遊。十九歲受具戒，先習律，後嗣中峰本。《御選元詩》說他隱天龍山東庵，復渡江至義烏伏龍山，依大樹結茅而止。

　　師文 1 首。崇明人。

　　守良 1 首。至正末，住嘉禾興聖寺。

　　文靜 1 首。字默堂，閩中人。住越之天童寺。嗣法金山即休了禪師。

　　懋詗 2 首。字用明，閩中連江林氏子。嗣法育王月江印禪師，住宜興李山禪寺。明洪武二年住鼓山。

　　處林 1 首。字大材，天台人。

　　居中禪師寧 1 首。字居中，虎邱僧。

　　曇祺 1 首。曾與居中禪師唱和。

　　至諟 2 首。曾與居中禪師唱和。

　　逢 1 首。字其原，虎邱僧。

　　天泉禪師餘澤共 6 首。字天泉，吳江陸氏子，幼棄俗。研究教乘，尤博儒書。長遊京師，與翰林集賢諸老倡和。晚住吳之大弘教寺，與顧瑛為方外交。有《雨花別集》，虞集序，載《姑蘇志》。

　　寶月 5 首。字伯明，姑胥人。幼從天泉座下得悟教旨。住玉峰報國寺。名王大臣無不禮敬，顧瑛每經過，必與之談詩。

　　廣宣（一名至訥）1 首。字無言，吳僧，住福嚴寺。工詞翰，一代名流趙

孟頫、馮子振、柯九思、鄭元祐、陳旅、錢惟善等都有詩文相贈。曾行腳杭泉覓詩，方回《走筆送僧宣無言歸泉南》云：「此僧胷中有詩腸，……一欲追還李太白，二欲中興杜子美。三欲扶起黃魯直，四欲再作陳無已。若島若可若貫休，直下視之眇糠粃。」〔註32〕有《如幻稿》。

那希顏 2 首。字悅堂，四明人。幼悟禪旨，博聞強記，寬厚好士，爲東嶼正嫡。初住崑山之東禪，轉吳門之萬壽，升虎林之南屏，遂至雙徑，樹大法幢。國外聞名遣使請護教，受賜金襴法衣，藩王大臣折節敬禮，函香問道。松月大師（月江正印？）稱其道高於圓照、佛照二公。與黃溍、宋濂爲方外交，濂爲序《說法四會》。另據《草堂雅集》那希顏奉母尤致孝，所住玉峰薦嚴寺與顧瑛玉山草堂相去無一舍，交往密切。

元本 9 首。字立中，號瓊臺山人。丹邱人。

至奐 5 首。住天台寺。

照（覺照）5 首。字覺元，甬東人。

福初 1 首。字本元，吳淞人，或云松陵人。

法堅 2 首。會稽雲門寺僧，寓吳中。

良圭 2 首。字善佳。

水長老泉澄 1 首。人呼爲水長老。

行方 1 首。字行紀，嘉定人。所存詩作於玉山席上，其姓名卻爲《玉山名勝集》失載。

壽寧 9 首。字無爲，號一庵，上海人。善琴，以古歌詩名東南。元末主上海靜安寺，發起靜安八詠之會並結集。

椿 2 首。字大年，吳中大族，沈太傅八葉孫。早以詩名，遊錢塘南北兩峰，與南屏報上人賦詠爭奇，見《玉山草堂集》。

良震共 4 首。字雷隱，三山人。嗣法徑山元叟端禪師，住上虞之等慈寺，謝事歸隱蓮峰。和虞集是幾十年的詩友。虞集曾託良震輯本朝詩僧，良震遂選元叟行端等詩成高僧詩集，虞集爲序。〔註33〕

淨圭 10 首。磧里僧。

芝磵 1 首。至正末僧，與楊維楨、杜彥清唱和。

淨慧 3 首。字古（一作士）明，松江人。

〔註32〕《桐江續集》卷二十八，《文淵閣四庫全書本》。
〔註33〕虞集《高僧詩集序》，《東維子集》卷十，《文淵閣四庫全書本》。

祖教 4 首。號靈隱，嘉定僧。宋末死難吳淞副將姚舜元之曾孫。

善行 1 首。勾吳沙門。

元顥 1 首。錢塘僧。

象源（一作元），台州人。嗣法徑山古鼎禪師，曾住徑山興聖萬壽禪寺、天目山大覺禪寺。

觀通 5 首。字希達，宜興人。

必才（1292～1359）4 首。字大用，天台人。俗姓屈。父為明經之儒，母趙氏崇佛向善。師剛能說話即記誦孝經一卷。七歲善屬句，脫口諧協有思致。貝瓊《送材上人序》言其堅強而不倦，純一而不二，初受《易》於宛平榮先生，後從紫薇山忠公本心，又參道公竺隱於笤雪之上，嗣法玉岡蒙潤。先後住持海鹽德勝、杭州興福、演福。丞相康里公屢致香幣咨決心要。師為人凝重簡默，觀行精勤無懈怠。臨終西向稱佛號一晝夜，才與眾告別。閱世六十八，坐五十六夏。著《妙文元句》等。

自厚 1 首。字子原，吳人。從學靈隱東嶼德海，歷住蘇州穹窿香峰諸山。

璜 1 首。字石壁，上海廣福寺講主，與梧溪王逢相唱和。

法智 4 首。吳山僧。余闕友。《靜志居詩話》說，余忠宣挽詩，方外作者四人，非空、惠恕、祖皦、法智，惟法智詩為佳。

惠恕 1 首。字守拙，四明人。

靈惲 1 首。虎邱寺僧。

曇塤 4 首。字大章，丹邱人。住嘉定南禪寺，後居天台之五峰。

南洲禪師文藻 2 首。字南洲，溫州人。嗣法於月江印禪師，住湖州何山禪寺。

元明禪師溥照 1 首。字元明，吳郡人。嗣法承天剛中毅禪師，住白馬禪寺。

元旭 3 首。字原明，四明延壽寺僧，飛錫松江。

希能 1 首。字存拙，臨江僧。嗣法徑山南楚悅禪師，住新喻南山禪寺。

守衛 2 首。字中行，姑蘇人。住楞嚴寺，又住治平寺。《江村銷夏錄》錄其題畫詩。

萬峰禪師時蔚 6 首。號萬峰，樂清金氏子，由姑姑撫養成人。得法於千巖和尚。本不識字，超悟禪乘後，遂能作書偈語，皆可誦。雖僧服，而不去鬚髮，自為贊云，「束髮辮頭陀，留鬚表丈夫」。陸粲《庚巳編》稱蔚素精堪

興家學，爲報答沈以潛治病之恩，指示其一塊風水寶地，並預言六十年後家當大發。以潛用之葬母，至明成化間果符所言。〔註34〕

古潭 10 首。至正末，寓居慧日寺。明初居能仁寺。詩頗多，惜逸。牟巘《跋蔚上人約梅集》三十年前當面錯過。必遠自越攜蔚上人《約梅集》牟巘歎方相識此集中，不契而合。「上人高提句律，咄咄逼唐人。晚更老辣，與梅莫逆，尤苦說梅，乃所謂參寥子有不可曉者歟！端不負梅矣」。

德寶 1 首。吳郡北禪寺僧。

雄覺 1 首。臨川人，住曹山。

蕙 1 首。吳僧，白雲住山。

慈感 1 首。字感之，笤城人。

景芳 1 首。字仲聯，吳僧。

若舟別岸有《別岸和尚語錄》至正元年辛巳（1341）春仲善慶院沙門善住序，正印跋。

鼎 1 首。中吳僧，鄧尉山書記。

元虛 1 首。金山長老。

善慶（1260～1338）1 首。杭州淨慈千瀨善慶，嚴陵彭氏，自號無所，住慧雲。

圓邱 1 首。字雪崖。

淨昱 1 首。字大明。

元珪 1 首。字元白。

覺慧 1 首。字敏機。

迁塤 1 首。字大章。

可繼 3 首。斷雲，住塔寺。

善伏 3 首。字虎林。

曇輝 1 首。住秀峰山。

斯蘊 1 首。字昭叟。

志瓊 2 首。一作至瓊，字蘊中。

道充 1 首。字碧虛。

元 1 首。字宗海。

珤壽 1 首。號道幻眞人。

〔註34〕陸粲《庚巳編》卷七。

書古 1 首。自號梅屋道人。

小倉月 19 首。太原僧。

瞻 1 首。字無及。

奉 1 首。字無隱。

清芭 1 首。應是虎丘芭上人

天元 1 首。丹邱僧。

惟信 2 首。婁江人。

辨才 1 首。吳僧。

元遜 1 首。吳興人。

大亨 1 首。南昌人。

實 1 首。字積中，號竹樵。

囘 1 首。（《甬上高僧詩》5 首。大囘字妙止，號竹庵，會稽張氏。禮顯宗彌講主爲師。住鄞之延慶寺。永樂中於南北都門兩膺帝命纂修藏典。《靜志居詩話》評，妙止詩格未高，然已脫蔬筍氣。

性閑 1 首。號玉阜。

至畷1 首。一作皎。號東竺山人。

彌遠 1 首。號支硎山人。

尼妙湛 1 首。大德間爲湖州長明庵尼，能詩，與趙孟頫夫人管道升交好。管道陞於大德九年冬十一月二十五日作《長明庵圖》，圖中施鳥食者當即尼妙湛。其上以小行書題詩：雙樹陰陰落翠巖，一燈千古破幽關。也知諸法皆如幻，甘老煙霞水石間。

晦機元熙 1 首。（1238～1319）諱元熙，字晦幾，號南山遺老，賜號佛智，嗣法物初大觀。豫章人，俗姓唐氏。西山明覺院明公爲元熙族從父，聚宗族子弟教世典，元熙與胞兄元齡俱司進士業。元齡登第，元熙遂從明公祝髮。後元齡以臨江通判從文天祥死國，元熙奉母至孝。袁桷《仰山熙禪師眞贊》言，元熙「有詩名，鳴咸淳間，試嘉慶圖詩，禁中定爲第一」。〔註35〕至元間，釋教總統楊璉眞珈奉旨取育王舍利，親詣元熙求記舍利始末，因招以俱，元熙辭以老母而歸江西。〔註36〕元貞二年（1295）才出世百丈，居十二年，遷淨慈，七載，遷雙徑，爲徑山第 46 代住持。住徑山時間約在至大四年（1311），

〔註35〕《清容居士集》卷十七，《文淵閣四庫全書本》。
〔註36〕《淨慈寺志》卷二十七。

三月，黨禍作，眾徒背馳，遂退歸南屏。〔註37〕後返仰山，延祐六年（1319）示寂，壽八十二。虞集傳《塔銘》。

大同（1290～1370）1首。字一雲，號別峰，出身會稽官宦家庭。母陳氏，父王有樵見崑崙山龐眉僧入門而生師。幼時父親授以文章做法。出家後，會通華嚴之學，又參晦機元熙、中峰明本。明本勸他不要久留天目山，應該回去張大華嚴宗。遂返還寶林講雜玄門，會要統宗，名聲遠播。延祐元年（1314）出世蕭山淨土寺，天曆元年（1328）遷會稽景德寺。至元中，住寶林，法席之盛不減東山。至正初，順帝特賜金襴伽黎衣，帝師大寶法王賜「慈濟妙辯大師」號。泰不華守越，苦於旱災，師為爇香臂上請雨，即澍。元末時事日漸艱難，師遂隱退。洪武二年冬十二月示寂，世壽八十一，僧臘六十五。寂後囊中唯有《書史》五千卷，散給能文的徒弟。師神宇超邁，長身玉立，美談吐，遊心文翰，與胡長入、趙孟頫、鄧文原、歐陽玄、黃溍、余闕每歲詩函往來。晚年與安陽韓性、李孝光酬唱於山光水色間，尤極其情趣。曾名其居處曰「竹深處」。著述豐富，有外集《天柱稿》，錄平生所寫詩文，和為寺所作《寶林編》，概錄寶林寺歷代人物。釋明河贊曰：「賢首之宗不振久矣，凜乎若九鼎一絲之懸。師獨能撐支震耀，使孤宗植立於十餘傳之後，凡五十年。非賢者，其能致是乎！」〔註38〕

汝奭 1首。吳僧。

似桂 1首。丹邱人。

致凱 1首。字南翁，金華雲黃山主。

永隆 1首。字噭南，上虞人。

宗珂 1首。字月屋，號括庵，彭城人，括蒼僧。

至顯 1首。字仲微，別號熙隱，吳興僧。

若允 1首。字執中。前東塔住山。

至慧 1首。字愚極，當山人。

建溪僧自如 4首。福建人，養於杭州胡氏。初住浙江萬壽寺，天曆初約1331年，奉詔住中竺，釋大訢有《與如一溪書》。久之化去。

高峰（1238～1295）14首。江蘇吳江（今蘇州）人，俗姓徐。16薙法，18習天台教，20入禪。咸淳二年丙寅（1266），隱龍須山，臥薪飯松。十年

〔註37〕釋大訢《送暉東陽往江西省佛智師》《送瑞雲歸江西序》。

〔註38〕《補續高僧傳》卷四，《卍新纂續藏經》本。

甲戌，遷武康雙髻峰。帝昺祥興二年己卯（1279）營死關。1283 年，洪喬祖布施建師子正宗禪寺。高峰原妙以苦行著稱。在龍鬚九年，「縛柴爲龕，風穿日炙，冬夏一衲，不扇不爐，日搗松和麋，延息而已。嘗積雪沒龕，旬餘路梗絕煙火，咸謂死矣。及霽可入，師正宴坐那伽。」在師子巖築死關，「小室如舟，從以丈，衡半之。」「上溜下淖，風雨飄搖。絕給侍，屏服用，不澡身，不薙髮。截甕爲鐺，併日一食，晏如也。洞非梯莫登，撤梯斷緣，雖弟子罕得瞻視」。當時人「皆合手加額曰：『高峰古佛，天下大善知識也』」〔註39〕。延祐四年丁巳（1317），因弟子中峰明本的緣故，被朝廷追封「佛日普明廣濟禪師」。普莊《高峰和尚》有云：「天目山中立死關，話頭從此落人間。青松樹下盤陀石，凜凜高風孰可攀。」《緇門崇行錄》「獨守死關」條贊曰：「天懸九霄，壁立萬仞。前有熙公，後有此老。眞迥絕塵氛矣。」虞集說高峰「能殺能活，據其正令，以接後人。故遊其門者如斷崖義、中峰本，遂得其慧命之傳。一時禪宗號爲極盛」。〔註40〕洪喬祖撰《高峰和尚行狀》，趙孟頫書，爲傳世精品。

德淨 205 首。字如鏡，錢塘人。泰定天曆間，嘗與仇遠、馮子振、白珽諸人遊。有《山林清氣集》傳世，其詩皆律體，善詠物。《提要》評曰格調淺弱。

克新 176 首。（1322～？）字仲銘，號江左外史，又稱雪廬和尚，善隸書。鄱陽人，宋尚書左丞余襄公九世孫。始業科舉，趕上朝廷終止進士考試，遂改學佛。同時博通外典，務爲古文。嘗掌書記於是文皇潛邸之寺（大龍翔寺），後主熟州之慧日。元末住秀州資聖寺（即水西寺）與楊廉夫、顧仲瑛遊。力圖與來復定水寺相頡頏，並模仿《瀾游集》和《草堂雅集》等將友朋投贈之作編爲《金玉集》。明初召至京，與另外二僧受命徃西域招諭吐蕃，畫其山川地形歸還，著《南詢稿》，燬於兵。有《雪廬集》行世。陳基贈詩云：「我愛水西新仲銘，道空諸友說無生。出城看客意最古，把筆賦詩才更清。杜若洲邊春欲莫，鴛鴦湖上雨初晴。十載間關重相見，深杯寧惜爲君傾。」〔註41〕

普惠，號洞雲，平定人。與中書左丞呂思誠爲方外友，呂曾作《洞雲歌》相贈，呂思誠北上時，普惠亦貽詩。所做偈頌皆警策，《詠鼠》詩存句。

〔註39〕洪喬祖《高峰和尚行狀》，《趙孟頫墨跡精品選》，吉林文史出版社 2008 年。
〔註40〕危素《高峰和尚行狀跋》，《趙孟頫墨跡精品選》，吉林文史出版社 2008 年。
〔註41〕《閏三月八日泊舟三塔寺新仲銘長老出城相看》，《夷白齋稿》卷十，《文淵閣四庫全書》本。

廣漩字空海，晉江人，俗姓蘇。學於釋如照。

炳同（1223～1302）1 首。諱煙，號野翁，新昌人，俗姓張。年十一出家
邑之大明寺，師大轟。一度習天台教，復還。出世歷住大慈、延壽、香山。
丙子（1276）屏跡雪竇，住仗錫十二年，出補華葬，三年還仗錫，扁其室曰
「晚泊」，閉戶書《法華經》，有「老來非厭客，靜裏欲書經」句。元初主鄞
之雪竇寺，以「寄幻」顏其室。提刑牟巘銘其塔，言野翁立談不忘本，臨行
不留偈，遺戒不荼毗。有《文集》十卷，該淹經史，詩偈尤灑落。每升座，
記禪人騷語，聯絡貫串，總為一說。而條分縷析，務中肯綮，頗效癡絕。

梵琦（1296～1370）1188 首。梵琦，字楚石，成宗元貞二年（1296）六
月出生，前後有兩個異兆預示其不平凡的人生：一是母親張氏夢日墮懷中而
生，二是在襁褓時有僧告訴父親，這小孩必將成為照耀濁世的佛日。他的小
名「曇耀正來自這兩個異兆。4 歲誦《論語》，喜歡「君子喻於義」語，6 歲
善屬對，7 歲能書大字，詩書過目不忘，邑稱奇童。9 歲出家，受業西浙海鹽
天寧訥謨禪師。又從族祖晉翁洵公於湖州崇恩。往來崇恩期間，期間趙孟頫
很賞識他，為鬻僧牒。16 歲時在杭州昭慶寺受具，這位當年的神童，已經是
文采炳蔚，聲光藹著，受到徑山虛谷希陵、天童雲外雲岫、淨慈晦幾元熙等
臨濟、曹洞大師的一致稱譽，兩浙名山宿德爭欲招致座下。梵琦 20 歲時讀《楞
嚴經》，至「緣見因明，暗成無見。不明自發，則諸暗相永不能昏」，有省，
從此閱內外典籍，宛如宿習。27 歲參徑山元叟端。28 歲以善書赴京參與金書
《大藏經》。1324 年正月十一，在大都萬寶坊館聞崇天門鼓鳴大悟，有開悟偈
「崇天門外鼓騰騰，驀箚虛空就地崩。拾得紅爐一點雪，卻是黃河六月冰。」
二十八九歲遊覽大都、上都，創作《北遊詩》315 首。東歸後，再參元叟，為
第二座。受宣政院命出世海鹽州福臻禪寺，瓣香供元叟，成為妙喜五世。33
歲遷海鹽州天寧禪寺，建大毗盧閣。36 歲作列名淨土詩一百八首自序。49 歲
遷嘉興郡本覺禪寺，建大閣。52 歲，幼年異兆應驗，帝師錫號「佛日普照慧
辯禪師」。62 歲回到受業寺天寧。楚石為什麼從嘉興回到海鹽？《山庵雜錄》
載，當時地方有司修官宇，想用村落無僧廢庵的木石應需，就召集各寺住持
商議，楚石力陳不能占取的原因，有司不聽，楚石遂退隱。無慍稱讚楚石「勇
於行義，視棄師席之尊，不啻如棄弊屣。」64 歲於寺西偏築室退休，專念淨
土，自號「西齋老人」。68 歲，寺主者祖光告寂，遂復主天寧，完葺大毗盧閣。
73 歲推舉景瓛主持天寧，復歸西齋養老。入明，分別於 1368 年和 1369 年兩

次受徵說法蔣山。75 歲高齡時被詔問法,同年示寂。「龕奉四日,顏色愈明潤。緇白瞻禮,如佛涅槃。」「時例禁火化,上以師故,特開僧家火化之例。是日,天宇清霽,送者千餘人。火餘,牙齒、舌根、數珠不壞。舍利五色,紛綴遺骼。」〔註 42〕「參學弟子文晟,奉其遺骼及諸不壞者歸海鹽,以八月二十八日葬於西齋而塔焉。」〔註 43〕愚庵智及《悼楚石和尚三首》其一云,「潦倒奚翁的骨孫,高年說法屢承恩。麻鞋直上黃金殿,鐵錫時敲白下門。煩惱海中垂雨露,虛空背上立乾坤。秋風唱徹無生曲,白牯狸奴亦斷魂。」〔註 44〕楚石禪師一生著述豐富,說法機用見《六會語錄》二十卷,前有宋濂、錢惟善的序,後附至仁所作行狀、宋濂所撰塔銘。遊戲翰墨見於和天台三聖詩、永明壽山居詩、陶潛詩、林逋詩,其他還有《淨土詩》、《慈氏上生偈》以及《北遊集》、《鳳山集》、《西齋集》。

淨權 1 首。字道衡,徑山僧,工詩文,既寫送人,不留稿。好言葛洪、陶隱居事,自稱大迂闊者。

釋清濬 3 首。(1328~1392)(一名清濬)號天淵,別號「隨庵」,浙江黃巖人,俗姓李。少年出家,嗣法古鼎禪師,住東湖青山。明初住四明萬壽寺,旋歸隱二靈山,結茅清雷峰。洪武四年(1371)受詔演法鍾山。十五年奉旨出任左覺義。十九年(1386)說法靈谷大齋會,得御製詩十章,公和答甚稱旨。清濬善繪地圖,遠超同時代水平,極受歐洲學者贊譽。清濬初遊金陵,宋濂有詩《送天淵禪師濬公還四明》,序稱未相識時,先見其所畫地圖,「縱橫僅尺有咫,而山川州郡彪然在列」;後又知其能詩,「味沖澹而氣豐腴,得昔人句外之趣」;等到會面建業,與之論文,「其辯博而明捷,寶藏啓而琛貝焜煌也,雲漢成章而日星昭煥也,長江萬里風利水駛,龍驤之舟藉之以馳也。因徵其近制數篇,讀之,皆珠圓玉潔而法度謹嚴」。前後一奇再奇其人。宋濂說:「余竊以謂天淵之才未必下於祕演、浩初,其隱伏東海之濱而未能大顯者,以世無儀曹與少師也。」

釋福報 3 首。復原福報,浙江寧海方姓,秉父母命出家,嗣法元叟行端。出世慈谿蘆山,遷越州東山寺、四明智門寺。洪武六年,奉詔館天界寺,留三年,賜還智門寺,後遷徑山。楊維楨爲作《冷齋詩集序》

〔註 42〕 至仁《楚石和尚行狀》,《西齋淨土詩》。
〔註 43〕 至仁《楚石和尚行狀》,《西齋淨土詩》。
〔註 44〕 《愚庵及禪師語錄》,《卍新纂續藏經》本。

有規 1 首。徐度《卻掃編》云，渡江之初，尚能見到七十多歲的詩僧有規，頗有詩名，性情坦率，徒眾稱「規方外」，談論蕭散可嘉。臨終前數日有詩：「讀書已覺眉稜重，就枕方欣骨節和。睡去不知天早晚，西牕殘日已無多。」〔註45〕深得葉左丞喜愛。

釋明 1 首。東南行腳僧。

釋一初 1 首。天台宗懷坦系，嗣法靜安元鎮。分宜福勝寺僧。

釋如皐 1 首。字物元，餘姚僧。習天台教，得湛堂性澄正傳。曾住錢塘廣惠寺、餘姚明眞寺、越之圓通寺。兼通內外典，有能詩名。約 1360 年住明眞時，與朱右居近，唱和相酬。又參加祕圖湖續蘭亭會。至正二十二（1362）年春受命住圓通，劉仁本作《送物元皐上人》。元季居雪秘山，自營精舍，治園亭，結文酒詩會。有詩集《西閣集》朱右爲序。五言詩學陶淵明，多清適古澹。洪武初征至南京卒。朱右爲作《西閣詩集序》

釋有在 1 首。參加武陵勝集。

釋自悅 1 首。字白雲，天台人。嗣法靈隱竹泉林禪師，住餘姚之龍泉寺。洪武被召，賜還。

來復（1319～1391）100 首。字見心，自號竺曇叟，別號蒲庵，江西豐城王氏子，（《甬上高僧詩》云黃氏）以日南至生故名。參南楚悅於徑山，深蒙印可，留司內記。越三載，修西方淨土於天平山。元末主東海濱定水院。干戈載途，不能見母，作室寺東澗，取陳尊宿故事，建蒲庵以示思親。又住鄞縣天寧寺。至元七年住杭州靈隱寺。〔註46〕與虞集、黃溍、歐陽玄、張翥結方外教。洪武三年以十大高僧徵至南京，上攬其詩手不釋卷，賜金襴袈裟。上鍾愛蜀王椿，椿最重公，命撰「正心觀道，崇本敬賢」四字榜於宮。授僧錄司左覺義，詔住鳳陽槎茅山圓通院。後坐胡黨，凌遲死。元代天隱圓至、晦機元熙倡斯文於東南，來復與宗泐並出晦幾之徒笑隱大訢之門。有《蒲庵》《澹遊》二集。宋濂言：「晚閱見心復公之作，穠麗而演迤，整暇而森嚴，劍出裠而珠走盤也。發爲聲歌，其清朗橫逸，絕無流俗塵土之思，眞諸古人篇章中，幾不可辨。遐邇求者，日接踵於門，既得之，不翅木難珊瑚之爲貴。公卿大夫交譽其賢，名聞九天，皇上詔侍臣取而覽之，特褒美弗置。濂因謂，

〔註45〕陳衍《元詩紀事》，上海古籍出版社 1987 年，第 772 頁。
〔註46〕《靈隱寺志》卷三。

當今方袍之士與逢掖之流，鮮有過之者焉。」〔註47〕《國雅品》言「復公富於題詠，並多感慨，所乏幽淨永思。」又有見心來復爲胡人，先仕後出家說，如《法喜志》卷四：明天淵，豫章人。至正間爲翰林學士，後削髮爲僧，改名來復，字見心，號蒲庵，賦白牛詩云云。《七修類稿》：明濬，字天淵，世祖朝胡人明安之後，仕元爲學士，元亡削髮爲僧，改名來復見心。謝照淛《五雜組》卷之八人部四：「先仕而後爲僧者，……宋饒德操佛印，元來復見心也。」

釋宗泐（1318～1391）433 首。號全室，浙江臨海人，俗姓周。出家中天竺，嗣法笑隱訢公。洪武初舉高行沙門居首，命住天界寺。以道德文學爲佛教宗盟麟象。洪武五年鍾山法會所奏善世之曲、昭信之曲、延慈之曲、法喜之曲、禪悅之曲、徧應之曲、善成之曲，諸樂章皆出宗泐所撰。奉使西域求遺經，歸來，授右街善世。有《全室外集》。「國初，宋學士景濂精於釋，釋宗泐季潭精於儒。太祖每稱之曰：「泐秀才，宋和尚」〔註48〕《靜志居詩話》認爲來復與宗泐齊名而其實遠不及宗泐，宗泐風骨戍削，來復未免癡肥。《國雅品》言：「泐公博達古雅，實當代弘秀之宗。高皇帝嘗奇之，賜今號。其詩如乘蘆涉江，雪浪凌空，步步超脫塵埃。選中有……，都從韋陶乘中來。」〔註49〕

曇噩（1285～1373）6 首。字無夢，又字夢堂，慈谿王氏。雖出仕顯家庭，處富貴環境，喜衣布裘，喜餐蔬食，喜坐靜舍，如在定僧伽。年23 從雪庭傳公剃髮習教，復棄教既禪，參元叟行端禪師。出世浙東三名刹，國師賜號佛眞文懿禪師。洪武二年召至京師，奏對，以老放還。夢堂曇噩少學文於胡長孺，爲袁桷、張翥等推服，久稱詞家夙老。袁桷嘗指師謂人曰：「此阿羅漢中人也。觀其爲文（按：此指《驃騎賦》，《疊秀賦》、《洌清賦》），駸駸逼古作者。渡江以來，諸賢蹈襲蘇李，以雄快直致爲誇，相帥成風，積弊幾二百年，不意山林枯槁之士，乃能自奮至於斯也。」張翥說：「噩師儀觀偉而重，戒行嚴而潔，文章簡而古，禪海尊宿，今一人耳！通縣烏斯道得其文法心印，以文名家。」黃溍有《送噩夢堂住開壽司》。

釋懷渭（1317～1375）5 首。字清遠，號竹庵，江西南昌人，俗姓魏。大訢俗甥兼嗣子。大訢示寂後居匡廬靜修，歷主浙東西大刹。虞集、歐陽玄等

〔註47〕宋濂《靈隱大師復公文集序》，《文憲集》卷七，《文淵閣四庫全書》本。
〔註48〕《都公談纂》卷上。
〔註49〕何文煥《歷代詩話》（上下），中華書局 1981 年，下冊，第 1129 頁。

皆稱重其道德文章。洪武改元前夕入主杭州淨慈，後預鍾山法會，退居餘杭良渚。終身持誦《金剛經》。有《竹庵外集》。

釋妙聲 232 首。字九臯，吳縣人。景德寺僧，嘗居常熟之慧日寺。師事古庭善學，屬天台宗，洞明天台宗止觀，博綜外典。善詩文，尤長於四六儷語。年十九以詩謁袁桷，袁學士答云「天機不受梁燕語，逸興直與江鷗親」，殊見引重。主平江北禪寺。命弟子繕寫其生平著述《東臯錄》，藏之山房。從《衍道原送行詩後序》「余長道原一歲」，知妙聲生於 1308 年，入明時年已六十餘。洪武三年，與釋萬金同被召蒞天下釋教。洪武十七年甲子春，法孫德瓛跋《東臯錄》並授梓，內多僧人特別是吳僧傳記。《提要》云，「詩文多至正中所作，故顧嗣立元詩選亦錄是集」，又評：「妙聲與袁桷張翥危素等俱相友善，故所作頗有士風。當元季擾攘之時，感事抒懷，往往激昂可誦。雜文體裁清整，四六儷語亦具有南宋遺風。在緇流之內雖未能語帶煙霞，固猶非氣含蔬筍者也。」

力金（或云萬金）〔註50〕（1327～1373）3 首。字西白，吳郡（蘇州）姚氏子。幼孤，11 歲從吳縣寶積院宗衍道原法師出家，習天台之學。衍築碧山堂自娛，因以白庵號金。力金得宗衍資助行腳，後深入古鼎祖銘堂奧而嗣其法。歸吳，築孤雲庵事母，母亦悟道。至正間開法瑞光，移嘉禾天寧，帝師大寶法王。贈號「圓通普濟禪師」。洪武初，與泐季潭奉詔注楞嚴、金剛、心經。屢辭住持之職，退居同歸庵養母。洪武四年，說法鍾山法會。六年舉泐公自代以母老辭歸。金西白旁通百家，能詩善畫，〔註51〕「禪師禪學位望皆當今之冠」〔註52〕。當初高帝詔選名宿輔導諸藩，蜀王椿師事見心來復，力金歎曰：「復公其不免耳。」來復果然罹難而終。力金則抗朱元璋罷道輔政旨不遵，拒醫絕食而逝。著《澹泊齋稿》。

守仁 72 首。字一初，富陽人，隱於富春妙智寺。與楊維楨友善。楊的鐵笛唯守仁能吹，楊有《贈妙智寺仁一初》詩。〔註53〕溥洽《跋楊鐵厓送夢觀遊方序》云：「師少從鐵厓遊，奇才俊氣，師友契合，觀於序文可知。」〔註

〔註50〕錢謙益《列朝詩集閏二》：師名萬金，或改爲力金，誤也。《檇李詩繫》：《檇李英華》、《姑蘇志》、《禪林詩輯》俱作萬金，蔣之翹云皆誤，當是力金。
〔註51〕陳基至正十年（1350）八月所作《送金西白上人遊方序》。
〔註52〕釋妙聲《送義上人序》，《東臯錄》卷中。
〔註53〕《武林梵志》卷六，《文淵閣四庫全書》本。
〔註54〕錢謙益《列朝詩集》，順治九年（1652）版，閏集卷二。

54〕元末住杭之靈隱。明洪武十五年徵授僧錄司右講經，陞右善世，因爲題南粵貢翡翠詩賈禍。洪武二十四年住天禧寺，示寂於寺。有《夢觀集》六卷，古春編訂。守仁和德祥爲詩文友，並有詩名。二人志皆在行道，然逢元末時亂國危，不得以而致力於作詩。一初曾經說，「我輩從事文墨，非以廢道沽名，蓋有不得已也」。守仁的詩清簡有遠致。楊維楨非常欣賞。《國雅品》言：「其爲詩秀麗夐拔，……可並淨土蓮花，是綽約含空之語。」又善書，筆法遒勁。溥洽《贊夢觀法師遺像》曰：「右街三考左街升，跨朗籠基只一僧。遍界光明藏不得，又分京浙百千燈。」〔註55〕

　　如蘭 23 首。字古春，自號支離，富陽人。嘗與夢觀守仁同遊楊維楨之門。楊維楨《送蘭仁二上人歸天竺序》云：「余在富春時得山中兩生，曰蘭，曰仁，天質機穎，皆有用世才，授之以春秋。」〔註56〕住杭天竺。善相。永樂初，召校鐫經律論三藏。有《支離集》。

　　介清（1239～1301）8 首。號龍源，福州長溪王氏。祖父一夔，爲古田縣尉，父親良輔任黃巖知縣，母蔡氏。從一峰齊禪師得度，十五歲薙法受具，嗣法寂窗照禪師。歷住四明壽國、開壽普光、湖州道場。至元十三年丙子（1276），道場寺經火成瓦礫堆，至元二十二年乙酉，介清入住，造殿、塑像、建塔、摹經、置法器，煥然一新。四方衲子雲歸霧集。朝廷賜金襴袈裟，加號佛海性空。有語錄傳世。

　　合尊 1 首。宋幼帝趙㬎，歸元，封瀛國公，與太后等被遣送大都。至元十九年（1282）前待遇優厚，1282 年後，由於漢人暴亂及同情他們的察必皇后去世等原因，繼續北遷至上都。在上都，趙皈依佛門並奉命剃髮。釋惟靜《佛教歷史》云，世祖以公主妻趙，公主勸其學佛以全身。1288 年被送往吐蕃薩斯迦寺，潛心鑽研而成爲講師，當地人敬稱「蠻子合尊」。光宗避讒居北地時與趙爲鄰，二人甚相得。趙產子，光宗非常喜歡，當自己的兒子撫養，更名妥歡帖木兒，即後來的元順帝。〔註57〕合尊大師以宋瀛國公歸附大元，薙法爲僧，帝師爲摩頂授戒。合尊精鍊堅確，已多應驗。到英宗朝，偶而作詩「寄語林和靖，梅開幾度華。黃金臺上客，無復得還家。」〔註58〕被人告

〔註55〕錢謙益《列朝詩集》，順治九年（1652）版，閏集卷二。

〔註56〕《東維子集》卷十。

〔註57〕釋惟靜《佛教歷史・宋仁德祀長》，江蘇廣陵古籍刻印社，1996 年。

〔註58〕《山庵雜錄》卷上，《卍新纂續藏經》本。

發，認爲此詩意在諷動江南人心。皇上遂於至治三年（1323）四月收斬合尊。後又反悔，才出帑黃金爲泥，召集江南善書僧儒來燕京書大藏尊經，用助冥福，因遇刺不到半藏而停。

釋良琦 30 首。釋良琦，字元璞，號龍門老門，吳郡（江蘇蘇州）人。幼年出家，讀書學禪白雲山中，嗣法石室祖瑛。楊維楨說，琦公既究禪理，兼通儒學，能詩爲其餘技。歷住吳郡龍門寺、嘉興興聖寺。良琦性操溫雅，澹然無塵想，與楊維楨、郯韶經常出入顧瑛玉山草堂。其詩多見玉山《草堂雅集》中，在當時與楊維楨、張雨、顧瑛齊名。《國雅品》言「文組所載琦題顧玉山二作。其與仲瑛遊，亦是高逸沙門也。至洽（溥洽）之應制東橋，源（道源）之吳江晚泊，又琦之亞矣。」元末顧瑛移居嘉興，琦亦從之，住郡城東興聖寺。

德祥（1330～？）172 首。字麟州，號止菴，仁和鍾氏。詩刻苦，清逼賈島，存《桐嶼集》。《南濠詩話》言其《送僧東遊》：「與雲秋別岸，同月夜行船」，《詠蟬》：「玉貂名並出，黃雀患相連」，宗泐、來復不能道。善書，宗晉人，姚廣孝有《祥老草書歌》。住徑山唱道，爲禪者所宗，風化翕然。明初以《西園詩》罹禍。《補續高僧傳》將他和守仁對照，顯示德祥德優於守仁，「然止菴律已甚嚴，臨眾有法，氣象巍然。一初日暮無聊，頗涉不羈，不得蒙法門矣，從是見二公之優劣。故止菴得稍酬初志，而一初則終於不振。至止菴就化，倚座示眾，若無經意於死生，脫然無繫，景光尤可想而見也」。〔註59〕

德褒 2 首。字南谷，四明人。恕中無慍禪師至正戊申避兵時曾投奔他，並在他的鼓勵下作《續頌大慧竹山頌古》一百一十則。

子然 1 首。字瑩中，臨江人。嗣法徑山南楚悅禪師。住吳之觀音山。

法膺 1 首。字擇中，吳郡人。嗣法龍翔笑隱訢禪師。

彥文 1 首。字覺隱，臨江人。嗣法徑山南楚悅禪師。

守道 1 首。字中行，吳郡人。元前期詩僧，與仇遠遊，有《題仇山村詩卷》：「朝野邈遺老，山邨有逸民。書傳東晉法，詩接晚唐人。」

志海 1 首。字曼容，宜陽然。嗣法龍翔笑隱訢禪師。住清泉禪寺。

德璉 1 首。字平山，湖南人。

湛堂性澄（1265～1342）字湛堂，號越溪。會稽人，俗姓孫。至治間召至京，校正《大藏經》，賜號佛海大師。歷主東天竺興元、南天竺演福，泰定

〔註59〕《補續高僧傳》卷二十五，《卍新纂續藏經》本。

元年遷上天竺觀音教寺。「咸以和尚爲江南教法宗主，獨建赤旛，餘子望塵而拜矣」[註60]。所著書有《金剛經集注》、《心經消災經注》、《阿彌陀經句解》、《仁王經如意輪呪經科》。

　　大始 1 首。字宗元，四明之慈谿人。住五峰天台教寺。

　　道契 1 首。與見心唱和。

　　桂惪 1 首。與見心唱和。

　　允若 2 首。（1280～1359）字季蘅，自號浮休，出身紹興李氏官宦家族。習天台教。從泰定中，歷主興化、圓通、天竺、靈山等寺，四坐道場。與天岸弘濟、我庵本無、玉庭罕被稱作佛海會中四天王。後退居雲門，修法華觀慧三昧，且與斷江絕恩、休耕逸臨風笑詠，不知夕陽之在樹，人又目爲雲門三高師。至正十九年遇兵不屈被害。大訢有《與若季蘅書》。允若曾裒集古今上下千餘年題詠雲門山水的詩文爲《雲門集》，請黃溍作序，刻之山中。

　　行海 2 首。（1224～？）號雪岑。幼年出家，十五遊方，後住嘉興興福寺。

　　魯山（約 1280～1345）23 首。高昌畏吾人，以「岳」或「儒」爲漢姓，人稱岳魯山或儒魯山。早年出家爲僧。有《魯山詩集》。

　　釋盤谷 19 首。號（或曰字）麗水，浙江海鹽人。狀貌不揚，而志氣超邁，博通經史。性喜山水，嘗云，「足跡半天下，詩名滿世間」。1319 年高麗王璋參拜中峰明本的同時，恭請他住杭州慧因寺，開講華嚴大意，七眾傾服。後退隱松江，構精舍，專修淨業，課彌陀佛號。約七十多歲，預告以時，無疾端坐示寂。有《遊山詩集》三卷。

　　文珦 1047 首。（1210～1291）字叔向，號潛山，於潛（浙江臨安）人。出家杭州，習天台教。廣泛遊歷而歸杭。一度遘讒下獄，得免後遁跡不出。與褚師秀、周密、周璞、仇遠等唱和。有《潛山集》，《四庫全書總目提要》云：「其詩多山林閒適之作，比興未深而即事諷喻，義存勸誡，持論率能中理」，「宋元以前僧詩之工且富者，莫或過之」。

　　釋子梗，字用堂。四明之奉化人，陳谷靈先生諸孫。徧參古鼎祖銘、笑隱大訢、斷江絕恩等東南宿老，嗣法元叟行端。出世居鄞之大梅護聖寺，還居奉化之清泰。與夢堂曇噩唱和吳中，時人比作唐代皎然與朱灒。洪武中內召至金陵，與宋濂遇會龍河之上。宋濂序子梗《水雲亭小稿》，謂其寄情翰墨，獨露本眞，近世明教、寶覺之流也。

<hr>

〔註60〕大訢《與澄湛堂書》，《全元文》第 35 冊，第 367 頁。

法住 3 首。號幻庵，又號雲峰。豫章人。得法於蒲庵復公。

清濋字蘭江，天台人，俗姓鎦。初習天台教觀，後參禪。嗣法仲方天倫（或曰曇芳守忠）住常州翠微寺、湖州顯慈寺。入明，出任大天界寺首座，後遷崑山薦嚴寺。有《望雲集》及《語錄》行世。

智及（1311～1378）140 首。字以中別號西麓，吳縣顧氏子，母周氏。至順二年辛未（1331）出遊，往依龍翔訢公。訢公以文章道德名重當世，交往張夢臣侍御、王繼學侍御、張翥、危素等搢紳先生，每天參問禪要，倡酬文字為樂。一天，王侍御賦《金陵雜詠》十首，徵訢公座下能詩者來和。智及次韻，呈給訢公過目，訢公極力稱道。於是名儒鉅卿都樂與智及交友，名聲遂起。夏後辭訢公歸吳，同舟雲心嶼首座對他說，你資性高爽、才氣英邁，他日必有成就，廣大佛祖之道，怎麼能光從事吟詠呢？智及聽了不覺臉紅汗下。後謁元叟行端並嗣其法。至正壬午出世主昌國隆教，轉普慈、淨慈，升徑山。洪武癸丑（1373）召江南有道浮屠十人集大天界寺，智及居其首，因病賜還海雲。宋濂為撰塔銘稱：「自宋季以迄於今，提唱達摩正傳，追配先哲者，唯明辯王宗廣慧禪師一人而已。」又為《四會語錄》作序，評「其解人膠纏，如鷹脫絛鏇，摩雲而奮飛也，其方便為人，如慈母愛子，一步而三顧也，其宏機密用，如大將臨陣，旗鼓動而矢石集也，誠一代之宗師，而有德有言者歟。」

睿略（故山）（1334～1412），存詩 305 首。字道權，號簡庵。蘇之茂苑人。自幼習儒，早歲出家。先習天台，後逃禪，為徑山愚庵禪師之高弟。明初先後住延慶、寶華、延祥，後任揚州府僧鋼司都鋼兼天寧寺住持。有《松月集》一卷，中吳隱士俞貞木為作序行世，評其甚肖唐人。睿略與道衍元末曾同參學徑山十載，兩人閒暇時優游泉石林藪間題詠唱和為樂。國初一住山行道，一應詔北上，永樂改元始獲三十年後之一會。

廷俊（1299～1368），存詩 5 首。字用彰，號懶庵，江西饒州樂平人，俗姓董。世居番易之洎川，為董文靖公從孫。二十剃髮受具，二十五遊方，參大訢有得，久居吳地。至正二年起歷住蘇之白馬、吳之資福、紹興能仁、杭州中天竺、淨慈。與朱右交好將近三十年。洪武二年寂於金陵。一生五坐道場，有《五會語錄》，其贈送序記輯為《洎川集》。朱右《洎川文集序》評曰：「敘事似柳河東，議論似曾子固，立言扶教似嵩仲靈。淵源緒餘本於其師廣

智，若連類引物，從容譬喻，又上窺王褒、劉向之倫。情思泉湧，蘊蓄山輝，灝灝淈淈，茫無畔際，則又自成一家言矣。」〔註61〕

弘道，元前期詩僧，仇遠方外友，其題仇山村詩卷「吾愛山邨友，詩工字亦工。波瀾唐句法，瀟灑晉賢風。」

釋道隱 1 首。字仲儒（子），號月磵（澗），海鹽當湖鎮人，俗姓李。善畫石墨竹，其蘭石師趙子固，墨竹宗王翠巖。

華嚴法師淨明，字德昷，姑蘇人，洪武初住嘉興招提華嚴教寺，嗣法獨芳蘭法師。宋文憲稱其樹教基，續慧命，有功法門。《檇李詩繫》卷三十一錄其詩《向識定水宗師於吳會雙峩奉別已十八年矣因成一律》：「卓錫甬東山水窟，白雲長與德爲鄰。鶴鳴峰頂不驚定，龍拜室中能化人。海氣晝寒濤卷雪，天香秋淨月垂銀。雙峩尚憶相逢處，詩寫珠璣照眼新。」

無慍（1309～1386），存詩 191 首。號空室，稱恕中和尚，台州臨和人，俗姓陳。七歲入鄉校，未冠出家，竺元妙道入室弟子。不喜出世，住象山靈巖、廣福禪寺和黃巖瑞巖、淨土禪寺，皆剛滿三年便退隱。宋濂爲序其二會語錄。入明後，日本使者請赴日傳法，無慍以老病辭。一生好學，精通內外典，發爲文章詩偈，追及古作。衲子請求法語禪偈，揮灑若神，各副其意。晚年歸養鄞縣翠山，一次有五十多人參拜床下，各求偈語而去。所著有《二會語錄》若干卷，《偈頌》若干卷，《重拈雪竇頌古》一百則，《續頌大慧竹山頌古》一百一十則（至正戊申 1368 避兵依龍山永樂南谷褒公時作），《山庵雜錄》若干卷，《淨土詩》一卷。外學著述皆不存稿。《山庵雜錄》蘇伯衡爲序，守仁夢觀跋言，可與林間、草庵並垂於世。

如珙（1222～1289），存詩 38 首。字子璞，號橫川，永嘉人，俗姓林。十五歲依叔父正則禪師祝髮。宋度宗咸淳四年（1268）出世領雁山靈巖禪寺，四年後遷能仁瑞光。至元十六年奉敕住寧波阿育王寺。其門下竹林妙道和古林清茂並稱二甘露門。

僧似杞楚材 2 首。字楚材，鄱陽人。著《瞻雲集》，宋濂撰序。

念常（1282～1341），存詩 2 首。號梅屋，華庭（上海松江）人，俗姓黃。12 歲出家，14 歲受具。先學律，後參禪，嗣法晦機元熙。1315 年主淨慈，1316 年改祥符。念常精研藏典，博究群書，集《佛祖歷代通載》二十卷，增補前代，繼錄宋元佛教史實，揀擇精詳，議論正確，盛行於世。

〔註61〕宋濂《妙果禪師塔銘》，《宋景濂先生未刻集》，《文淵閣四庫全書》本。

默然 2 首。號樵枯子。居吳中承天寺，能詩，善畫羅漢。

枯林 4 首。天台葉西澗丞相之後，能詩，以畫蘭名世。《佩文齋書畫譜》載「頗勇俠，或不舟渡水」。

文謙（1316～1372）號牧庵，福州長樂人，俗姓方。十一歲出家，嗣法竹泉法林，住臺之覺慈寺、洪福寺。洪武五年（1372）以十高僧之一演鍾山法會，召對稱旨。

萬松行秀（1166～1246），存詩 3 首。號萬松野老，河內人，俗姓蔡。幼年於邢州淨土寺出家。受法磁州大明寺雪滿岩禪師。返淨土寺建萬松庵自住，因以為號。後住燕都報恩寺。行秀精通孔老莊周百家治學，三閱大藏，最重讀授《華嚴經》。嗣法弟子 120 人，其中雪庭福裕、林泉從倫和耶律楚材李林甫等最為著名。

慶閑，字無逸，吳人，俗姓白。習訓詁之學，曾箋注范成大《田園雜興》六十首，方回、鄭國為前後序，仇遠、顧逢賦詩以行之。

雲岫（1242～1324）字雲外，號方巖，昌國（浙江舟山）南海安期（安期煉丹地，故名）鄉人，俗姓李。歷住慈谿石門、象山智門、明州天寧，升住天童。雲岫 63 歲時回憶，10 歲那年被父親帶到一片山地，受囑道，我死後就埋在這裡，南水上漲時正對此處，可以蔭庇你。他相信自己後來學佛、多病多難而得以安然為僧，都是父親遺言的應驗，「千家山裏阿爹墳，遙想年深艸木昏。山外潮回南水上，遺言千古及兒孫。」〔註 62〕雲岫短小精悍，究明曹洞宗旨，四方參叩，遠至三韓日本，交遊皆當世名卿碩儒，為宗門所賴。晚年住天童，不積不貪，有即予人，不倨傲。見後生愈謹，期任宗門，不開小竈，二時粥飯必掌盞赴堂。《山庵雜錄》記其弟子四人：聘大方、吊獨木、省愚庵、證無印，言僅無印證還僅傳一兩個人。則恕中無愠不知東陵永璵赴日傳法事，東陵永璵開創日本東陵派。陳晟《雲外和尚語錄序》評「其為詩有盛唐渾厚之風，其為序跋疏論則文采璨然。至於偈頌拈贊之類，余雖不能盡通其義，以意觀之，皆非苟作也。」有語錄一卷收入《續藏經》，其中偈頌 93 首。

悟光 20 首。字公實，號雪窗，新都（今屬四川）人，俗姓楊。住四明天童寺。曾有《雪窗語錄護法錄》、《雪窗集》。1324 年梵琦南還，雪窗與之同行，見梵琦《過東昌》等詩。至正間開元寺毀，光雪窗與恩斷江重建，取韋應物

〔註62〕《雲外岫和尚語錄》，《卍新纂續藏經》本。

詩「綠陰生晝寂」句作綠陰堂，虞集爲文。虞集有《寄光雪窗》，華幼武有《寄開元寺光雪窗長老》。

溥圓 3 首。字大方，號如庵。河南芝田人，俗姓李。二十一歲出家。李溥光法弟。書學雪庵，山水墨竹具學黃華。有《寒灰集》。鄧文原爲作《頭陀師李大方詩集序》，評曰：「大方之詩融會貫徹，博周事物而非污，窮極理奧而非隱」，超越唐僧之以空玄爲工、不屑世故，而有得於古之學佛者不滯一偏的境界。

釋曇鍠，字聲外，四明人。潛心禪宗教典，詩文亦精。

普明，字雪窗，松江人，俗姓曹。嗣法晦機元熙。至元四年（1338）住虎丘雲巖寺，寺久傾頹，修造一新，環寺爲渠六千餘尺。至正四年（1344）住承天能仁寺，兩度病退，至正八年（1348）復出。善畫蘭，與柏子庭齊名；又善針灸，人皆重之。壽九十餘卒。柯九思稱其畫法趙子固、趙孟頫。錢惟善《江月松風集》卷十有《題柯敬仲博士明雪窗長老蘭竹石合景四幅各一首》。

子安 1 首。字淨慧，金陵人，少林和尚。八歲出家，至正七年（1347）圓寂。

釋大梓（或來梓），又名大杼，號北山，盧陵（江西吉安）人。受經福嚴寺，淹貫宗學，尤工文詞。漫遊四方，住錫燕京城南報恩寺。盧陵北山大杼一生三件大事：一是編訂張翥蛻庵集並刊行之，釋來復序，釋宗泐跋。二是編集古今名賢南嶽福嚴寺題詠，至正間託翰林編修馬易之鏤板於鄞，張翥曾寫信請來復作《衡山福嚴寺二十詠》。明初因板廢不存，重刻流傳，來復爲序。三是以保存國史爲由阻止了危素死節。釋大梓當元大都陷落之際活動於文人間，楊鐮比之作大都文壇的「殯葬人」。

釋安，楊維楨爲作《蕉窗律選序》。

釋本暢，方回爲作《寄題暢上人文溪別業詩》。

釋正則，鄱陽人，俗姓曹。危素爲作《香溪文集序》。《溪香集》佚。

釋行魁（1268～?）字天紀，號一山，吳郡人，俗姓朱，博學多才。初居長洲陳湖磧沙寺，與圓至爲詩友。戴表元有《魁師詩序》。又是方回方外友，曾向方回傳達磧沙南峰袁公旨意，請其爲圓至三體詩注作序。方回《僧一山魁松江詩集序》言，行魁三十一歲，北走齊魯燕趙，南踰襄漢廣閩，西涉巴蜀秦隴，足跡廣闊，眼界開闊；其詩「合島苦參淡而一之，苦如定，淡如慧，

定非勞，慧非逸，至其得也無不天圓。魁集姑評其五言律偶聯皆極其味之苦，結句皆極其味之淡」，爲「今日僧詩第一」。〔註63〕又《次韻酬吳僧一山行魁》云，「爲僧應勝我，可惜墮禪林。鑄錯剪鬚髮，書癡雕肺心。聞名梅止渴，晤語旱逢霖。一句詩傳世，猿邊幾夜吟。」〔註64〕摯友圓至寂後兩年，行魁求方回序《牧潛集》且賦十絕，辭去。32歲遁跡天目山，「叢林全盛時。人皆翕翕求進。魁獨棲遲於巖谷。不與世接。有古大梅‧懶瓚之風。」獨與天童平石如砥和山下檀越（施主）洪家府子弟往來。魁死，洪氏夢其其乘山轎至家。第二天生下一子，取名應魁，字士元。上學娶妻生子與俗無別。三十歲猛省，像換了一個人，與一僧結屋東天目絕頂，習禪定，行頭陀行。至正丁酉（至正十七年，1357），無慍避兵抵士元所，聽了他有關身世的講述，建議道，平石翁年近九十，何不作偈給他。士元乃作偈曰：「寄語天童老平石，一念非今亦非昔。欲聽楓橋半夜鐘，吳江依舊連天碧。」偈未到而平石翁示寂。〔註65〕

釋法眞，號孤雲，谷陵安成人，俗姓郭。杜本爲作《釋孤云詩序》。

釋崇超，人稱物外上人，住杭州湯鎮東山聖壽寺，築雙清軒，集其所作及時人和詩爲《雙清詩》一卷，劉基序。

釋惟清，字畫卿，號渭濱，居古杭靈鷲，又住梅林三德寺。方回《清渭濱上人詩集序》云，清渭濱名震天下，其詩四集167首，名深雪一枝；偈取頓悟，詩則必工，詩僧雖多，像清渭濱這樣既悟又工的則是少數。文珦曾爲清渭濱賦《集清軒詩》、《深雪室歌》。

釋景泲（1258～1266～1326）番易人，俗姓江。危素有《釋泲翠屏文集序》。

善能，字仲良，嘉興人。通儒書，喜爲詩歌。戴良爲作《送能上人詩序》。

無詰10首。善畫蘭竹，與如海同時，皆交往李祁。曾有《蘭雪軒詩集》。

如海，青原寺僧，苦吟。李祁有《贈青原寺僧如海序》，言曾與如海胥會禾水上，見如海長身瘠弱，骨相過清，恐怕苦吟所累。後來每次見到無詰禪師都詢問如海，知其安然無恙便很高興云云。

福裕（1203～1275）字好問，號雪庭，太原文水人，俗姓張。幼年強記，鄉閭曰聖小兒。出家遊燕，在行秀座下十年。乙巳（1246）主持少林。福裕

〔註63〕《桐江集》卷一，清嘉慶宛委別藏本。
〔註64〕《桐江續集》卷二十四，《文淵閣四庫全書》本。
〔註65〕《山庵雜錄》卷下，《卍新纂續藏經本》。

復興了少林寺，使之成爲曹洞宗祖庭。他是少林寺被封爲國公的惟一人。王惲《雪庭裕公和尙詩集序》言：「今觀其詩，有以見當機應物，信手拈來吹花作霧，生於憂時，第眾登壇懸判，往往出言意之表者，可謂混儒墨爲一家，擅叢林之手段，企慕高風，追攀遠韻，有山堂惠休之趣者矣。」

普仁，字仲山，號雪堂，許昌張氏。父張世榮，官至豐州司錄糺軍，母夾谷氏。從壽峯湛老祝髮，受具戒於竹林雲和尙，糺永泰贇公蒙印可，爲臨濟宗慧照十九代孫。普仁於至元九年壬申（1272）來到燕京永泰寺廢址，結庵主持。永泰寺建於遼代，又名彌陀寺，燬於兵，五十多年埋沒荒草。普仁道高人重，朝廷遂爲建寺。從至元二十二年乙酉（1285）春到二十三年丙戌（1286）秋，「永泰廢餘復爲清涼法觀矣」。扁曰「天慶」。普仁喜儒學，有器識，普仁樂從賢士大夫遊，諸公亦欣賞他的爽朗不凡。儒釋之間略去藩籬，以道義定交，文雅相接，即寺雅集，座中鹿庵（王磐）、左山（商挺）等共十九人，當時比作廬山慧遠蓮社。後來普仁將 30 年間 27 位名士大夫序詩跋眞贊五十篇編爲二帙以方丈名雪堂爲名。姚燧《雪堂上人集類諸名公雅製序》說文暢、參僚交往韓愈、蘇軾，後人因蘇、韓所贈序贊知道有文暢、參僚，普仁也將這樣獲得名聲。王惲爲《雪堂普仁眞贊》，云「道行貞純，初不絕俗。機鋒灑落，即之可親。苦空任沒膝之雪，處心探濟物之仁。草坐容身，雨花繽紛。雷音淵默，獸伏鳥馴。咄此圓神，澹如凝雲。耿金粟之孤影，笑人間之幾塵。愛而贊之，蓋浩初一流人也」。

東月師，徐明善爲作《東月師詩文》。

轟上人，袁桷爲作《題轟上人詩卷》。

雪竇平禪師，袁桷爲作《題雪竇平禪師詩卷》。

元庵會上人，臨安人，嗣法佛心慧禪師，道德與詩皆度越流輩。與趙孟頫交好。趙孟頫爲書其詩十幾首施諸屏障，題跋其後相贈，使示諸江湖，以慰其苦吟之心。黃溍和虞集皆序其詩集。虞集的評價是：「春冰結花，塵滓都盡，秋空卓秀，一色空青。」黃溍序言，侍坐南陽仇先生時，先生稱今之詩僧必曰元菴。十幾年後，與會上人相見鳳凰山下，見其人峭然獨立，如霜松雪柏，發爲清辭秀句，則如「青田露寒，白鶴一鳴」。〔註66〕

月樓上人，江西分宜棲眞寺僧，工詩，歐陽玄爲作《月樓上人詩序》。

一清，名澈，江西分宜寶雲寺僧，工詩。

〔註66〕黃溍《會上人詩集序》，《金華黃先生文集》卷十九續稿十六，元抄本。

念上人，吳海爲作《題念上人詩集》。

寶曇，出天泉餘澤法師之門，爲嫡孫。釋道衍主德藏的第二年，寶曇爲典客事。七月，向經常來往的朋友們辭行歸吳。大家都歌詩餞送，陳高《送曇上人序》以繼宋寶曇（文行並重，蘇軾推重）相期。

旨南，陳高爲作《山中白云詩序》。

密古，吳僧，戴表元有《吳僧密古師詩序》。

方端叟，戴表元有《方端叟詩序》。

僧淳，號樸庵，黃巖人，壯遊金陵，與李孝光一同受知梁王，淳樸庵向梁王引見柯九思，珂遂以寫竹受親幸。梁王即位，獨用柯九思。李孝光很感慨，有《送僧樸庵用珂叔仲韻》。王逢曾爲樸庵作《讀僧淳樸庵松石稿爲其徒智升題有序》。

祁川行己方上人〔註67〕楊維楨爲作《冷齋詩集序》。

恢大山（1240～1302 年以後）越之諸暨人，俗姓方，住上竺興福寺。方回《恢大山西山小稿序》云，西山小稿詩 388 首，除題目不古及重複的 15 首，餘 373 首皆可刊行；朱筆圈點五七古、五七律絕 114 首，或一句數句佳，或一聯兩聯佳，或全篇佳。評其詩熟而新，新而熟，可百世不朽，「近世僧詩無此人也」。〔註68〕

如上人，四明人。趙孟頫有《題如上人詩集》，仇遠、張翥、吾丘衍亦爲敘引。僧翠微（孤峰上人）與李祁同鄉，嘗遊兩浙間，李極喜與談兩浙間事。結在京時所作詩爲《疏筍集》，李祁、劉詵爲序。由於詩集名疏筍的緣故，兩篇序都以味評翠微詩。「譬之飲食，猩唇豹胎，與刲豢之悅口者，皆卻而不禦。所禦者，乃庾郎之瀹韭、周顗之晚菘、文與可之燒筍、蘇長公之蔓菁。雖富兒之綺羅饘葷者所不取，而風致乃未易及」，〔註69〕謂如韋王澹泊；「譬如大官之廚，肥羊腯豕，嘉殽美菽之饌，蘋蘩蘊藻之菜，雜然並陳，味固雋永，豈尋常粥飯之僧比也」，〔註70〕謂濃淡並陳。顯示鑒詩的個人色彩。

升師，徐明善《升師紀過集》言其詩句法響撼，視洪與可無不及，或少過之，江湖名勝爭先記錄。

〔註67〕《元詩體要》錄詩一首。

〔註68〕《桐江續集》卷三十三。

〔註69〕《桂隱集》卷二，《文淵閣四庫全書》本。

〔註70〕《雲陽集》卷五，《文淵閣四庫全書》本。

釋訓，雲間人，受業本郡普照寺。遍參元叟行端、天如惟則等尊宿。歸老故山化城，築室名漚隱。錄平日詩偈成《一漚草》詩卷，楊維楨作《一漚集序》。

照玄上人，劉基有《照玄上人詩集序》。

靖上人，林弼有《書靖上人隨住吟稿後》。

如川（1224～1295）號無竭，淳安人，俗姓項。嗣法伊巖師玉。初住杭州枕山之順慶寺。宋德祐二年主建德之南山天寧禪寺（報恩禪寺）。臞若不勝衣，訥若不出口。字作章草，詩有皎然靈澈風。方回有《跋僧如川詩》。方回曾為如川作一詩：「南山一榻三條椽，仰眠如川見如川。借問此是如川否，只恐坐禪人不眠。」錢塘西湖名剎老衲和此偈送如川盈軸。圓寂後方回有《哭川無竭》、《再哭川無竭》。

遵南浦，王義山《遵上人南浦詩序》，認為遵上人的詩自成一家，既有「坡翁所謂發纖穠於簡古，寄至味於淡泊」，又有「唐子西所謂無意於造語，而因事以陳辭」。〔註71〕

明極楚俊（1262～1336）四明昌國黃氏，嗣法虎巖淨伏，歷住金陵奉聖、瑞巖、普慈。至順元年（1330）日本國王具書以國師禮聘往，住鉅福山建長寺、京都南禪、建仁寺。受賜「佛日焰慧禪師「號。在日本開」明極派」。袁桷有《題俊長老語錄》

竺仙梵仙（1293～1349）明州象山人，號「來來禪子」。嗣法古林清茂。休居保林，擅長詩文，學識淵博。泰定間，日本遣使聘去，在日本開「竺仙派」。寂後，了庵清欲作三偈悼念，其一云：「五住招提盡大方，座中冠蓋擁朝行。雷音遠震扶桑國，繕寫歸來作寶藏。」〔註72〕熙怡和尚嘗敘其語錄評，古林清茂弟子中嶄然絕出者，一是南堂了庵清欲，道鳴中國；一是竺仙梵仙化徹異邦，可謂二甘露門。

因大方，元代佛門有三件驚心動魄的活化事件：定公生焚；因大方活化；其真是尊者焚身乞雨。其中因大方留下活化三偈。因大方，平江定惠住持，天台人，嗣法古林清茂。不撿細事，疎宕自如。與郡守周侯義關係好。退下來後寓居靈巖老宿華公房。至正戊戌（1358）九月八日。大方當面告訴周侯義自己十四日將火化，請他現場證明證明，周未以為真。十三日大方又寄偈

〔註71〕 《遵上人南浦詩序》，《稼村類稿》卷五，《文淵閣四庫全書》本。
〔註72〕 《增集續傳燈錄》，《卍新纂續藏經》本。

一首：「昨日巖前拾得薪，今朝幻質化爲塵。慇懃寄語賢侯道，碧落雲收月一痕。」周仍不信。當天夜裏大方轉備好乾柴和木榻。第二天清晨與眾僧辭訣，說偈道：「前身本是石橋僧，故向人間供愛憎。憎愛盡時全體現，鐵蚰火裏嚼寒冰。」火中祝香：「靈苗不屬陰陽種，根本元從劫外來。不是休居親說破，如何移向火中栽。」度數珠與華公說：「聊當遺囑。」火焰到所，多得設利。周侯義聽說這事眞正發生後驚歎不已，爲大方修舍利塔，作詩哀悼。

道衍（1335～1418），存詩653首。幼名天禧，字斯道，號獨庵，長洲相城裏人，族性姚。道衍魁磊高岸，意度偉然，不肯繼家學從醫，喜儒學。至正間削髮相城妙智寺，先習教後入禪，晚歲志在淨邦，有《諸上善人詠》以爲資糧。道衍能詩善畫，博學多通，才智絕人。其占相用兵之術，或云說不知何所授；或云靈應觀道士席應眞通兵家言，道衍盡得其學；或云妙智庵外有童子得書於鵲巢，道衍以十錢易之，讀之不解，而遇異僧指授。好友王行止仲深知道衍不可能安於爲僧。相士袁珙則預言必成爲劉秉忠一樣的人物。元末居吳，爲高啓北郭十友之一。高啓《獨庵集序》云：「其詞或閎放馳騁以發其才，或優柔曲折以泄其志，險易並陳，濃淡迭顯，蓋能兼采眾家，不事拘狹。」貝瓊《送衍上人序》評曰「凡千餘篇，皆無剿拾腐熟語。其大篇之雄健，如秋濤破山，鼓千軍而奔萬馬，浩乎莫之遏。其短章之清麗，如菡萏初花，淨含風露，灑然無塵土氣。蓋駸駸乎貫休之閫奧，琴聰蜜殊不能及焉。」入明，侍燕邸，靖難中運籌帷幄，是頭號功臣，位極三公，但衣僅一衲，不改僧相。袾宏《竹窗三筆》指出姚少師有三點可取：貴極人臣，不改僧相；功成身退，明哲保身；讚歎佛乘，具正知見。又云，姚在靖難過程中啓奏勿害賢者方孝孺，僅此一言，可贖其殺業。〔註73〕《國雅品》言「姚恭靖廣孝，性空思玄，心寂語新，其興彌僻，其趣彌遠。……且公以慧智翊贊靖難，功極公階，乃蕭然緇衣以終。其身了無慢憧，不賢於悻悻功名之士乎？」〔註74〕清羅繼祖《松窗脞語》評：「廣孝爲佐命元勳，功參帷幄，蓋陸法和佛圖澄之流也，雖拜大位而終身不娶妻、不蓄髮，晚年里居，布衲錫杖，蕭如也，雖未成正果，似亦得度世法門者。」〔註75〕

古林清茂（1261～1329）字古林，號金剛幢，晚稱休居叟，俗姓林，樂

〔註73〕民國上海涵芬樓影印雲棲法彙本。
〔註74〕顧起綸《國雅品・士品》，《歷代詩話續編》下冊，第1195～1096頁。
〔註75〕中華書局，1984年。

清人。十歲聞人誦《法華經妙莊嚴王品》，感而出家。嗣法橫川如珙。出世住江蘇天平山白雲寺，遷開元寺，不久退隱，於虎丘紹龍祖師之塔院作頌古百則。皇慶元年（1312）朝廷賜號「扶宗普覺佛性禪師」，再住開元寺。延祐二年（1315），遷永福寺，續輯慧嚴宗永《宗門統要》。晚居保寧，道望隆重，與大訢同被召京師。〔註76〕

歸雲，名啓東明，江西金溪疏山寺僧，善醫、詩、書、畫。

恭都寺，四明人。廉介自持，精修梵行，誦法華。坐逝後，湖海人聲偈追悼，至明初還有人能誦其偈。曾經夜讀有偈：「點盡山窗一盞油，地爐無火冷湫湫。話頭留向明朝舉，道者敲鐘又上樓。」鐵鏡和尚特爲升堂稱賞。〔註77〕

海雲印簡（1262～1317）山西嵐谷寧遠宋氏，世業儒，父靜盧先生有隱德。參中觀沼、中和璋。出世歷住名刹，晚兩主慶壽，使臨濟宗中興。〔註78〕世祖、成宗、武宗屢朝師奉之，寵遇優渥，位至僧統，諡佛日圓明大師。

極圓覺上人，牟巘《極圓覺上人詩禪錄序》言上人曾行腳衡湘，又遍遊天台、鴈蕩，倦而歸，休老於菁山之崇福，三十年不涉世故，七十七歲時與牟巘相見，雪顱鶴骨，精神不衰。江西李後林、朱約山，浙江陳本齋諸公皆與句語。

僧日損，雁蒼僧，其詩集方元善序前，舒岳祥跋後。跋言：「其人氣貌傑然，談論激昂，疑有用才也。」〔註79〕

釋無一，自至大庚戌（1310）至順癸酉（1333）二十四年間，與黃溍、吳師道、張樞多次同遊北山，有《北山紀遊詩文》一卷。〔註80〕

煜上人，劉基同鄉，青田縣南田鄉（今屬浙江省文成縣）人。弱歲出家，善讀唐人詩，時有所作，粲然可觀。陳基有《送煜上人序》。

虛舟普度，宋末居金山，同時，癡絕住玉山，有傳其《雪中示眾》：「一夜江風攪玉塵，孤峰不白轉精神。從空放下從空看，徹骨寒來有幾人。」癡絕大驚，駕舟親自訪普度，言老夫當退三舍。學者爭誦之。恕中無慍《山庵雜錄》引竺元先師評，古人謂雪覆千山，因甚孤峰不白，此是一轉語，而虛舟以爲孤峰實不白；虛舟既已誤，學者又隨例顛倒。後至元三年（1337）受

〔註76〕《山庵雜錄》卷上，《卍新纂續藏經》本。
〔註77〕《山庵雜錄》卷上，《卍新纂續藏經》本。
〔註78〕《臨濟正宗之碑》，《佛祖歷代通載》卷二十二。
〔註79〕舒岳祥《跋僧日損詩》，《閬風集》卷十二。
〔註80〕吳師道《北山記遊詩文序》。

命住徑山。

無見先睹（1265～1334）諱先睹，字無見，俗姓葉，世爲天台仙居顯族。嗣法方山文寶。元末高遁天台華頂四十年，與庵居天目山的中峰明本，並爲二甘露門。明末，諸家法脈斷絕，亦唯二公之嗣繩繩如線。有《天台無見禪師語錄》。曡巂爲撰塔銘。

一源永寧，永寧，字一源，凡發爲文偈，了不經意，空義自彰，有《四會語錄》行世。

普仁（1312～1375）字德隱，鶩州蘭溪趙氏子，十四祝髮，嗣法了然義公。旁及辭章，與覺隱大訢交往密切。至正十五年乙未（1355）部使者請出世金華之西峰，普仁因天下大亂，隱退。明初住持淨慈寺。有《三會語錄》、《山居詩》一百首傳世。

仲謨謀上人，讀內外書，喜賦詠。

如玘（1320～1385）字大璞，餘姚張氏。十六歲出家，嗣法絕宗善繼，習天台宗。至正初住雲門雍熙，後遷永壽。洪武初住普福，四年辛亥（1371）陞演福，五年壬子預鍾山法會，此年秋天有《題宋僧隆梵十六羅漢渡水圖》詩。十五年僧錄司設，出任左講經。曾奉敕與宗泐同注《楞伽》、《金剛》、《心經》，鏤板流佈。宋濂評其山家授受的有端緒，講學縱橫掩貫，偈頌贊亦皆粹美。

心覺原，居治平寺，其時西鄰爲宗衍所住寶積寺，二人相唱和。後住虎丘。有《宜晚堂》集。

悅可庭，字中庭，精脩淨業。恕中無慍《病中贈醫僧悅可庭》「可庭解醫病」，則悅可庭爲醫僧。元統間賜號「慈光高照佛日廣慧大師」。泰定元年（1324）甲子建西隱寺。至正中無疾坐逝。有《勁節堂集》。〔註81〕

無念學公（1326～1406）字勝學，德安應山陳氏。九歲，不識字，禮無極和尚，參荊州無聞和尚〔註82〕，後嗣法萬峰時蔚。元末居寶林，明軍征陳友諒，寺毀僧散，他一人守廟，荒墟蔓棘，弔影數年。明初，復興寶林。洪

〔註81〕 江南通志卷一百九十四：「《勁節堂集》，蘇州悅可」；清朝王昶《（嘉慶）直隸太倉州志》卷五十五藝文四也說：「勁節堂集，僧悅可。」（萬曆）《嘉定縣志》卷二十二文苑四：「《勁節堂集》，西隱寺悅可。」但亦有另說。（萬曆）《嘉定縣志》卷十三人物考下：「其（悅可）徒行已，工於詩，所著有勁節堂集，郡湯周伯琦爲之序。」《吳都法乘・開寶篇》：「其（悅可）徒行已精於詩，有勁節堂集，楊維楨序之。」

〔註82〕 蔡懋德《傳略》：參荊州無聞和尚。

武十五年，預洪山千僧大會，遂留楚地，建九峰寺。太祖奉天殿召見，無念進偈曰：「萬機之暇究真玄，百草邊頭佛祖禪。毛孔遍含塵剎土，毫端現出性中天。定廻坐看雲橫谷，行樂閒觀石湧泉。林下衲僧何以報，祝延聖壽億千年。」〔註83〕上悅，欲留主京剎，固辭不受。二十九年，敕贈詩文一軸等，又賜僧無念九歲出家詩，無念皆如韻奉和。

古梅正友（1285～1352）江西貴溪人，俗姓於。絕學世誠嗣法弟子。住福建天心寺、高仰山。朝廷賜號「湛然至遠禪師」和紫裟裟，後又加賜「佛日廣智禪師」。有《語錄》二卷行世。

鐵牛禪師（1240～1303）諱持定。江西泰和人，俗姓王，31歲出家。久依並嗣法雪巖祖欽。鐵牛之號得自其隨口一偈：「鐵牛無力懶耕田，帶索和犁就雪眠。大地白銀都蓋覆，德山無處下金鞭。」至元二十五年（1288）遠遊至湖南衡陽桃源山茅居，當地居民佐成靈雲寺。鐵牛又有拒丞相伯顏欲為請賜衣號偈云：「大地山河一鐵牛，多年忘把鼻繩收。堪嗟槐國人如市，且暮笙歌鬧畫樓。」虞集為作《鐵牛禪師塔銘》。

釋無，號無極，與訢笑隱、恩斷江同時而著名〔註84〕。

釋至溫（1217～1267）字其玉，號全一，俗姓郝氏，邢州人。與劉秉忠少相好，劉厭世故，想學道，至溫勸為僧，同參西京寶勝明。十五歲作行秀侍者，善解其偈頌法語，常代師應對，談鋒之利，人不可犯。劉秉忠為世祖謀臣，推薦至溫，至溫辭官不受。海雲主釋教，至溫輔助辦成大資戒會。世祖征雲南歸來，賜號「佛國普安大禪師」，命總攝關西五路等州僧尼之事。釋道辯論中，至溫與福裕等少林諸師挫敗道教。中統建元，釋教大盛，至溫功勞卓著，僧眾仰賴。終於桓州天宮寺，博記多聞，論辨無礙，涉獵諸子百家，草書得顛素遺法，有草書詩文傳於世。虞集《塔銘》說：「散其緒餘，為書為詩。詩揚宗風，書縱逸趣。沛將有述，棄而遽去。維時名僧，至於公卿。有誄有辭，失之若驚。」〔註85〕

珠明禪師，杭州人，幼年投聖果寺出家。謁石屋和尚，參狗子無佛性話頭。有得後歸聖果寺，涵養自適，補路栽松。一天對徒弟說：「汝等隨侍，總不知我心事。」徒弟說：「師有什麼心事，請示。」他說「與汝說得，豈是我

〔註83〕《補續高僧傳》，《卍新纂續藏經》本。
〔註84〕朗瑛《七修類稿》，上海書店出版社2001年，第369頁「元末僧」。
〔註85〕《佛祖歷代通載》卷二十一。

心事？」微笑而寂。珠明禪師留下四偈：「擺尾垂頭咳唾聲，餘多餿飯飽喉嚨。從今識得家無客，一任人來不管門。」「人作千年計，吾爲一路松。半生心在此，老大小橋封。」「興廢隨他去，難爲琪在心。山靈知我意，勿使有枯根。」「自愧人緣少，相交盡凍冰。客來學得避，答話恐無能。」〔註86〕

若芬宇仲石，婺州曹氏。歷遊講肆，頗得師說。爲人清退，善文筆。任上天竺書記，讚揚佛事，遊戲墨花，極一時聲譽。又善畫雲山。後求畫者不勝其多，歎世間宜假不宜眞，謝事歸老家山。於古澗蒼壁間結菴，曰玉澗，因以自號。又對芙蓉峰建閣，自稱芙蓉峰主。曾自題畫竹曰：「不是老僧親寫，曉來誰報平安」，饒有意趣。

大祐（1334～1407）字啓宗，別號祐蓬菴。吳縣吳氏，父母俱鄉里齋素善人。十二歲落髮爲僧。先後從學古庭善友、東皋妙聲、天泉餘澤。出世甫里白蓮寺。洪武四年（1371），以高僧召，五年預蔣山法會，十年住蘇州北禪寺。後歸西山築眞如室，修習念佛三昧。洪武二十六年，召至京授僧錄司右善世，二十九年，陞左善世，三十二年（1398）告老還姑蘇舊業。永樂三年（1345）復被召，纂修釋書，《般若要義》稿成示寂。所著有《淨土指歸注解》、《彌陀》、《金剛》二經校勘、《天台授受祖圖》、《法華撮要圖》、《淨土解行圖》及《淨土眞如禮文》、《華嚴燈科》、《淨土九蓮燈科》各一卷。

老素首座，一生掩關不出。《山庵雜錄》記載天曆間，有禪人得其三首詩偈眞墨。《述懷》云：「傳燈讀罷鬢先華，功業猶爭幾洛叉。午睡起來塵滿案，半簾閒日落庭華。」《山居》云：「尖頭屋子不嫌低，上有長林下有池。夜久驚颷掠黃葉，恰如篷底雨來時。」《偶書》云：「浮世光陰日不多，題詩聊復答年華。今朝我在長松下，背立西風數亂鴉。」

華嚴法師淨明，字德岊，姑蘇人。洪武初住嘉興招提華嚴教寺，嗣法獨芳蘭法師。宋濂稱其樹教基、續慧命，有功法門。有《向識定水宗師於吳會雙峩奉別已十八年矣因成一律》〔註87〕

紹大，嚴之桐江人，號桐江。嗣法虛谷希陵（或曰東嶼法嗣〔註88〕）。心法既明，復通內外學。詩沖淡簡遠，有唐人遺風。元至順壬申（1332）嚴之烏龍、景德，三坐道場，有三會語錄。生活刻苦，至元己亥八月七日化後，僧維那開遺箱，欲依例唱其財產，卻只見紙衾一具，大笑而去。

〔註86〕《武林掌故叢編》本第四十六冊《聖果寺志》。
〔註87〕《橋李詩繫》卷三十一，《文淵閣四庫全書》本。
〔註88〕《淨慈寺志》卷十。